Jo Browning Wroe

Der Klang
der Erinnerung

Roman

Aus dem Englischen von Claudia Feldmann

Insel Verlag

Die Originalausgabe erschien erstmals 2022 unter dem Titel
A Terrible Kindness bei Faber & Faber Ltd, London.

Die Übersetzung wurde im Rahmen des Programms »Neustart Kultur« aus Mitteln der Beauftragten der Bundesregierung für Kultur und Medien vom Deutschen Übersetzerfonds gefördert.

Der Brief auf Seite 115 wurde zitiert nach: Eisen, Cliff et al. *Mit Mozarts Worten*, Brief 176 <http://letters.mozartways.com>. Version 1.0, herausgegeben von HRI Online, 2011. ISBN 978 095 578 7676.

Erste Auflage 2022
Deutsche Erstausgabe
© der deutschsprachigen Ausgabe
Insel Verlag Anton Kippenberg GmbH & Co. KG, Berlin, 2022
© Jo Browning Wroe 2022
Alle Rechte vorbehalten. Wir behalten uns auch
eine Nutzung des Werks für Text und Data Mining
im Sinne von § 44b UrhG vor.
Umschlaggestaltung: Rothfos & Gabler, Hamburg
Umschlagfoto: Hulton Deutsch / Corbis Historical / Getty Images, München
Satz: Dörlemann Satz, Lemförde
Druck: CPI books GmbH, Leck
Printed in Germany
ISBN 978-3-458-64342-5

www.insel-verlag.de

Der Klang
der Erinnerung

Für die Einbalsamierer, die in Aberfan waren,
und für die Menschen, denen sie geholfen haben

Inhalt

1. Teil Aberfan

1

Oktober 1966

Gestern ist in Wales etwas Furchtbares passiert, aber es war Williams Abschlusstag, deshalb war er abgelenkt. Er hat seine Ausbildung am Thames College of Embalming mit den besten Noten abgeschlossen, die dort je erzielt wurden. Heute findet der alljährliche gesellschaftliche Höhepunkt des Institute of Embalmers, Bezirksgruppe Midlands, statt: der große Dinnerball in Nottingham. Zur Feier von Williams Erfolg und damit er für diesen besonderen Anlass passend angezogen ist, hat Onkel Robert ihm ein Dinnerjacket und eine Fliege gekauft. Mit seinen neunzehn Jahren ist William ein wenig aufgeregt, aber vor allem nervös, weil sein Onkel ihm gesagt hat, dass ihr Vorsitzender David Melling ihn ins Rampenlicht stellen will.

Siebzig Kilometer von seinem Zuhause in Birmingham entfernt, wird William zum ersten Mal in einem Hotel übernachten, dem Lace Market, zusammen mit Onkel Robert und dessen Geschäftspartner Howard. Mit ihnen am Tisch sitzen die Strouds, eine Bestatterfamilie aus Solihull, und zu seiner Linken die einzige andere Person seines Alters, Gloria Finch, ebenfalls aus einer Bestatterfamilie, bei der William während seines Ausbildungsjahrs in Stepney gewohnt hat. Die wunderbare Gloria, die William seit ihrem ersten Gespräch vor einem Jahr liebt, als sie in der gemütlichen kleinen Küche der Finchs Kakao getrunken haben, während ihre Eltern im Wohnzimmer fernsahen. An diesem Abend trägt sie ein enges, mit Pailletten besticktes schwarzes Kleid, in dem ihr ganzer Körper William zuzuzwinkern scheint.

Als »piekfein« hat Robert die Veranstaltung bezeichnet, und das war nicht übertrieben. Die leuchtend bunt gekleideten Frauen mit ihren funkelnden Hälsen, Handgelenken und Fingern heben sich deutlich vom schlichten Schwarz und Weiß der Männer ab – obwohl Howards Manschettenknöpfe auch funkeln. Howard liebt festliche Anlässe und das ganze Drumherum. Er hat beim Aussuchen von Williams Dinnerjackett und Fliege geholfen und sich hinter ihn gestellt, um ihm zu zeigen, wie man die Fliege bindet. Dabei hat seine Wange ein paarmal Williams Wange gestreift, sodass beide lachen mussten.

William betrachtet die hohe Decke des Ballsaals mit den Stuckverzierungen in Rosa und Weiß, die sich durch die Nischen schlängeln. Mächtige Kristalllüster hängen schwer und herrschaftlich über den Tischen. Rechts und links von Williams Teller liegen vermutlich mehr Messer und Gabeln als in der gesamten Besteckschublade zu Hause – er muss sich von außen nach innen vorarbeiten. Das Messer ist schwer, die Serviette aus weißem Leinen, die er auseinanderfaltet und über seinen Schoß breitet, überraschend steif.

Es ist eine Weile her, dass William so elegant hergerichtete Tische und Leute gesehen hat. Zuletzt in seiner Zeit als Chorknabe in Cambridge, wo er beim Formal Hall oder bei besonderen Anlässen gesungen hat. Rasch schiebt er die Erinnerung beiseite, doch ein Unterschied fällt ihm auf. Selbst als Zehnjähriger hat William verstanden, dass diejenigen, die dort am High Table saßen, nicht *angekommen* waren; sie waren immer schon dort gewesen, und Opulenz war für sie nichts Besonderes. Heute Abend jedoch ist die Aufregung und die Zufriedenheit dieser Einbalsamierer spürbar, die sich einen Abend der Opulenz verdient haben, als Belohnung für ihre Hingabe an eine anspruchsvolle, wichtige Arbeit; die Arbeit ihrer Großväter, ihrer Väter und für einige von ihnen die ihrer Söhne.

Nach der Schufterei und Lernerei des letzten Jahres freut sich William, seinen Platz in einer Welt einzunehmen, in der man eine schwierige, aber ehrenwerte Aufgabe erfüllt, so gut man kann, und abgesehen von der eigenen Freude an der Arbeit kaum Lob oder Dank erhält. Aber ab und an bekommt man die Gelegenheit, einander auf die Schulter zu klopfen und sich einen piekfeinen Abend zu gönnen.

Die Fischsuppe ist salzig, aber köstlich zusammen mit dem winzigen Brötchen, auf das er eine Butterflocke gesetzt hat. William benutzt den vollkommen runden Löffel und kippt die Schale von sich weg, als nur noch ein Rest darin ist. Er merkt, dass Gloria ihn beobachtet, und ihre lebendigen grünen Augen strahlen voller Wärme.

»Ich bin froh, dass du mitgekommen bist«, sagt er leise.

»Ich bin froh, dass du mich gefragt hast.« Sie lächelt und sieht ihm so lange in die Augen, dass William sich traut, unter dem Tisch sanft sein Bein an ihres zu schmiegen.

Der Schweinebraten mit Kruste und Apfelsauce wandert leicht von seinem Teller in seinen Mund und in seinen Magen, und es freut ihn zu sehen, wie sehr Onkel Robert den Abend genießt. Doch während des Nachtischs bekommt er mit, wie David Melling am Haupttisch einen Zettel aus der Brusttasche seines Jacketts zieht, ihn auseinanderfaltet und über seine Brille hinweg mustert. Die Biskuitrolle, die er gerade kaut, quillt plötzlich auf, und das schwere Besteck rutscht in seinen schwitzigen Händen.

Gloria blickt zum Haupttisch, dann wieder zu William und zwinkert ihm zu. »Mach dich bereit für das Rampenlicht«, flüstert sie, so dicht zu ihm gebeugt, dass er ihren Atem an seinem Ohr spürt und ihr Parfüm riecht. Vorher haben sie darüber gefrotzelt, wie das wohl aussehen würde. Gloria meinte, sie würden vielleicht »For He's a Jolly Good Fellow« für ihn singen, und William erwiderte in dem verzweifelten Versuch, lässig und witzig zu erscheinen, er hoffte, sie würden ihn auf ein ganz hohes Podest stellen und sich vor ihm verneigen.

Howard nimmt sich eine Zigarette aus der Schale auf dem Tisch und zündet sie an, Gloria ebenfalls. William, der seine Lunge immer noch als den kostbarsten Teil seines Körpers betrachtet, obwohl er seit fünf Jahren nicht mehr gesungen hat, ist noch nie auf die Idee gekommen, sich eine anzustecken. Dennoch ist etwas Verlockendes an den bläulichen Rauchwolken, die durch den Saal schweben – wie ein gemeinsames Ausatmen und Entspannen. Als aus schlanken Silberkannen Kaffee eingeschenkt wird, lehnen sich die Leute in ihren Stühlen zurück. William will nur noch, dass es vorbei ist. Er sieht, wie Onkel Robert erst zum Haupttisch blickt, dann zu ihm und ganz leicht nickt.

2

»Meine Damen und Herren, ich hoffe, Sie haben das Festessen genossen.« David Melling lächelt. »Sieht ganz so aus, den leeren Tellern nach zu urteilen.« Er hält ein Blatt Papier hoch. »Meine Tanzkarte liegt schon bereit, meine Damen, aber ich fürchte, es wird eine Schlange geben, also haben Sie bitte etwas Geduld.«

Nachdem das Gelächter verstummt ist, spricht Mr Melling genau acht Minuten und zehn Sekunden über die hohen Standards des Instituts, seine Wohltätigkeitsarbeit und seine wachsende internationale Bekanntheit. William unterdrückt den Impuls, sich den Schweiß aus dem Nacken zu wischen.

»Doch nun«, sagt der Vorsitzende, legt den Zettel weg und verschränkt die Hände vor dem Bauch, »zu etwas Persönlicherem. In einem Berufszweig, der im Wesentlichen aus Familienunternehmen besteht, obwohl es heutzutage nicht mehr üblich ist, Druck auf die nächste Generation auszuüben, ist es dennoch überaus erfreulich, von einem jungen Mann zu erfahren, der nicht nur den Staffelstab übernimmt, sondern obendrein eine Goldmedaille einheimst.«

Gloria zwinkert ihm zu. »Wo bleibt das Siegertreppchen?«, flüstert sie. Onkel Robert strahlt ihn an. Ihm wird eng in der Kehle. »Unser langjähriges Mitglied Robert Lavery von Lavery & Sons ist diese Woche ein sehr stolzer Onkel.«

Die Vorstellung, dass ihn alle ansehen, ist plötzlich unerträglich. Am liebsten würde William davonlaufen. Aber das kann er Onkel Robert nicht antun. Nicht noch einmal. Er muss seinen Mund zwingen zu lächeln, seinen Blick beruhigen. Sein Herz pocht so heftig, dass er überzeugt ist, sein Hemd wölbt sich bei jedem Schlag vor.

»Der junge William Lavery hat diese Woche seinen Abschluss am Thames College of Embalming gemacht, und damit ist er nicht nur der jüngste Einbalsamierer des Landes …«

William starrt zu Boden. Wird er aufstehen müssen? Sollte er winken? Sich verneigen? Etwas sagen? David Melling hat aufgehört zu sprechen. William studiert das unruhige gelborange Muster des Teppichbodens, den spitzen Brotkrümel neben Glorias hohem Absatz. Warum ist es so still geworden? Er zwingt sich, den Kopf zu heben. Ein Kellner hat David Melling eine Notiz zugesteckt, die er gerade liest.

»Danke«, sagt er zu dem Mann, der durch die große Doppeltür des Ballsaals hinausgeht.

Die Stille ist ohrenbetäubend. Onkel Robert runzelt die Stirn. Mellings Schnurrbart glänzt im Schein des Lüsters, während er auf das rosafarbene Papier blickt.

»Ich bitte um Entschuldigung.« Er hält es kurz hoch. »Das ist ein Telegramm von Jimmy Doyle aus der Bezirksgruppe Nordirland, und es erfordert leider unsere sofortige Aufmerksamkeit.« William sieht aus dem Augenwinkel, wie Onkel Robert verärgert auf seinem Stuhl herumrutscht. »Zunächst aber herzlichen Glückwunsch an William Lavery, den ersten Studenten, der in sämtlichen Fächern, Theorie und Praxis, mit Auszeichnung bestanden hat«, fährt Mr Melling, nun wieder mit munterer Miene, fort und lehnt das Telegramm an eine kleine Vase, die vor ihm steht. »Das hat einen ordentlichen Applaus verdient.« William starrt auf sein Kristallglas, lächelt und nickt ein paarmal. Schweiß rinnt ihm über die linke Schläfe. Gloria tätschelt ihm unter dem Tisch das Knie. »Wir erwarten große Dinge von Ihnen, William.« Melling schweigt einen Moment, dann greift er wieder nach dem Telegramm. »Doch leider müssen wir uns nun einer anderen wichtigen Sache zuwenden. Es geht um die Tragödie in Aberfan gestern, von der Sie sicher gehört haben.« Er liest den Text vor: »›Bitte an versammelte Institutsmitglieder weitergeben.‹« William sieht Streifen von David Mellings Kopfhaut zwischen dem sorgfältig mit Brillantine drapierten Resthaar hindurchschimmern. »›Dringend Einbalsamierer in Aberfan benötigt. Ausrüstung und Särge mitbringen. Polizei hat Dorf abgesperrt; Passwort *Summers*.‹« Er legt das Telegramm hin und starrt einen Moment darauf. Ein kalter, süßlicher Geruch steigt William in die Nase; es ist die Vanillesauce in seinem Schälchen. »Ich schlage vor, meine Herren, diejenigen unter Ihnen, die sich imstande fühlen, diesem Hilferuf zu folgen, trinken einen starken Kaffee und machen sich auf den Weg. Wir Übrigen werden versuchen, den Rest des Abends in Ihrem Namen zu genießen.«

William weiß, dass sein Onkel sich von diesem Moment des Ruhmes mehr versprochen hat, aber er ist froh, dass er nicht mehr im Zentrum der Aufmerksamkeit steht, und spürt, wie in seinem Herzen Entschlossenheit wächst.

»Ich werde hinfahren«, sagt er.

Onkel Robert sieht ihn überrascht an. »Ich glaube, sie brauchen dort Männer mit Erfahrung, William.« Er blickt zu Howard. »Vielleicht auch solche, die Erfahrung mit Unglücken haben.«

»Davon haben sie nichts gesagt«, wendet William ein. Gloria sieht ihn aufmerksam an.

»Vielleicht sollte *ich* hinfahren?«, sagt Onkel Robert.

»Das würde dein Rücken nicht mitmachen«, entgegnet Howard sofort. »Kein Schlaf, eine lange Fahrt und dann Gott weiß was.« Er weist mit dem Kopf auf William, ohne den Blick von Onkel Robert zu wenden. »Der Junge ist ein ausgezeichneter Einbalsamierer, und er ist stärker als du oder ich. Lass ihn fahren.«

»Bei allem Respekt«, hört sich William sagen, »ich brauche keine Erlaubnis. Ich fahre hin.«

Alle am Tisch sehen ihn an – Onkel Robert, Howard, die Strouds, Gloria –, doch das kümmert William nicht.

»Tapfer von dir, Junge.« Mr Stroud klopft mit den Händen auf den Tisch. »Das sagt mehr über dich als alle Abschlussnoten. Zeig's ihnen!«

Eine halbe Stunde später steht William, in seinen Wintermantel gehüllt, mit seinem Onkel auf dem Gehweg. Er wird zusammen mit zwei weiteren Einbalsamierern zurück nach Birmingham fahren, wo sie sich umziehen und ihre Autos mit der nötigen Ausrüstung und so vielen Särgen wie möglich beladen werden.

»Du wirst Dinge sehen, die du nie wieder vergessen wirst.« Onkel Robert wirft William einen besorgten Seitenblick zu. Dann wendet er den Kopf wieder und schaut geradeaus. »Deine Mutter wohnt nicht weit von Aberfan.« Er steckt einen Zettel in Williams Manteltasche. »Du könntest sie besuchen.«

»Nein, kann ich nicht. Das weißt du.«

Die Mundwinkel seines Onkels wandern nach unten, wie jedes Mal, wenn sie von ihr sprechen. Er atmet langsam ein und aus. »Und *du* weißt, dass ich das nie akzeptiert habe, und ich werde es auch nie akzeptieren.«

3

Es ist halb eins, als William mit seinen beiden Kollegen Nottingham verlässt und über größtenteils leere Straßen heimwärts fährt. Roy Perry, ein Einbalsamierer aus Erdington, liest ihnen die Berichte aus dem Haufen Zeitungen vor, die der Mann an der Hotelrezeption ihnen beim Hinausgehen gegeben hat.

Kurz nach 9.15 Uhr am Freitagmorgen war die Halde Nummer sieben der Merthyr Vale Colliery, aufgeschwemmt durch tagelange starke Regenfälle, ins Rutschen geraten, und eine halbe Million Tonnen Kohleabraum donnerten die Bergflanke hinunter und rissen Bäume, Felsblöcke und Steine mit sich. Oben auf dem Berg hatte die Sonne geschienen, aber unten in dem kleinen Dorf Aberfan war es neblig gewesen. Während die Arbeiter mitbekommen hatten, wie sich die Lawine in Bewegung setzte, hatten die Dorfbewohner keine Ahnung, dass eine fünfzehn Meter hohe Schuttwoge mit über achtzig Stundenkilometern auf sie zurollte. Nachdem sie Bahngleise, einen Kanal und einen Bauernhof zerstört hatte, mähte sie die Pantglas Junior School und zwei Häuserreihen nieder.

Die entsetzten Eltern gruben mit bloßen Händen in der schwarzen Masse. Wie durch ein Wunder konnten in den ersten zwei Stunden einige Kinder lebend herausgezogen werden, doch seit 11.00 Uhr an dem Morgen hatte es keinen Grund zum Feiern mehr gegeben. Über 140 Tote mussten geborgen werden.

Während noch immer Wasser und Schlamm den Berg hinunterflossen, kamen die Minenarbeiter, mit Schaufeln bewaffnet, direkt von ihrer Schicht. Freiwillige strömten in das Dorf und kletterten über den Kohlenschlamm. Die Polizei äußerte die Sorge, dass sie bei allem guten Willen die Arbeit der Rettungsmannschaften behinderten, die mittlerweile eingetroffen waren.

Die Leichen der gefundenen Kinder wurden in Decken gehüllt und in die nahe gelegene Bethania Chapel gebracht. Die Polizei versuchte, den zähen Schlamm zu entfernen, damit die Kinder identifiziert werden konnten, aber ohne Strom, Wasser und entsprechende Erfahrung war es äußerst mühsam.

Nachdem Roy geendet hat, fahren sie schweigend weiter, und bald darauf machen es sich Williams Mitfahrer so bequem wie möglich, um ein wenig zu schlafen, solange sie es noch können. Er ist hellwach, das Blut rauscht durch seine Adern. Dafür hat der süße schwarze Kaffee gesorgt. Und Gloria.

Jedes Mal wenn er sich daran erinnert, was passiert ist, reagiert sein Körper, als würde es hier und jetzt passieren, während er am Steuer sitzt. Als entschieden war, dass William nach Aberfan fahren würde, stand Gloria auf, nahm seine Hand und führte ihn aus dem Ballsaal in den üppigen Garten des Hotels, wo sie einen Kuss auf seine überraschten Lippen setzte. Er fragt sich, ob es, nachdem seine Zurückhaltung während des vergangenen Jahres so viele mögliche Augenblicke der Intimität mit Gloria boykottiert hat, seine spontane Entscheidung zu helfen war, die sie dazu gebracht hat, ihn zu küssen.

»Danke«, sagte er, während dieses schmelzende Gefühl durch seinen Körper strömte und er ihre Hände in seinen hielt, ohne zu wissen, wie sie dort hingekommen waren.

»Gern geschehen.« Sie lachte, die Augen so funkelnd und lebendig, so voller Hoffnung. »Du dummer Kerl.«

»Können wir das noch mal machen?«, fragte er und beugte sich bereits zu ihren wundervollen Lippen hinunter, sein ganzer Körper erfüllt vom Jubel einer Zukunft mit Gloria.

Um 3.35 Uhr kommt er in Merthyr Vale an, den Bestattungswagen von Lavery & Sons beladen mit einhundertvierzig Litern Formaldehyd, Einbalsamierungsinstrumenten und vier Kindersärgen. Dank des Passworts »Summers« – der Name des größten Bestattungsinstituts in Cardiff – hat er bereits zwei Polizeisperren passiert. Obwohl er die ganze Zeit im Dunkeln gefahren ist, verraten ihm die dicken, rauchenden Schornsteine und die schmalen Straßen, dass er sich in einem anderen Land befindet.

Er kann die Aufregung nicht leugnen, obwohl seine Augen während der letzten Stunde so müde waren, dass jedes Blinzeln wehtat. Er fühlt sich edelmütig, sogar heldenhaft, wie er da allein durch die Nacht fährt, gerüstet mit all den Fähigkeiten, die er während seiner Ausbildung gelernt hat. Vielleicht ist das seine Zukunft: Einbalsamierung an Unglücksstätten. Vielleicht werden die nächsten vierundzwanzig Stunden sein Leben verändern. Wenn Gedanken an seine Mutter auftauchen, die ihm jetzt zumindest räumlich näher ist als in den vergangenen fünf Jahren, scheucht er sie weg.

Für die letzten paar Hundert Meter nach Aberfan öffnet er das Seitenfenster, um wach zu bleiben. Die gewundenen Straßen werden immer wieder von gelbem Licht überflutet, und er muss ausweichen, um Lastwagen mit glitzernden schwarzen Haufen auf der Ladefläche vorbeizulassen. Über dem Dorf strahlt ein grelles weißes Licht wie ein unheilverkündender Stern. Wieder hält ihn ein Polizist im Regenmantel an.

»Einbalsamierer?« Er späht durch das Fenster des Bestattungswagens. Fast hätte William gelacht; der Mann klingt genau wie Tom Jones.

»Ja. Passwort: Summers.«

Der Polizist beugt sich näher zu ihm. »Sie müssen zur Bethania Chapel, dort bringen sie die Leichen hin.« Überrascht bemerkt William, dass der Polizist weint. Im Scheinwerferlicht eines herannahenden Lastwagens schimmert sein Regenmantel plötzlich silbrig weiß. »Fahren Sie mal kurz ran.« William lenkt den Bestattungswagen an den Straßenrand, und der Polizist winkt den Lastwagen vorbei. »Sie sehen sie gleich auf der rechten Seite.«

»Danke.« William fährt wieder an, und jetzt spürt er die Dringlichkeit, das Bedürfnis zu tun, wofür er hergekommen ist.

Aberfan ist hell erleuchtet und voller Menschen. Auf einem riesigen, unförmigen Hügel sind lauter Männer; manche bilden lange Reihen und reichen Eimer um Eimer von Mann zu Mann, bis der letzte den Inhalt in den wartenden Lastwagen kippt; andere bücken sich und stoßen ihre Schaufeln in den dunklen Berg, auf dem sie stehen, die Gesichter wie schwarzer Granit. Beim Anblick des Schuldachs, das in bizarren Winkeln aus dem Schlamm ragt, flucht William leise.

Langsam, wegen all der Leute, fährt er weiter, bis er ein trist aussehendes, schmuckloses Gebäude sieht, vor dem eine Reihe von Frauen wartet, einige davon auf Metallstühlen. Sofort taucht ein weiterer Polizist an seinem Seitenfenster auf.

»Ich muss Einbalsamierungsflüssigkeit und Ausrüstung ausladen«, sagt er rasch. Der Polizist tritt zurück und deutet auf den Gehweg direkt vor der Kapelle und die wartenden Frauen. Voller Energie springt William aus dem Wagen. Die Frauen starren ihn aus schweren, dunklen Augen an, und plötzlich durchzuckt ihn heiß die Erkenntnis, dass sie Mütter von toten Kindern sind. Er öffnet die Hecktür des Bestattungswagens und beginnt, die Behälter mit Formaldehyd auszuladen. Der Polizist packt mit an, und ein weiterer Mann taucht auf und hilft ebenfalls. Niemand sagt etwas.

Die Tür der Kapelle schwingt auf, und ein Mann kommt heraus. William schätzt ihn auf Anfang dreißig, älter als er selbst, aber jünger als sein Onkel. Er kommt direkt auf den Bestattungswagen zu.

»Ich bin Jimmy. Jimmy Doyle.« Er sieht dabei nicht William an, sondern das, was er mitgebracht hat. »Gott sei Dank«, sagt er leise, als er die kleinen Särge erblickt. »Wir haben eine Ladung aus Irland mitgebracht. Die Fluggesellschaft hat sogar die Sitze ausgebaut, damit wir mehr einladen konnten, aber es sind nicht mal annähernd genug.«

Da William nicht weiß, was er darauf erwidern soll, hievt er weiter die Behälter aus dem Wagen und stellt sie auf den Gehweg.

»Sobald du ausgeladen hast, brauche ich dich da drinnen, um bei der Identifizierung zu helfen.«

4

»Danke, dass du gekommen bist.« Jimmy legt William die
Hand auf die Schulter und führt ihn ein paar Schritte von den
wartenden Frauen weg. Williams Sohlen kleben am Pflaster.
»Wie heißt du?«

»William Lavery.«

»Warst du bei dem Bankett?« William nickt. »Wir haben
hier nur das Allernötigste.« Jimmy hat einen starken Belfaster
Akzent. Er spricht leise, damit die Frauen ihn nicht hören können. »Strom und Wasser sind durch das Unglück ausgefallen.
Die Feuerwehr tut, was sie kann, aber im Moment gibt es nur
ein paar Sturmlampen und Eimer mit Wasser. Als Tische benutzen wir aufgebockte Türen.

Die Leichen werden in Decken gehüllt hier reingebracht. Bevor wir da waren, hat die Polizei sie, so gut es ging, gesäubert,
damit die Eltern sie identifizieren konnten. Zum Glück haben
wir die Erlaubnis des Coroners, die Leichen ohne Autopsie zu
versorgen. Wir haben in der Sakristei ein paar Tische aufge-
baut, und einige weitere sind in der anderen Kapelle hier im
Ort. Wir waschen sie, lassen sie identifizieren, behandeln sie
und sargen sie ein. Dann werden sie in die andere Kapelle gebracht.« Jimmy hat immer noch die Hand auf Williams Schulter, aber er spricht zu einem Punkt auf dem Boden ein Stück
vor ihnen. William versucht sich zu konzentrieren; später wird
es keine Zeit für Fragen geben. »Das Schwierigste ist der Koh-

lenschlamm. Der ist zäh wie Teer, und wir haben nur kaltes Wasser und Seife. Tu einfach, was du kannst.« Jimmy fährt sich durch sein rotes Haar. »Hör zu, William – William ist doch richtig, oder?« William nickt erneut. »Was wir für diese Leute tun können, ist schlicht das: Wir machen unsere Arbeit. Wir machen sie gut, wir machen sie schnell, und dann gehen wir. Wir sind keine Priester, keine Freunde und keine Verwandten. Wir sind Einbalsamierer. Konzentrier dich auf deine Arbeit und halte dein Herz da raus. Das ist der beste Dienst, den du ihnen erweisen kannst.« Er drückt Williams Schulter. »Alles klar?«

»Ja, Sir.«

»Noch etwas.«

»Ja, Sir?« William will endlich anfangen. Wenn es nicht bald losgeht, wird der Drang wegzulaufen vielleicht übermächtig.

»Es könnte sein, dass noch mehr von dem Zeug runterkommt. Vor allem wenn es weiter so regnet. Falls du den Alarm hörst, nichts wie weg hier. Verstanden?«

»Ja, Sir.«

»Gut, dann wollen wir mal.«

Sie kehren zum Eingang der Kapelle zurück, eindringlich beobachtet von den wartenden Frauen.

Im trüben Licht der Kapelle kann William nur kokonartige Umrisse auf den Bänken oben und unten erkennen. Im Vergleich zu der mächtigen, mit prachtvollen Buntglasfenstern geschmückten Kapelle aus seiner Zeit als Chorknabe erscheint es ihm geradezu grotesk, dass dieses schlichte Gebäude dieselbe Bezeichnung trägt. Dort könnten sie so viele Einbalsamierungstische aufbauen, wie sie wollten, und der Chor könnte trotzdem proben, ohne im Weg zu sein.

»Die Leichen, die zuerst gefunden wurden, waren relativ unversehrt, und die meisten von ihnen sind bereits identifiziert, einbalsamiert und eingesargt«, sagt Jimmy. »Jetzt wird es schwieriger. Die Kohlenschlammlawine ist mit enormer Geschwindigkeit auf die Schule gedonnert, sie sind also nicht nur mit dem Zeug zugedeckt. Du kannst dir sicher vorstellen, was bei so einem Aufprall passiert …«

William blickt auf die Deckenbündel um ihn herum; es müssen mindestens fünfzig sein. »Wie viele fehlen denn noch?«

»Ich weiß es nicht genau« – Jimmy geht hinüber in die Sakristei, und William folgt ihm –, »aber insgesamt gelten einhundertsechzehn Kinder als vermisst, plus mehrere Erwachsene.«

Eine Paraffinlampe wirft mattes Licht in den Raum, von dessen Wänden die weiße Farbe abblättert. Zwei Türen sind als Tische aufgebockt. Als William die kleinen Leichname darauf erblickt, zuckt sein Herz zusammen. Während der Ausbildung hat er einmal ein Kind versorgt, einen zehnjährigen Jungen, der von einem Auto überfahren worden war. Damals hat er gedacht, ihn könnte nichts mehr erschüttern. Aber jetzt sieht es so aus, als würden seine Kollegen mit Puppen arbeiten. Zwei Männer stehen über einen Leichnam gebeugt; der eine pumpt mit der Hand Einbalsamierungsflüssigkeit in den Körper, der andere befestigt ein Schild am großen Zeh. Auf dem Fußboden steht ein Eimer, in den das Blut fließt. Daneben türmen sich Haufen mit schwarzen Lumpen.

Am zweiten Tisch sieht einer der Männer sofort zu William herüber und öffnet die Arme in einer erleichterten Willkommensgeste.

»Harry, das ist William«, sagt Jimmy. »Dein Partner für die nächsten Stunden. Ich überlasse ihn dir, ja?«

»Danke, Jimmy«, sagt der Mann, dann wendet er sich zu William. »Bist du bereit für das hier, Junge?«

»Ja, bin ich«, erwidert William, der nicht noch einen Vortrag hören will.

26

»Na, dann.« Harry nimmt eine Schere und gibt sie William. »Ich habe ihn sauber gemacht, so gut es ging.«

Das braune Haar des Jungen liegt glatt auf seiner Stirn. Das Gesicht hat noch graue Streifen, aber auf seiner Nase sind deutlich Sommersprossen zu erkennen, die William unvermittelt an seinen alten Chorfreund Martin erinnern. Seine Arme sind ebenfalls mit Sommersprossen übersät, und seine Shorts sind zerknittert. Dann bemerkt William, dass beide Beine unterhalb der Knie zerschmettert sind.

»Hast du die Frauen draußen gesehen?« William nickt. »Sie warten, weil sie wissen wollen, ob ihr Kind hier liegt.« Unter Harrys Auge zuckt ein winziger Muskel. »Schneide als Erstes das Hemd auf. So ordentlich, wie es geht.«

»Mache ich«, sagt William und beugt sich über den Leichnam. Die eine Seite des Hemds ist voller Kohlenschlamm, die andere eigenartig sauber. Vorsichtig schneidet er durch den Stoff und löst ihn von dem kleinen Körper. Die eine Hälfte fühlt sich in seiner Hand leicht an, fast unwirklich, während die andere schwer nach unten zieht. »Wo soll ich es hinlegen?«

Harry schüttelt leicht den Kopf. »Du gehst damit nach draußen« – er deutet zur Kapellentür –, »hältst es hoch und fragst, welcher kleine Junge Freitagmorgen darin zur Schule gegangen ist. Dann bringst du sie hier rein.«

5

Es ist kurz vor fünf Uhr morgens, und der Himmel färbt sich violett; ein müdes Licht, als widerstrebe es ihm, den dritten Tag von Aberfans Leid anbrechen zu lassen. Unablässig ist der Motorlärm der Lastwagen zu hören, die den Abraum aus dem Dorf transportieren, und William spürt den Luftzug, als einer davon an ihm vorbeidröhnt.

Die Wartenden – zumeist sind es Frauen – richten sich auf, als William auf sie zukommt. Er kämpft gegen den Drang, das Hemd zusammenzuknüllen und hinter dem Rücken zu verstecken. Er mag es nicht, wenn er beobachtet wird. Und noch nie zuvor, nicht mal als Solist in Cambridge, hat er sich so beobachtet gefühlt. Doch in dem Moment hat er plötzlich das seltsame Gefühl, leer zu werden, als würde alles, was bisher wichtig war, durch seine Schuhsohlen in das schlackig-schmierige Pflaster rinnen. An diesem Tag geht es einzig und allein um diese Menschen: um die Frau im Tweedmantel mit den zerrissenen Strümpfen, den Mann mit dem schmutzigen Hemd und den angsterfüllten Augen und den kleinen Jungen drinnen auf dem Tisch mit den zertrümmerten Beinen. William ist hier, weil er eine Fähigkeit besitzt, die niemand brauchen möchte. Doch sie brauchen sie, und er wird sie einsetzen.

Sein Atem stockt, als er Luft holt, als wäre seine Kehle mit einem Mal zu eng. Er hält das Hemd hoch und versucht mit allen Mitteln, die er je gelernt hat, seine Stimme zu beherrschen.

»Welcher Junge hatte Freitagmorgen dieses –«

»*Owen!*«

Ein dumpfer Schlag und ein Knacken ertönen, als die Frau mit den Knien auf das Pflaster sackt. Andere eilen zu ihr, fassen sie an den Armen und ziehen sie hoch. Ein Regentropfen schlägt gegen Williams Wange. Eine Frau wendet sich von der Kapelle ab und ruft: »Holt Evan Thomas!« Eine Reihe männlicher Stimmen trägt den Ruf weiter zu dem Berg, aus dem das Schuldach ragt.

Die Mutter löst sich aus dem Pulk von Eltern, als träte sie durch einen Vorhang. Sie kommt mit ausgestreckten Armen auf William zu, und es dauert einen Moment, bis er versteht, dass sie nicht nach ihm greift, sondern nach dem Hemd. Lange Sekunden vergehen, während sie es an ihre Wange drückt. Ein Mann erscheint keuchend, die Ärmel hochgekrempelt, das Weiß seiner Augen seltsam grell im Gegensatz zur dreckverschmierten Haut. Er legt seinen schmutzigen, starken Arm um die Schultern der Frau. Sie ist jetzt ganz ruhig. Das Gesicht ausdruckslos, das eine Knie blutig. Die beiden blicken sich nicht an, sondern an William vorbei zur Kapelle. Sie wollen ihren Jungen sehen.

»Kommen Sie«, sagt William leise, als sie nah genug sind, und öffnet die Tür.

Er ist es. Es ist ihr Sohn.

»Owen Elgar Thomas«, antwortet der Vater auf Harrys Frage. Schweigend und mit trockenen Augen berührt die Mutter sanft die Hand, den Kopf und die Brust des kleinen Jungen. Harry erklärt ihnen, dass sie ihren Sohn noch einmal sehen werden, wenn er einbalsamiert und in einen Sarg gebettet ist.

»Vielleicht sollten Sie versuchen, sich ein wenig auszuruhen«, sagt William, während er sie aus der Sakristei und durch die Kapelle führt, vorbei an den übrigen, noch in Decken gehüllten Leichnamen. Er hält ihnen die Tür auf. »Ich verspreche Ihnen, wir kümmern uns um Owen.«

»Gut gemacht, William«, sagt Harry leise, als er an den Tisch zurückkehrt.

In dem Maße, wie die Stunden vergehen, verschlechtert sich der Zustand der Leichen. Immerhin hat die Feuerwehr rechtzeitig vor der früh einsetzenden Dämmerung für Strom und Licht gesorgt. Manchmal kann William nur einen Fetzen Stoff, eine Haarspange, einen Schuh mit hinausnehmen. Doch es braucht nicht viel, damit eine der Wartenden auf ihn zustürzt, gerettet und zerstört zugleich. Diese adleräugigen, herzenshungrigen Mütter könnten ihre Kinder anhand eines Fingernagels identifizieren.

Als William auf die Straße gehen und fragen muss, wessen kleines Mädchen blondes Haar hat, treten zwei Frauen und ein Paar vor. Und das sind vielleicht die schlimmsten Momente, wenn sie sich voller Angst, die William schmecken kann, dem Leichnam nähern und sehen, dass es doch nicht ihre Tochter ist. Nach den letzten sieben Stunden versteht er, wie erleichternd und tröstlich es sein kann, endlich zu wissen, wo ihr Kind ist und dass ihm nichts Schlimmes mehr zustoßen kann. In was für einer schrecklichen Welt ist er hier, in der diejenigen glücklich zu nennen sind, die den Leichnam ihres Kindes identifizieren können.

Es regnet wieder. Die Straße zischt unter den Rädern der Lastwagen. Die Tropfen schlagen wie Schrotkugeln auf das Dach der Kapelle. Neunzehn Jahre alt, frisch vom Thames College of Embalming, mit Bestnoten in sämtlichen praktischen und theoretischen Fächern, blickt William auf die Überreste des kleinen Mädchens, das, wie er gerade erfahren hat, Valerie heißt, und ihm wird klar, dass all das überhaupt nichts zählt, wenn er es hier und jetzt nicht schafft, seine Arbeit zu tun und den zerstörten Körper dieses Kindes für dessen Eltern herzurichten, die da draußen im Regen auf dem Gehweg stehen.

Normalerweise ist der Raum, in dem er sich befindet, eine Sakristei, aber nichts ist mehr normal, und William nimmt nichts von seiner Umgebung wahr, weder den Haufen schwarzer Bibeln in der Ecke noch die abgewetzten Kniepolster, die neben der Tür gestapelt sind, den schweren Geruch nach altem Holz, der mit dem stechenden des Formaldehyds ringt, oder die kleinen Särge, die sich an der Rückwand türmen. Nichts davon dringt zu ihm durch, denn mit einem Mal taucht eine Erinnerung auf, scharf wie das Skalpell in seiner Hand.

Vom buttrigen Duft nach Gebackenem, der die Wohnung erfüllt, aus seinem Mittagsschlaf geweckt, tapst William mit seiner Decke in die Küche, kuschelt sich in den alten Sessel und sieht seiner Mutter zu. Wärme wallt über seine Beine, als sie das verzogene alte Backblech aus dem Ofen nimmt und auf dem Resopaltisch abstellt. Sie schiebt den Tortenheber unter den größten Keks, legt ihn auf eine Untertasse und schneidet ihn in der Mitte durch. Gemeinsam sehen sie zu, wie der Dampf kräuselnd in die Luft steigt. »Für Seine Lordschaft.« Sie macht einen tiefen Knicks und reicht ihm die Untertasse mit beiden Händen. Der Goldrand funkelt ihm zu, und Williams verschlafenes Gesicht verzieht sich zu einem Lächeln, als er die Hand danach ausstreckt. »Verbrenn dir nicht den Mund«, sagt sie leise.

In dem Moment bemerkt William Valeries unversehrte linke Hand. Nichts abgerissen oder zerschmettert, kein Blut, kein blauer Fleck, nicht mal ein Kratzer. Das verdrehte Bein, die fehlenden Zehen und die eingedrückte Schädelseite sind jetzt unwichtig. Wenn ihre Eltern sich erinnern müssen, werden sie sich an ihre unversehrte Hand erinnern.

Vorsichtig löst er die Schlagader aus dem sauberen Schnitt an ihrem Hals und legt sie flach auf den Separator aus Edelstahl, wobei er die winzigen Kapillaren bemerkt, die sich zart durch das Blutgefäß winden. Anschließend führt er die kleine Arterienkanüle in die Öffnung ein und wiederholt das Ganze dann an der inneren Drosselvene. Nachdem er die erste Kanüle an den Kanister mit der Formaldehydlösung und die zweite an einen Schlauch angeschlossen hat, der zu einem Eimer neben seinen Füßen führt, ergreift William die Handpumpe. *Drücken* – loslassen, *drücken* – loslassen, *drücken* – loslassen. Der künstliche Herzschlag treibt die Flüssigkeit durch die Arterien des Mädchens und das Blut in den Eimer. Williams Hand schmerzt vom vielen Pumpen, und sein Rücken schmerzt von der vornübergebeugten Arbeit an den toten kleinen Körpern, doch er lässt nicht nach, streckt sich nicht, lockert nicht seine Finger.

Als das Blut vollständig durch die Einbalsamierungslösung ersetzt ist und die Schnitte vernäht sind, atmet William tief durch. Er nimmt die linke Hand des Mädchens, massiert sie und bewegt die Gelenke, um die Flüssigkeit bis in die Fingerspitzen zu transportieren, damit sie wieder rosig aussehen.

»So, Valerie«, sagt er. »Jetzt sind wir fertig.« Es stört ihn nicht, dass Harry, der am nächsten Tisch arbeitet, ihn hören kann. Er hält ihre Hand in seinen beiden und beginnt, ohne es recht zu merken, ganz leise zu singen.

> *»I forget all your words of promise*
> *You made to someone, my pretty girl*
> *So give me your hand, my sweet Myfanwy,*
> *For no more but to say ›farewell‹.«*

Das letzte Mal, als er das gesungen hat, lag eine andere Hand in seiner. Die von Martin, seinem besten Freund in Cambridge, wie immer, wenn sie das Lied zusammen gesungen haben. »Sie ist Waliserin, du Dussel«, murmelt er vor sich hin. »Sing es auf Walisisch.« Er blickt zu Harry, doch der näht gerade und scheint nichts von seiner leisen Serenade mitzubekommen.

> *Anghofia'r oll o'th addewidion*
> *A wneist i rywun, 'ngeneth ddel,*
> *A dyro'th law, Myfanwy dirion*
> *I ddim ond dweud y gair ›Ffarwél‹.«*

William geht zu dem Stapel Särge. Der oberste ist weiß, einer von denen, die die irischen Kollegen eingeflogen haben. Das freut ihn. Valerie würde bestimmt gerne einen weißen haben. Er bettet sie hinein, zieht ihren Kopf auf die Seite, breitet eine der gespendeten Decken über sie und legt ihre unversehrte Hand obendrauf.

Dann trägt er den Sarg in die Kapelle und stellt ihn auf eine der Bänke, beunruhigt, dass Aberfan ausgerechnet Erinnerungen an die zwei Menschen wachruft, die zu vergessen er sich so hartnäckig bemüht hat.

Die wachsartigen Lampenschirme wippen und schwingen, als die Tür aufgeht. Jimmys schmale Gestalt kommt eilig herein, einen in eine Decke gehüllten Leichnam in den Armen. Noch einer. Und danach wird noch einer kommen. Und je später sie kommen, desto schwerer ist es. Je länger sie unter dem Kohlenschlamm gelegen haben, desto schneller setzt die Verwesung ein, sobald sie an die Luft gelangen. Nun, da Bagger im Einsatz sind, werden manche Körper ein zweites Mal verletzt. Jimmy trägt das Bündel in die Sakristei.

»Also, eins sag ich euch.« Jimmy steht atemlos neben Harrys Tisch, die Hände in die Seiten gestemmt. »Ich hab's ja nicht so mit der Religion, aber von jetzt an lasse ich nichts mehr auf die Heilsarmee kommen.«

»Die waren schon vierundzwanzig Stunden im Einsatz, bevor wir auch nur angefangen haben«, sagt Harry und geht nach hinten, um einen Sarg zu holen. »Hatten bestimmt schon zahllose Tassen Tee gekocht und waren immer noch mit voller Kraft dabei.«

»Tee und Sandwiches sind ja nichts Ungewöhnliches«, erwidert Jimmy, »aber wisst ihr, was sie auch haben?«

Harry nickt. »Whisky.«

»Und Zigaretten.« Jimmy schüttelt den Kopf.

»Nett von ihnen.« Harry legt vorsichtig den Leichnam von seinem Tisch in den Sarg. »Einige von den Minenarbeitern sind Freitagmorgen direkt von der Schicht gekommen und graben immer noch. Und jetzt haben wir Sonntagmittag!«

Mit einem Mal hat William einen Riesenhunger. Er hat nicht geschlafen, und bisher war nicht von einer Pause die Rede, obwohl Jimmy ihnen ab und zu ein paar Sandwiches gebracht hat. An einem vollen Arbeitstag hat er vielleicht drei Leichname zu versorgen. Valerie war schon sein siebter. Um ihn herum stehen jetzt fünf Einbalsamierungstische, an denen es genauso aussieht. Der Formaldehydgeruch, den er sonst mag, ist übermächtig, obwohl alle bleiverglasten Fenster trotz der Kälte geöffnet sind.

»Jimmy?«, fragt er. »Kann ich rausgehen und was essen?«

»Klar. Nach der letzten Zählung fehlen noch fünf.«

Auf dem Weg hinaus blickt William zu Valerie und sieht, dass unter dem Nagel ihres Zeigefingers noch ein wenig Schmutz sitzt. Er holt sein Schweizer Taschenmesser heraus, klappt die kleinste Klinge auf, nimmt sanft ihre Hand und schabt das Schwarze unter dem Nagel hervor. Er wischt die Klinge an seiner Hose ab und wiederholt das Ganze noch einmal.

Am Ausgang streift er seine Jacke über und bindet sich den Schal um den Hals. Während die kalte Luft durch die Ritze unter der schweren Tür hereinweht, hört er Jimmys Stimme in der Sakristei.

»Hoffentlich kriegt der Junge hier keinen Knacks fürs Leben. Er ist ein echtes Naturtalent.«

»Und eine schöne Stimme hat er auch«, sagt Harry.

Die Schultern gegen die Kälte hochgezogen, denkt er, ein Gutes hat es immerhin, dass er seit fünf Jahren nicht mehr mit seiner Mutter gesprochen hat. So kommt er nicht in Versuchung, ihr von alldem hier zu erzählen. Sie würde es nicht ertragen. Erleichtert kommt er zu dem Schluss, dass es weder ihr noch ihm guttun würde, sie zu besuchen, wenn er hier fertig ist, obwohl er ihr noch nie so nahe war, seit sie fortgegangen ist.

6

Die Luft draußen ist bitter und feucht. Das Licht schwindet, aber William hat kein Zeitgefühl. Er versucht sich Aberfan als ganz normalen Bergbauort vorzustellen, mit lebenden, munteren Kindern und Erwachsenen, deren Welt noch heil ist. Er schlängelt sich zwischen Absperrungen, Polizisten, Minenarbeitern und Sandsäcken hindurch, um zum Posten der Heilsarmee zu gelangen. Seine Schuhsohlen sind klebrig. Bei der Vorstellung, wie er versucht, sie wieder sauberzukriegen, wenn er nach Hause kommt, schaudert es ihn.

Schmeiß sie weg, William. Es ist doch bloß ein verdammtes Paar Schuhe.

Das ist das erste Mal seit seiner Ankunft hier, dass er an Gloria denkt, und bei der Erinnerung an das Gefühl ihrer selbstbewussten, vollen Lippen auf seinen schlägt sein Magen einen Salto. Ihr cremiger roter Lippenstift, das kurze *Tick* ihrer Zähne gegen seine, Knochen auf Knochen inmitten der warmen Weichheit von Lippen, Mund und Zahnfleisch. William überlegt, ob er eine Telefonzelle suchen und sie anrufen soll, aber bisher hat er noch keine gesehen, und er hat auch kein Kleingeld dabei. *Lass es,* denkt er. *Iss was, trink was und dann wieder an die Arbeit.*

Der Geruch nach Gerbsäure und der Dampf, der von der Teemaschine auf den Sandsäcken aufsteigt, erinnert ihn daran, wie ausgelaugt er ist.

»Wollen Sie was Stärkeres dazu?« Der hochgewachsene

uniformierte Mann reicht ihm einen Becher. »Vielleicht einen kleinen Schuss in den Tee?«

»Ja, warum nicht.« William hält ihm den Becher wieder hin. Der Mann schraubt einen Flachmann auf, und eine bernsteinfarbene Flüssigkeit plätschert in seinen Tee. »Gönnen Sie Ihren Füßen mal 'ne Pause.« Er deutet auf einen Klappstuhl.

Erst als er sitzt, merkt William, wie müde seine Beine sind.

»Sie müssen einer von den Einbalsamierern sein«, sagt der Mann und gibt ihm ein Sandwich mit Ei und Kresse.

William nickt kauend.

»Dafür sehen Sie aber jung aus.« Er nimmt William den leeren Becher ab und füllt ihn erneut.

»Ich habe diese Woche meinen Abschluss gemacht.« William greift nach dem zweiten Sandwich, dessen weißes Brot sich unter dem Gewicht des Belags biegt. Sein Körper ist so gierig, dass er das erste kaum geschmeckt hat.

Der Mann trinkt ebenfalls aus seinem Becher. »Familienunternehmen?«

William beginnt die Kälte zu spüren. Seine Beine zittern. Er stellt den Becher auf dem Stapel Sandsäcke ab und zieht den Reißverschluss seines Anoraks hoch, bis der Metallschieber die weiche Haut unter seinem Kinn berührt. »Ja. Dritte Generation.«

»Dann wussten Sie sicher schon immer, was Sie mal machen würden?«

Er schüttelt den Kopf. »Dad wollte es gerne, aber Mum war dagegen.«

Zwei Minenarbeiter treten schweigend an die Teemaschine. Während sie versorgt werden, isst William noch ein Sandwich. Mit einem Nicken als Dank gehen sie wieder und schlingen das Essen genauso hinunter, wie er es getan hat.

»Dann hat Ihr Dad sich also durchgesetzt?« Der Mann öffnet eine Packung KitKat und gibt William eins davon.

»Nein. Er ist gestorben, als ich acht war.«

»Das tut mir leid. Aber Ihre Mutter ist jetzt bestimmt stolz auf Sie, nicht?«

»Keine Ahnung.« William steht auf, trinkt den Rest Tee und gibt seinen Becher zurück. »Ich muss jetzt mal wieder. Danke für das Essen.« Er hält kurz inne und überlegt, ob er den Mann bitten soll, Onkel Robert anzurufen und ihm auszurichten, dass es ihm gut geht, doch dann hebt er nur die Hand und nickt.

»Alles Gute, junger Mann. Gott schütze Sie.«

»Danke.« William winkt noch einmal, dann schiebt er die Hände in die Taschen und geht, so schnell er kann, zwischen den Leuten und dem Dreck und den Lastwagen hindurch zurück zur Kapelle. Und bei jedem Schritt nimmt er sich vor, keine einzige Träne zu vergießen, bis er von hier fort ist.

7

Am Nachmittag legt William gerade einen deckenumhüllten Leichnam auf den Tisch, als die Tür der Sakristei aufspringt. Er blickt auf, Jimmy und Harry ebenfalls. Vor ihnen steht ein Polizist, die Hand auf der Schulter einer rundlichen, kleinen Frau in einem roten Kleid und einem viel zu großen Männerpullover. Sie atmet schwer, als wäre sie hierhergerannt. Sie sieht jedem von ihnen in die Augen, aber am längsten verweilt ihr Blick auf William.

»Das ist Betty Jones«, sagt der Polizist. »Sie bittet darum –«

»Ich hab keine Ruhe«, unterbricht sie ihn, die Hände um den dicken Griff ihrer Handtasche geklammert. »Unser Haus ist unter diesem mörderischen Dreck begraben, deshalb sind wir bei Verwandten untergekommen.« Sie wendet sich zu dem Polizisten, dann wieder zu ihnen. »Meine Herren, bitte lassen Sie mich helfen«, fleht sie. »Ich tue alles, ganz egal, was. Aber ich halte es keinen Moment länger aus, bei meiner Schwägerin zu hocken und *nichts* zu tun!«

Ihr braunes Haar ist in ordentliche Wellen gelegt. Der rote Streifen, der unter der grünen Wolle hervorschaut, ist aus hübschem Stoff, so etwas, was seine Mutter tragen würde, aber mit dem riesigen Pullover und den Gummistiefeln sieht sie geradezu kindlich aus. Ihre Beine sind stämmig, und ihr ganzer Körper vibriert vor Energie. »Bitte«, wiederholt sie, bevor Jimmy etwas erwidern kann. »Lassen Sie mich helfen.«

»Danke, Betty«, sagt Jimmy schließlich. »Alles, was hier drinnen zu tun ist, ist extrem belastend. Vor allem, wenn Sie eines der Kinder kennen.«

»Ich kenne sie *alle*«, entgegnet sie sofort. »Und ihre Eltern auch. Wenn das zehn Jahre früher passiert wäre, lägen jetzt meine beiden da auf den Tischen.« Sie senkt die Stimme. »Ich möchte etwas für diese armen Eltern tun.«

»William?« Jimmy nickt ihm zu. »Betty kann dir helfen, sie für die Identifizierung vorzubereiten.«

Betty stellt ihre Tasche in der Ecke neben den Särgen ab und holt gelbe Gummihandschuhe heraus.

»Ich dachte mir, dass ich die brauchen würde.« Sie stellt sich William gegenüber und sieht ihn mit einem tapferen, zupackenden Lächeln an. »Na, dann sagen Sie mir mal, was ich tun soll.«

Betty sieht seiner Mutter überhaupt nicht ähnlich; sie ist älter und kleiner, und ihre Bewegungen haben nichts Elegantes, aber etwas an ihr erkennt er wieder. Sie ist voller Angst und Schmerz, aber zugleich mutig und entschlossen.

»Das wird hart«, sagt er, als er nach der grauen Wolldecke greift, und fragt sich, wie lange er warten soll, bevor er sie wegzieht. Bettys direkter Blick macht es ihm leichter. »Zum einen ist da der Kohlenschlamm, und zum anderen sind das jetzt die Letzten, die geborgen werden. Sie sind in einem schlechten Zustand.« Bettys rote Lippen sind eine feste, gerade Linie, und sie sieht ihn unverwandt an. Sie nickt kurz und schluckt, und William bemerkt eine pulsierende Ader an ihrem Hals. Er muss ihr zeigen, dass er weiß, was er tut, damit sie ihm vertraut. »Wir ziehen die Kleider aus. Ich untersuche den Zustand des Leichnams. Dann säubern wir ihn. Zusammen.« Bettys Augen glänzen plötzlich wie zwei Saphire. »Ich zeige Ihnen, wie.« Sie nickt erneut und blinzelt. »Gut, dann los«, sagt William.

Er zieht die Decke mit einer schnellen, aber sanften Bewegung weg und lässt sie zu Boden fallen. Bettys kompakter Körper zuckt, aber William lässt sich nicht anmerken, dass er es mitbekommen hat. Gemeinsam sehen sie hin. Gemeinsam riechen sie Blut und Teer und den Beginn der Verwesung.

Im schwachen, gelblichen Schein der geborgten Lampen stöhnt Betty auf und legt die Hand auf die unversehrte Wange des Mädchens. »Alles ist gut, Helen«, flüstert sie. »Betty ist hier.«

Der Raum ist vollkommen still; William weiß, dass die anderen Einbalsamierer zu ihnen herübersehen. Betty richtet sich auf und holt tief Luft, sodass das kleine Kreuz an ihrem Hals aufschimmert. »So, meine Kleine«, sagt sie ein wenig lauter und berührt mit ihren Gummifingern den Arm des Mädchens. »Deine Mum und dein Dad kommen gleich zu dir, deshalb machen dieser nette junge Mann und ich dich ein bisschen sauber. Es ist alles vorbei, meine Kleine.«

Als Betty ihr Gesicht, in dem Entschlossenheit und Fassungslosigkeit miteinander ringen, schließlich wieder William zuwendet, hat er Mühe, seine eigene Mimik unter Kontrolle zu halten, so mächtig ist die Woge von Intimität, die sie ausgelöst hat.

»Sie zerschneiden die Kleider« – er reicht ihr die Schere –, »und ich ziehe sie ihr aus.«

Mit ruhiger Hand schneidet Betty durch den Bund des Baumwollrocks und dann diagonal durch die Bluse. Bald sind ihre Gummihandschuhe fast vollständig von zähem schwarzem Teer bedeckt. In einem Bruchteil der Zeit, die er vorher für die Prozedur gebraucht hat, lässt William den Stoff auf den Haufen neben dem Tisch fallen. Er hat Angst, dass der linke Fuß sich vom Körper löst, wenn sie ihn abwaschen.

Er nimmt den frischesten Eimer Wasser, den freiwillige Helfer hereingebracht haben, und taucht seinen Schwamm hinein. »Immerhin haben wir jetzt warmes Wasser.« Mit festen, langen Strichen fährt er über den linken Arm, reibt und zieht an dem Schmutz, taucht den Schwamm erneut ein, drückt ihn aus und wieder von vorn. Betty sieht ihm zu.

»Sie waschen die Arme, ich die Beine.« Er gibt ihr einen Schwamm, und sie taucht ihn sofort ins Wasser. Noch nie hat William jemanden so konzentriert an etwas arbeiten sehen wie Betty an diesem kleinen Arm. Nach ihren ersten Worten zu Helen schweigt sie nun, vollkommen mit den kleinen Streifen Haut unter dem schmutzigen Rechteck des Schwamms beschäftigt.

Plötzlich verspürt er den Drang, das Schweigen zu füllen. »Wie war sie so?«, fragt er, während er zur anderen Seite des Tisches geht.

Sie hält inne, sieht ihn an. »Lieber nicht.« Sie beginnt wieder zu reiben.

»Natürlich, entschuldigen Sie«, sagt William peinlich berührt und umfasst vorsichtig den zerquetschten Fuß, während er das Schienbein säubert.

Ein kalter Luftzug und das Hupen eines Lastwagens lassen ihn aufblicken. Der hochgewachsene Mann von der Heilsarmee, der ihn vorhin bedient hat, kommt herein, eine schwarze Kiste in den Händen.

»Ich dachte mir, Sie könnten vielleicht ein bisschen was im Hintergrund gebrauchen«, sagt er. »Die Batterien sind neu, und ich habe noch mehr, falls sie leerlaufen.«

»Das ist sehr nett.« Jimmy hält in seiner Arbeit inne und deutet auf die Fensterbank hinter Williams Rücken. »Können Sie es da hinstellen und etwas anmachen?«

»Na klar.« Der Mann geht zum Fenster, das Radio mit etwas Abstand vor sich. »So, das hätten wir.«

Seine tiefe Stimme und die kollernden Vokale erinnern William erneut an Tom Jones, und als das Radio knisternd und fiepend zum Leben erwacht, hofft er beinahe, »What's New Pussycat?« oder »It's Not Unusual« zu hören.

»Ich nehme an, Musik wäre wohl am besten«, sagt der Mann und späht auf die Anzeige.

Plötzlich ertönt Orchestermusik, klarer und lauter, als William es von so einem kleinen Transistor erwartet hätte.

»Wunderbar, vielen Dank«, sagt Jimmy.

»Hauptsache, wir können helfen«, erwidert der Mann im Hinausgehen.

Zu zweit brauchen sie nur die Hälfte der Zeit, um den Leichnam zu säubern. Als Helens Eltern hereinkommen, die Mutter mit dem Stück Rockstoff in der Hand, und ihre Tochter dort liegen sehen, ist Betty mit ihren starken Armen da. Während der nächsten zweieinhalb Stunden waschen sie noch die Leichen von zwei weiteren Mädchen und einem Jungen.

8

»Ihr zwei holt euch jetzt mal was zu essen und eine wohl-
verdiente Tasse Tee«, sagt Harry, als William wieder hereinkommt, nachdem er ein weiteres Elternpaar nach draußen zu-
rückbegleitet hat. »Um die hier kümmere ich mich.«

William und Betty schlüpfen in ihre Mäntel und gehen
durch die Dunkelheit zum Erfrischungsstand am Ende der
Straße. Obwohl es aufgehört hat zu regnen, trieft die Okto-
berluft vor Feuchtigkeit. Aberfan ist schwarz, weiß oder grau.
Die Strahler an der Unglücksstelle leuchten wieder, und in ihrem grellen Licht wirken die weißen Mauern der benachbarten
Reihenhäuser wie gebleckte Zähne. In der Reihe direkt gegenüber der Schule gähnt ein riesiges Loch.

Betty bleibt stehen, hakt sich bei ihm ein und starrt auf den
glänzenden Schutt.

»Das da war mein Zuhause. Fünfundzwanzig Jahre haben
wir dort gewohnt.«

»Das tut mir leid«, sagt William.

Sie zieht an seinem Arm, um ihn zum Weitergehen zu bewegen. »Immerhin waren wir nicht drinnen.«

Während sie an den Häusern vorbeigehen, kann er hinter
den Fenstern dunkle Schatten sehen; kleine Berge aus Kohlenschlamm in den Wohnzimmern. Aus einem ragt die Lehne
eines Stuhls und daneben ein hochhackiger Absatz. Sie passieren gerade die Schule zu ihrer Linken, als ein schriller Schrei

sie innehalten lässt. Ein Mann bricht beim Anblick von etwas, das aus dem Schutt gezogen wird, zusammen. Die Frau hinter ihm, wahrscheinlich die Mutter des Kindes, presst die Hand vor den Mund, und da ist Jimmy, der den Leichnam bereits hochnimmt, um ihn zur Kapelle zu bringen, bevor er sich zu zersetzen beginnt.

»Wenn ich ein Zuhause hätte, würde ich Sie auf einen Tee einladen«, sagt Betty und nimmt seinen Arm fester. »Aber meine Schwägerin hat schon das ganze Haus voll.« Sie hebt ihr kurzes Bein, um William ihre Gummistiefel zu zeigen. »Das sind ihre, sie sind zwei Nummern zu groß.«

»Macht nichts, wir können sowieso nicht lange wegbleiben.«

Die Lastwagen fahren immer noch unablässig hin und her. Die Rettungsleute sind weiter im Einsatz, auch wenn es jetzt weniger sind als bei seiner Ankunft. Das Geräusch der Schaufeln, die sich in den Kohlenschlamm graben, ist leiser geworden, aber nach wie vor allgegenwärtig. William und Betty bleiben einen Moment stehen und sehen zu. Er nimmt an, dass der ursprüngliche Adrenalinschub des Entsetzens, der die Männer angetrieben hat, nach zwei Tagen versiegt sein muss. Obwohl keine Hoffnung mehr besteht, Lebende zu finden, können sie nicht aufhören. In den Hinterhöfen der Häuser hängt Wäsche, die schon vor Tagen hätte abgenommen werden sollen. Bettlaken blähen sich geisterhaft im Wind, dazwischen Blusen und Pullover, Röcke und Hosen, die nicht mehr gebraucht werden.

»Danke, Betty«, sagt William, als sie sich mit ihren Bechern und Sandwiches an die Sandsäcke lehnen. »Sie sind mir eine große Hilfe.«

Sie trinken Tee mit Whisky, stark und ölig. Betty pustet auf ihren, aber William lässt sich die Kehle verbrühen.

»Sie war ein freches kleines Ding.« Im ersten Moment weiß William nicht, wovon Betty spricht. Sie dreht sich zu ihm und stützt sich mit der Hüfte an den Säcken ab. »Helen. Letzte Woche gab es Ärger, weil sie am Kiosk eine Rolle Drops stibitzt hatte, und letztes Jahr Weihnachten hat sie beim Krippenspiel den Stuhl weggezogen, auf den Maria sich setzen wollte, sodass die mit einem lauten Rumms auf den Boden geknallt ist und sich das Steißbein angeknackst hat.« Von Bettys Lippenstift ist nur noch ein schmaler Rand übrig, der ihr Lächeln einrahmt. »Und sie war eine richtige Kichertrine.« Sie starrt an William vorbei und nippt an ihrem Tee. »Ich hoffe, jetzt kichert sie auch.« Bettys Augen werden wieder feucht. »Was kann schlimmer sein, als sein Kind zu verlieren?« Ihr Blick sinkt zu Boden, dann atmet sie scharf ein und sieht ihn wieder an. »Wie alt sind Sie, William?«

»Neunzehn.«

»Nun, ich hoffe, Ihre Eltern wissen, was für einen großartigen Sohn sie haben.«

William schüttelt den Kopf und blickt nach unten. Gott, ist er *müde*! »Ich sollte wieder zurückgehen.« Er stellt seinen Pappbecher auf die Säcke. »Lassen Sie sich Zeit, aber ich muss zurück.«

»Habe ich etwas Falsches gesagt, William?« Sie richtet sich ebenfalls auf.

»Nein«, sagt er über die Schulter. »Kommen Sie, wenn Sie so weit sind.«

9

»Letzte Runde«, sagt Jimmy, als William in die Sakristei tritt.
»Ich nehme an, du musst heute noch zurück?«

»Nicht, wenn ich noch gebraucht werde.« William geht zu
seinem Tisch. Als er am Radio vorbeigeht, registriert er eine
murmelnde Stimme. Der Haufen schmutziger, zerschnittener
Kleider in der Ecke ist mittlerweile hüfthoch.

»Jetzt fehlen nur noch drei«, fährt Jimmy fort und schrubbt
seinen Tisch mit einer Energie, die nichts von der Erschöpfung
verrät, die er spüren muss. »Harry bleibt noch bis morgen und
ich, bis wir hier fertig sind.«

»Sind Sie sicher?« William wird ganz schwach vor Erleichterung. Bald kann er hier wegfahren, zurück in das ruhige Bestattungsinstitut seines Onkels und zu einem Leben mit Gloria. Gloria, die ihn geküsst hat.

»Ja, bin ich«, sagt Jimmy. »In der Kapelle liegt noch ein
Leichnam. Kümmere dich darum, schlaf ein bisschen im Auto,
und dann mach dich auf den Weg.« Er wendet sich zu Harry.
»Jetzt bist du dran mit Pause.«

»Da sag ich nicht nein.« Harry geht zur Tür. »Was hast du
mit Betty gemacht, William?«

In dem Moment schwingt die Tür auf und trifft Harry um
ein Haar.

»Hoppla.« Betty lächelt Harry zu, der zur Seite tritt und
dann den Raum verlässt. Sie stellt sich an den Tisch und sieht

William an. Er hat das Gefühl, er müsste sich entschuldigen, doch ihr ruhiger Blick verrät ihm, dass sie nichts von ihm erwartet.

»Wir haben nur noch einen vor uns«, sagt er. »Können Sie die Eimer und Schwämme holen?«

»Natürlich.« Sofort dreht sie sich um und geht zur Wand, wo die Eimer bereitstehen.

Särge, nicht eingehüllte Leichen, füllen jetzt die Bänke der Kapelle. Einige sind schmutzig, mit Kohlenschlamm beschmiert, obwohl sie sich bemüht haben, das zu vermeiden. Es dauert einen Moment, bis er das braune Bündel entdeckt. Als er das nachgiebige Fleisch, den Winkel eines Beines spürt, fragt er sich, was ihn erwartet, ob er es schafft, das alles noch einmal zu verkraften, und staunt über Jimmys und Harrys Durchhaltevermögen. Immerhin gibt Betty ihm einen Grund, sich nichts anmerken zu lassen und zu tun, was getan werden muss.

Die Eimer und Schwämme sind bereit, und Betty steht abwartend an der einen Seite des Tisches.

»Danke«, sagt er.

»Keine Ursache.«

Er gibt ihnen beiden noch einen Moment, Zeit, ein paarmal ein- und auszuatmen.

»Es muss eins von dreien sein«, sagt Betty sachlich. »Ich habe die Eltern gesehen, die noch draußen warten.«

William zieht zum letzten Mal eine Decke weg. Sie schauen hin. William sieht Betty an. Sie schürzt die Lippen und schüttelt den Kopf. »Bin mir nicht sicher.«

Fast synchron tauchen sie ihre Schwämme ins Wasser und machen sich an die Arbeit. In William breitet sich Ruhe aus, weil er weiß, dass er es fast hinter sich hat. Er und Betty arbeiten gut zusammen; sie weiß intuitiv, welche Körperteile sie säubern kann und welche sie besser seiner Erfahrung überlässt.

Neben ihnen pumpt Jimmy die Einbalsamierungsflüssigkeit in einen Leichnam. Einige Sekunden lang hört William nichts außer dem Saugen und Zischen der Handpumpe und dem Plätschern des schmutzigen Wassers, das sie aus ihren Schwämmen drücken. Dann eine gepflegte Stimme hinter ihm: »… Chapel Choir, Cambridge, mit dem ›Miserere‹ von Allegri.«

William fährt herum, packt das Radio und fingert mit seinen Gummihandschuhen daran herum, bis die Musik verstummt. Dann dreht er sich wieder um, das Radio in beiden Händen. Jimmy und Betty starren ihn an.

»Tut mir leid.« Er stößt den Atem aus, lässt es wie ein Lachen klingen. »Ich kann diesen Klassikkram nicht leiden.« Er stellt das Gerät zurück auf die Fensterbank. »Soll ich irgendwas anderes anmachen?«

Jimmy deutet mit dem Kinn auf Williams Tisch. »Mach lieber weiter, die Eltern warten draußen.«

Das seidige schwarze Haar des Kindes sieht aus wie frisch gekämmt, aber das Gesicht ist völlig zerstört. Betty reibt mit dem ausgelaugten, weichen Schwamm über den linken Unterarm. William ist froh, dass sie nicht versucht, mit ihm zu reden. Sie hat ihren einen Handschuh ausgezogen, um mit dem Fingernagel einen widerspenstigen Teerfleck wegzukratzen. Er wirft ihr alle paar Sekunden einen Blick zu, aber sie sieht nicht auf.

Als Harry von seiner Teepause zurückkommt, ist der Raum gerade vom vertrauten Dröhnen eines abfahrenden Lastwagens erfüllt. Jimmy, Betty und William sind auf ihre Arbeit konzentriert und bekommen nicht mit, dass Harry im Vorbeigehen das Radio wieder einschaltet. Als der Gesang erklingt – *Amplius lava me ab iniquitate mea: et a peccato meo munda me;* »Wasche mich rein von meiner Missetat, und reinige mich von meiner Sünde« –, bemerkt Betty nicht, was mit William passiert. Jimmy ebensowenig, da er gerade das Formaldehyd durch ein Handgelenk massiert. Und obwohl sie alle so dicht beieinander arbeiten, bemerkt auch niemand, dass der Schwamm zu Boden fällt und William die Tischkante umklammert. Doch dann blickt Betty auf und sieht, wie er die Augen zukneift und die Hände auf die Ohren presst. Er weicht zurück, schlägt mit dem Kopf gegen die Wand, dann geben seine Knie nach und er rutscht nach unten, bis er auf dem Boden kauert.

10

»Wenn Sie sich noch einmal entschuldigen, William«, sagt Betty, die vor ihm kniet, »dann haue ich Ihnen das Radio auf den Kopf.«

William spürt seine Wirbelsäule an der kalten Wand, den Fußboden unter seinem knochigen Hintern. Er umklammert seine Unterschenkel, krümmt sich zu einem festen Knäuel zusammen, während Harry und Jimmy auf ihn herabblicken. Er bemerkt, wie unglaublich dreckig seine Schuhe sind.

Betty setzt sich neben William, löst sanft eine Hand von seinem Bein und hält sie in ihrem Schoß.

»Um ehrlich zu sein, geht es mir genauso, wenn etwas von den Beatles gespielt wird. Die kann ich nicht *ausstehen*.« Sie wendet ihm den Kopf zu, ein amüsiertes Funkeln in den Augen. »Genau das mache ich das nächste Mal, wenn mein Mann anfängt, wie ein Idiot zu ›Yellow Submarine‹ herumzutanzen.«

Harry und Jimmy lachen leise. Harry bückt sich, sieht William in die Augen. »Tut mir leid, dass ich das blöde Ding wieder eingeschaltet habe.«

»Konntest du ja nicht wissen«, sagt William, löst dankbar und verlegen seine Hand aus der von Betty und steht auf. »Geht schon wieder.« Er hält den Kopf gesenkt, will keinen Blickkontakt. »Es ist nur diese Musik.«

Onkel Robert ist in der Einfahrt, bevor William den Motor ausgestellt hat. Es ist nach zehn Uhr abends, und er fragt sich, ob er die Energie aufbringt, aus dem Wagen zu steigen. Er lässt sich in Roberts Umarmung sinken, spürt das Klopfen auf seinem Rücken – als Burschikosität getarnte Zärtlichkeit, mit der sein Onkel während der letzten fünf Jahre für ihn gesorgt hat. Der Duft seines Rasierwassers, die sorgfältig geknotete Krawatte unter dem Wollpullover treiben William die Tränen in die Augen.

»Hunger?« Er nimmt Williams Arm. »Drinnen wartet ein Shepherd's Pie auf dich.«

»Und wie«, sagt William, als sie ins Haus gehen. Er zieht die Schuhe aus, die er morgen in den Mülleimer werfen wird, und lässt sie draußen an der Tür.

Howard ist in der Küche und nimmt gerade die Auflaufform aus dem Ofen.

William drückt Ketchup auf den Tellerrand, neben das deftige Hackfleisch, das unter dem Kartoffelbrei hervorquillt. Howard und Robert setzen sich zu ihm an den Tisch, aber er ist dankbar, dass sie ihm keine Fragen stellen, denn obwohl er völlig ausgehungert ist, fällt es ihm schwer zu essen oder zu reden. Er leert seinen Teller, lehnt aber die Dosenpfirsiche mit Kondensmilch ab, die Howard aus dem Kühlschrank geholt hat.

»Ich lege mich am besten gleich hin. Ich habe nicht geschlafen.«

»Gloria hat angerufen«, fällt Robert ein, als William aufsteht. »Sie lässt dich grüßen und hofft, dass es dir gut geht.«

William hält inne. Onkel Robert sieht ihn aufmerksam an. Ach, wenn er sich doch nur darüber freuen könnte! Wenn er doch nur diese wunderbare Woge von Lust und Liebe und Gewissheit verspüren könnte, die ihn auf dem Weg nach Aberfan begleitet hat, ausgelöst allein durch den Gedanken an sie und eine Zukunft mit ihr. Doch jetzt, unter Roberts Blick, fühlt er nur Verzweiflung. Er weiß genau, was Gloria sich irgendwann von ihm wünschen wird, und hat sogar einen Gutteil des vergangenen Jahres damit zugebracht, sich genau das auszumalen. Doch nach dem, was er gerade erlebt hat, bezweifelt er, dass er ihr das jemals geben kann.

»Danke.« Er nickt seinem Onkel zu. »Ich rufe sie zurück, sobald ich geschlafen habe.«

»Gute Nacht, William, ruh dich aus. Du bist jetzt zu Hause.«

»Ja, das bist du«, bestätigt Howard.

Froh, allein zu sein, zieht er sich aus und legt sich ins Bett. Die Standuhr im Flur schlägt elf. Er hat gedacht, er würde sofort einschlafen, doch begleitet vom hartnäckigen Ticken der Uhr und den Viertelstundenschlägen, die er normalerweise gar nicht wahrnimmt, stellt er fest, dass er doch nicht allein ist. Zerstörte Körper, Gesichter von Eltern, die die Sakristei betreten, Stöhnen und Schreie der Trauer. Aberfan, so begreift er, während er auf den weißen, mit Troddeln versehenen Lampenschirm über ihm starrt, hat sich in seinem Körper eingenistet; es ist hinter seinen Augen, in seinen Ohren und seiner Nase, an seinen Händen und in seinem Blut.

Es ist Viertel nach eins, als er aufsteht, um zur Toilette zu gehen. Als er in den Flur tritt, erwartet er Dunkelheit, doch unter Roberts Tür scheint buttriges Licht hervor. Als er nach links blickt, sieht er, dass Howards Tür offen steht und sein Bett leer ist. William erstarrt, als er gedämpfte Stimmen hört.

»… sie könnte ein Trost für ihn sein.«

»Wenn du mich fragst, sollten wir da besser auf Gloria setzen als auf seine Mutter.«

William räuspert sich und geht mit schweren Schritten zum Bad. Als er wieder herauskommt, liegt der Flur im Dunkeln, und Howards Tür ist geschlossen.

11

Stoßstange an Stoßstange fahren sie über die Brücke, glänzend im grauen Winterlicht; eine endlose Prozession. Der Gehweg ist so schmal, er bräuchte nur die Hand auszustrecken, um einen der polierten Bestattungswagen zu berühren, und könnte seinen eigenen Umriss auf dem Sarg darin sehen.

Das Pflaster füllt sich mit schwarz gekleideten Gestalten, die aus den Türen kommen. *Konzentrier dich auf deine Arbeit und halte dein Herz da raus. Das ist der beste Dienst, den du ihnen erweisen kannst.* Vorhin, als er durch die Windschutzscheibe auf die purpurne Dämmerung hinausschaute, hat William sich vorgestellt, wie er mit Betty Tee trinkt und sie ihm vom Leben mit ihrer Schwägerin erzählt. Doch jetzt sagt er sich, dass er so nicht denken darf; er sollte diese Leute in Ruhe lassen, ihre enge Gemeinschaft nicht stören.

Er wendet sich von den vorbeirollenden Wagen ab und überholt die Woge von Menschen, die auf den Friedhof am Berg zuströmt; schwarze Mäntel und Hüte, gesenkte Blicke, Arme voller Blumen. Mit schnellen Schritten geht William den Weg links des Friedhofstors hinauf, über den von Grasbüscheln und Moosflecken durchsetzten Asphalt. Er weiß selbst nicht, warum er vier Tage später noch einmal hierhergekommen ist, und wahrscheinlich hat er deshalb niemandem etwas davon gesagt. Weder Onkel Robert noch Gloria, mit der er seit seiner Rückkehr ohnehin nur einmal gesprochen hat.

Sie hatte sich so gefreut, als er sie am Tag danach anrief; ihre Wärme und Sorge waren so spürbar, als stünde sie neben ihm. Und während er auf ihre Fragen mit knappen Worten wie *ja* und *nein* und *schrecklich* und *unerträglich* antwortete, wusste er, dass er eine Mauer zwischen ihnen errichtete. Und dass sie es auch wusste, als sie sagte, sie würde ihn gerne bald sehen, und er darauf nur *vielleicht* erwiderte.

William liebt Gloria, hat sie immer geliebt, seit ihrer ersten Begegnung, als er während seiner Ausbildung zum Einbalsamierer bei ihrer Familie gewohnt hat. Er hat sie unerschütterlich geliebt, trotz allem, was passiert ist – Dinge, die andere Männer in die Flucht geschlagen hätten. Und dann bei dem Dinnerball, nach dem Kuss, hat er sich endlich getraut daran zu glauben, dass sie eine Zukunft hätten. Doch Aberfan hat sein Innerstes aus ihm herausgeschält, es bis zum Zerreißen gespannt und ins Nirgendwo katapultiert. Vielleicht ist er deshalb hier: um sein Ich wiederzufinden.

Der Pfad biegt nach rechts ab, führt oberhalb des Friedhofs zur Spitze des Hügels. William erklimmt ihn rasch, mit pochendem Herzen. Alle ein, zwei Schritte stehen schmale Herbstbäume Wache und strecken ihre niedrigen Äste aus, als wollten sie ihn vor dem beschützen, was gleich passieren wird. Er ist froh über das Astgewirr, weil es ihn auch vor Blicken schützt. Jenseits des Tals, auf der gegenüberliegenden Hügelflanke haben sich Hunderte, vielleicht sogar Tausende von Menschen in stummer Solidarität versammelt.

Die Welt hat auf Aberfan geschaut, und das riesige Blumenkreuz auf dem Hang oberhalb der Gräber bezeugt, dass sie auch Teilnahme gezeigt hat. Der Zug der Trauernden erreicht den Hügel. Manche von ihnen legen einen eigenen Strauß auf das Kreuz, bevor sie sich zu der klaffenden Erdwunde begeben, in der die Särge liegen. Von hier oben sehen sie aus wie beigefarbene Klaviertasten, unterbrochen von ein paar weißen; das sind die, die Jimmy aus Irland mitgebracht hat. Reihen von Trauernden beugen sich über das riesige Grab. Einige werfen eine Blume hinein, andere berühren nur die Erde, als wollten sie segnen oder Segen empfangen. *Was für eine grenzenlose Leidensfähigkeit*, denkt William, *wird von solch winzigen, zerbrechlichen Menschenwesen erwartet.*

Ein Rotkehlchen landet auf Augenhöhe neben ihm auf einem Zweig. Seine spindeldürren Beinchen wirken viel zu zart, um den kugeligen Körper zu tragen. Der Vogel legt den Kopf schräg und sieht ihn an, dann ist er schon wieder fort. Jimmy hatte nur halb Recht: William ist zwar keiner von ihnen, aber er ist auch nicht nur ein Beobachter. Er wünschte, Jimmy wäre jetzt hier, damit er ihm sagen könnte, dass er Angst hat. Angst, dass ein Teil von ihm zusammen mit diesen Kindern begraben wird, dass die Zerbrochenheit dieses Dorfes auch ihn zerbrochen hat.

Plötzlich durchschneidet ein Dröhnen und Knattern die Luft, so laut und so nah, dass William vor Schreck auf die Knie fällt. Als er aufblickt, sieht er Fotografen am Fenster des Hubschraubers, die riesigen schwarzen Objektive auf die Hügelflanke gerichtet.

Ihr Eindringen empört ihn, doch zugleich breitet sich mit dem Lärm auch ein Gefühl der Befreiung in ihm aus. Er stellt sich die Leichname in den Särgen vor; bei einigen von ihnen war er der Letzte, der sie berührt hat. Er erinnert sich an die Hand des Mädchens in seiner, und etwas in ihm verändert sich. Seine Kehle weitet sich, seine Lunge saugt die kalte Luft ein, und sein ganzer Körper macht sich bereit, diesen zerstörten Familien sein Bestes zu geben.

> *»Paham mae dicter, O Myfanwy,*
> *Yn llenwi'th lygaid duon di?*
> *A'th ruddiau tirion, O Myfanwy,*
> *Heb wrido wrth fy ngweled i?«*

Die Erinnerung an Martins wundervolle Stimme ist mit einem Mal so klar und deutlich, als würden sie ihr Lieblingsduett hier oben auf dem Berg gemeinsam singen. Seine eigene Stimme ist warm und elastisch; seine Hände lösen sich und dirigieren mit sanften, großzügigen Schwüngen. William singt, wie er nicht mehr gesungen hat, seit er ein Junge war. Es kümmert ihn nicht, dass niemand ihn hört. Was zählt, ist, dass er es tut.

> *»Anghofia'r oll o'th addewidion*
> *A wneist i rywun, 'ngeneth ddel,*
> *A dyro'th law, Myfanwy dirion*
> *I ddim ond dweud y gair ›Ffarwél‹.«*

Wie einstudiert dreht der Hubschrauber beim letzten Vers bei und knattert mit seiner Beute davon. Der Geruch nach moderndem Laub und zertrampelten Farnen vermischt sich mit dem Gefühl, vollkommen losgelöst über den Bergen zu schweben.

Das leise Trappeln von Hundepfoten hinter ihm auf dem Pfad bricht genau in dem Moment ab, als William es bemerkt. Er dreht sich um. Mit gespitzten Ohren, den Kopf leicht schräg gelegt, sieht ihn der Jack Russell an, bevor er schnüffelnd weiterläuft und sein Bein hebt. William wischt sich mit dem Ärmel übers Gesicht. Zeit, seine Schutzmauern wieder hochzuziehen, bevor das Treibgut seines eigenen Lebens von der Flutwelle von Aberfans Trauer mitgerissen wird: der Tod seines Vaters, das abrupte Ende seiner Zeit als Chorknabe, das Zerwürfnis mit seiner Mutter, mit Martin. Und nun Gloria. Die Kälte verhärtet sich um ihn, und der schwere weiße Himmel scheint auf ihn niederzudrücken. Am Heben und Senken ihrer Stimmen erkennt er, dass die Leute aus dem Dorf »Jesu, Lover of My Soul« singen.

Anschließend gehen sie den Hügel hinunter und über das

Pflaster zurück nach Hause. William sieht ihnen nach, die Hände tief in den Taschen; sein Daumennagel bleibt am losen Innenfutter hängen.

Die Grasbüschel in der Mitte des Pfads mit ihren scharf umrissenen Spitzen sind so üppig und grün, dass sie ihm zuzurufen scheinen. Und die grellrote Telefonzelle am Ende des Pfads brüllt ihn geradezu an. Er nimmt eine Münze aus seiner Tasche.

In der Telefonzelle ist es kälter als draußen, die Luft muffig und zäh. Das Klicken des Wählrads und das ferne Schnurren des Amtszeichens klingen in dem abgeschlossenen Raum überdeutlich. Als die lauten Pieptöne erklingen, wirft William die Münze in den Schlitz.

»William? Bist du das? Ist alles in Ordnung?«

William riecht seinen abgestandenen Atem, der von dem schweren Bakelit zurückprallt. »Mir geht's gut.«

»Wir haben uns solche Sorgen gemacht«, sagt Robert. »Wo bist du?«

»In Aberfan.«

Kurzes Stocken. »Die Beerdigung.«

»Ja.«

»Bist du sicher, dass es dir gut geht?«

»Ich glaube schon.« Sein Onkel schweigt, aber William weiß, dass er sich nur bemüht, ihn nicht mit Ratschlägen zu belästigen. »Ich habe für sie gesungen.«

»Was hast du denn gesungen?« Das Piepen unterbricht sie, und William sucht in seiner Tasche nach einer weiteren Münze und schiebt sie mit klammen Fingern in den Schlitz. »Hallo?«, sagt Robert.

»Ich bin noch da.«

»Was hast du für sie gesungen?«

»›Myfanwy‹.« Diesmal ist das Schweigen so lang, dass William es nicht mehr aushält. »Onkel Robert?«

»Glückspilze«, sagt er schließlich. »Sie fanden es bestimmt wunderschön.«

»Niemand hat es gehört, aber das macht nichts.«

Robert lacht leise. »Komm nach Hause, Junge.«

»Onkel Robert?«

»Ja?«

»Danke.«

»Wofür?«

»Dass du aus mir einen Einbalsamierer gemacht hast.«

»Das hast du ganz allein getan, William.«

»Es wird sicher spät. Ich fahre nach Swansea.«

»Oh!«, ruft Robert aus. »Gut! Wir sind hier und warten auf dich.«

William fährt nach Westen, den zerknitterten Zettel mit der Adresse in Roberts Handschrift auf dem Armaturenbrett. Als er Mumbles erreicht, hält er bei einem Zeitungskiosk, um zu fragen, wie er zur Plunch Lane kommt. Es ist ganz in der Nähe. Fünf Minuten später parkt er sein Auto gegenüber einem Haus im Chaletstil an einer steil ansteigenden Straße.

Er schaltet die Scheinwerfer aus und starrt zum Haus seiner Mutter hinüber. Hinter den Vorhängen der beiden Erdgeschossfenster brennt Licht. Es fällt ihm schwer zu glauben, dass ihr Leben sich innerhalb der Mauern dieses gepflegten kleinen Hauses mit dem sandfarbenen Kiesweg und der Ligusterhecke abspielt, in dem er noch nie gewesen ist. Er stellt sich vor, wie er sich mit ihr hinsetzt und ihr erzählt, was er in Aberfan gesehen und getan hat. Er stellt sich das altvertraute Gefühl vor, das Zentrum ihrer Welt zu sein, der Mittelpunkt all ihrer Liebe und Aufmerksamkeit.

Er ist bis auf die Knochen erschöpft und hungrig, und er weiß, dass es der ungefilterte Ausdruck elterlicher Liebe in der Sakristei war, der ihn hierhergebracht hat. Die unnachgiebige

Schuldzuweisung und die Verurteilung, auf die er sich so lange gestützt hat, sind in Aberfan ins Wanken geraten. Doch ohne laufenden Motor wird es im Auto rasch kalt, und die Macht der Gewohnheit übernimmt wieder das Ruder. Schließlich hat sie ihn im Stich gelassen, um hierherzuziehen. Nichts von alldem war seine Entscheidung. Er stößt mit der Stirn gegen das Lenkrad, und die Kälte kriecht ihm in die Muskeln. Wieder lässt er den vertrauten Film ablaufen: wie sie davonfährt, winkend, aber ohne sich noch einmal zu ihm umzudrehen, der Schmerz in seiner Brust, das Gefühl von Verlassenheit, als er ihr nachsieht.

Robert hatte vorgeschlagen, sie zu seiner Abschlussfeier einzuladen, und ihm erzählt, dass er und Evelyn sich während der letzten Monate geschrieben hatten, freundlich und offen. »Vielleicht können wir all das ja hinter uns lassen«, hatte er gesagt. William verzieht das Gesicht, als er an den Streit mit Onkel Robert zurückdenkt – den einzigen, den er je mit ihm hatte.

»Soll das ein Witz sein? Sie wollte doch nicht mal, dass ich Einbalsamierer werde!«

Howard tauchte in der Wohnzimmertür auf. »Alles in Ordnung bei euch?«

»Unserem kleinen *Prinzen* passt es nicht, dass seine Mutter und ich endlich wieder Kontakt haben.«

Kleiner Prinz! Das tat weh. Solange William denken kann, hat Robert immer nur nette Sachen zu ihm gesagt.

»Vielleicht braucht er Zeit, um sich an den Gedanken zu gewöhnen, Robert.«

»Sie hat sich dir gegenüber *unmöglich* benommen.« William beachtete Howard gar nicht. »Sie hat uns gedemütigt.« Sein Zorn war stärker als seine Beherrschung, und ihm schossen die Tränen in die Augen. »Sie hat mich *verlassen*!«

Zweimal zieht er den Schlüssel aus dem Zündschloss, zweimal steckt er ihn wieder hinein. Schließlich schlägt er mit der Faust auf das Armaturenbrett und startet den Motor.

»Nein, Mum.«

Bei der ersten Telefonzelle, die er sieht, hält er an, fischt ein paar Münzen aus dem Handschuhfach und steigt aus. Nachdem er die Münzen auf dem Apparat säuberlich aufeinandergestapelt hat, lehnt er die Stirn einen Moment an die roten Fensterstreben, dann wählt er.

»Mr Finch?«

»William!«

»Ich rufe aus einer Telefonzelle an. Ist Gloria da?«

»Ja! Einen Moment!« Scheinwerferlicht bleicht kurz seine Beine.

»Hallo, du!« Glorias Stimme klingt laut und erleichtert. »Robert hat angerufen, er ist außer sich vor Sorge.«

»Schon gut«, sagt er leise. »Ich habe mit ihm gesprochen.«

»Wo bist du?«

»In Wales.«

»O Gott, die Beerdigung.«

»Ja.«

»Ist alles in Ordnung?«

»Ja. Nein. Ich weiß nicht. Ich muss dir etwas sagen, Gloria.«

»Gut.«

»Versprich mir, dass du nichts sagst, bis ich fertig bin.«

»Okay …« Sie klingt leicht beunruhigt.

»Ich liebe dich, Gloria. Seit dem Tag, als wir uns zum ersten Mal begegnet sind.« Er hält inne; doch sie schweigt. »Nach dem Dinnerball bin ich mit dem Gedanken nach Aberfan gefahren, wenn ich zurückkomme, bitte ich Gloria, mich zu heiraten.« Es tut so gut, es laut auszusprechen, aber er muss rasch fortfahren, damit sie es nicht missversteht. »Aber nach alldem kann ich das nicht mehr. Du möchtest Kinder haben. Und das solltest du auch.« Er kneift die Augen zu, als er an das klumpige Blut auf der Treppe im Haus der Finchs denkt und daran, wie Gloria hinausgetragen wurde. »Du wirst eine wunderbare Mutter sein, aber ich bin nicht fürs Familienleben geschaffen. Du musst dir jemand anderen suchen.« Absolute Stille. Er wartet, um wenigstens ihren Atem zu hören, doch da ist nichts. »Leb wohl, Gloria.«

2. Teil Cambridge Choir

12
September 1957

Der Himmel ist blutergussblau und die Luft nahezu golden vom drohenden Regen. Er friert in der grauen kurzen Hose und dem grünen Blazer.

Seine Mutter Evelyn kniet sich hin, obwohl der Boden aus Kies ist und sie neue Nylonstrümpfe anhat. Ihr Gesicht ist so nah, dass er eine Stelle auf ihrer rechten Wange sehen kann, wo die Schminke nicht richtig eingerieben ist. Ihre Augen glitzern silbrig, und er hofft, dass sie nicht überlaufen. William blickt über ihre Schulter und sieht, wie ein großer Vater seinem Sohn lächelnd auf den Rücken klopft. Die Schminke der Mutter ist seidiger und dicker als die von Evelyn, sie hat ein hübsches Tuch um den Hals und trägt eine spitz zulaufende Sonnenbrille, obwohl die Sonne gar nicht scheint. Sie lächelt auch, aber da die Augen von den dunklen Gläsern verdeckt sind, wirkt ihr Gesicht ausdruckslos. Sie hat ein Taschentuch in der Hand. William wünscht sich, sein Vater könnte hier sein, um ihm auf den Rücken zu klopfen und sie alle zum Lächeln zu bringen – und dann wäre seine Mum nicht ganz allein, wenn sie gleich geht.

»Ich bin so stolz auf dich«, sagt Evelyn, immer noch mit Tränen in den Augen. »Und dein Vater wäre es auch. Das weißt du doch, oder?«

»Ja.« Er legt die Hand auf ihre Schulter, weil er es nicht erträgt, wenn sie traurig ist. Sie steht so rasch auf, dass seine Hand auf den grauen Flanell seiner neuen kurzen Hose schlägt.

»Sei jetzt bloß nicht so nett zu mir, William Lavery, sonst fange ich an zu weinen.« Blinzelnd lächelt sie zu ihm hinunter. »In sechs Wochen darf ich herkommen und sehen, wie du dich machst. Glaub mir, die Zeit geht im Handumdrehen vorbei. Und bis dahin hast du jede Menge wunderbare Musik im Kopf, die du mir dann beim Mittagessen vorsingen kannst.«

»Das mache ich« – er zwingt seine Stimme, laut und tapfer zu klingen –, »und zwar so.« Er breitet theatralisch die Arme aus: »Laaaaaaaaaa.« Er will nicht, dass sie geht, aber er weiß, dass sie es muss, und er darf es ihr nicht noch schwerer machen.

»Und wer weiß«, flüstert sie mit feucht strahlenden Augen, »vielleicht komme ich eines Tages her, um zu hören, wie du das ›Miserere‹ singst.«

Der Junge, den er über die Schulter seiner Mutter hinweg gesehen hat, wird mit einem weiteren Klopfer auf den Rücken auf den Weg geschickt, und der Vater, der übers ganze Gesicht strahlt, ruft mit einer vornehmen Stimme, wie William sie bisher nur im Radio gehört hat: »Mach's gut, Charles!« Mutter und Vater fassen sich locker an der Hand und gehen zu einem grauen Auto, auf dessen Kühlerhaube eine kleine Figur einer Frau mit Flügeln glitzert. Am Steuer sitzt ein Mann mit Schirmmütze.

»Und dann sitzt du in der ersten Reihe«, sagt William mit tapferem Lächeln, »und ich zwinkere dir zu.«

Er blickt zu dem Jungen namens Charles, der auf die Schule zugeht – diesem Gebäude, das von jetzt an irgendwie auch ihr Zuhause sein wird –, und sieht, wie dessen Mund sich verzerrt.

»Tschüs, Mum«, sagt William leise und küsst die Fingerknöchel von Evelyns linker Hand, wobei er das kühle Metall ihres Eherings an den Lippen spürt. »Ich schaue mal nach dem Jungen da, dem geht's nicht gut.«

Evelyn fasst ihn am Kinn, strubbelt ihm durchs Haar und wendet sich ab. William weiß, dass sie sich nicht noch mal umdrehen wird, denn sie weint jetzt auch und will nicht, dass er es sieht. Er ist dankbar, dass sie es geschafft hat, sich zusammenzureißen. Von den vier neuen Chorknaben – den so genannten Anwärtern –, die in diesem Herbst anfangen, wird William mit seinen zehn Jahren der Älteste sein. Die anderen sind alle sieben, das Alter, in dem man eigentlich anfängt. Es wäre schrecklich, als Ältester eine Heulsuse zu sein; das weiß seine Mutter. Dieses wortlose Verstehen zwischen ihnen ist zugleich Trost und Qual.

William und seine Mum haben erst letztes Jahr herausgefunden, was für eine außergewöhnliche Stimme er hat, als er in den örtlichen Kirchenchor eingetreten ist. Der Chorleiter meinte, so etwas hätte er noch nie gehört, und ob seine Mum schon mal darüber nachgedacht hätte, sich für ihn um ein Stipendium für eine der Universitäts-Chorschulen zu bewerben? Das hat sie dann getan, und nun ist er hier.

William schlüpft neben Charles in die mit Holz vertäfelte Eingangshalle und tut das, was er für normal hält, wenn jemand unglücklich ist. Er nimmt die Hand des Jungen. Charles' verzerrtes Gesicht fährt zu ihm herum, wütend und erschrocken, und er zieht grob seine Hand weg.

»Lass mich!«

Ein Knöchel knackt, aber William ist sich nicht sicher, ob es einer von seinen ist oder einer von Charles. Das Gesicht des Jungen ist plötzlich wie versteinert, und er marschiert in den Saal, wo Männer in schwarzen Talaren stehen, mit einem Schreibbrett in der Hand.

William wartet auf der Schwelle, in der Hoffnung, dass Evelyn nichts davon mitbekommen hat, aber entschlossen, sich nicht umzudrehen, bis ein viel größerer Junge ihn im Vorbeigehen anstößt und er in den Raum stolpert.

13

Charles und die beiden anderen Anwärter stehen zusammengedrängt in der Ecke, als er aufwacht. Feindselig starren sie zu ihm herüber, während er zum ersten Mal von seiner dünnen Matratze aufsteht. Das mit dem Handhalten war ein Riesenfehler.

Gestern Abend, als er eng zusammengerollt dalag und sich fragte, wie er einschlafen sollte, wenn seine Mutter nicht in der Nähe war, hat William entdeckt, dass er ihre Stimme heraufbeschwören kann.

Meine Lebensaufgabe ist es, dich zu lieben wie niemanden sonst auf dieser Welt, William, und ich glaube, das mache ich ziemlich gut … Du bist etwas Besonderes, das hat auch der Chorleiter des Colleges gesagt. Bevor du weißt, wie dir geschieht, wirst du Solos singen.

Es war, als könnte er sie wirklich hören, ihren Atem auf seinem Gesicht spüren und die hübschen Riffeln auf ihren weißen Zähnen sehen. Jetzt jedoch, als er sieht, wie die drei Jungen zusammen den Schlafsaal verlassen, erscheint ihm Evelyn so weit weg, als gäbe es sie gar nicht.

Er zuckt zusammen, als sich eine fleischige Hand um seinen Arm schließt. »Komm. Bringen wir den Guss hinter uns, dann zeige ich dir, wo es Frühstück gibt.«

»Den Guss?«, fragt William den großen, pummeligen Jungen mit dem krausen roten Haarschopf, der ihn in den Flur hinausführt. »Was ist das?«

»Wirst du schon sehen«, erwidert der Junge und lässt ihn los. »Du gewöhnst dich dran. Du gewöhnst dich irgendwann an alles.«

»Wie lange bist du schon hier?« William läuft ein paar Schritte, um ihn einzuholen.

»Drei Jahre.« Das Gesicht des Jungen ist breit und flach und voller Sommersprossen, und er hat eine Lücke zwischen den Schneidezähnen. »Ich bin Martin Mussey.« Er marschiert auf seinen stämmigen Beinen vorwärts. »Ich habe eine gute Stimme und eine große Klappe. Ich werde nie Erster Chorknabe, aber ich kriege jede Menge Solos.«

»Freut mich.« Gute Manieren kosten nichts, hat Evelyn ihm beigebracht, aber sie können Wunder bewirken. »Ich bin William Lavery. Danke, dass du mich mitnimmst.«

Martin lacht und bleibt kurz stehen, bis William ihn wieder eingeholt hat. »Mal schauen, wie lange die Dankbarkeit anhält. Aber die Hausmutter ist ganz in Ordnung.«

Im Waschraum hängt ein stechender Geruch. Alles ist hellblau oder weiß. Das Licht ist so grell, dass er die Augen zusammenkneifen muss. Er folgt Martins Beispiel, zieht sein Schlafanzugoberteil aus und lässt es hinter sich auf den Boden fallen. Dann treten sie neben einen anderen Jungen vor die Badewanne, und ein weiterer stellt sich links neben William. Martin ist der einzige, der Speck auf den Knochen hat. Er hat sogar Brüste.

Die Frau, die wie eine Krankenschwester gekleidet ist und einen großen Metallkrug in den Händen hält, muss die Hausmutter sein. Die Armmuskeln unter ihrer schlaffen Haut spannen sich an, als sie ihn hochhebt.

»Runter!«

Der erste Junge beugt sich vor, bis er mit den Händen den Boden der Wanne berührt. Sein Rückgrat krümmt sich zu einer Reihe kleiner Huckel. Als die Hausmutter ihm das Wasser über Kopf und Oberkörper schüttet, stößt er den Atem aus, als wäre er geschlagen worden. William bekommt ein paar Tropfen ab und zuckt zusammen. Das Wasser ist eiskalt.

Der Junge richtet sich wieder auf, läuft zu einer Hakenleiste und schnappt sich eins der dünnen Handtücher. Die Hausmutter füllt den Krug erneut im Waschbecken hinter ihr. Martin tritt an die frei gewordene Stelle. Sein Bauch wabbelt ein wenig, als er die breiten Hände auf den Wannenboden stützt, und sein umgekehrtes Gesicht verzieht sich.

»Aufrücken!«, sagt sie barsch zu William, als Martin weggetreten ist und sich trockenrubbelt; er strahlt vor Erleichterung oder vielleicht zur Ermunterung. Doch William rührt sich nicht. Er wartet darauf, dass die Hausmutter ihn ansieht. Als sie es schließlich tut, lächelt William höflich und schüttelt den Kopf.

»Danke, Hausmutter, aber für mich nicht. Es ist zu kalt.«

Der Junge zu seiner Linken kichert, verstummt dann jedoch. Die Hausmutter sieht ihn einen Moment überrascht an, dann packt sie ihn am Arm und zieht ihn zu sich heran.

»Ich bedaure, aber Seine Lordschaft hat hier nicht die Wahl.«

Wieder hört er den Jungen neben sich lachen. Dann wird sein Kopf nach unten gedrückt, ein Schwung kaltes Wasser schießt ihm in Nase und Ohren, und eisige Finger krallen sich um seinen Bauch. Das blasse Linoleum glänzt vor Nässe. Er stößt ein schrilles Kieksen aus.

Dann richtet er sich auf, halb blind vom Wasser, und läuft hastig davon. Er vergräbt einen Moment das Gesicht im Handtuch, bevor er sich abtrocknet.

»Wenn dir mal eine Tracht Prügel bevorsteht, klau dir hier ein Taschentuch.« Angezogen verlassen sie den Schlafsaal, um zu frühstücken, und Martin deutet munter auf einen riesigen Schrank im Flur. »Mr Atkinson merkt, wenn du dir ein

Handtuch in die Unterhose stopfst, aber ein Taschentuch oder zwei fallen nicht auf.«

»Eine Tracht Prügel?« William hat den Direktor erst zweimal gesehen, aber er wirkte überhaupt nicht gewalttätig. »Wofür kriegt man die denn?« Sein Körper brennt immer noch vom kalten Wasser.

»Das letzte Mal war's fürs Betthüpfen.«

»Was ist das?« Williams Füße trappeln leise die Treppe hinunter, während Martin polternd immer zwei Stufen auf einmal nimmt.

»Zwei Minuten bevor die Hausmutter nachsieht, ob das Licht aus ist, springst du von Bett zu Bett, bis du wieder auf deinem eigenen bist.«

Im Flur überholen sie Charles und die anderen beiden Neuen. William konzentriert sich auf Martin, während sie vor ihnen in den Speisesaal schlüpfen.

»Wie viele Betten sind es denn?«

»Zehn.«

»Donnerwetter.«

»Und du bist dabei nackt.«

»Bitte?«

»Das Betthüpfen macht man nackt.«

William hat noch nie einen nackten Körper gesehen außer seinem eigenen, und er kann sich nicht vorstellen, dass jemand so etwas tut.

»Letztes Jahr habe ich mehr Prügel gekriegt als alle anderen.« Martin führt ihn zu einer Durchreiche. Eine breite Frau in einer blauen Schürze, die über ihrem gewaltigen Busen spannt, taucht eine Suppenkelle in einen Zinkeimer und füllt Porridge in grüne Schalen. Martin nimmt sich eine, ohne sie zu beachten. »Wenn ich nicht so gut singen würde, wäre ich schon längst geflogen.«

Der Geruch nach Milch weckt einen Hunger in William, von

dessen Existenz er nichts wusste, während er darauf wartet, dass die Frau die zähe graue Masse in seine Schale füllt. Sie sieht ihn kurz an. Der Rand der Kelle schlägt gegen die Schale, und ein Klecks Porridge landet auf dem Tresen.

»Vielen Dank«, sagt er.

Sie erwidert nichts, aber sie nickt ihm zu, und eine schwarze Locke hüpft dabei auf und ab.

William folgt Martin zu einem freien Tisch und zieht sich quietschend einen Stuhl heraus. In Martins Bewegungen und Sprechweise liegt eine Energie, die William aufheitert und ihm Mut einflößt. Seit sein Vater vor zwei Jahren gestorben ist, musste William sein Inneres abhärten und sich große Mühe geben, seine Mutter zu trösten. Sie wirkt jetzt wieder munterer und ist auch manchmal so fröhlich wie früher, aber er spürt, wie alles in ihm leichter wird, als Martins sorglose Art sich wie ein Mantel um ihn legt.

»Danke, Hausmutter, aber für mich nicht«, ahmt Martin ihn nach. Doch seine weiche, schwere Hand, die kurz auf Williams Schulter liegt, nimmt den Stich aus der Bemerkung.

»Meine Mum nennt mich manchmal Seine Lordschaft« – William tunkt seinen Löffel in das klebrige Porridge, das salzig riecht –, »aber es klingt anders, wenn sie es sagt.«

Martin lacht tief und gurgelnd. »Lavery, du bist unbezahlbar.«

William betrachtet den Speisesaal mit den hohen Fenstern und schlichten Tischen, der nach geschrubbtem Holz riecht, und ist froh, dass er anscheinend einfach nur er selbst sein muss, um von Martin gemocht zu werden.

14

Als die Jungen sich nach dem Frühstück in der Eingangshalle versammeln und sich bücken, um Schuhe für draußen anzuziehen, ist William zum ersten Mal seit seiner Ankunft aufgeregt. Er ist nicht sehr gut im Schleifebinden, deshalb muss er sich konzentrieren und aufpassen, dass er in dem Gedränge und Geschubse nicht das Gleichgewicht verliert. Erst als er sich wieder aufrichtet, sieht er, dass die anderen Jungen schwarze Umhänge anziehen und seltsame eckige Hüte aufsetzen. So etwas hat er nicht. Er und die unfreundlichen Siebenjährigen – Charles, Edward und Anthony – stehen in ihren Blazern da und fühlen sich fremd.

Sechs Monate zuvor, im März, war William zum Vorsingen hier. Seither hat er zwar sein Leben mit einem Auge im Blick behalten, aber den größten Teil seiner Zeit hat er damit zugebracht, sich die Zukunft auszumalen. Er hat sich vorgestellt, wie er die riesige Kapelle betritt und über die schwarzen und weißen Steinfliesen geht, die glitzern, wenn das Licht daraufflällt. Er hat sich die leuchtende Schönheit der Fenster vorgestellt, wie farbige Diamanten, die gewöhnliches Licht in etwas so Prachtvolles verwandeln, dass der Anblick beinahe wehtut. Er hat sich vorgestellt, wie er zur Decke hinaufblickt, ein auf dem Kopf stehendes Boot, rötlich-braun und einladend, umrahmt von Heiligen, die darauf zu warten scheinen, dass die Segel gesetzt werden. Er hat sich vorgestellt, wie er in einer weiß-purpurnen Robe dasteht, tief einatmet und den Mund öffnet, um seine Stimme aufsteigen zu lassen. Er hat sich vorgestellt, dass es sich anfühlen würde wie fliegen.

Was er dabei konsequent ignoriert hat, ist die Tatsache, dass er zunächst nur als Anwärter hier sein würde. Er würde nicht die Robe tragen und nicht bei der Abendandacht singen, hätte also auch keine Gelegenheit für ein Solo. Er weiß nicht, wie lange seine Probezeit dauern wird. Beim Vorsingen hat Phillip, der Chorleiter, sich nicht klar dazu geäußert.

»Normalerweise dauert die Probezeit ungefähr ein Jahr«, sagte er, als sie über die praktischen Dinge sprachen, »aber da du schon deutlich älter bist … Nun ja, wir werden sehen.«

»Komm mit mir, William«, sagt Martin nun fröhlich, als die Jungen sich in einer Zweierreihe aufstellen.

Sobald sie durch das Tor auf das Sportfeld der Schule treten, schießt Martins Hand hervor.

»Siehst du das Loch im Fenster vom Pavillon? Das habe ich letztes Semester mit einem Cricketball da reingehauen, und niemand hat es bisher repariert. Dafür habe ich eine Tracht Prügel kassiert.«

»Oh.« William blickt demonstrativ zu dem Pavillon, damit Martin weiß, dass er es ernst nimmt.

»Und siehst du den Baum da?« Martin deutet nach links. »Da bin ich in meinem ersten Jahr runtergefallen und habe mir den kleinen Finger gebrochen. Schau mal.« Er hält William seine große Hand vors Gesicht. »Er ist schief zusammengewachsen.«

William denkt, dass Martins Mutter ganz anders sein muss als Evelyn. Er stellt sich vor, wie grauenvoll es wäre, wenn er ihr gestehen müsste, dass er vom Direktor eine Tracht Prügel bekommen hat, weil er nackt auf den Betten von anderen Jungen herumgehüpft ist. Die älteren Jungen sind durchaus freundlich zu Martin, aber er scheint mit niemandem enger befreundet zu sein – im Gegensatz zu Charles, Edward und Anthony, die förmlich zu einem einzigen feindseligen Wesen verschmolzen sind.

Nachdem sie die erhabenen Tore des Colleges passiert haben, knirschen ihre Schritte über den rostfarbenen Kies. William erblickt den Turm der Kapelle. Im Vergleich zu diesen mächtigen steinernen Mauern sind er und all die anderen Jungen so klein und zerbrechlich, selbst Martin. Doch als sie sich Schritt für Schritt der Kapelle nähern, beginnt etwas in seiner Brust zu flattern. Sie sind vielleicht klein, aber sie sind etwas *Besonderes*. Seine Lungenflügel fühlen sich hellwach und stark an. Er stellt sich vor, dass die Kapelle ihre Schritte und Stimmen hören kann und sich darauf freut, dass sie gleich singen werden. Aber im letzten Moment, direkt vor dem Eingang, biegt die Prozession nach links ab.

»Wohin gehen wir?«

»In den Übungsraum«, sagt Martin.

»Nicht in die Kapelle?«

»Nur für die Probe und die Abendandacht. Morgens sind wir hier.« Es ist ein kleiner, ganz gewöhnlicher Raum mit cremeweißen Wänden und Bankreihen. »Die Anwärter sitzen da drüben.« Martin zeigt in die hintere Ecke und schubst ihn sanft in die Richtung.

Obwohl William weiß, dass er irgendwann in den Chor aufgenommen wird, fällt ein Stein der Enttäuschung durch ihn hindurch. Er setzt sich neben Charles und wünscht sich erneut, er hätte gestern nicht versucht, ihn aufzumuntern. Denn so, wie die drei von ihm abrücken und flüstern und kichern, könnte man meinen, er hätte bei ihnen allen versucht, ihre Hand zu halten oder sie sogar auf den Mund zu küssen. *Denen kann es ja egal sein*, denkt er. *Die haben sieben Jahre vor sich.* Als zehnjähriger Spätzünder ist seine Zeit hier deutlich kürzer.

Er ist froh, als Phillip Lewis, der Chorleiter, endlich hereinkommt. So muss William nicht mehr so tun, als interessiere er sich für den Orgelstudenten, der am Klavier sitzt und seine Noten sortiert. Er beschließt, die unfreundlichen Jungen während der nächsten Stunde zu ignorieren und sich ganz auf diesen Mann zu konzentrieren, der zu seiner Mutter gesagt hat, er, William, habe eine besondere Gabe. Er wird zuhören, was der Chorleiter über die Musik zu sagen hat und darüber, wie er singen soll, und er wird es so gut machen, wie er nur kann.

»Willkommen zurück allerseits. Und willkommen auch an unsere Neuzugänge.« Während er in seinen Papieren kramt, nickt Phillip Lewis kurz in ihre Richtung, sieht sie jedoch nicht an. William erkennt den leichten walisischen Akzent von seinen Sommerurlauben in Port Madoc. Hochgewachsen, spindeldürr und von leiser Art, hat der Chorleiter einen nahezu kahlen Kopf, nur umrahmt von einem dünnen grauen Haarkranz, der ihm fast bis auf den Kragen reicht. »Beginnen wir mit ein paar Arpeggios.«

»Gut.« Phillip kramt in seinen Noten, als die Aufwärmübungen beendet sind, und zieht ein Heft heraus. »Wir probieren es mal mit dem Tallis. Denkt dran« – sein Blick huscht von einem Jungen zum anderen –, »achtet aufeinander. Ich will *einen* Klang hören, *eine* Stimme, nicht fünfzehn.« Sein Körper wirkt entspannt, sein Gesicht ist nicht verkrampft vor Aufregung wie das von Williams Chorleiter zu Hause, dennoch hat er alles vollkommen unter Kontrolle. »Also, das ›Te Deum‹, fünfstimmig.« Er hält den Kopf gesenkt, und seine großen, knochigen Hände kommen endlich zur Ruhe, als die gesuchten Seiten vor ihm liegen. »Mussey? Du übernimmst die erste Stimme.«

Als der Gesang beginnt, versucht William, die einzelnen Stimmen herauszuhören. Er beobachtet Martins breiten rotschopfigen Hinterkopf, der sich mit einer Ungezwungenheit zur Musik bewegt, die niemand sonst zeigt, aber da William seine Lippen nicht sieht, kann er seine Stimme erst beim Solo zuordnen.

Als es so weit ist, lächelt William. Er spürt beinahe die Vibration in seinem Schädel, als Martins Stimme sich emporschwingt. Er achtet sorgsam darauf, seine eigene zurückzuhalten, aber er weiß, dass sie durch die der anderen hindurchschneiden könnte wie ein Messer durch weiche Butter. Genau wie Martins. Vielleicht sogar besser. Doch es freut ihn, dass sein Freund so gut ist, und als Martin sich am Ende des Stück zu ihm umdreht, grinsen sie sich beide kurz zu, und William fühlt sich erkannt.

15

»Suchst du was, Lavery?«, fragt Charles lächelnd, und William weiß sofort, dass sie etwas mit seinem Schlafanzug gemacht haben. Er hat unter seinem Kopfkissen, unter der Decke und unter dem Bett nachgesehen. Die Stille bebt vor unterdrücktem Gelächter. Er ist erschöpft. Die Chorknaben sind bei ihrem späten Essen nach der Abendandacht, und William ist allein mit den anderen Anwärtern.

Da er seiner Stimme nicht traut, setzt er sich aufs Bett, in der Hoffnung, dass einer von ihnen ihm verrät, wo der Schlafanzug ist, aber sie tun, als wäre er unsichtbar. Er geht in Hose und Unterhemd in den Waschraum, um sich die Zähne zu putzen, und betet, dass der Schlafanzug bei seiner Rückkehr wieder aufgetaucht ist. Wenn ja, wird er lächeln, vielleicht sogar lachen, wenn er es schafft. Als er in den Spiegel schaut, bleibt sein Blick an etwas hängen. Er fährt herum. Aus der Kloschüssel baumelt ein Bein seines Schlafanzugs; das andere ist im Wasser. Und das ist unübersehbar gelb. Er muss würgen und blinzelt mehrmals, um die aufsteigenden Tränen zu unterdrücken. Da er es nicht über sich bringt, den Schlafanzug anzufassen oder ihn auch nur weiter anzusehen, läuft er aus dem Waschraum und trifft draußen auf Martin.

»Was ist los?«

William will nicht weinen. Er deutet nur auf die Toilette und kehrt, den Blick zu Boden gesenkt, in den Schlafsaal zurück, wo er aus seiner Hose schlüpft und in Hemd und Unterhose unter die Decke kriecht.

»Gute Nacht«, sagt er mit normaler Stimme. Er dreht sich von ihnen weg und versucht, auf seinen eigenen Atem zu lauschen anstatt auf das leise Flüstern und Kichern. Wenn seine Fähigkeit, die Stimme seiner Mutter heraufzubeschwören, doch nur zuverlässiger wäre. An diesem Abend gelingt es ihm nicht, sich von ihr trösten zu lassen. Er hört das Quietschen von Martins Bett, aber er öffnet nicht die Augen. Als die Hausmutter kommt, um nach ihnen zu sehen, zieht er die Decke bis zum Kinn.

Ein paar Minuten später schreckt er hoch; jemand berührt seine Hand. Martin kniet neben seinem Bett und sieht ihn eindringlich an.

»Warte zehn Minuten«, bedeutet er ihm und hält beide Hände mit gespreizten Fingern hoch. William sieht ihn fragend an, doch Martin legt sich wieder hin und rührt sich nicht.

William zählt in Sechzigeretappen, aber offenbar ist er eingenickt, denn erneut weckt ihn eine Hand auf seinem Arm. Martin hockt wieder neben ihm; die weißen Streifen seines Schlafanzugs leuchten in der Dunkelheit. Sorgfältig faltet er seine Decke zu einer langen, flachen Rolle.

»Rache ist Blutwurst«, flüstert er.

Wie ein Wellenreiter, der aufs Meer hinauspaddelt, schiebt Martin sich auf der Decke lautlos vorwärts unter Williams Bett. William hängt sich über den Bettrand und sieht zu, wie Martin überraschend geschmeidig unter den Betten zu seiner Linken hindurchgleitet. Als William ihn nicht mehr sehen kann, legt er sich wieder hin und wartet in der dichten Stille des gemeinsamen Schlafs.

Plötzlich lässt ihn ein lautes Klopfen zusammenzucken, gefolgt vom Ächzen und Quietschen von Bettfedern. Dann ein unheimlicher, klagender Laut: »Charles. Charles.«

»Wer ist das? Lass den Quatsch«, kiekst Charles.

»Hol Williams Schlafanzug«, befiehlt Martin mit verzerrter Stimme.

»Das kann ich nicht!«, protestiert Charles. »Wir haben da draufgepinkelt.«

»Hol ihn und zieh ihn an.«

»Nein!«

Eine abrupte Bewegung und ein Schmerzensschrei. »Au! Das sag ich der Hausmutter.«

»Wenn du nicht in dreißig Sekunden mit Williams Schlafanzug wieder hier im Bett liegst, sage *ich* der Hausmutter, was *du* getan hast«, droht Martin, der jetzt wieder normal klingt.

»Ich kann nicht! Das ist doch eklig.«

Ein weiterer dumpfer Schlag, gefolgt von einem Wimmern. »Stell dir mal vor, du fliegst, weil du auf den Schlafanzug von jemandem gepinkelt hast. Damit gehst du in die Geschichte der Schule ein. Und jetzt los!«

Entsetzt liegt William da. Charles springt auf und läuft durch den Schlafsaal. Das Klicken des Lichtschalters im Waschraum, ein leises Plätschern und Tröpfeln, das Schaben von nassem Stoff auf Haut, gedämpftes Stöhnen. Der Raum ist erfüllt von der dröhnenden Stille wartender, lauschender Jungen. Als Charles an ihm vorbeirennt, klein und mager in dem zu großen, nassen Schlafanzug, kämpft William gegen den Drang an, sich bei ihm zu entschuldigen.

»Und wenn du irgendwem was davon erzählst«, sagt Martin und taucht unter dem Bett neben William auf, »komme ich morgen Nacht wieder. Und in der Nacht danach auch.«

William zählt bis dreißig, dann flüstert er Martin zu: »Sag ihm, er kann ihn jetzt ausziehen. Lass ihn nicht die ganze Nacht darin liegen.«

»Er muss seine Lektion lernen«, erwidert Martin leise. »Oder willst du dich die nächsten vier Jahre mit ihm rumärgern?«

»Aber was wird die Hausmutter morgen früh sagen? Das sieht doch aus, als hätte er ins Bett gemacht.«

»Vertrau mir, William. Ab jetzt lässt er dich in Ruhe.«

Während Martins Atem rasch tiefer wird, lauscht William voller Unbehagen, wie Charles sich sechs Betten weiter zitternd hin und her wälzt. Es dauert lange, bis der Schlaf ihn von der verwirrenden Frage erlöst, wie sein neuer Freund zugleich so nett und so grausam sein kann.

16

Lieber William,
danke für deinen Brief – obwohl er mich furchtbar
wütend gemacht hat. Es tut mir leid zu hören, wie
gemein einer der Jungen zu dir gewesen ist, und ich
muss gestehen, es freut mich, dass dein Freund ihm
eine Lektion erteilt hat, auch wenn sie hart war.
Martin scheint ja eine echte Marke zu sein, und ich
glaube, es ist gut, dass er dich unter seine Fittiche
genommen hat.
Es war ganz richtig, dass du deiner Mutter nichts
davon erzählt hast. Und ich bin froh, dass du dich an
mich wendest, wenn es dir mal nicht so gut geht. Wir
wissen, dass deine Mutter dich, nachdem dein Vater
gestorben war, erst mal eine Weile für sich allein
haben wollte. Wir verstehen es auch, aber du hast
uns gefehlt. Vielleicht kommen wir ab und zu mal
zur Abendandacht nach Cambridge, obwohl ich nicht
weiß, ob deiner Mutter das recht wäre.
Ich habe mir den Kopf zerbrochen, womit ich dich
ein wenig trösten könnte, und schließlich bin ich auf
die Idee gekommen, dir etwas von deinem Vater zu
schicken. Wie praktisch, dass ich noch in dem Haus
wohne, in dem wir aufgewachsen sind! Ich habe die
verschrumpelte alte Kastanie gefunden, mit der er

meine 1933 geschlagen hat, aber die macht nicht mehr
viel her. Fast hättest du eine rissige alte Kordelseife
bekommen, die er mir mal zu Weihnachten geschenkt
hat. Doch dann fiel mir ein, dass du gesagt hast,
abgesehen von Kleidern dürft ihr dort keine eigenen
Sachen haben, außer vielleicht einer Decke. Bingo!
Die alte Decke deines Vaters lag noch in dem
Fußhocker in seinem Schlafzimmer, und sie hat den
Lauf der Zeit deutlich besser überstanden als die
Kastanie und die Seife.
Stell dir einfach vor, die Decke wäre eine Umarmung
von deinem lieben Dad (und mir), wenn du eine
brauchst.
Dein dich liebender Onkel Robert
PS: Howard lässt dich mit seiner besten Donald-Duck-
Stimme grüßen.
PPS: Nette Idee, deine Schleckerrationen unter
Charles' Kopfkissen zu legen, aber ich glaube nicht,
dass er sie verdient, und ich finde, du solltest sie ab
jetzt lieber wieder selbst naschen.

Am Montagmorgen seiner vierten Woche geht William an
den Spielfeldern entlang, die vom kräftigen nächtlichen Regen nass glänzen. Abgesehen vom Singen ist dieser Gang zum
Übungsraum an Martins Seite das Schönste für ihn. Er kann
immer noch nicht fassen, wie groß und weich und freundlich
Martin ist, und wenn sie nebeneinander hergehen, kommt es
ihm so vor, als gäbe es nichts, worüber er sich Sorgen machen
müsste. Zu seinem Erstaunen scheint Charles Martin nichts
nachzutragen, und wie vorhergesagt lassen er und die anderen
Anwärter William jetzt in Ruhe.

Die grau-grüne Decke seines Vaters mit der leuchtend roten Einfassungsnaht und dem tintigen Kampfergeruch war

ihm während der letzten drei Wochen ein Trost. Der Tagesablauf fühlt sich zwar noch nicht richtig vertraut an, aber auch nicht mehr ganz so fremd. Um sechs Uhr aufstehen. Guss. Instrumentenstunde (Klavier für ihn, Klarinette für Martin). Frühstück: montags Eier mit Tomaten, dienstags Porridge, mittwochs Eier mit Bohnen, donnerstags Toast mit Tomaten, freitags Bücklinge, am Wochenende unterschiedlich. Chorstunde. Unterricht. Mittagessen. Unterricht. Nachmittagsimbiss, damit die Chorknaben bis nach der Abendandacht durchhalten. Hausaufgaben. Abendessen.

Der Unterricht ist hart. Die anderen Jungen scheinen einen enormen Wissensschatz zu haben, im Allgemeinen wie im Speziellen, der ihm fehlt. Aber er weiß, dass von einem Chorknaben erwartet wird, in allem gut zu sein, deshalb gibt er sich Mühe.

Während der Chorstunden ist William hellwach und voller Elan. Die jüngeren Anwärter gähnen, stützen sich schwer auf die Ellbogen, wissen manchmal nicht, auf welcher Seite die anderen sind, kommen etwas zu früh oder zu spät oder hören nicht zu und fügen ihre Stimme nicht in die der anderen ein, wie Phillip es möchte. Er wünschte, er müsste nicht bei ihnen stehen, aber sobald das Klavier erklingt und Phillips elegante Hand ihn einlädt zu singen, ist alles außer seinem Atem, seiner Stimme und der Musik vergessen.

»O Mann, mir ist nicht gut«, sagt Martin jetzt, als eine Singdrossel im Tiefflug ihren Weg kreuzt. Er streicht sich mit beiden Händen über den dicken Bauch, schafft es aber immer noch zu lächeln, als er William ansieht.

»Hast du was Falsches gegessen?«

»Keine Ahnung.«

Plötzlich krümmt Martin sich und übergibt sich auf den Weg. Die Jungen hinter ihnen stoßen Laute des Ekels aus und machen mit zugekniffener Nase einen Bogen um die dampfende Pfütze. Martin steht vornübergebeugt da, die Hände auf den Knien, und atmet schwer.

»Alles in Ordnung?«, fragt William.

»Bin noch nicht fertig!«, ächzt er, und schon folgt eine weitere Ladung.

Zu Williams Bestürzung sind alle anderen Jungen einfach weitergegangen, und erst da merkt er, dass seine Hand sanft auf Martins Rücken klopft.

»War's das?« William steckt die Hand in die Tasche.

Martin richtet sich auf, holt tief Luft und atmet schnaufend aus. »Ich glaub schon.« Er setzt sich wieder in Bewegung. »Los, sonst kommen wir zu spät.«

»Solltest du nicht besser ins Haus zurückgehen?« William läuft, um ihn einzuholen. Ihm ist jetzt auch ein bisschen flau, und er ist froh über die kühle Luft.

»Mir geht's wieder gut. Hauptsache, das Zeug ist raus!«, sagt Martin, nun wieder munter.

Wie immer sitzt William neben Charles, Edward und Anthony. Ab und zu riecht es nach Kotze, und er befürchtet, dass es von seinen Schuhen kommt.

»So, Jungs«, sagt der Chorleiter. »Wir beginnen mit Stanfords Messe in G-Dur, von ganz vorn. Mussey, du übernimmst das Solo.«

Eine plötzliche Unruhe in der ersten Reihe, dann rennt Martin mit der Hand vor dem Mund aus dem Raum. Alle stehen da und lauschen auf das Würgen und das Klatschen von Flüssigkeit auf Steinplatten.

»Oje!«, sagt Phillip leise und blickt über seinen Brillenrand zur offenen Tür. Dann wendet er sich zu Ian Mills, dem Zweiten Chorknaben.

»Bring ihn zurück ins Haus, Mills, und geh beim Pförtner vorbei und sag ihm, dass hier saubergemacht werden muss, ja?«

»Ja, Sir«, erwidert Mills und läuft leichtfüßig hinaus.

»Hm.« Phillip hebt den Kopf. »Wir brauchen jemanden für den Solopart.«

Er sieht zu William, und es fühlt sich an, als würde irgendetwas tief in seinem Innern von einer Nadel durchstochen. Der Chorleiter schaut oft über ihre Köpfe hinweg, wenn er mit ihnen spricht, aber wenn er doch jemanden ansieht, ist sein Blick, wie William nun feststellt, sehr direkt. Er zwingt sich, ihm standzuhalten.

»Gut, Lavery.« Er sagt es so leise und beiläufig, dass William sich nicht sicher ist, ob es wirklich sein Name war. »Dann wollen wir mal hören, was du kannst.«

Charles zu seiner Rechten schnappt nach Luft und fährt zu Edward und Anthony herum. William fürchtet, dass es seiner Beliebtheit nicht förderlich ist, doch als er in die erste Reihe gewunken wird und seinen Platz einnimmt, fühlt er nur eine unerschütterliche Bereitschaft.

Simon Porter, der Erste Chorknabe, deutet auf die Noten, um ihm zu zeigen, wo sein Einsatz ist, doch das weiß William, außerdem ist es ein Stück, das seine Mutter ihm von klein auf vorgespielt hat. Es gibt eine schwierige Stelle, aber Form und Muster sind ihm bis ins Mark vertraut. Das Stück sollte er bei der Zugangsprüfung vom Blatt singen, und er vermutet, dass Phillip sich daran erinnert.

»Bist du bereit, Lavery?« Er sieht zu William. »Ab Takt vierzehn, alle zusammen.«

Porter zeigt erneut auf die Noten, und William lächelt ihm kurz zu. Das Klavier beginnt. Williams Wangen brennen und prickeln. Noch sechs Takte. Die Stimmen der Jungen lassen ihn schweben; es ist, als würde ihr Klang zwischen die Sohlen seiner Schuhe und den Steinboden gleiten und ihn in die Luft heben.

Noch drei Takte. Einatmen, ausatmen, den Blick auf Phillip

fixiert. Noch ein Takt. Ein kurzer Blick auf die Noten, dann wieder zu seinem Chorleiter, der ihm zunickt, während William Luft holt.

Phillips Mundwinkel heben sich leicht, und sein Kopf neigt sich zur Seite, als William sein erstes Solo singt, sicher und klar, mit einem freudigen Pochen in seinem Herzen.

Das Klavier verstummt. Stille. Porter räuspert sich. William blickt sich um. Alle Gesichter sind ihm zugewandt. Er sieht zu Boden und dann rasch wieder zu Phillip.

»Gut gemacht, Lavery«, sagt er und blättert bereits zum nächsten Stück. »Sehr gut. Das reicht für heute Abend. Porter? Sorg dafür, dass er entsprechend ausgestattet wird.«

»Ja, Sir.« Porter räumt seine Noten zusammen.

Die ölige Flüssigkeit mit den Gemüseklumpen darin verdient die Bezeichnung Suppe nicht, aber William ist so hungrig, dass er sie bis auf den letzten Tropfen essen wird. Er steuert auf Martin zu, der nach einem Tag auf der Krankenstation in einer Ecke des Speisesaals sitzt.

»Hallo.« William stellt seine Schale neben Martin und klettert von hinten auf die Bank. »Geht's dir besser?«

»Ich glaub schon«, sagt Martin und hebt kurz den Kopf. »Die Hausmutter meinte, ich soll mit dem Essen bis morgen warten, aber das ist mir wurscht. Ich habe seit dem Frühstück nichts mehr gekriegt! Wir werden sehen, was passiert.«

»Ich drücke die Daumen.«

»Und« – Martin fährt mit dem Finger durch die Schale, da er sein Brot schon aufgegessen hat –, »hast du mir was zu erzählen?«

William spürt, wie seine Wangen heiß werden. Er starrt auf den grünlichen Klumpen auf seinem Löffel. »Freut mich, dass es dir wieder besser geht.«

»Wirklich?« Martins Haut ist noch blasser als sonst; die Sommersprossen stechen hervor und tanzen über seine Nase. Sein Löffel schwebt über der leeren Schale.

In William formt sich ein Entschluss. Wenn er das nicht hinbekommt, ohne sich zu winden und zu entschuldigen, kann er die restliche Zeit hier vergessen.

»Ja, ich freue mich, dass es dir besser geht, aber ich freue mich auch, dass ich ein Solo singen durfte und dass es Phillip gefallen hat. Ich wäre doch bekloppt, wenn es nicht so wäre, oder?«

Martin legt den Löffel hin und richtet sich auf. »Porter hat gesagt, du hast eine starke Solostimme.« William sieht ihm in die Augen und hofft, dass die Röte in seinen Wangen nachlässt. »Er meint, wir müssen uns in Acht nehmen.«

»Ich bin nur Anwärter. Dir kann so bald nichts passieren.« William versucht zu lächeln. »Du bist der beste Solosänger, Martin. Das wissen alle.« Unter dem Tisch kreuzt er die Finger. Er weiß, dass er mindestens so gut wie Martin ist, wenn nicht besser, aber streng genommen ist er noch kein Chorknabe.

»Das ist auch gut so.« Martin grinst und wirkt wieder mehr wie er selbst. »Das ist nämlich das Einzige, was ich kann.«

William beschließt, in seinem wöchentlichen Brief an Evelyn nichts von dem Solo zu erwähnen; das will er sich für ihren Besuch in zwei Wochen aufheben. Aber Onkel Robert wird er es erzählen. Es besteht keine Gefahr, dass er die Überraschung verdirbt, denn seine Mum hat keine Ahnung, dass sie sich schreiben – noch so eine Sache, von der sein Onkel meint, dass sie sie aufregen könnte.

17

Ausgangserlaubnis
Name: Lavery – von 12.30 Uhr bis 16.45 Uhr
Datum: 20. Oktober – Unterschrift: A. G. Atkinson

Seit er am Mittwoch seine Ausgangserlaubnis bekommen hat,
hat William zweimal von Evelyn geträumt. Im ersten Traum
lag sie zu Hause auf dem Sofa und hat ihm, im Sessel daneben,
warme Kekse zugeworfen und entspannt gelächelt, während
Krümel auf den Teppich rieselten. Im zweiten ist sie in seinem
Schlafsaal aufgetaucht, in ihrem Regenmantel und mit einem
Kopftuch. Sie hat sich so gefreut, ihn zu sehen, dass er hoch-
geschreckt ist und sich vor Verlegenheit gewunden hat, weil
sie dort völlig fehl am Platz war und ihn in den Arm nehmen
und küssen wollte.

Er musste nichts weiter tun, als in das Büro des Direktors zu
gehen und die Erlaubnis von Mr Atkinson entgegenzuneh-
men. Als er sich in dem holzvertäfelten Raum umsah, mit der
Vase voll gelber Rosen auf dem Tisch, fiel es ihm schwer zu
glauben, dass dies der Ort war, an dem Martin all die Prügel
bezogen hatte. Er konnte nirgends einen Stock sehen. So lie-
bevoll, wie seine Eltern ihn aufgezogen hatten, erschien ihm
die Vorstellung, dass jemand tatsächlich mit einem Stock prü-
gelte, dass ein Weidenzweig einzig und allein zu dem Zweck
aufbewahrt wurde, um damit einen Jungen zu schlagen, fast

grotesk. Doch seine Begegnung mit dem Direktor war höflich und unkompliziert. Die einzige Schwierigkeit bestand darin, dass er sich zwingen musste, nicht vor Freude auf und ab zu hüpfen, weil dieses kleine Stück Papier ihm in vier Tagen einen ganzen Nachmittag mit seiner Mutter erlaubte.

Und nun ist es Sonntag, und nach dem Gottesdienst darf er gehen. Mit ihr! Als sie in der Reihe stehen, um in die Kapelle zu schreiten, in der all die Eltern sitzen, die sechs Wochen zuvor so plötzlich aus ihrem Leben verschwunden sind, fühlt sich alles anders an. Charles, Edward und Anthony sind so mit Herumalbern beschäftigt, dass sie es nicht zu bemerken scheinen. Doch dann denkt William, dass das Herumalbern vielleicht ihre Art ist, es zu bemerken. Er glaubt nicht, dass Charles heute weinen wird, wenn er sich verabschieden muss; es ist, als wäre er jetzt ein ganz anderer Junge als der, der sich unter Tränen von seinen Eltern abgewandt hat.

William liebt den Geruch nach Stein und Holz in der alten Vorhalle. Martin atmet geräuschvoll ein und aus, wie er es immer tut, bevor sie hineingehen. Als die Orgel erklingt, geraten die weiß-purpurnen Roben in Bewegung, und die Jungen schreiten in die Kapelle. Die Steinfliesen unter seinen Füßen sind hart und wunderschön, und die Decke ist so hoch, dass er den Kopf in den Nacken legen muss, um die Heiligen zu sehen, die mit ausgebreiteten Armen zu ihnen herunterschauen. Und wenn der Gottesdienst vorbei ist, werden ihn die echten, lebendigen Arme seiner Mutter umschließen.

Da ist sie. Gleich links neben dem Chorraum. Ihre Haare sind anders frisiert und länger als sonst. Sie sitzt ganz aufrecht da, die Gottesdienstordnung vor der Brust. Sie hat ihn entdeckt.

Im entscheidenden Moment, als sie so nah ist, dass sie sich an den Ellbogen berühren könnten, bringt William es nicht fertig, sie anzusehen. Er spürt ihr strahlendes Lächeln, bemerkt den leuchtend roten Stoff eines neuen Kleides und riecht ihr L'Air du Temps, aber er kann nur starr geradeaus blicken. Charles hingegen dreht den Kopf ein klein wenig nach rechts, um zu seiner Mutter zu sehen, und lächelt kurz. Noch bevor er beim Chorstuhl ankommt, ist William erfüllt von Bedauern und Schuldgefühlen, weil er nicht dasselbe getan hat.

»So, Master Lavery, erzähl mir *alles*!«

William ist froh, dass keiner von den anderen Anwärtern den Copper Kettle an der King's Parade ausgewählt hat, um dort zu Mittag zu essen. Er fragt sich, wo sie wohl hingegangen sind. Dies ist das einzige Restaurant, das er kennt. Martin kommt mit seiner Familie hierher. Auf Williams Porzellanteller liegen Schinken, Ei und Pommes frites; eine Riesenportion, luxuriös und unfassbar fett.

Auf dem einen Schneidezahn seiner Mutter ist ein wenig Lippenstift, und während er früher den Arm ausgestreckt und ihn weggewischt hätte, zeigt er nun auf seinen eigenen Zahn und reibt darüber. Sofort hebt sie die Serviette an den Mund.

Nachdem er die letzten sechs Wochen damit beschäftigt war, den Schock zu verdauen, dass sie ihn in der Schule zurückgelassen hat, einfach weggegangen ist und nicht mehr da war, findet er es jetzt genauso seltsam, ihr gegenüberzusitzen, mit dem Trost und der Verantwortung, wieder der Mittelpunkt im Leben eines anderen Menschen zu sein.

»Nun?« Sie grinst. »Ich warte.«

Wo soll er anfangen?

»Martin, der vorhin das Solo gesungen hat, ist mein Freund. Er ist so alt wie ich und schon drei Jahre hier. Ich mag Phillip. Und Mr Atkinson – er hat mir die hier gegeben.« Er nimmt die Ausgangserlaubnis aus der Tasche und hält sie über den Teller seiner Mutter. »Ohne die hätte ich nicht mit dir kommen können.«

»Ich hätte ihm meine Handtasche um die Ohren gehauen, wenn er sie dir nicht gegeben hätte! Was ist mit dem Singen?« Ihre Augenbrauen heben sich erwartungsvoll. William bemerkt, dass sie leicht nachgemalt sind.

»In der Kapelle klingen wir *unglaublich*.«

»Und weiter?« Es ist der aufgeregte Ausdruck, den sie hat, wenn er ein Geschenk von ihr auspackt. Eine Kellnerin quetscht sich an ihrem Tisch vorbei, das Tablett, das sie trägt, auf der Höhe ihres runden Gesichts.

»Jeden Morgen müssen wir uns vor der Badewanne aufstellen«, sagt er aus dem plötzlichen Drang heraus, sie zu schockieren, »uns hinunterbeugen, bis wir mit den Händen den Boden berühren, und dann kriegen wir einen Krug kaltes Wasser über den Rücken.«

Es funktioniert. Ihre Augenbrauen sinken herab. »Wozu um alles in der Welt soll das gut sein?«

»Um Männer aus uns zu machen.« Er versucht, lässig zu klingen.

»Wenn du ›kalt‹ sagst, meinst du wirklich kalt oder nur nicht richtig warm?« Aus irgendeinem Grund gefällt ihm die Sorge auf ihrem Gesicht.

»*Eis*kalt«, antwortet er.

Sie dreht den Ring um ihren schlanken Finger und runzelt die Stirn.

»Und Mrs Potts, die Schulköchin, raucht beim Kochen.« Er sagt ihr nicht, dass er Mrs Pott ziemlich gerne mag und dass sie ihn manchmal bei der Arbeit zuschauen lässt, wenn er früh genug in die Küche kommt.

Evelyn wischt sich den Mund mit der Serviette ab. »Du liebe Güte«, murmelt sie, zwei Sorgenfalten über der Nase.

Die Kellnerin kommt und schenkt Evelyn Tee nach. In weniger als zwei Stunden wird er ihr bis Weihnachten Lebwohl sagen. Sein Inneres wird weicher.

»Aber sie ist nett zu mir«, fügt er hinzu. »Nur nicht so eine gute Köchin wie du.« Er reicht über seinen Teller und berührt ihre Hand. Der Geruch nach Eigelb nimmt ihm etwas den Appetit, und wenn er nicht aufpasst, streift er mit dem Ellbogen über die Pommes.

Ihr Lächeln ist wieder da. »Und? Hast du mir sonst noch was zu erzählen?«

Er isst ein Stück Pommes und blickt auf die Fettader, die sich durch den Schinken zieht. Sie weiß es also schon.

»Wer hat es dir gesagt?«

»Niemand Wichtiges, nur der Direktor.« Sie beugt sich vor. »Aber ich möchte es von *dir* hören.«

Der Direktor sagt ihnen ständig, sie müssten jetzt auf eigenen Füßen stehen, selbst auf sich aufpassen, und trotzdem redet er hinter seinem Rücken mit seiner Mutter. Doch Williams Empörung ist zu schwach und ihre freudige Aufregung zu stark, und ein Lächeln erhellt sein Gesicht. Er genießt es, eine gute Nachricht für jemanden zu haben, der ganz und gar auf seiner Seite steht, der glücklich ist, wenn er glücklich ist. Evelyn legt ihr Besteck hin.

»Komm schon, erzähl deiner Mutter, wie verdammt großartig ihr Sohn ist!«

»Tsts!« Er hebt mahnend den Zeigefinger, und sie lacht.

Das Stimmengemurmel, das Klirren und Klappern von Besteck, die Kellnerinnen in ihren schwarz-weißen Uniformen, all das tritt in den Hintergrund. Er und sie sind wieder in ihrer kleinen Welt. Er erzählt ihr – obwohl sie es bereits weiß –, dass Martin krank war und er sein Solo singen durfte und so gut war, dass Phillip ihn so schnell wie möglich im Chor haben wollte, zumal bei Porter der Stimmbruch eingesetzt hat.

»Und so sitze ich ab nächster Woche bei den Chorknaben, neben Martin.«

Evelyn hat wieder angefangen zu essen, lächelt aber so breit, dass sie fast nicht kauen kann. William will, dass sie glücklich ist.

»Gestern bei der Übungsstunde hat Phillip mich allein singen lassen, und danach hat er gesagt: ›Das ist der Klang, den ich hören will, Jungs! Singt genau so.‹«

Und es ist wunderbar, dass diese Worte, dieselben, die beim Chor ein kurzes, aber unangenehmes Schweigen ausgelöst haben, seine Mutter so freuen, dass sie in die Hände klatscht und lacht. »Ich *wusste* es! Das soll sich dein Onkel Robert mal hinter die Ohren schreiben. Du bist für Konzertsäle geschaffen, nicht für dieses elende Bestattungsinstitut!«

William blickt auf seinen Teller, spießt ein Stück Pommes mit allen vier Zinken seiner Gabel auf, fährt damit durch das Eigelb und tunkt das Ende in den Ketchup. Es ist ein kalter, aber leckerer Happen, den er in Ruhe isst. Dann sieht er zu Evelyn. Sie zwinkert ihm mit vollem Mund zu. Wenn sie glücklich ist, leiden immer ihre Tischmanieren. Und wenn sie unfreundlich zu Robert ist, leidet immer Williams Glück.

In den zwei Jahren seit dem Tod seines Dads ist Onkel Robert eine lebende Verbindung zu seinem Vater gewesen. Die Erinnerungen an ihn sind nicht mehr so frisch und klar, wie William es gerne hätte. Er erinnert sich daran, wie er von ihm in die Luft geworfen wurde und wie er auf seinem Schoß gesessen, das Gesicht in dem braunen Wollpullover vergraben und den schweren, würzigen Geruch nach Pfeifenrauch eingeatmet hat. Er erinnert sich, wie er an einem Sonntagmorgen neben ihm am Kiosk gestanden und gewartet hat, während das Viertelpfund Schoko-Karamell-Bonbons aus der großen Metallschale der Waage in eine Papiertüte geschüttet wurde. Er erinnert sich, wie sein Dad Evelyn durch die Küche gejagt hat; er hatte eine Gorillamaske auf dem Kopf und machte laute Affengeräusche, und sie schrie und lachte, und William staunte, wie schnell sie dabei laufen konnte.

Wenn er Angst vor dem Vergessen hat, ist schon allein Onkel Roberts Existenz ein Trost. Denn Robert und sein Vater waren nicht nur Brüder und beste Freunde, sondern auch eineiige Zwillinge. William kann verstehen, dass es für seine Mutter schwer ist, so sehr an seinen Vater erinnert zu werden, aber es beunruhigt ihn, dass sie Robert manchmal anscheinend nicht mal leiden kann. Und Howard auch nicht.

Nach dem Essen gehen sie die Trumpington Street hinunter und schauen sich die Löwen an, die das Fitzwilliam Museum bewachen. Auf dem Rückweg zur Schule entdeckt William das Fitzbillies auf der anderen Straßenseite.

»Da geht Martin immer mit seinen Eltern hin, um eine Rosinenschnecke zu essen. Er sagt, die sind weltberühmt.«

»Heute habe ich uns Kekse mitgebracht«, sagt Evelyn und nimmt seine Hand, »aber nächstes Mal können wir das ausprobieren. Oh!« Sie stolpert in die offene Abflussrinne und landet mit einem Knie im Wasser. Ihr Gesicht verzieht sich vor Schmerz, und William lässt sich von dem plötzlichen Lächeln nicht täuschen, als sie sich aufrichtet. Sie hat sich wehgetan, will aber nicht, dass er sich Sorgen macht.

Zurück auf der King's Parade, sehen sie zu, wie ein rotes Buchenblatt vom Wind aufgerichtet und vorwärtsgeschoben wird, als würde es laufen. Als es vom Gehweg in die Rinne fällt, setzt Evelyn sich auf die niedrige Mauer und klopft auf die freie Stelle zu ihrer Linken. William setzt sich ebenfalls, und sie nimmt eine Tupperdose aus ihrer Handtasche. Mit einem neckenden Blick hält sie sie hoch. Durch das Plastik erkennt er seine Lieblingsnascherei: Butterkekse. Unerwartet fangen seine Augen an zu brennen.

Sie lässt die Dose auf seinen Schoß fallen. Ihm läuft das Wasser im Mund zusammen. Er möchte den Deckel abziehen, aber er wartet. Evelyn beugt sich hinunter und holt zwei Servietten aus ihrer Tasche, die aus braunem Leinen, die sonst in der Schublade neben der Spüle liegen. Er schnuppert an der, die sie ihm reicht, und denkt an die Holzlöffel und den Sahneschläger, die ebenfalls dort hingehören. Sie bedeutet ihm mit einem Nicken, die Dose zu öffnen, und der Streuzucker auf dem obersten Keks glitzert.

Während er sie an ihrer Seite isst, wie er es immer zu Hause getan hat, überrollt ihn eine Woge von Heimweh. Er isst einen nach dem anderen, bis seine Finger und Lippen ganz fettig sind. Als sie wieder bei der Schule ankommen, ist seine neue Unabhängigkeit dahingeschmolzen, und er will nur noch mit seiner Mum zurück nach Sutton Coldfield. Er schlingt die Arme um sie, die Wange an ihr rotes Kleid gedrückt, und beschließt, einfach nicht mehr loszulassen. Von ihrem Parfüm und dem buttrigen Nachgeschmack in seinem Mund wird ihm ein wenig übel.

»Komm, Master Lavery, du hast Solos zu singen.« Seine Mutter schiebt ihn von sich. »Und das geht nicht, wenn du dich an mir festhältst, oder?«

Er kann nicht sprechen, aber er bringt immerhin ein Lächeln zustande. Munter und energisch klopft sie ihm auf den Rücken und schiebt ihn auf das Tor zu. Er begreift, dass ihm nichts anderes übrigbleibt, als zu gehen. Er ist schon durch das Tor und fest entschlossen, sich nicht noch einmal umzudrehen, als er ihre Stimme hört, hell und drängend. Er dreht sich um. Obwohl sie so weit weg ist, beugt sie sich zu ihm. Er bemerkt einen kleinen Blutfleck auf ihrem Knie.

»William! Soll ich einen Brief schreiben, wegen des kalten Wassers?«

Er winkt, schüttelt den Kopf und geht hinein.

18

»Nach dem ersten Ausgang ist es immer schlimm.«

William hat gedacht, er hätte es geschafft, lautlos zu weinen. Martin liegt im Nachbarbett auf der Seite, den Kopf in die tellergroße Hand gestützt.

Die Erinnerung daran, wie seine Mutter mit ihrem blutigen Knie dagestanden und hinter ihm hergerufen hat, ob sie wegen des Gusses an Mr Atkinson schreiben soll, schnürt ihm so das Herz zusammen, dass er kaum atmen kann; ihre beinahe flehende Stimme, ihr Blick, der ihn nicht loslassen wollte.

»Keine Sorge, du bist wie ich«, flüstert Martin. Obwohl er so ein lauter Mensch ist, kann er erstaunlich leise sprechen, wenn er will. »Sobald du wieder in der Kapelle bist, geht es dir besser.«

Martin behält Recht. In der Kapelle fällt es William leicht, seine Mutter zu vergessen. Und schneller, als er zu hoffen gewagt hat, fängt Porters Stimme an zu kieksen und zu wackeln, sodass er Ende Oktober vorzeitig von seinem Anwärterdasein befreit wird. Ein schwerer schwarzer Umhang für den Weg zur Kapelle, ein Doktorhut mit seidiger Quaste, die an seinem Blickfeldrand schwingt, und eine purpurne Robe verwandeln ihn in das, wozu er von Anfang an bestimmt war: einen Chorknaben.

Der Tagesablauf ist hart. Der Unterricht und die Hausaufgaben sind zäh und mühsam im Vergleich zu der Zeit in der Kapelle, aber sie müssen gemacht werden, und wenn er damit fertig ist, sind Minuten und Stunden vergangen, und es ist wieder Zeit zu singen. Selbst der Übungsraum, den William an seinem ersten Tag so enttäuschend fand, gefällt ihm jetzt. Klein und schlicht, erscheint er ihm als der perfekte Ort, um Chorknaben und Musik miteinander vertraut zu machen. Später, kurz vor der Abendandacht, sind sie bereit, sich der geheimnisvollen Kapelle zu präsentieren, sodass sie dem, was sie einstudiert haben, ihren magischen Klang verleihen kann.

»Guten Morgen, meine Herren«, begrüßt Phillip sie an diesem Tag mit seinem gewohnten leichten Lächeln.

William erblickt unbenutzte Notenblätter auf Phillips Mappe. Etwas Neues. Ihm ist aufgefallen, dass Phillip sich verändert, wenn sie neue Stücke einstudieren; er bekommt dann etwas Leichtes, Abenteuerlustiges. Bei den Stücken, die hier schon seit zweihundert Jahren gesungen werden, fragt William sich manchmal, ob die Kapelle nicht denkt: *Doch nicht das schon wieder!* Während er sich bei neuen Stücken vorstellt, wie die Kapelle ihre Klänge, Harmonien und Rhythmen zum ersten Mal kostet. Doch nachdem sie an diesem Morgen erst zwanzig Minuten mit Bachs »Herr, nun schleuß den Himmel auf« und anschließend eine Viertelstunde mit Tallis' fünfstimmigem »Te Deum« zugebracht haben, zweifelt William, ob sie noch zu den neuen Noten kommen werden. Dann blickt Phillip auf und lächelt ihnen zu.

»Jetzt probieren wir mal etwas anderes.« Er hebt das glatte weiße Papier hoch und hält es locker in der Hand, sodass das obere Ende langsam herunterklappt. »Ihr habt vielleicht schon gehört, dass Professor Hughes, Regiusprofessor der Geschichte, letzte Woche gestorben ist. Eine wunderbare alte Seele. Dienstagnachmittag wird hier ein Gedenkgottesdienst abgehalten.«

»Verzeihung, Sir.« William hebt die Hand und spricht, bevor

Phillip ihm zugenickt hat. »Ist das dasselbe wie eine Beerdigung?«

Phillip schweigt lange genug, dass William seine voreilige Frage bereut, doch als er schließlich antwortet, klingt seine Stimme freundlich.

»Nein, Lavery, nicht ganz – bei einem Gedenkgottesdienst gibt es keinen Sarg, weil die Beerdigung bereits stattgefunden hat. Es ist eher eine Gelegenheit, sich an den Verstorbenen zu erinnern und ihm zu danken. Eine Art Feier. Die Feier eines Lebens.«

»Danke, Sir.« William nickt und blickt mit gerunzelter Stirn auf seine Noten.

Er war acht, als sein Vater starb. Seine Mutter hatte ihm gesagt, Kinder dürften bei einer Beerdigung nicht dabei sein, aber ein Jahr später bekam ein Schulfreund den Nachmittag frei, damit er zur Beerdigung seiner Großmutter gehen konnte.

»Ach, mein Schatz«, sagte seine Mutter und drückte ihn an ihren schlanken Körper. Er war weinend aus der Schule gekommen und hatte sie gefragt, warum sie ihn angelogen hatte und warum er nicht zur Beerdigung seines Vater eingeladen worden war. »Wir waren so traurig, und es war so schrecklich, das wollte ich dir nicht zumuten.«

»Es wird sicher nicht allzu schwermütig«, fährt Phillip fort. »Professor Hughes hat ein hohes Alter erreicht, es gibt also viel, wofür man dankbar sein kann.«

Was er meint, ist: Wenn jemand nur ein niedriges Alter erreicht, wie zum Beispiel zweiunddreißig, denkt William, *dann gibt es das nicht.*

»Deshalb« – Phillip lässt seinen Blick über die Jungen gleiten – »werden wir etwas Besonderes für ihn singen. Professor Hughes war Waliser, und er *liebte* dieses Lied. Es ist schon seit vielen, vielen Jahren Teil der walisischen Volkskultur.« Er reicht Bishop, dem neuen Ersten Chorknaben, einen Stapel Noten zum Verteilen. Als William seine entgegennimmt, sieht er, dass dort auch eine englische Übersetzung steht, was ungewöhnlich ist.

Dies ist nicht das erste Mal, dass sie in Phillips Muttersprache singen. Es ist eine komische Sprache, und man weiß nie, wie man etwas aussprechen soll. Einmal hat Martin gefragt, was die Waliser gegen Vokale hätten. Phillip erwiderte darauf gut gelaunt, vielleicht sei die Sprache so alt, dass Vokale noch nicht erfunden waren.

»Lest euch den englischen Text kurz durch, damit ihr ein Gefühl dafür bekommt«, sagt er nun und überfliegt offenbar selbst noch mal die Zeilen. Williams Augen huschen über das Walisisch und bleiben dann an der Übersetzung der letzten Strophe hängen.

> *Myfanwy, may your life entirely be*
> *Beneath the midday sun's bright glow,*
> *And may a blushing rose of health*
> *Dance on your cheek a hundred years.*
> *I forget all your words of promise*
> *You made to someone, my pretty girl*
> *So give me your hand, my sweet Myfanwy,*
> *For no more but to say »farewell«.*

»Wie ihr seht, heißt es ›Myfanwy‹«, sagt Phillip, »komponiert von Joseph Parry, zum ersten Mal aufgeführt um 1875 herum. Ein trauriges, edles Lied. Die Geliebte – Myfanwy – hat aufgehört, den Dichter zu lieben, doch er akzeptiert diese Tatsache großzügig und gibt sie frei.« William sieht, wie Charles zu seinem Freund sieht und die Augen verdreht, doch Martin neben ihm, der gute Geschichten liebt, lauscht gebannt. »Er wünscht ihr alles Glück und bittet nur darum, zum Abschied noch einmal ihre Hand zu halten.« Phillip zieht die Brauen hoch. »Ganz schön kitschig, denkt ihr vielleicht, aber es ist unglaublich berührend, wenn es gut gesungen wird. Eines der Lieder, bei denen die Musik perfekt die Gefühle hinter den Worten widerspiegelt und sie so im Zuhörer entstehen lässt.

Es ist nicht eindeutig geklärt, von wem der Text stammt, aber wahrscheinlich von dem Dichter Hywel ab Einion.« William liebt Phillips mühelosen Wechsel zur walisischen Aussprache. »Wir singen es auf Walisisch. Ohne Solos. Oft wird es von einem Männerchor gesungen, mit einer Flut von walisischem Pathos, was für einen Gedenkgottesdienst durchaus passend ist, aber keine Sorge, ich lasse euch nicht ertrinken.« Phillips Scherze kommen oft so beiläufig daher, dass die Jungen einen Moment brauchen, bis sie begreifen, dass sie lächeln sollen. »Wir singen *a capella*, deshalb ist es wichtig, dass die Aussprache stimmt. Damit fangen wir an.« Er wartet, bis sie sich gesammelt haben. »Wir sprechen die Worte erst mal nur. Seid ihr bereit?«

Sie singen täglich auf Latein, Italienisch oder Deutsch, aber bei Walisisch fühlen sich die Jungen noch stärker unter Druck, es richtig zu machen.

»*Paham mae dicter, O Myfanwy*«, sagt Phillip langsam und präzise. »Jetzt ihr.«

Sie wiederholen es im Chor.

»Passt auf«, fährt Phillip sachlich fort. »Es ist wichtig, dass ihr den Namen des armen Mädchens richtig aussprecht. Sie heißt Mu*v*anwuay. Verstanden? Mu*v*anwuay. Versucht es noch mal.«

»Mu*v*anwuay.«

»Schon besser. So, jetzt die nächste Zeile, die ist ein bisschen schwierig …«

19

»Das war klasse.« Martin summt die Melodie schon den ganzen Weg entlang des Spielfelds.

»Welche Farbe?« William rutscht auf dem Matsch aus und
packt Martins Arm, um nicht zu fallen.

»Pflaumenblau natürlich, ist ja Des-Dur.«

William versteht Martins Wahl jedes Mal – Violett für »Faire
is the Heaven«, Dottergelb für »God is Gone Up« –, aber selbst
käme er nie darauf.

Martin hängt seine neben Williams Jacke, dann gehen sie
mit vier anderen zum Matheunterricht am anderen Ende der
Schule. »Schade, dass es keine Solos gibt.« Martin bückt sich,
hebt eine Kastanie auf, die mitten auf dem Flur liegt, und steckt
sie in seine Tasche. »Wird es hart für dich, bei dem Gedenkgottesdienst zu singen? Wegen deinem Dad?«

»Weiß nicht.«

Martin legt kurz seinen schweren Arm um Williams Schultern, bevor er die Tür zum Klassenzimmer öffnet.

Es hat ein paar Wochen gedauert, bis William sich daran gewöhnt hat, zu spät zur ersten Unterrichtsstunde zu kommen,
doch mittlerweile genießt er es, in den Raum zu treten, wenn
die anderen bereits angefangen haben, und den Lehrer ein paar
Minuten für sich zu haben, während er ihnen sagt, was bisher
durchgenommen wurde. Während sie zwischen den gesenkten Köpfen hindurchgehen, murmelt Martin: »Ich lerne es auf

Englisch, und dann singe ich es zu Hause bei meinem Weihnachtsauftritt.«

Mr Shrubs kommt zu ihnen und gibt beiden ein Arbeitsblatt. Er geht in die Hocke und deutet mit seinem dicken Zeigefinger auf Williams Arbeitsblatt. »Schriftliche Division. Wir üben weiter das, was wir gestern gemacht haben.«

Schriftliche Division kann William. Bruch- und Prozentrechnung nicht so gut. Während er das Arbeitsblatt überfliegt, überlegt er, ob er Weihnachten zu Hause auch singen soll. In Martins riesiger Familie gibt es jedes Jahr eine Aufführung. Er hat William erzählt, dass er in den Weihnachtsferien zusammen mit seinen vier Geschwistern und neun (!) Vettern und Kusinen einen ganzen Tag damit zubringt, ein Stück zu schreiben und einzustudieren, eine Bühne aufzubauen, aus dem, was sie in den Schränken finden, Kostüme zu basteln und dann das Ganze nach dem Abendessen für die Erwachsenen aufzuführen. *Stell dir das mal vor!* William denkt daran, wie er mit seiner Mum, Onkel Robert und Howard im Wohnzimmer sitzt, und alle schweigen sich an. Trotzdem würden sie ihn bestimmt gerne singen hören.

»Martin?«, flüstert William, nachdem er drei Aufgaben gelöst hat. »Können wir ›Myfanwy‹ zusammen üben? Dann kann ich es auch zu Weihnachten singen.«

Bis zu dem Gedenkgottesdienst vier Tage später haben Martin und William die englische und die walisische Fassung so viele Male gesungen, dass drei Lehrer, sämtliche Jungen in ihrem Schlafsaal und der Obergärtner sie gebeten haben, endlich damit aufzuhören. William hat es sogar mit seiner Donald-Duck-Stimme gesungen, begeistert über das laute Gelächter, das er damit bei Martin ausgelöst hat. Bei den letzten beiden Zeilen, »So give me your hand, my sweet Myfanwy, For no more but to say ›farewell‹«, ergreift Martin jedes Mal Williams Hand und presst die andere melodramatisch auf sein Herz.

Professor Hughes' Witwe, winzig, vornübergebeugt und mit spindeldürren Beinen, erinnert William so sehr an einen Vogel, dass er denkt, sie könnte einfach in das prächtige Blumengesteck vorne beim Altar hüpfen und zwischen den üppigen, bunten Blütenblättern verschwinden. Er starrt auf die drei kleinen Kinder in der ersten Reihe, vermutlich die Enkel des Professors, die zwischen ihren Eltern herumzappeln. Die dunkle Armee schwarzberobter Unikollegen hinter den Angehörigen sieht zu ernst aus für eine Feier. William findet das alles ziemlich unsinnig. Ist es nicht einfach nur *traurig*, wenn jemand stirbt? Er versucht, sich seine Mutter und seinen Onkel bei der Beerdigung seines Vaters vorzustellen, doch es ist Zeit zu singen.

Sie verlassen den Chorstuhl und stellen sich vor dem Altar auf. William würde gerne die Witwe des Professors beobachten, doch mittlerweile hat er gelernt, zu Phillip zu schauen, der wartet, bis alle absolut still und zu ihm gewandt sind, bevor er das Zeichen gibt.

Der Klang ist voll und weich, durchdrungen von einer Traurigkeit, die mit jeder Zeile tiefer dringt. Phillip zieht das Gefühl mit der fließenden Bewegung seiner Hand aus der Musik, und als die samtige Kraft des letzten Verses verklingt, staunt William über die Woge der Emotionen, die ihnen von der Gemeinde entgegenrollt.

Sobald Phillip die letzte Note abschließt, sieht William zu Mrs Hughes, und so bekommt er den Blick mit, den sie und Phillip wechseln. Er dauert nur den Bruchteil einer Sekunde, aber er ist so von Dankbarkeit und Güte erfüllt, dass ihm die Tränen in die Augen schießen. Blinzelnd beißt er sich auf die Innenseite seiner Wangen, bis das Zeichen zur Rückkehr in den Chorstuhl ihn rettet.

Als er abends im Bett liegt, muss er immer wieder an den Gottesdienst und die Geschichten über den Professor denken, die ihn alle zugleich traurig und glücklich gemacht haben. Er fragt sich, welche Geschichten wohl über seinen Vater erzählt worden wären, während er und Evelyn, Robert und Howard in der ersten Reihe säßen, umgeben vom starken, pudrigen Duft der Lilien.

Jemand, wahrscheinlich ein Pfarrer, hätte auf jeden Fall gesagt, wie lustig er gewesen war. Dass Williams Körper sich jedes Mal, wenn sein Dad näher kam, ein wenig anspannte und bereit machte, hochgehoben, in die Luft geworfen, gekitzelt und geknuddelt zu werden. Dass sein Dad immer in der Mitte des Sofas sitzen wollte, wenn sie zusammen fernsahen, damit er die Arme um sie beide legen und sagen konnte, dass er alles, was er zu seinem Glück brauchte, gleich hier in Reichweite hatte. Aber, überlegt William, würde ein Pfarrer so etwas wissen? Das wussten doch nur er und seine Mum. Wahrscheinlich hätte der Pfarrer gesagt, wie stolz sein Dad gewesen war, Bestatter zu sein und das Familienunternehmen zusammen mit seinem Bruder weiterzuführen, und bei dem Gedanken zieht sich sein Magen zusammen, weil er weiß, dass seine Mum sich dann ausgeschlossen und einsam gefühlt hätte.

Die besten Erinnerungen würde ein Pfarrer nicht kennen, außerdem weiß William gar nicht so genau, was eine *beste* Erinnerung ist; sie sind alle ein Gemisch aus gut und schlecht, warm und kalt. Es gibt eine von einem Scherz zwischen ihm und seinem Dad, die er so liebt, dass er dafür auch die nicht so schöne Abfolge von Ereignissen in Kauf nimmt, die dahingeführt hat.

Als Baby schlief William oft schlecht, deshalb verließ sein Dad samstags morgens mit ihm das Haus, damit Evelyn ausschlafen konnte. Bald schlossen sich Robert und Howard ihnen an, und die Tatsache, dass William mit zwei Jahren jede Nacht zwölf Stunden durchschlief, war für sie kein Grund, ein so angenehmes Ritual zu beenden. Die Männer fanden dabei zurück zu ihrer alten Kameradschaft aus Schulzeiten, mit der Gesellschaft eines fügsamen kleinen Jungen als unterhaltsamer Dreingabe.

Im Spätfrühling von Williams fünftem Jahr brachte eine frühe Hitzewelle Robert auf die Idee, William mit zum Angeln zu nehmen. Doch niemand dachte daran, den naturliebenden Jungen auf das vorzubereiten, was passieren würde.

»Hör auf!«, schrie William, als der silbrig blaue Fisch aus dem Wasser auftauchte, mit dem Maul am Haken, und wild hin und her zuckte. »Du tust ihm weh!« Er war entsetzt über die unerwartete Grausamkeit seines Onkels.

»Huu-huu! Hallooo, William! If daf nicht luftig?«, sagte Howard mit einer komisch schmatzenden Stimme. »Bitte, darf ich ein biffchen auf dem Graf tanfen, bevor du mich wieder reinwirfft?« Die Stimme klang fröhlich, und Howard zuckte und zappelte dabei ein wenig wie der Fisch.

William sah angespannt zu, wie Robert ihn ins Gras legte und vorsichtig den Haken entfernte.

»Danke, Wobert«, sagte die Fisch-Stimme, passend zum Zucken des Schwanzes. Williams Entsetzen ließ langsam nach, und er begann daran zu glauben, dass alles doch harmlos war. Sein Blick huschte immer wieder zwischen dem Fisch und Howards Imitation hin und her, bis beides miteinander verschmolz. Robert lächelte Howard zu, nahm den Fisch und warf ihn in die Luft.

»William, haft du Luft, mal in meiner Welt fu fwimmen?« William hatte nicht einmal bemerkt, dass Howard sein Hemd und seine Shorts ausgezogen hatte, da sprang er schon ins Wasser. »Lof, komm auch rein!«, rief die Fisch-Stimme.

»Darf ich, Dad?«

Statt einer Antwort zog sein Dad sich ebenfalls aus und half William bei seinen Kleidern.

»Wo bist du, Fisch?«, rief William mit seiner besten Donald-

Duck-Stimme und paddelte auf Howard zu. Darauf folgte eine wunderbare halbe Stunde, in der Williams Donald Duck und Howards Fisch sich Unsinn erzählten.

Patschnass, aber warm, erschöpft, aber zufrieden, hielten sie auf dem Heimweg an einer Tankstelle, und Howard zog einen großen Strauß roter Tulpen aus einem Eimer vor dem Häuschen. Als Evelyn den vier zerzausten Gestalten die Tür öffnete, verbeugte sich Howard tief, überreichte ihr die Blumen und sagte mit seiner Fisch-Stimme: »Für Madame, von Lavery, Föhnen und Enkelfohn.«

Sie nahm sie und versuchte zu lächeln. »Du meine Güte, was ist denn mit euch passiert!« Sie streckte die Arme nach William aus. »Was hast du dir nur dabei gedacht, Paul?« Ihre Worte passten so gar nicht zu dem Lächeln.

Später sah er die Tulpen in der Spüle liegen, während Evelyn das Essen zubereitete. »Die brauchen Wasser, Mum.«

»Dann gib ihnen welches«, erwiderte sie achselzuckend, immer noch verärgert. Er stellte sie in einen Becher, musste sie aber an die Wand lehnen, damit sie nicht umfielen.

In der irrigen Annahme, dass die Blumen ihr gefallen hatten, kaufte Howard in der Woche darauf noch einmal einen Strauß rote Tulpen. William sah zu seinem Dad, unsicher, ob sie ihn nicht davon abhalten sollten, aber sein Dad schüttelte den Kopf und flüsterte: »Er meint es nur nett.«

Diesmal stieß Evelyn einen wütenden Schrei aus, sobald Howard und Robert gegangen waren.

»Lavery und Söhne und Enkelsohn!« Sie stopfte die Blumen in den Mülleimer, und ein paar Blütenblätter fielen zu Boden wie riesige Blutstropfen. »Howard gehört noch nicht mal zur Familie. *Ich* bin Mrs Lavery …« Den Tränen nahe, hielt sie inne. »Und warum darf ich eigentlich nie mitkommen?«

»Vielleicht weil du immer so kiebig zu Howard bist«, sagte Williams Dad leise. »Er denkt, du magst ihn nicht. Er meint es nur gut. Außerdem machen wir das, damit du mal ein bisschen Ruhe hast.«

»Er ist *mein* Sohn«, fuhr Evelyn fort, als hätte er gar nichts gesagt. »Habe ich nicht ein Wort mitzureden, wenn es um seine Zukunft geht?«

»Natürlich hast du das.« Sein Dad küsste sie auf den Kopf. »Du bist seine Mutter, und du bist wunderbar.«

»Eins ist sicher – wenn William in das Familienunternehmen einsteigt, dann war's das. Dann gehört er zu eurer engen, kleinen Bande, und ich werde immer außen vor sein.«

»Ach, Evelyn«, sagte sein Dad und zog sie an sich. »Es ist doch genug Liebe für alle da.«

»Ich weiß«, erwiderte sie nach einer Weile und ließ den Kopf an seine Schulter sinken. Dann löste sie sich aus seiner Umarmung. »Ich werde mir noch mehr Mühe geben, aber eins sage ich dir: Wenn Howard mir noch einmal einen Strauß rote Tulpen vor die Nase hält, dann kann ich für nichts garantieren!«

Da lachte sein Dad, und obwohl William den Witz nicht verstand, war er froh, dass alles wieder in Ordnung war.

Ein paar Wochen später erzählte William seinem Dad, dass die Lehrerin mit einem Jungen in seiner Klasse geschimpft hatte. Daraufhin hatte der Junge mit der Zunge geschnalzt, woraufhin die Lehrerin noch wütender geworden war. Als der Junge schließlich wieder zu seinem Platz zurück durfte, setzte er sich und schnalzte nach ein paar Sekunden Stille erneut.

»Und?«, fragte sein Dad mit großen Augen. »Ist sie explodiert?«

William nickte.

»Das war offenbar ein rotes Tuch für sie«, sagte sein Dad.

»Was?«

»Das ist etwas, das jemanden garantiert wütend macht. Wenn du mit einem roten Tuch vor einem Stier herumwedelst, greift er dich an.«

William nickte erneut. »Wie eine rote Tulpe für Mum.«

Sein Dad fing an zu lachen, und dann passierte das Wunderbare: Ein Funke sprang über, und sie lachten, bis ihnen der Bauch wehtat und sie kaum noch Luft bekamen.

20

Als der Dezember kommt, feucht und grau, und er den Weg
zum College und zurück im Dunkeln geht, hat sich William
gut eingelebt. Wenn er seinen Umhang anzieht und der Saum
schwer und elegant um seine Fußknöchel schwingt, freut er
sich und kann es kaum erwarten, zur morgendlichen Chorstunde oder, noch besser, zur Abendandacht zu kommen. Mit
Martin an seiner Seite, mit dem er plaudernd, lachend und
singend zwischen den Spielfeldern hindurch und dann über
den Kiesweg zur Kapelle geht, weitet sich Williams Herz, um
Raum für sein neues Zuhause zu schaffen. Die Klassenzimmer,
der karge Schlafsaal und der muffige, von Essensgerüchen erfüllte Speisesaal sind ihm nicht länger fremd und halten keine
unschönen Überraschungen mehr für ihn bereit, aber in der
Kapelle spürt er, wie sich alles in ihm öffnet. Hier drinnen ist
er oft so glücklich, so von Freude erfüllt, dass er mit den Zehen
und Fingern wackeln muss, um nicht zu lachen, laut zu jubeln
oder auf und ab zu hüpfen.

»Ich weiß, es ist nur ein Gebäude, aber so fühlt es sich nicht
an«, hat er Martin einmal zu erklären versucht.

»Mein Dad hat mit der Kirche nicht viel am Hut, aber er sagt,
wenn er hierherkommt, um uns singen zu hören, dann ist es,
als würde Gott ihn umarmen«, erwiderte Martin. »Meinst du
das?«

»So was Ähnliches, aber es ist nicht Gott, sondern die Kapelle selbst. Obwohl sie viel größer und älter ist als wir, lässt sie uns bei einem tollen Spiel mitmachen, das sie schon seit Hunderten von Jahren spielt.«

Martin schüttelte nur lachend den Kopf, aber wie immer fühlte William sich dadurch nicht schlechter, sondern besser.

»Sag's nicht weiter, aber wenn ich singe, fühlt es sich so an, als würde die Kapelle mir zulächeln.«

»Das ist Phillip, nicht die Kapelle! Er lächelt andauernd, wenn er deine Stimme hört, aber er versucht, es sich nicht anmerken zu lassen, weil er keine Lieblingsschüler haben soll.«

Dadurch, dass er jeden Morgen den Anfang des Unterrichts verpasst, muss William immer zusehen, dass er den Stoff nachholt. Das bleibt nicht unbemerkt. Die Lehrer sehen, wie fleißig er ist, und sind beeindruckt, dass er nie in Schwierigkeiten gerät, obwohl er ständig mit Mussey zusammensteckt. Weder für den Unterricht noch für die Hausaufgaben bringt William Begeisterung auf, doch glücklicherweise stellt er fest, dass er Durchhaltevermögen besitzt; er schafft es, seine eigenen Hausaufgaben zu machen, und hat dann sogar noch Zeit, seinen widerstrebenden, rastlosen Freund dazu zu überreden, seine ebenfalls zu erledigen.

Von Weihnachtsmusik erfüllt, geht William mit Martin und zwei anderen Chorknaben durch den Flur zum Geschichtsraum. Es ist drei Wochen vor Weihnachten, an einem Mittwochmorgen, kurz vor dem Ende seines ersten Trimesters. Seine Finger sind lila vor Kälte, und ihm läuft die Nase. William mag dieses Klassenzimmer; es ist zwar beengter als andere, aber dafür doppelt so warm. Martin öffnet ihnen die Tür und verneigt sich theatralisch, um sie vor ihm eintreten zu lassen.

Als Erstes nimmt er den warmen Dunst vieler Körper und das Summen des Heizgeräts wahr. Dann merkt er, dass alle einem Musikstück lauschen. Als er erkennt, welches es ist, bleibt er so abrupt stehen, dass Martin in ihn hineinläuft.

Neben Mr Hawthorns Pult steht ein Kasten aus hellem Holz mit einem Kreis aus feinem Drahtgewebe in der Mitte. Die Musik, die daraus erklingt, ist William sehr vertraut; die klare Schlichtheit der Tenöre, die schwelgenden Harmonien und Verzierungen, das fast überirdische dreigestrichene C des So-pran-Solos. Martin stupst William in die Seite und deutet mit dem Kopf auf zwei freie Tische. Doch William rührt sich nicht, wie gebannt von dem Wunder, das gerade geschieht, und der Erwartung dessen, was gleich kommt.

Allegris »Miserere«.

Er war fünf, saß auf dem Schoß seines Vaters und starrte auf die ledrige rot-schwarze Hülle des Plattenspielers und die Na-del, die über die Rillen der sich unentwegt drehenden, schimmernden Schallplatte glitt.

»Warum weinst du denn?«, fragte Evelyn lachend und strubbelte ihm durchs Haar. Er glitt vom Schoß seines Vaters und kniete sich so dicht neben den Plattenspieler, dass er die Wärme und das Plastik riechen und das leichte Auf und Ab der Schallplatte und die winzigen Staubfäden sehen konnte, die sich an der Nadel sammelten.

»Noch mal. Spiel das noch mal, Mummy!«

Als Evelyn ihm erklärte, dass dieser wunderwunderschöne Klang von einem Jungen stammte, der nur ein paar Jahre älter war als er, tat sich für ihn plötzlich eine ganze Welt auf. Wenn ein Junge wie er solche Töne erschaffen konnte, was war dann noch alles möglich?

»Das wirst du auch bald singen«, murmelt Martin und zieht ihn am Ärmel zum Tisch.

»Hm«, erwidert William nur. Er öffnet seine Federmappe und beginnt, einen Bleistift anzuspitzen, dessen Mine so stumpf ist, dass sie fast im Holz verschwindet, doch er dreht zu energisch, sodass die neue Spitze abbricht und sich in der Klinge des Anspitzers verkeilt. In den vielen Stunden, die sie zusammen verbracht haben, hat William alles Mögliche erzählt. Martin ist ein außergewöhnlich guter Zuhörer, vor allem weil er gute Geschichten liebt. Und so weiß Martin, dass William die Zeit, die er mit seinem Onkel verbringt, hilft, seinen Vater nicht zu vergessen. Er kennt das Foto von Howard, flankiert von den beiden vollkommen gleich aussehenden Brüdern. Er weiß, dass Roberts und Howards Gegenwart für Evelyn eher Qual als Trost bedeutet und dass sie fest entschlossen ist, William nicht in das Familienunternehmen einsteigen zu lassen, sondern ihn davon zu überzeugen, *sein Talent zu nutzen* und etwas mit Musik zu machen. Er weiß, dass William sich, wenn er singt, fühlt, als würde er fliegen, und dass bei den hohen Tönen eine bestimmte Stelle an seiner Stirn vibriert. William hat Martin fast alles erzählt, nur nicht, wie er jetzt erstaunt feststellt, dass er überhaupt nur hier ist, weil er das Solo in Allegris »Miserere« singen will.

»Ihr kennt dieses Stück natürlich alle«, sagt Mr Hawthorn, als es zu Ende ist. Er geht vor der Tafel auf und ab und spielt mit einem Stück Kreide. »Aber kennt jemand von euch auch seine Geschichte?«

Williams Hand fliegt in die Luft. Martin sieht ihn überrascht an.

»Lavery, willst du nach vorne kommen und sie allen erzählen?«

William ist aufgesprungen, bevor er auch nur »Ja, Sir« gesagt hat.

»Woher kennst du die Geschichte, Lavery?«

»Von meinem Dad. Als ich ungefähr fünf war, habe ich mir das Stück jeden Tag angehört.« Er blickt zu Boden, plötzlich ein wenig verlegen und unsicher. »Er hat für mich alles darüber herausgefunden.«

»Wie bei allen guten Geschichten«, sagt Mr Hawthorn, »ist ihr Wahrheitsgehalt umstritten, und es gibt verschiedene Versionen. Schauen wir mal, welche dein Vater dir erzählt hat.« William blickt zu Martin, der ihm zulächelt.

»Früher wurde das ›Miserere‹ nur in der Sixtinischen Kapelle in Rom gesungen. Der Papst wollte nicht, dass es irgendwo anders gesungen wurde. Er wollte nicht mal, dass die Noten aufgeschrieben wurden. Deshalb wurden die ganzen Verzierungen – die *abbellimenti* – von einem Solosänger zum nächsten weitergegeben. Jeder, der versuchte, es nachzuahmen oder irgendwo anders zu singen, wurde aus der katholischen Kirche geworfen.« Er sieht zu Mr Hawthorn, unsicher, ob er die richtige Version erzählt. Der nickt, als Zeichen, dass William fortfahren soll. »Damals reisten die Leute monatelang durch Europa, um sich die großen Städte anzusehen.«

»Das nannte man die *Grand Tour*«, wirft Mr Hawthorn ein. »Sehr beliebt im achtzehnten Jahrhundert. Das ist auch der Grund, warum wir heute darüber sprechen. Erzähl weiter, Lavery.«

»In der Fastenzeit fuhren die Leute nach Rom, um das ›Miserere‹ zu hören, und so auch Mozart, als er vierzehn war. Hinterher ging er in sein Hotelzimmer und schrieb alles aus dem Gedächtnis auf. Aber um sicherzugehen, dass er es sich richtig gemerkt hatte, ging er am Karfreitag noch mal hin, mit den zusammengerollten Noten unter seinem Hut.«

»Haben sie ihn erwischt?«, ruft Martin, ohne daran zu denken, sich zu melden. »Ist er rausgeflogen?«

Wieder sieht William zu Mr Hawthorn, für den Fall, dass er das Ende erzählen will, doch der nickt William lächelnd zu.

»Ja, sie haben ihn erwischt, aber er ist nicht rausgeflogen. Der Papst hat ihn gelobt und zum Ritter geschlagen.«

»Sehr gut, Lavery«, sagt Mr Hawthorn und greift nach einem Buch auf seinem Pult. »Kennst du den Brief, den Mozarts Vater aus Rom an seine Frau geschrieben hat?«

»Nein, Sir«, antwortet William aufgeregt.

»Gut gemacht, setz dich. Ich übernehme jetzt wieder.«

Mr Hawthorn schlägt das Buch auf und liest vor: »›Du wirst vielleicht oft von dem berühmten ›Miserere‹ in Rom gehört haben, welches so hoch geachtet ist, dass den Musikern der Kapelle unter der Exkommunikation verboten ist, eine Stimme davon aus der Kapelle wegzutragen, zu kopieren oder jemandem zu geben. *Allein, wir haben es schon.*

Der Wolfgang hat es schon aufgeschrieben und wir würden es in diesem Briefe nach Salzburg geschickt haben, wenn unsere Gegenwart es zu machen nicht notwendig wäre; allein die Art der Produktion muss mehr dabei tun als die Komposition selbst, folglich werden wir es mit uns nach Hause bringen und weil es eines der Geheimnisse von Rom ist, so wollen wir es nicht in andere Hände lassen …‹«

William beendet seinen Aufsatz über die Grand Tour des achtzehnten Jahrhunderts. Martins großer Kopf ruht auf seinen Händen. William stupst ihn mit dem Fuß an.

»Wach auf, ich will etwas fragen.«

Martin richtet sich auf und beginnt langsam zu schreiben.

»Sir, ich bin fertig. Kann ich mir den Brief mal ansehen?«, fragt William.

Mr Hawthorn hält William das Buch hin. Dann, als wäre er ebenfalls von William geweckt worden, steht er unvermittelt auf.

»Noch sechs Minuten, meine Herren. Ich muss noch die Hausaufgabenblätter aus dem Büro holen. Arbeitet leise weiter und bleibt auf eurem Platz.«

Das Buch ist schwer, und die Seiten sind dick. William legt es auf seinen Tisch. Er liest den Brief, der auch in der Handschrift von Mozarts Vater abgebildet ist, und bleibt an der Stelle hängen, die das Kribbeln zwischen seinen Schulterblättern ausgelöst hat: *Allein die Art der Produktion muss mehr dabei tun als die Komposition selbst.* Von einem plötzlichen Drang gepackt, greift er nach seinem Stift und beginnt, die schnörkelige Schrift in sein Schmierheft zu kopieren. Seine Zeit hier ist knapp bemessen. Die Chorknaben hören mit vierzehn auf, um Platz zu machen für die jüngeren, reineren Stimmen. Da er erst mit zehn angefangen hat, sorgt sich William, dass er es nicht schafft, alles, was er will, in dieser kurzen Zeit unterzubringen. Und was er am meisten will, ist das »Miserere«.

Er zuckt zusammen, als Martins Hand auf die Seite klatscht.

»Wie hast du das gemacht?« Das Gemurmel der anderen Jungen wird angesichts von Mr Hawthorns Abwesenheit lauter.

»Was denn?«, fragt William.

»Die Handschrift!«

»Was ist damit?«

»Die sieht absolut gleich aus! Wie hast du das gemacht?«

»Ich habe sie kopiert.« Er schreibt weiter, während er spricht. »Mum hat mir das Schreiben beigebracht, bevor ich in die Schule kam, und so habe ich wie sie geschrieben. Dann hat mir mein Lehrer gesagt, ich sollte so schreiben wie er, also habe ich das getan. Es ist ganz leicht.«

»Versuch's mit meiner.« Martin schiebt sein Schmierheft über Williams.

William kopiert die letzte Zeile, die Martin geschrieben hat. Martins Lächeln ist ansteckend. Sie grinsen sich an.

»Du hast keine Ahnung, oder?« Martins Augen funkeln.

»Wovon?«

»Wie nützlich so was ist.« Er greift nach Williams Schmierheft und blättert um auf eine leere Seite. »Kannst du die Schrift deiner Mutter auch ohne Vorlage kopieren?«

»Na klar.«

Vor lauter Aufregung fasst Martin sich an den Kopf. »Schreib das hier«, flüstert er. »Lieber Mr Atkinson, bitte befreien Sie William für den Rest des Trimesters von allen Hausaufgaben. Er ist erschöpft und kurz vor dem Zusammenbruch. Mit freundlichen Grüßen, Mrs Lavery.«

William lacht.

»Oder …« Martin blickt zur Decke, die breiten Schneidezähne auf die Unterlippe gedrückt. »Lieber Mr Atkinson, William war Weihnachten krank. Der Arzt meint, er ist allergisch gegen Fisch und darf keine Bücklinge mehr essen.«

William genießt kurz die befreiende Vorstellung, freitags nie wieder die weichen Gräten schlucken zu müssen, doch dann schüttelt er den Kopf. »Stell dir den Ärger vor, wenn das rauskommt.«

»Du könntest einen von *meinen* Eltern schreiben.« Ein weiterer Funke der Inspiration erleuchtet Martins Gesicht. »Oder von irgendwem hier!«

»Warum sollte ich das tun?«

»Gegen Bezahlung. Mit Süßigkeiten.« Er setzt sich aufrechter hin und sieht William an. »Wir könnten ein Team bilden! Ich besorge die Kundschaft, du schreibst die Briefe.« Sein Blick flitzt durch den Raum. »Du müsstest sie noch vor den Weihnachtsferien schreiben, dann können die anderen sie mit nach Hause nehmen und dort einwerfen, damit sie den richtigen Poststempel haben!«

»Ich müsste auch die Umschläge beschriften«, fügt William zu seiner eigenen Überraschung hinzu, als hätte er tatsächlich vor, dabei mitzumachen.

Als Mr Hawthorn zurückkommt und die Hausaufgaben verteilt, hat Martin bereits eine Liste möglicher Kunden angelegt, und William hat ein Knäuel Drahtwolle in seinen Eingeweiden.

Mark Nettles ist der Erste, ein zierlicher Junge mit spitzem Gesicht aus dem Jahr über ihnen. Sie sind im Schlafsaal, noch zehn Minuten bis zum Abendessen. Martin deutet mit dem Kopf auf Marks Hosentasche.

»Hast du alles? Schriftprobe? Papier? Umschlag?«

Mark nickt und holt mit ernster Miene einen Umschlag hervor.

»Da drin ist ein Brief von meiner Mum.« Er reicht ihn William, spricht aber zu Martin gewandt.

William kann die Elastizität des zusammengefalteten Briefs im Innern des Umschlags spüren. Er nimmt ihn heraus und breitet ihn auf dem Bett aus. Eine sorgfältige Schreibschrift, ähnlich wie die seiner Lehrerin in der zweiten Klasse.

»Und auf die Rückseite habe ich geschrieben, was drinstehen soll.« Mark deutet auf den Umschlag.

William dreht ihn um.

> *Lieber Mr Atkinson,*
> *Mark fühlt sich mittwochs nach dem Rugby immer*
> *so schwach bei der Abendandacht. Unser Arzt meint,*
> *wenn er beim Sport nicht mitmachen muss, ist er*
> *kräftiger und kann besser singen.*
> *Mit freundlichen Grüßen*
> *Mrs Nettles*

William kniet sich vor das Bett und legt den leeren Bogen auf die Schlafsaalbibel. »Sag mir Bescheid, wenn du meinst, ich mache irgendwas falsch.«

»Keine Sorge, Mark, das wird er nicht.« Martin grinst selbstzufrieden. William hofft, dass er sie nicht alle enttäuscht.

Es dauert nicht lange, und als er fertig ist, scheint das Gesicht des Jungen seine scharfen Kanten zu verlieren, und sein Blick wird weich.

»Großartig!« Er blickt begeistert auf den Brief.

»Warte, ich muss noch den Umschlag beschriften, damit du ihn zu Hause einwerfen kannst.«

»Beeindruckend.« Mark gibt ihm den Bogen zurück.

»Beeil dich, wir müssen runter zum Essen«, mahnt Martin.

»Stellt euch das mal vor!« Mark lacht, als sie den Schlafsaal verlassen. »Kein Sport mehr!«

»Und nur die Hälfte deiner Schleckerration während der ersten Hälfte des nächsten Trimesters, plus die ganze von dieser Woche.« Martin klopft Mark auf den Rücken.

Während der letzten Woche vor den Weihnachtsferien schreibt William noch drei Briefe: einen, um Charles wegen seiner schwachen Brust vom Guss zu befreien; einen für Anthony mit der Bitte, ihm beim Mittagessen eine größere Portion zu geben, weil der Arzt meint, er sei zu dünn; und einen für Martin (entgegen Williams Rat), dessen Mutter möchte, dass im Schulkiosk auch Lakritzschnecken angeboten werden.

Williams erstes Trimester endet mit einem Zuckerrausch, weil er und Martin sich mit Karamellbonbons, Gummibärchen und Bazooka-Kaugummi vollstopfen. Wenn er die Hände in die Taschen steckt, landen sie oft in klebrigem Bonbonpapier. Lächelnd lutscht er seine Finger ab und beeilt sich, um Martin einzuholen, der ihm immer ein paar Schritte voraus ist.

21

Er wacht zu den Klängen von »Ding Dong Merrily on High«
auf. Ihre Wohnung ist so klein, dass man die Musik und die
Gerüche, die aus der Küche dringen, überall wahrnimmt.
Heute ist es eine Mischung aus gebratenem Speck und dem
Kaffee aus der italienischen Metallkanne. Er liebt den Duft des
starken, schwarzen Gebräus, und die Kanne, die ganz hinten
im Schrank steht, kommt nur bei besonderen Gelegenheiten
zum Einsatz. Seine Zimmertür schwingt auf, die Musik und
die Aromen verstärken sich, und Evelyn tänzelt mit einem
Tablett herein, noch im Nachthemd, mit einer Weihnachts-
mannmütze auf dem Kopf und einer grünen Glitzergirlande
um den Hals.

»Frohe Weihnachten, Eure Lordschaft.« Sie bewegt sich mit
schwingenden Hüften auf ihn zu.

»Frohe Weihnachten, Mum.« Er setzt sich lächelnd auf und
stopft sich das Kissen in den Rücken. Sie stellt ihm das Tablett
auf den Schoß: ein Becher Kakao mit einer Spirale aus Kondensmilch obendrauf und ein Teller mit gebratenem Speck,
Eiern und Toast.

»Bin gleich wieder da«, sagt sie und tänzelt hinaus. Die Musik wird lauter, und kurz darauf kommt sie mit einem zweiten
Tablett zurück, das genauso bestückt ist wie seins, nur dass in
ihrem Becher Kaffee ist. Sie setzt sich auf das Fußende seines
Betts und belädt ihre Gabel mit Ei und Speck. William tunkt

seinen Toast in das tiefdunkle Eigelb. Beide konzentrieren sich auf das Essen, wippen mit dem Kopf zur Musik und lächeln, wenn ihre Blicke sich kreuzen.

William, der seit dem Internat ein schnellerer Esser ist, stellt sein Tablett auf den Fußboden und holt ein Päckchen unter dem Bett hervor.

»Weißt du, William«, sagt Evelyn, bevor sie den letzten Rest von ihrem Teller isst, »ganz gleich, was du mir zu Weihnachten schenken willst, es kann nur eine Enttäuschung sein.«

William legt lächelnd das Päckchen aufs Bett, nimmt ihr vorsichtig das Tablett ab und stellt es auf den Boden neben seins.

»Ja, ja, ich weiß, alles, was du dir zu Weihnachten wünschst ...«

»... bist du!«, beendet sie den Satz, wie sie es immer getan hat, so lange sich William erinnern kann. »Aber dieses Jahr gilt das ganz besonders. Also gut, bringen wir's hinter uns.« Mit gespieltem Desinteresse macht sie sich ans Auspacken. Als das Papier reißt, kommt darunter die Ecke eines Bilderrahmens zum Vorschein. Die Fassade, die auch Teil ihres Rituals ist, zerbröckelt, sie schiebt das Papier beiseite und betrachtet das Foto, auf dem sechzehn Jungen in einer weiß-purpurnen Robe mit Halskrause abgebildet sind. Er sieht, wie ihr Blick an seinem Gesicht hängenbleibt; er steht neben Martin, die Noten genau im richtigen Winkel in den Händen.

»Na, los.« Er beugt sich vor und stupst sie mit dem Ellbogen an. »Sag's schon.«

Ohne den Blick vom Foto zu lösen, lehnt sie sich an ihn. »Es ist wunderschön! Ich nehme alles zurück, was ich gesagt habe – das hier gefällt mir *viel* besser als du.«

Williams Geschenk ist ein Fahrrad, das im Schuppen bei den Kleingärten auf ihn wartet. Sein altes steht auch noch dort, lächerlich klein. Er macht eine Probefahrt durch den Park am Ende der Straße, während Evelyn mit der Vorbereitung des Mittagessens beginnt. Da er nur mit den Zehenspitzen auf den

Boden kommt, ist er ein wenig nervös, aber bis Ostern, hofft er, werden seine Beine wohl lang genug sein.

In den ersten Tagen zu Hause ist William um sechs aufgewacht, denn um die Zeit geht die Hausmutter sonst mit der Glocke durch die Schlafsäle. Es ist ein ganz besonderer Genuss, einfach liegenbleiben zu können und sein Zimmer zu betrachten, das schmale Bücherregal mit den bunten Rücken von *Fünf Freunde*, *Klassische Heldensagen* und den *Hardy-Boys*-Büchern sowie zwei Bibeln, einer schwarzen und einer roten. Am längsten verweilt Williams Blick auf den Cowboys und Indianern, die auf seinen Vorhängen Abenteuer erleben. Er war gerade neun geworden, als die gelben Baumwollbahnen, die er von klein auf kannte, gegen diesen aufregenden neuen Stoff ausgetauscht wurden. Ein riesiges, hängendes Buch voller Geschichten: dort der hochgewachsene Sheriff, der aus einem Saloon tritt, und links davon zwei Indianer, die zu einem Berg hinaufblicken, der eine mit Lederfransen am ausgestreckten Arm, der andere mit einem langen Speer auf der Schulter. Darüber steht ein freundlich aussehender Cowboy mit einem Gewehr neben einem weißen Planwagen. Und dann gibt es noch drei Cowboys, die mit Pistolen in der Hand auf William zu galoppieren.

Er hat nicht vergessen, wie sehr er sich über diese Vorhänge gefreut hat. Sie signalisierten einen Wendepunkt, denn von da an sah seine Mum nicht mehr die ganze Zeit traurig aus. Nachts wachte er immer noch von ihrem Schluchzen auf, das so schlimm war, dass er Angst hatte, sie würde keine Luft mehr bekommen und sterben. Aber morgens lächelte sie immerhin, und sie tat Dinge, wie ihm diese Vorhänge zu kaufen.

»Die heißen Hiiiigh Noooon«, sagte sie mit breitem amerikanischem Akzent, als sie sie zum ersten Mal vor sein Fenster zog. Sie schauten sich gerne Western im Kino an und hatten auch schon den mit Gary Cooper gesehen, aus dem die Bilder stammten. Die galoppierenden Cowboys waren vermutlich auf dem Weg vom Berg hinunter, um die Indianer zu töten, aber es sah alles freundlich und heiter aus.

Im Bett herumzulümmeln und seine vertraute Umgebung um sich zu haben, gefällt ihm. Ebenso, dass er morgens keinen Guss über sich ergehen lassen und vor dem Frühstück Klavier üben muss. Die Süßigkeiten und die Wärme und Behaglichkeit machen William träge. Er hat den Internatsschüler und Chorknaben sehr schnell abgelegt und sich wieder in seinem alten Ich eingerichtet, isst, so viel er will, und kuschelt sich mit Evelyn und einem Buch voller Geschichten auf das Sofa, obwohl er eigentlich zu alt dafür ist. Das Wissen, wie glücklich er sie allein durch seine Anwesenheit macht, legt sich wieder wie ein warmer, schwerer Mantel um seine Schultern. Doch es gibt Momente, da fühlt er sich in ihrer gemütlichen Wohnung ein wenig gefangen, und der liebende Blick seiner Mutter wird ihm zu viel. In diesen Momenten vermisst er die stramme Disziplin seines Lebens in Cambridge, die Unabhängigkeit, nur an sich denken zu müssen, und die Geschäftigkeit, die ihm keine Zeit lässt, herumzutrödeln und darüber nachzudenken, was er als Nächstes tun könnte. An den späten, dunklen Nachmittagen sehnt sich sein übersatter Körper nach dem flotten Marsch an den Spielfeldern vorbei, durch das Collegegelände und in seine prächtige Kapelle.

22

Anscheinend ist er eingeschlafen. Fred Astaire und Ginger Rogers sind verschwunden, und jetzt läuft etwas anderes, aber er weiß nicht, was. Evelyn ist in der Küche. Ohne einen Muskel zu rühren, weiß er Bescheid.

Es ist der zweite Weihnachtstag, wie immer kommen Onkel Robert und Howard zum Tee, und wie immer hat Evelyn schlechte Laune. Das merkt er am Klirren von Besteck auf Porzellan, am Platschen von Wasser in der Schüssel und am Quietschen des Backblechs, das aus dem Ofen gezogen wird.

William ist nie hungrig, wenn sie Gäste zum Tee haben, weil er vorher in der Küche war und »geholfen« hat. Das ist ein gemeinsamer Scherz von ihnen. »William, kannst du mir beim Abwasch helfen?«, fragt Evelyn und reicht ihm eine Teigschüssel oder einen Schneebesen oder einen Löffel, der mit etwas Süßem, Klebrigem bedeckt ist.

Als er sich nun auf dem Sofa aufsetzt und seine nackten Füße den Teppich berühren, bekommt er ein schlechtes Gewissen. Wenn er gewollt hätte, hätte er ihr dieses Jahr wirklich helfen können – das Brot mit Margarine und Fischpaste bestreichen, die Käse- und Ananaswürfel auf Cocktailspieße stecken und das Trifle mit Zuckerperlen bestreuen. Aber er wollte nicht zu ihr in die Küche, weil er nicht mag, was der zweite Feiertag mit seiner Mum macht. Müde und gereizt denkt er, wie schön es wäre, wenn sie Onkel Robert und Howard ausnahmsweise mal das Gefühl geben könnte, dass sie willkommen sind. Anstatt zu versuchen, sie mit Scherzen und Hilfsbereitschaft aufzumuntern, geht er auf Angriffskurs.

»Mum?«

»Ja?« Sie steht an der Spüle und schrubbt Angebranntes vom Blech.

William setzt sich auf den Hocker in der Ecke. »Gab es einen Gedenkgottesdienst für Dad?«

»Einen was?«

»Einen Gedenkgottesdienst.«

»Nein.« Sie schrubbt weiter, dass ihr ganzer Körper bebt.

»Wir haben neulich im College bei einem gesungen, um das Leben eines Professors zu feiern.«

»Für unsereins werden keine Gedenkgottesdienste abgehalten, William.«

»Schade.«

»Warum?«

»Vielleicht hätte ich wenigstens dahin mitkommen können.«

Evelyn dreht sich um, und ihr stählerner Blick bestätigt, dass in seiner Mutter heute nichts Weiches ist und auch nicht sein wird, bis sie diesen zweiten Feiertag hinter sich hat.

»Wenn mir jemand erklären kann, was es zu feiern gibt, wenn der Ehemann stirbt und man ein Kind allein großziehen muss, dann halten wir einen Gedenkgottesdienst ab.« Sie wendet sich wieder der Spüle zu und säubert einen Sahnebehälter. »Aber ich würde nicht damit rechnen.«

»Lass es nicht an Onkel Robert und Howard aus.«

»Dann hör auf, mit den beiden zusammenzuglucken.«

»Was meinst du damit?«

»Wenn die zwei da sind, komme ich mir vor wie Luft. Als könnte ich genauso gut gehen.«

»Aber das wollen wir doch gar nicht.«

Evelyn hält einen Moment inne, dann macht sie mit dem Backblech weiter. William beschließt, sie in Ruhe zu lassen, bis die beiden da sind.

Im Wohnzimmer betrachtet er das alte Foto auf dem Schreibtisch. Evelyn mit ihm als Baby, daneben sein Dad, den Arm locker um ihre Schulter gelegt. Howard und Robert stehen ein wenig links davon. Alle lachen und schauen zu Howard, der wahrscheinlich gerade etwas Lustiges gesagt hat; seine Hände sind gespreizt, und er hat die Brauen hochgezogen. Von Zeit zu Zeit legt Evelyn das Foto in eine Schublade, aber er findet es immer und stellt es wieder hin.

Als seine Eltern sich kennenlernten, waren Robert, Howard und sein Vater seit über zehn Jahren eine enge Einheit. Robert und Paul waren auf verschiedene Oberschulen geschickt worden, damit jeder von ihnen eine Chance hatte, ein eigener Mensch zu sein und nicht nur der Zwilling von jemandem. Die beiden hatten gar nicht den Wunsch danach, aber sie respektierten die Entscheidung ihrer Eltern. Gleich am ersten Tag lernte Paul Howard kennen, und ihre Freundschaft war sofort besiegelt. Noch in derselben Woche lud er Howard nachmittags zu sich nach Hause ein, stellte ihm Robert vor, und von da an waren die drei außerhalb der Schule unzertrennlich. »Die drei Musketiere« nannten Williams Großeltern sie. William stellt sich gerne vor, wie sie in seinem Alter durch das Beerdigungsinstitut seines Großvaters getobt sind. Er weiß nicht so genau, wie Howard Teil der Firma geworden und wann er in das Haus gezogen ist. Es hatte wohl damit zu tun, dass Williams Eltern geheiratet und die Wohnung um die Ecke gekauft haben.

Sie kommen mit einem Schwall kalter Luft herein, Wollschals über weißem Hemd mit Krawatte und V-Pullover. Beide Männer haben große, hübsch verpackte Geschenke dabei, zwei für

Evelyn und zwei für ihn. Unter dem Baum liegt ein einzelnes Geschenk für sie beide, klein, flach, rechteckig. William wird ihnen dieses Jahr nicht die Schachtel mit den Taschentüchern überreichen. Das kann seine Mutter tun. Stattdessen schlingt er die Arme um Robert und schmiegt sein Gesicht an die weiche blaue Wolle. Robert lacht leise und klopft mit den Händen einen Rhythmus auf Williams Rücken.

»Frohe Weihnachten, Zauberjunge.«

Howard strubbelt ihm durchs Haar. »Schön, dich zu sehen, William. Groß bist du geworden!«

»Das sollte uns eigentlich nicht überraschen, aber du hast Recht.« Robert legt kurz die Hände um Williams Gesicht, dann wendet er sich zu dessen Mutter.

»Frohe Weihnachten, Evelyn. Freust du dich, ihn wieder bei dir zu haben?«

»Was denkst du denn?«, erwidert sie schnippisch. »Setzt euch, ich muss noch mal in die Küche. Sherry? Tee?«

»Sherry«, antworten sie wie aus einem Mund.

Howard nimmt auf dem Sofa Platz, Onkel Robert auf dem Sessel gegenüber. William setzt sich neben dem Beistelltisch auf den Fußboden.

»Hier, William, für dich.« Robert legt die zwei Geschenke vor ihn hin.

»Danke, Onkel Robert. Danke, Howard.«

Während William das 250-Teile-Puzzle und eine Schallplatte auspackt – eine Aufnahme von Leonard Bernsteins *West Side Story* –, erzählt er von seinem ersten Trimester. Dabei blickt er immer wieder zu Onkel Robert: sein dichtes braunes Haar, die gerade Nase, das Grübchen im Kinn und vor allem die drei scharfen, fächerförmigen Falten in seinen Augenwinkeln, die immer zu sehen sind, wenn er lächelt. Und das tut er fast die ganze Zeit, denn William blüht geradezu auf. Bei Howard und Robert ist er viel lockerer und aufgeschlossener als gegenüber anderen Menschen, weil er früher so viel Zeit mit ihnen und seinem Vater verbracht und immer im Zentrum der Aufmerksamkeit gestanden hat.

Als Evelyn mit den Sherrygläsern und einer Holzschale voller Erdnüsse ins Wohnzimmer kommt, halten sich die drei den Bauch vor Lachen.

»Was ist so lustig?«, fragt sie mit einem bemühten Lächeln und stellt das Tablett auf den Tisch.

Mit seiner Donald-Duck-Stimme antwortet William: »Ich habe das ›Te Deum‹ gesungen.«

Worauf sie wieder losprusten.

Evelyn streicht die Decke glatt und setzt sich an den Tisch. »Ich habe immer Angst, dass du dir damit die Stimme ruinierst«, sagt sie und beißt in ein Sandwich mit Krebspaste.

Später setzt sich Howard zusammen mit William im Schneidersitz an den Beistelltisch, und sie fangen mit dem Puzzle an, das einen Passagierdampfer der Cunard Line zeigt. Sie überlegen, ob das graue Teil in Williams Hand zum Himmel gehört oder zum Schiffsrumpf. Sie geben auf und konzentrieren sich auf die roten Schornsteine. Onkel Robert und Evelyn unterhalten sich am Tisch über belanglose Dinge. Er fragt, ob ihre Fensterrahmen gestrichen werden müssen, und bietet ihr an, das zu übernehmen. Sie lehnt dankend ab. Nach einer Weile fragt er, ob sie die Schallplatte auflegen können, die sie William geschenkt haben.

»O ja«, sagt William, bevor Evelyn etwas Unfreundliches erwidern kann.

Er und Howard machen mit dem Puzzle weiter; Onkel Robert und Evelyn lauschen mit geschlossenen Augen der Musik. Nach einer Weile gehen sie in die Küche und waschen das Geschirr ab.

Howard entspannt sich und schwingt Puzzleteile im Takt durch die Luft. Bald wird aus jedem Kramen nach einem Teil und jedem Versuch, es an seinen Platz zu setzen, eine von Kichern begleitete Choreographie.

Plötzlich fragt sich William, ob Martin seiner Familie wohl schon »Myfanwy« vorgesungen hat. »Ich habe ein Lied, das ich euch vorsingen möchte.«

Howard legt sein Puzzleteil hin und lächelt. »Das wäre großartig! Wie heißt es denn?«

»›Myfanwy‹ – ich kann es auf Walisisch singen, wenn ihr wollt.«

»Ich kann nichts dagegen tun, William!«, seufzt Evelyn zwei Stunden später und lässt sich aufs Sofa fallen. »Dein Dad fehlt mir so. Vor allem an Weihnachten. Das verstehst du doch, oder?« Sie hebt das Geschirrtuch auf, das neben ihr liegt.

Er zuckt die Achseln, setzt sich wieder an das Puzzle und streicht über die fertigen Schornsteine. Dann sieht er verstohlen zu ihr. Sie schlingt das Geschirrtuch um ihre Hand. Er wendet sich wieder den verbliebenen Puzzleteilen zu und entdeckt das fehlende Stückchen Rauch, das zwischen die Schornsteine gehört. Danach haben er und Howard ewig gesucht. Er steckt es an seinen Platz.

»Aber ich bin *gerne* mit ihm zusammen«, sagt er, ohne aufzublicken. »Es ist fast so schön, als wäre ich mit Dad zusammen.« Nun zwingt er sich, sie anzusehen.

»Nicht für mich. Mich macht es traurig.«

»Warum musst du immer so gemein werden, wenn du traurig bist? Ich wollte euch allen etwas vorsingen, aber du hast so böse geguckt, als du aus der Küche gekommen bist, dass ich nicht mehr konnte.«

Sie starrt ihn an, das Geschirrtuch nun über ihren rot gepunkteten Rock gebreitet, und setzt sich steif auf. »Tja, vielleicht bleibe ich nächstes Jahr einfach in der Küche, dann könnt ihr euch ohne mich amüsieren.« Sie lehnt sich zurück, richtet sich jedoch gleich wieder auf. »Und ich möchte nicht, dass du mich gemein nennst, William.«

»Er fehlt ihnen auch, weißt du.«

Sie geht zum Tisch und schlägt mit dem Tuch darauf. »Wenn Robert wenigstens *einmal* alleine käme! Warum müssen sie immer zu zweit sein, wenn ich niemanden habe, mit dem ich zu zweit sein kann!« Sie marschiert aus dem Zimmer und knallt die Tür zu.

William kramt erneut in den Puzzleteilen und versucht, an nichts anderes zu denken als an das Stück braunen Koffer, das ihm fehlt.

Stunden später ist das fertige Puzzle auf dem Beistelltisch der einzige sichtbare Beweis dafür, dass Robert und Howard überhaupt da waren. Es gibt noch etwas, aber das ist unter Williams Kopfkissen versteckt. Bestimmt hätte Howard das nicht getan, wenn er gewusst hätte, dass William am Fenster stand. Als die beiden Männer den Weg zur Straße hinuntergingen, war nicht zu übersehen, wie zornig Howard war. Beim Mülleimer zog er die Schachtel mit den Taschentüchern unter Roberts Arm hervor, hob den Deckel hoch und warf sie hinein. William sah, wie Robert zu Howard herumfuhr, aber er konnte ihren Gesichtsausdruck nicht erkennen. Während Evelyn im Bad war, schlich er sich hinaus und holte die Taschentücher wieder heraus. Er wusste nicht, warum, aber es erschien ihm wichtig.

Jetzt liegt William im Bett, schon halb eingeschlafen, da öffnet Evelyn langsam die Tür und setzt sich auf seine Bettkante.

»Es tut mir leid, William«, sagt sie leise. »Nächstes Jahr gebe ich mir mehr Mühe. Versprochen.«

William atmet extra tief und lässt die Augen zu. Wie kann sie sich einsam fühlen, wenn sie doch ihn hat? Morgen früh verzeiht er ihr wahrscheinlich, aber heute Abend will er wütend bleiben. Wieder hellwach, erinnert er sich an ein anderes Weihnachten, und weil die Bilder von seinem Vater so klar und deutlich sind, lässt er die Szene vor seinem inneren Auge ablaufen, obwohl er weiß, dass seine Mutter ihm am Ende leidtun wird.

Es gab ein Spiel, das sein Vater und Robert früher mit ihm gespielt haben und das ihn zugleich mit Begeisterung und Furcht erfüllte. Die beiden Brüder stellten sich in ihren Bestatteranzügen nebeneinander, und einer von ihnen trug eine Affenmaske aus Gummi vor dem Gesicht. Der Maskierte sagte mit Gruselstimme:

Dein Onkel, dein Vater – wer verbirgt sein Gesicht?
Der Affe wird wütend, errätst du es nicht.

Solange sie nicht arbeiteten, war es leicht, sie auseinanderzuhalten. Williams Dad trug meist einen Freizeitpulli und eine Cordhose, Robert hingegen Bundfaltenhose, V-Pullover und Krawatte. Bei der Arbeit hatten sie Namensschilder, und alle mussten darauf vertrauen, dass sie damit keinen Unsinn trieben – was durchaus möglich war, schließlich hatten sie als Kinder oft genug ihre Freunde und Lehrer ausgetrickst. Selbst ihre eigene kurzsichtige Mutter konnte sie nur aus nächster Nähe auseinanderhalten.

Wenn William richtig riet, wurde er auf die Schultern des unmaskierten Zwillings gehoben und als Sieger durch den Raum getragen. Halb wünschte er sich, dass er sich irrte, weil es aufregend war, wenn er vom Affen gejagt, festgehalten und durchgekitzelt wurde. Aber er bemühte sich immer, richtig zu raten, weil sie unterscheiden können wollte. Augenbrauen, Nasenflügel, Zähne, Lippen, Ohren, Haaransatz – alles wurde von seinem jungen, wachen Auge gemustert. Doch vergebens. Er konnte sie nicht auseinanderhalten.

Am letzten Tag, bevor das Geschäft für die Weihnachtstage schloss, brachten sie Evelyn dazu, auch einmal mitzuspielen.

William war sechs und das Bestattungsinstitut voller Menschen, größtenteils Kollegen und Geistliche. Im Büro war es gemütlich, überall standen Gläser herum, und alles war voller Krümel von den Mince Pies, die seine Mutter frisch aus dem Ofen geholt hatte. William rollte sich auf dem Fußboden herum, weil er von seinem Dad durchgekitzelt wurde. Alle wirkten fröhlich. Der Spiegel an der Wand war mit roten und grünen Glitzergirlanden geschmückt, und im Eingangsbereich stand ein unechter Weihnachtsbaum mit bunter Lichterkette.

»Evelyn, versuchen Sie es doch auch mal!«, sagte der Pfarrer von Saint Chads, dessen pralle Wangen nach ein, zwei Gläsern Sherry rot leuchteten.

»Nein, danke!« Evelyn toastete ihm lächelnd zu.

»Kommen Sie schon, Mrs Lavery!«, sagte einer der Bestatter, gefolgt von beifälligem Gemurmel und Gelächter.

»Also gut.« Evelyn verdrehte die Augen. William wurde unruhig. Er bemerkte, wie Howard sich in die Ecke setzte. Sein Vater und sein Onkel waren hinausgegangen, kamen aber rasch zurück, einer von ihnen mit Maske. Evelyns Blick huschte zwischen ihnen hin und her. Das unmaskierte Gesicht war vollkommen ausdruckslos, die Augen schauten geradeaus.

Evelyn rieb sich die Schläfen. »Wenn ich eure *beiden* Gesichter sehen könnte, wäre es überhaupt kein Problem.« In ihrem Blick lag leise Panik. Um sie herum herrschte Stille.

Die Zwillinge standen reglos da. William schob seine Hand in die seiner Mutter.

»Howard, kannst du helfen?«, fragte ein Bestatter.

»Nein!«, sagte Evelyn barsch. »Das ist nicht nötig!« Sie schaute noch einmal genau hin. »Ich glaube, Robert hat die Maske auf.« Sie versuchte zu lächeln, so zu tun, als würde ihr die Sache Spaß machen, aber ihr angespannter Kiefer und das Sirren in der Luft um sie herum verrieten das Gegenteil. Williams Magen krampfte sich zusammen.

Der maskierte Bruder sprang auf einen Stuhl, machte Affengeräusche und -bewegungen und begann sie zu jagen.

»Paul, bist du das?«, schrie sie, während sie vor ihm floh. »Bist du's?« Der Affe fing sie und hob sie hoch.

»Bist du's?«, schrie sie und schlug ihm auf die Brust. »Sag schon!«

»Ja«, sagte der Maskierte und ließ sie sanft wieder runter. »Ich bin's.« Williams Dad nahm die Maske ab und legte sie auf den Schreibtisch. Die Leute klatschten und lachten, als er Evelyn in die Arme schloss. Ihr Gesicht war so knallrot, dass William dachte, sie würde jeden Moment in Flammen aufgehen.

Als William an Howard vorbeiging, um sich eine Praline aus der großen Dose zu holen, fragte Howard leise: »Willst du wissen, woran du sie unterscheiden kannst?«

Er fand es bestürzend, dass Howard sie auseinanderhalten konnte, seine Mutter aber nicht. Er nickte.

»Robert hat eine *winzige* blaue Ader an seiner Schläfe, genau hier.« Howard berührte die Stelle an Williams Kopf. »Sag es deiner Mum, aber verrate ihr nicht, dass du es von mir hast.«

Später saß seine Mutter schluchzend auf dem Sofa, während sein Dad sie im Arm hielt. »Ist doch nicht schlimm, Evelyn.«

»Du hast mich gedemütigt!«

»William«, sagte sein Dad, »bitte lass deine Mutter und mich einen Moment allein.«

William lief in die Küche, schnappte sich einen Keks aus der Dose, die wie eine Katze geformt war, und setzte sich mit dem Rücken an die geschlossene Tür, um zu lauschen.

»Es war doch nur ein Scherz.«

»Ich hasse es, wenn ihr drei euch gegen mich verbündet. Ich *hasse* es!«

»Wir haben uns nicht gegen dich verbündet.« Seine Stimme war sanft und ruhig, er klang eher amüsiert als verärgert.

»Howard *weiß*, wer von euch beiden wer ist.« Ihre Stimme

klang gar nicht amüsiert. »Was meinst du, wie ich mich fühle, wenn mich alle auslachen, weil ich meinen eigenen Mann nicht von seinem homosexuellen Bruder unterscheiden kann?!«

Darauf herrschte tiefe Stille. William hörte auf zu knabbern, damit sie ihn nicht hörten. Er wusste nicht, was das Wort bedeutete, aber die Stille verriet ihm, dass es etwas Schlimmes sein musste. Er hatte keine Ahnung, wie das Gesicht seines Vaters jetzt aussah. William leckte einen Krümel von seiner Unterlippe und spürte ihn auf der Zunge. Alles, was er hören konnte, war das leise Pfeifen des Atems in seiner Nase.

»Und du erwartest von mir, dass ich seelenruhig zusehe, wie ihr drei eure Krallen in William schlagt«, fing sie wieder an, »bis er glaubt, seine einzige Zukunft läge in diesem verdammten Institut.«

»Krallen?«, wiederholte sein Dad verdutzt. »So siehst du das?«

»Da draußen liegt eine ganze Welt, und ich will, dass er das Gefühl hat, er kann frei wählen.«

»Natürlich kann er das. Wofür hältst du mich, Evelyn?«

Seine Mutter atmete geräuschvoll aus. »Robert und Howard – sie sind immer *da*. Und wenn William auch noch in das Unternehmen einsteigt … Ich weiß, es klingt erbärmlich, Paul, aber manchmal glaube ich, William liebt die beiden genauso wie dich und mich.«

Da sprang William auf, öffnete die Tür, rannte ins Wohnzimmer, kletterte auf ihren Schoß und legte die Hände um ihr Gesicht. »Dich liebe ich am meisten! Ehrenwort!«

»Hallo, Mister Lauschohr.« Sein Dad lachte. »Evelyn, du weißt, dass ich dich auch am meisten liebe, oder?«

»Wie sehr?«, fragte sie, ein wenig besänftigt.

Er blickte aus dem Fenster. »Genug, um die Affenmaske wegzuwerfen.«

Da schmiegte sie sich an ihn, und sie drei waren ein wunderbares Gewirr aus Schößen, Armen und Wangen. »Das fände ich wunderbar.« Und obwohl William dachte, dass ihm das Affenspiel fehlen würde, wollte er seine Mum nie wieder so verängstigt und einsam sehen.

»Mum«, sagte er, nachdem sie eine Weile gekuschelt hatten, »Onkel Robert hat da eine winzige blaue Ader.« Er streckte die Hand aus und berührte ihre Schläfe.

»Wirklich?«, sagte sein Dad. »Gut beobachtet, William.«

»Das hat Howard dir gesagt, stimmt's?«, fragte seine Mum.

William schüttelte den Kopf, weil er Howard ja versprochen hatte, nichts zu verraten.

»Doch, hat er.« Sie strich ihm über den Rücken. »Du brauchst nicht zu lügen.«

Er sah zu ihr hoch; sie war immer noch weich und schmusig, aber in ihren Augen glitzerten wieder Tränen.

Müde und traurig über die Erinnerung, wie er es geahnt hat, schlägt William seine Decke zurück und steht auf. Er findet seine Mum im Wohnzimmer vor dem Fernseher, mit dem schwachen Schein der Lichterkette am Weihnachtsbaum als einziger Beleuchtung, und setzt sich neben sie aufs Sofa.

»Hallo, William.« Sie hebt den Arm und er kuschelt sich an sie.

»Hallo, Mum.«

Sie streicht ihm über die Wange, und dann schauen sie zusammen eine Weihnachtsshow mit Billy Cotton und Vera Lynn.

»Dich liebe ich am meisten, Mum«, sagt er irgendwann. Sie drückt ihn kurz an sich und küsst ihn auf den Kopf.

23

Obwohl die gedrungenen gusseisernen Heizkörper voll aufgedreht sind, hängt die Kälte klamm und schwer in der Aula. Mr Atkinsons Schultern wirken starr unter seiner Robe, und er sieht keinen von ihnen an, während sie »When a Knight Won His Spurs« singen.

Sobald sie sitzen und der Direktor zu sprechen beginnt, muss William plötzlich ganz dringend.

»Es schmerzt mich, das Trimester mit einer Disziplinarmaßnahme beginnen zu müssen.« Mr Atkinson hat nicht mal »Willkommen zurück« oder »Frohes neues Jahr gesagt«. Martin deutet mit dem Kopf auf Williams wippendes linkes Bein und runzelt die Stirn. William versucht stillzusitzen. »Aber ich habe Briefe bekommen, die angeblich von den Eltern einiger Schüler stammen und in denen um idiotische Vergünstigungen gebeten wird. Ich bin kein Trottel und lasse mich auch nicht von dummen Jungen, die es eigentlich besser wissen müssten, wie einer behandeln. Alle, die damit zu tun haben – ihr wisst ja, wer gemeint ist –, kommen direkt nach der Andacht in mein Büro.«

Mark Nettles, der in derselben Bankreihe sitzt wie William, wendet den Kopf leicht nach rechts, sieht ihn jedoch nicht an. Die beiden Jüngeren, Charles und Anthony, kann er von seiner Position aus nicht sehen. Im Ballen seines schwitzigen rechten Fußes pocht eine Ader. Er denkt daran, wie Charles in der

Nacht gewimmert hat, als er in Williams nassem Pyjama schlafen musste, und malt sich aus, wie viel Angst er jetzt wohl hat. Martins Gesicht ist ruhig und unschuldig wie immer, er singt die Lieder voller Inbrunst, schließt während des Gebets die Augen und lauscht aufmerksam den Ankündigungen. William hat Mühe, auf seinem Platz sitzen zu bleiben. Der dunkelgrüne Tweed von Mr Atkinsons Hose und der Glanz seiner Schuhe, die William einst so bewundert hat, wirken jetzt bedrohlich.

»Die Jungen, die mir etwas zu berichten haben, warten bitte vor meinem Büro«, sagt er nach dem letzten Lied und sammelt seine Unterlagen vom Pult ein. »Ich komme gleich.«

»Mir ist schlecht«, stöhnt William, als er mit Martin durch den Flur geht. Mark, Charles und Anthony sind noch in dem Gewühl, das aus der Aula drängt.

»Sie haben aber auch nach so blöden Sachen gefragt«, sagt Martin, während sie die breite Treppe hinaufsteigen. »Es ist ihre Schuld, nicht unsere.«

»So wie du nach deinen Lakritzschnecken?«, entgegnet William.

Martin legt den Kopf schräg und schürzt die Lippen. »Stimmt auch wieder.« Mittlerweile sind sie vor Mr Atkinsons Büro angekommen, und William begreift nicht, wie Martin noch lächeln kann, als er sich gegen die Wand lehnt.

Die anderen tauchen auf. Obwohl Mark vier Jahre älter ist als Charles und Anthony, ist er kaum größer als sie.

»Mein Dad dreht durch, wenn er davon erfährt.« Mark sieht zu den beiden Jüngeren. »Wir haben die Briefe nicht geschrieben! Warum sollten wir für etwas bestraft werden, das wir nicht getan haben?«

»Genau!«, sagt Anthony mit einer Entschiedenheit, die nicht zu seinen angsterfüllten Augen passt.

Bei der Vorstellung, wie viele Schläge ihm als Verfasser aller vier Briefe drohen, verspannen sich Williams Pobacken.

Mark bohrt William den Zeigefinger in die Brust. »Du warst es! Du musst gestehen.«

»Blödsinn!«, schnaubt Martin. »Ihr hättet uns auf Knien gedankt, wenn es geklappt hätte.«

»Hat es aber nicht!« Marks verkniffenes Gesicht wird immer röter. »Genau darum geht es doch.«

Ohne ihn zu beachten, wendet Martin sich zu William. »Schnell, lauf zur Klasse, bevor Mr Atkinson kommt.« Er stupst ihn an. »Du musst nicht hierbleiben.«

»Was?« Über Marks schmaler Nase bilden sich zwei tiefe Falten. »Er ist der *Einzige*, der hierbleiben muss. Schließlich hat er die Briefe geschrieben!«

»Die Briefe kamen von *euren* Eltern, und da standen die Dinge drin, die *ihr* wolltet«, erwidert Martin ruhig und sachlich. »Los, verschwinde, William. Mach schon.«

»Aber ich war's doch!«, sagt William.

»Nein.« Martin schüttelt den Kopf. »*Ich* war's.« Er wendet sich zu den anderen, noch immer ganz entspannt. »Und wenn einer von euch was anderes behauptet, dann mache ich euch so das Leben zur Hölle, dass ihr euch wünscht, ihr würdet eine Woche lang jeden Tag eine Tracht Prügel von Mr Atkinson bekommen, anstatt es mit mir zu tun zu haben.«

Charles presst die Lippen zusammen und kämpft mit den Tränen.

»Nein«, protestiert William. »Das ist ungerecht.«

»Verschwinde!« Martin versetzt ihm einen so kräftigen Stoß, dass er rückwärts taumelt.

William sieht zu den anderen. Sie haben sich gefügt; sie werden keinen Ärger machen. Bevor er weiter darüber nachdenken kann, eilt er davon; er glüht vor Scham und bedauert es bereits, aber er weiß, dass er nicht umkehren wird.

24
Februar 1959

Es ist ein Drahtseilakt, dieses Solo, als würde er über einem Abgrund schweben. Hochzukommen ist nicht das Problem; William schafft sogar das dreigestrichene F und das C sowieso. Die Schwierigkeit besteht darin, das G sauber und gleichmäßig zu halten, ohne zu wackeln oder schwächer zu werden, während alle Stimmen darunter sich verändern. Allegris »Miserere«. Es versetzt ihn immer noch in Staunen, dass seine Stimme die ganze Kapelle ausfüllen kann, dass sie sich bis zur Decke schwingt, die Stille durchbricht oder über andere Stimmen hinwegfliegt.

Er glaubt, er hat es gut gemacht, noch ganz von dem Gefühl berauscht, dass *er* geflogen ist, nicht nur seine Stimme.

Phillip blickt in die Ferne, als würde Williams Stimme dort noch sichtbar schweben. William lässt ihn nicht aus den Augen.

»Nicht schlecht«, sagt Phillip nach einer Weile, in Gedanken noch bei dem, was er gerade gehört hat. »Aber denk dran, es geht nicht darum, die hohen Töne zu treffen, sondern darum, unter Kontrolle zu behalten, was davor und danach passiert.« Schließlich sieht er flüchtig zu William. »Du darfst nicht zu schnell hochgehen. Außerdem«, fährt er beiläufig fort, als ginge es darum, wie man eine Scheibe Brot mit Butter bestreicht, »passiert es natürlich leicht, dass die Verzierung auf dem Weg nach unten verrutscht.« Er lächelt ein wenig. »Aber wir schaffen das schon. Da habe ich gar keine Zweifel. Gut, dann mal weiter …«

»Das ist ja wie Narnia«, sagt Martin, als sie auf die von Raureif überzogene Blutbuche zugehen. Ein Zaunkönig sitzt links vom Weg auf dem Rasen, den Kopf schräg gelegt, und beobachtet ohne Angst die lärmende Prozession von Jungen.

»Und dazu die Hausmutter auf einem Schlitten, als Weiße Hexe«, setzt William hinzu. Martin lacht, und es gefällt William, dass die Jungen vor ihnen sich umdrehen, neugierig, was sie verpasst haben.

Es ist Williams zweites Trimester in seinem zweiten Jahr als Chorknabe. Er ist jetzt fast so groß wie Martin, aber viel schmaler. Das rollende Knirschen des Kieses unter seinen Schuhsohlen ist immer noch ein befriedigendes Gefühl, und die hohen Platanen rechts und links des Wegs grüßen ihn wie an seinem ersten Tag. Fast nimmt er es jetzt sogar noch intensiver wahr, weil ihm bewusst ist, dass es nicht ewig so weitergeht. Aber dass er erst mit zehn im Chor angefangen hat, ist mittlerweile vergessen. Die Jüngeren, die im vergangenen September dazugekommen sind, kennen William nur als Solisten und besten Freund von Martin, dem anderen Solisten.

»Deine Mum wird ganz aus dem Häuschen sein«, sagt Martin. Das Gras sieht aus wie gestärkte Seeanemonen, und die Bäume heben sich dunkel und knochig vom leuchtenden Himmel ab. Aus sechzehn Mündern steigen kleine Atemwolken auf.

Jetzt ist es vorbei, aber selbst die zappeligsten Chorneulinge haben es gespürt. Manchmal geschieht etwas mit dieser Bande von Jungen, die furzen und rülpsen und sich in der Nase bohren, und dann *wissen* sie, dass das, was sie erzeugen, größer und besser ist als sie. Hinterher, wenn sie wieder in Pfützen stapfen und Witze erzählen, verblasst es. Aber sie vergessen es nie.

»Dem C hast du es aber gezeigt.« Martin springt über den silbrigen Wasserstreifen auf dem Weg.

Der kalte Wind zerzaust Martins dichten Schopf, verpasst William Ohrfeigen und peitscht ihm um die Knöchel. Aber Passionsmusik zu singen hat in ihm ein Gefühl von Frühling geweckt.

»Danke«, erwidert er grinsend. »Ich wünschte nur, das Stück wäre länger.«

Martin lacht. »Es hat doch schon zwölf Minuten!«

»Mum sagt, sie könnte es den ganzen Tag lang hören und abends im Bett dazu einschlafen.«

»Sie wird bis Aschermittwoch kein Auge mehr zukriegen, wenn sie das erfährt.«

Nun lacht auch William. »Als ich hier angenommen wurde, hat sie eine Woche lang jedes Mal geweint, wenn sie mich angesehen hat.«

»Sie ist wie eine gute Fee«, sagt Martin, als sie bei der Schule ankommen.

»Warum denn das?« William setzt sich im Vorraum auf eine Bank, um die Schuhe zu wechseln.

Martin stampft seinen Fuß in den Schuh. »Sie ist schön und stark. Und sie würde *alles* tun, damit du glücklich bist.«

»Das würde deine Mum doch auch, oder nicht?«

»Das ist was anderes. Du bist der Einzige. Es geht immer nur um dich. Wir sind so viele, dass es nie nur um mich geht.«

Martin hat eine Schwäche für Williams Mum, seit er gesehen hat, wie sie mit William auf dem Rücken die King's Parade entlanggelaufen ist. Sie hatten an Williams freiem Nachmittag zu lange getrödelt, und er hatte gemeint, er könne nicht gleichzeitig laufen und eine Rosinenschnecke essen. Darauf hatte Evelyn erwidert, sie würde ihn huckepack nehmen, dann könne er essen, und sie würde für sie beide laufen. Martin hatte das Ganze von der anderen Straßenseite aus gesehen, wo er mit seiner eigenen Mum saß. Was ihm daran so gefiel, war gar nicht mal, dass sie mit einem elfjährigen Jungen auf dem Rücken die King's Parade hinunterlief, sondern dass sie dabei auch noch lachte.

»Sie kann auch ganz schön nervig sein, weißt du«, sagt William, als sie durch den Flur zum Geschichtsraum gehen. »Zum Beispiel will sie garantiert nicht, dass Onkel Robert und Howard auch kommen, um sich das ›Miserere‹ anzuhören.« Als Martin im letzten Trimester ein großes Solo hatte, waren seine Eltern, sein Großvater, seine zwei Brüder und die beiden Zwillingsschwestern alle da gewesen. Zu sehen, dass so viele extra seinetwegen gekommen waren, hatte William traurig gemacht.

»Aber dafür macht sie doch bestimmt eine Ausnahme, oder?«

»Wahrscheinlich sagt sie so was wie: ›Das Leben ist schon schwer genug, ohne dass ich für jedermann sichtbar mit Robert und Howard auf einer Bank sitzen muss.‹ Was meint sie damit überhaupt? Du glaubst gar nicht, wie ich das hasse.« William bemerkt, dass Martins blasse Wangen ein wenig rosiger geworden sind.

»Wenn dein Dad noch am Leben wäre, würden Robert und Howard dann herkommen, um dich singen zu hören?«

»Das hängt davon ab, wer den Streit gewonnen hat. Mum hätte gewollt, dass nur Robert dabei ist, und Dad hätte gesagt, das wäre ungerecht.«

»Sagst du ihr, dass du gerne alle beide dabeihättest?« Martin öffnet die Tür des Klassenzimmers.

»Ja, in meinem nächsten Brief.« William zerrt an seiner Krawatte. Ihm ist viel zu warm, und sein Kopf fühlt sich an, als würde er gleich explodieren.

»Sie versucht nur, dich zu beschützen«, sagt Martin leise, während sie nach hinten zu ihren Plätzen gehen.

William findet diese Aussage so seltsam und verwirrend, dass er nichts darauf erwidert.

Ein trockener Klacks Kartoffelpüree landet auf seinem Teller. Sonst ist er in der Frühstückspause – und erst recht mittags – immer ausgehungert, aber heute hat er keinen Appetit.

»Danke.« William lächelt der Köchin zu, deren Blick ganz weich wird, wenn sie ihn sieht. Er schlüpft nicht mehr frühmorgens in die Küche, wie im ersten Jahr, um ihr bei der Vorbereitung des Frühstücks zuzusehen, aber er achtet immer darauf, freundlich zu sein.

»William, willst du dich zu mir setzen?« Nigel Wynne, ein schlanker, anmutiger Junge, ist jetzt Erster Chorknabe. »Wo ist Martin?« Nigel blickt sich im Speisesaal um.

»Beim Direktor.«

»Weswegen denn diesmal?«

»Wegen seiner großen Klappe.«

Nigel grinst. »Erzähl.«

»Vorhin in Geschichte hat er rumgekaspert, und Hawthorn meinte, es sei nicht witzig, den Clown zu spielen. Worauf Martin gesagt hat: ›Bei allem Respekt, Sir, es *ist* witzig. Dafür sind Clowns ja da.‹«

Seit William zugelassen hat, dass die anderen für die Briefe bestraft wurden, die er geschrieben hatte, hat er sich geweigert, bei irgendeinem von Martins Streichen mitzumachen: bei Woolworth eine Sonnenbrille klauen, eine Ente in das Schlafzimmer der Hausmutter schmuggeln oder eine Flasche Cochenille ins Porridge schütten. Doch Martin scheint immer einen anderen Komplizen zu finden und setzt ihn nie unter Druck. William ist bewusst, dass er für die anderen Jungen unausgesprochen unter Martins Schutz steht. Die Geschichten vom vollgepinkelten Schlafanzug und den gefälschten Briefen sind in die inoffiziellen Annalen der Schule eingegangen. William fühlt sich den anderen Jungen dadurch oft nicht so recht zugehörig, weil er sich nie unbefangen mit einem von ihnen anfreunden kann. Deshalb ist er dankbar für Nigels Einladung.

»Na, wenn er Prügel kriegt, können wir heute Abend alle seinen blaugeschlagenen Hintern bewundern.« Nigel lacht.

»Und die nächsten fünf, sechs Abende auch, um den Farbwechsel zu verfolgen.«

»Manchmal glaube ich, das macht ihm Spaß.« Nigels Miene wird ernst. »Ist alles in Ordnung? Du siehst ein bisschen komisch aus.«

»Ich glaube, ich kriege Fieber.« William fasst sich an die feuchte Stirn.

»Du kannst jetzt nicht krank werden«, sagt Nigel, »nicht bis nach Aschermittwoch.«

Am nächsten Morgen schlüpft William im Gesangsraum aus seiner Robe, die jetzt oberhalb seiner Knöchel endet und nicht mehr über den Boden raschelt und Schlamm und Pfützenwasser aufsaugt. Er ist froh, sich nach dem Fußweg von der Schule hinsetzen zu können, und hat nicht einmal genug Energie, um über Martin zu lachen, der das kurzsichtige Blinzeln des Organisten nachahmt. Er wünschte, er hätte ein bisschen mehr Kraft. Phillip kommt herein und bittet sie, sich mit ein paar Tonleitern aufzuwärmen, doch als William Luft holt, bricht ein lauter Hustenanfall aus ihm heraus.

Zwei Tage kämpft er dagegen an, will nicht zugeben, dass er krank ist, weil er den Gedanken nicht erträgt, dass er das »Miserere« womöglich nicht singen kann, doch dann schickt Phillip ihn mitten in der Probe zur Hausmutter, und auf dem Weg dorthin klappt er beinahe zusammen.

Es ist eine richtig fiese ausgewachsene Grippe. William liegt zehn Tage auf der Krankenstation. Das Fieber, die schmerzenden Glieder und seine wunde, verstopfte Nase sorgen dafür, dass er anfangs kaum einen klaren Gedanken fassen kann. Er fühlt sich steif, wie ausgedörrt, und vor allem ist er wütend. Aschermittwoch kommt und geht. Die Hausmutter sagt ihm, dass Nigel das Solo gesungen hat, während sie um sein Bett herumläuft, sein Glas mit Zitronenwasser auffüllt und die zerknüllten Taschentücher auf dem Nachttisch gegen zwei frisch gebügelte austauscht. William starrt an die Decke und kneift sich in den linken Oberschenkel, bis es mehr wehtut als der Gedanke an Nigel, der *sein* Solo gesungen hat. Das tut er den ganzen Tag über, sodass er abends zum anderen Bein wechseln muss.

Nach ein paar Tagen darf Martin ihn nachmittags für eine Viertelstunde besuchen. Die Krankenstation liegt nach Süden und ist von hellem Frühlingssonnenschein erfüllt. Williams Kopf pocht, und seine Arme und Beine fühlen sich immer noch an wie mit Beton ausgegossen.

»Pech, aber dann singst du es halt nächstes Jahr«, sagt Martin und lässt sich schwer auf das Fußende von Williams Bett plumpsen.

»Wer weiß«, erwidert William. »Vielleicht komme ich in den Stimmbruch, oder einer von den Jüngeren kriegt das Solo. Charles ist gut genug dafür.«

»Unsinn. Du bist der Beste.«

Seit er in der Krankenstation liegt, hat er kein einziges Mal geweint, aber nun treiben ihm Martins tröstliche Gegenwart und seine Freundschaft die Tränen in die Augen.

»Wie war Nigel?«

»Ganz in Ordnung.« Martin sieht ihn unverwandt an. »Nichts Besonderes.«

William glaubt ihm nicht, weiß seine Loyalität aber zu schätzen.

»Wenigstens haben wir so genug Zeit, um uns zu überlegen, wie wir es hinkriegen, dass dein Onkel und Howard nächstes Jahr dabei sein können.«

William starrt auf die blaue Einfassungsnaht der Bettdecke. Vor zwei Tagen hat er gehört, wie die Hausmutter der Krankenschwester erzählt hat, dass einer der Lehrer entlassen worden ist.

»Ich habe *Sachen* über ihn gehört.« Die Krankenschwester sprach zwar leise, war aber dennoch gut zu verstehen. »Er verbringt die Sommerferien in Italien, mit einem *Mann*.«

»Dann musste er gehen«, sagte die Hausmutter. »Selbst ein *Hauch* von Degeneriertheit im Umgang mit den Jungen ist zu viel.«

Das Dumme beim Kranksein ist, dass man nichts anderes zu tun hat, als nachzudenken. Und so denkt William, wenn er nicht gerade völlig zerfressen ist von Neid und Enttäuschung, darüber nach, ob Onkel Robert und Howard *degeneriert* sind. Er würde jetzt gerne darüber sprechen, aber irgendwie auch wieder nicht. Er beugt sich vor, um sich zu vergewissern, dass die Hausmutter noch in ihrem kleinen Büro am Ende des Raums ist. Sie telefoniert gerade.

»Martin?«

»Ja?«

»Onkel Robert und Howard … Glaubst du … sie sind …« Er versucht es, bringt es aber nicht über die Lippen. »Du weißt schon.«

Martin legt den Kopf schräg, dann nickt er. »Wahrscheinlich, ja.«

»Und als du gesagt hast, Mum würde mich beschützen, meintest du, vor ihnen?«

Martin verzieht das Gesicht, als verspürte er einen plötzlichen Schmerz. »Manche Leute finden, man darf solche Männer nicht mit Kindern allein lassen, aber meine Eltern gehören bestimmt nicht dazu.« Er blickt einen Moment zu Boden, dann wieder zu William. »Ich wette, dein Onkel würde dir niemals wehtun.«

William hört, wie die Hausmutter sich verabschiedet und der Hörer wieder auf die Gabel gelegt wird. »Du solltest jetzt wohl besser gehen«, sagt er, peinlich berührt, weil Martin mehr über seine Familie zu wissen scheint als er selbst, aber auch erleichtert, weil Mr und Mrs Mussey nett zu seinem Onkel sein würden. »Ich fühle mich immer noch ziemlich angeschlagen.«

William hat nichts dagegen, noch ein paar Tage im Bett zu liegen und mit niemandem reden zu müssen.

25
Januar 1961

Martins ältester Bruder Richard wartet am Bahnhof Pulborough auf sie, an einen blauen Ford Anglia gelehnt, eine Zigarette lässig auf der Unterlippe. Er steht kurz vor seinem Abschluss in Oxford und ist eine dünnere, größere Ausgabe von Martin.

»Hallo, Knirps.« Er klopft Martin auf den Rücken, dann streckt er die Hand aus. »Hallo, William, ich bin Richard. Steig hinten ein, ich kümmere mich um deinen Koffer.«

»Wo ist Mum?«, fragt Martin und setzt sich neben seinen Bruder.

»Kocht das Abendessen, zusammen mit Flo. Heute müssen alle mit anpacken.«

William ist jedes Jahr eingeladen worden, in den Weihnachtsferien ein paar Tage mit Martins Familie zu verbringen, aber er hat es nicht über sich gebracht, Evelyn um Erlaubnis zu fragen, und so ist es nie dazu gekommen. Doch dies ist sein letztes Jahr als Chorknabe, sein letztes Jahr mit Martin als Gefährten, dessen Geschichten von seiner lauten, unkonventionellen Familie ihn seit drei Jahren fasziniert und amüsiert haben. Und Evelyn hat eingewilligt, als er allen Mut zusammengenommen und sie gleich zu Beginn ihres Dezemberbesuchs gefragt hat. Sie war enttäuscht; ihr Lächeln war zu schnell und zu scharf, und sie fegte ihre Kuchenkrümel mit einer Kraft weg, die eigentlich für etwas anderes gedacht war. Dennoch beschloss er, sie bei ihrem Wort zu nehmen.

Der Höhepunkt des ersten trüben Tages in Cambridge nach den Feiertagen war immer das Abendessen, wenn Martin ihm vom Weihnachtstheaterstück der Musseys erzählte: Wer sich mit wem zerstritten hatte, welche Einrichtungsgegenstände für Kostüme und Bühnenbild entwendet wurden, welche Jungen Mädchen spielten und welche Mädchen Jungen, denn ein Geschlechterwechsel war offenbar obligatorisch. Es klang nach einem so herrlichen Spaß, einen ganzen Tag damit zuzubringen, das Stück zu schreiben, die Rollen zu besetzen, zu proben, Kostüme und Bühnenbild zu entwerfen und das Ganze dann natürlich auch aufzuführen. Je älter die Mussey-Kinder wurden, desto kunstvoller wurde das Stück und desto später die Aufführungszeit. Letztes Jahr ist es erst um halb zwölf losgegangen, weil Richard nachmittags plötzlich auf die Idee gekommen ist, der Text müsse gereimt sein.

Da William mit seinen dreizehn Jahren noch nie alleine Zug gefahren war, hatten sie vereinbart, dass Martin ihn am Bahnhof Paddington abholen und von dort mit ihm zusammen nach Storrington fahren würde. Und so ist er nun hier, aufgeregt und ein wenig nervös, den Koffer schon für das neue Trimester gepackt, das in drei Tagen beginnt.

»Was gibt's zu essen?«, fragt Martin seinen Bruder.

»Hühnchen.«

»Eins von unseren?«

»Sogar zwei. Du darfst dich geehrt fühlen, William«, sagt Richard und wendet sich zu ihm um. »Ein Zwei-Hühnchen-Abendessen!« Er startet den Wagen und biegt vom Bahnhofsvorplatz ab. »Apropos Essen: Hat Martin dich schon mit den Rosinenschnecken von Fitzbillies bekannt gemacht?«

»Natürlich habe ich das!«, erwidert Martin. »Wir haben jetzt samstagnachmittags frei.«

»Martin kauft sich immer zwei«, sagt William, begierig, sich an dem Gespräch zu beteiligen, »und hat sie schon verputzt, bevor ich meine auch nur ausgepackt habe.« Er freut sich, als Richard herzlich lacht.

»Und, wie viele Solos waren es letztes Trimester, Knirps?«

Das ist offensichtlich eine Routinefrage. Martin legt den Kopf schräg und überlegt. »Mindestens sieben, aber um ehrlich zu sein, habe ich den Überblick verloren.«

»Angeber«, brummt Richard.

Martin dreht sich grinsend zu William um. »Ich habe ihn schon geschlagen, was Solos angeht.«

»Was ist mit dir, William?«, fragt Richard, wirft seinen Zigarettenstummel aus dem Seitenfenster und legt den Ellbogen auf die Kante. »Wie ich gehört habe, bist du ziemlich gut.«

Die Antwort ist dreizehn – fünf mehr als Martin. »Ich weiß nicht so genau«, sagt William. »Vielleicht zehn?«

»Das waren bestimmt mehr«, sagt Martin. »Er ist verdammt gut. Bestimmt kriegt er diesmal das ›Miserere‹.«

Flo ist die Erste, die sie begrüßt, als sie durch die breite Glastür in die riesige, bevölkerte Küche treten. Sie umfasst Martins Gesicht mit beiden Händen und küsst ihn schmatzend auf beide Wangen. Sie sieht alt aus – mindestens siebzig, schätzt William –, mit kurzen, grauen Locken und einer Brille, deren dicke Gläser ihre Augen größer wirken lassen.

»Du musst William sein.« Sie ergreift seine Hand.

»Willkommen, William«, ruft eine Frauenstimme durch den Raum. Er braucht einen Moment, bis er merkt, dass sie Mrs Mussey gehört, die mit einer Schüssel in der Hand zum Tisch geht und ihm zulächelt. Mit knapp eins achtzig ist Mrs Mussey die größte Mutter, der William je begegnet ist.

»Hallo, William!«, schallt es ihm vielstimmig entgegen.

»Hallo.« Einen Moment lang fühlt William sich völlig über-

fordert und wagt es nicht, irgendjemandem in die Augen zu
sehen.

Alle laufen hin und her, stellen Sachen auf den Tisch, holen
etwas aus Schubladen und Schränken, füllen Krüge mit Wasser;
ein lärmendes Durcheinander von Erwachsenen und Jugend-
lichen in einer Küche, die größer ist als seine ganze Wohnung
zu Hause. Mr Mussey legt ihm die Hand auf den Rücken und
schiebt ihn Richtung Tisch, ein gewaltiges, völlig zerkratztes
Ding, das in dem großzügig geschnittenen Erker steht. Martin
ist bereits auf den Fenstersitz gerutscht, der mit langen Pols-
tern versehen ist, und bedeutet ihm, sich zu ihm zu setzen. Wie
Eisenspäne, die von einem Magneten angezogen werden, kommen alle herbei und nehmen Platz, und aus dem geschäftigen
Treiben wird eine Energie, die sich auf die Schalen und Schüs-
seln konzentriert. Auf den hochlehnigen Holzstühlen William
gegenüber sitzen Imogen und Isobel, Martins beängstigend
hübsche Zwillingsschwestern, und Richard. Die Kopfenden
nehmen Mr und Mrs Mussey ein, und der Junge, der auf Martins anderer Seite sitzt, muss Edward sein, der mittlere Bruder.

»Heute Abend gibt es Henrietta und Mable. Mögen sie in
Frieden ruhen«, verkündet Mr Mussey, und das rote Haar fällt
ihm in die Stirn, als er mit derselben Energie und Begeisterung, die William an Martin so schätzt, nach dem Tranchier-
messer greift und sich über Henrietta oder Mable hermacht.

»Flo, wollen Sie wirklich nichts von dem Fleisch?«, fragt Mrs
Mussey über ihre Schulter.

William fragt sich, wo Flo sitzen soll, doch sie hat einen
Mantel an, steht mit dem Rücken zu ihnen und breitet gerade
Alufolie über einen Teller.

»Danke, aber mir reicht das hier.« Flo lächelt ihnen von
der Hintertür aus zu, den Teller in der Hand. »Einen schönen
Abend noch.«

»Gleichfalls, Flo«, rufen die Familienmitglieder ihr zu; einige drehen sich dabei um, andere bleiben bei dem, was sie gerade tun.

»Sie mag kein Fleisch und wenn wir etwas essen, das sie kennt, seit es aus dem Ei geschlüpft ist«, sagt Richard zu William, als Flo die Tür mit einem Schwung kalter Luft hinter sich schließt. »Die weichherzigste Köchin von ganz Sussex.«

William hat gedacht, Flo wäre eine von den vielen Tanten oder Freunden der Familie, von denen Martin erzählt hat. Er hat nicht gewusst, dass normale Leute eine Köchin haben. Davon hat Martin nie etwas gesagt!

Richard und Martin greifen quer über den Tisch und spießen mit ihrer Gabel das Fleisch mit der knusprig gebratenen Haut auf, sobald es auf die Servierplatte fällt. Zu Hause bringt Evelyn ihm den fertig aufgefüllten Teller an den Platz. Soll er sich selbst etwas nehmen, oder soll er warten? Martin rettet ihn, indem er ihm zwei der erbeuteten Stücke auf den Teller legt und dann von allem zweimal nimmt, einmal für sich selbst und einmal für William: Bratkartoffeln, Kartoffelpüree, überbackenen Blumenkohl, Erbsen, Möhren und Soße – eine Mahlzeit, wie William sie nur zu Weihnachten oder zu einem ganz besonderen Sonntagsessen erwartet hätte.

»Was für ein lieber Junge du bist«, sagt Mr Mussey zu Martin und strubbelt ihm durchs Haar. »Siehst du das, Liebling? Er denkt tatsächlich an jemand anderen.«

»Umso besser.« Mrs Mussey löffelt Möhren auf ihren Teller. »Fang ruhig an, William, sonst haben die anderen alles vertilgt, bevor du auch nur das Besteck in der Hand hast.«

Sie hat von Silberfäden durchzogenes blondes Haar, das ihr bis über die Schultern reicht und das wild und ein wenig zerzaust aussieht, als könnte ein exotischer Vogel darin nisten. Sie schiebt die Unterlippe vor, um sich ein paar Strähnen aus dem Gesicht zu pusten. Ihr Körper unter dem fließenden geblümten Kleid sieht fest aus, kein Hügel in der Mitte. Als sie aufspringt und schwungvoll die Küche durchquert, um den Pfeffer zu holen, bemerkt er, wie ihre Wadenmuskeln sich anspannen, und er wäre nicht überrascht, wenn sie mit einem Sprung über den Tisch setzen würde.

Nach ein paar Bissen wagt William es, zu Isobel und Imogen hinüberzusehen. Sie haben das blonde Haar ihrer Mutter geerbt, nur dass es bei ihnen glatt und gerade ist. Ihre Glieder sind lang und golden, und William hat Mühe, sie nicht anzustarren, einerseits weil sie so schön sind und er nicht oft Gelegenheit hat, Mädchen zu betrachten, andererseits weil sie, abgesehen von seinem Vater und seinem Onkel, die ersten eineiigen Zwillinge sind, die ihm unter die Augen kommen. Sobald sie vom Tisch aufstehen, wo Isobel ihm und Imogen Martin gegenübersitzt, wird er sie nicht auseinanderhalten können, doch während Richard und Martin sich gegenseitig aufziehen, fällt ihm auf, dass Isobel oft seinen Blick erwidert und ihm zulächelt, während Imogen ihm eher ausweicht – was er ebenfalls täte, wenn jemand Fremdes ihn so anstarren würde. Isobel scheint mehr Interesse daran zu haben, sich am Gespräch zu beteiligen, während Imogen sich hauptsächlich auf ihr Essen konzentriert und nur ab und zu den seidigen Vorhang ihres Haars über die Schulter wirft. William bemerkt auch, dass die beiden Schwestern sich genau im selben Moment ansehen, auf genau dieselbe Art die Augenbraue hochziehen, und am besten gefällt ihm, als Imogen die Hand ausstreckt und Isobels Haar zur Seite schiebt, bevor es in der Soße landet. Isobel isst weiter, als hätte sie es selbst getan. Das findet er sehr befriedigend.

Er blickt zu Mr Mussey, der ihn mit einem leisen Lächeln beobachtet. William spürt, wie er rot wird, und konzentriert sich auf Edward, der gerade erklärt, er wünschte, Hühner hätten vier Beine. Ihm ist bewusst, dass er sich an der Unterhaltung beteiligen sollte; er hat bisher noch kein Wort gesagt. Sie werden denken, dass er entweder unterbelichtet oder unhöflich ist.

Er nimmt sich vor, in der nächsten Gesprächspause eine Frage zu stellen. Schon zweimal hat er dazu Anlauf genommen, doch beide Male ist ihm jemand zuvorgekommen, außerdem sprechen meist mindestens zwei Leute gleichzeitig.

Doch nach einer Weile herrscht wirklich einen Moment lang Schweigen, und so fragt er, viel zu schnell und zu laut: »Wie war das Weihnachtstheaterstück?«

Nach all dem munteren Durcheinanderreden und Lachen wenden sich plötzlich alle Köpfe ihm zu, und es herrscht völlige Stille. Er hat einen Fehler gemacht.

»Hat Martin es dir denn nicht gesagt?«, fragt Imogen schließlich.

Er sieht zu Martin, der ihn mit vollen Backen angrinst.

»Ich wollte ihn überraschen«, sagt Martin.

»Wir haben es verschoben«, erklärt Richard und nimmt sich noch etwas von dem Hühnerfleisch. »Auf morgen, damit du mitmachen kannst.«

In Mantel und Schal gehüllt, sitzen William und Martin in zwei nebeneinanderstehenden Apfelbäumen und lassen die Beine über das zottelige Gras baumeln. Das Licht aus der Küche hellt die Dunkelheit ein wenig auf. Umgeben von einer alten Ziegelsteinmauer und mit acht Apfelbäumen, zwei Kirschbäumen und einem Birnbaum bestückt, sieht der Garten aus wie aus dem Bilderbuch.

»Ich bin bestimmt überhaupt nicht gut – ich meine, in dem Theaterstück.« William reibt mit dem Finger über die rissige Rinde. Er setzt sich ein wenig anders hin, um den Druck seines Hosenbunds zu lindern, der ihn seit dem Nachschlag vom Apfelkuchen in den Bauch kneift.

»Das ist nicht wichtig«, erwidert Martin und stößt dabei eine Atemwolke aus. »Freust du dich nicht?«

»Doch«, sagt William. »Aber ich mache mir fast in die Hose.«

Martin lacht. »Die Vettern und Kusinen sind diesmal nicht dabei, es wird also keine so große Sache.«

»Oh!«

»Sie waren am zweiten Feiertag hier und sind jetzt wieder in London.«

William sagt nichts von seiner Überraschung wegen Flo oder wie hübsch er Martins Schwestern findet; er will über diese Dinge nicht reden, sondern sie nur genießen. Außerdem ist er so gerührt darüber, dass diese große, weltgewandte Familie nur seinetwegen alles umgeplant hat, dass er wahrscheinlich anfangen würde zu weinen, sobald er den Mund aufmacht.

Evelyn wäre nicht begeistert von den Kleidern, die über dem Treppengeländer hängen, den ausgelesenen Zeitungen, die überall im Wohnzimmer herumliegen, und den Zahnpastaspritzern auf dem Badezimmerspiegel, aber William gefällt die Vorstellung, dass Stil und Eleganz nicht von Ordnung und Sauberkeit abhängen.

»Euer Haus ist großartig«, sagt er, während er aus seiner Hose schlüpft. Sofort bekommt er eine Gänsehaut an den Beinen. Es wundert ihn, dass niemand die Vorhänge zugezogen hat, aber ohne Nachbarn, die hereinschauen können, ist das wohl auch überflüssig. Obwohl in dem Zimmer vier Einzelbetten stehen, ist dazwischen immer noch reichlich Platz.

»Danke.« Martin zieht sein Unterhemd aus und lässt es auf den Boden fallen.

»Im Vergleich dazu ist unsere Wohnung *winzig*«, sagt William und betrachtet seinen mageren Körper in der Spiegeltür des Kleiderschranks auf der anderen Seite.

»Dafür ist sie bestimmt schön warm. Hier ist es immer kalt, außer wenn wir eine Hitzewelle haben.« Martins Stimme klingt etwas dumpf, weil sie aus dem Schlafanzugoberteil kommt.

»Und ich wette, deine Mutter räumt immer alles auf.«

Martin lässt nie etwas auf Evelyn kommen – *so elegant; Lippenstift, der ihren Mund aussehen lässt wie Obstschnitze; Butterkeksbäckerin.* Doch an diesem Abend fühlt William sich zu der amazonenhaften Mrs Mussey hingezogen, die es mit der Hausarbeit und dem Muttersein nicht so genau nimmt.

»Ist es nicht seltsam?«, sagt William, als er in der Mulde der durchhängenden Matratze liegt, unter einer Decke, die zwar muffig riecht, aber weich und schwer ist. »Vor Cambridge hatten wir vollkommen verschiedene Leben. Dann machen wir vier Jahre lang jeden Tag fast genau dasselbe, und dann werden wir für den Rest unseres Lebens wieder vollkommen verschiedene Dinge tun.«

»Was meinst du, wirst du weiter singen oder Leute unter die Erde bringen?«

William hat Martin schon vor langer Zeit gesagt, dass sein Vater und Robert sich immer gewünscht haben, er würde in das Familienunternehmen einsteigen, während Evelyn wollte, dass er sein Leben der Musik widmet. Nachdem sein Dad gestorben war, hatte Evelyn sich sehr dafür eingesetzt, dass William in einen guten Chor eintrat, und war vor Freude außer sich gewesen, als der Chorleiter meinte, William sei gut genug, um es in Cambridge zu versuchen, obwohl er schon fast zehn war.

»Wenn ich gut genug bin, singen, glaube ich.«

»Klar bist du gut genug«, sagt Martin.

»Und du?«

»Darüber mag ich nicht nachdenken.« Martin legt sich ins Bett und zieht an der kleinen Kette seiner Nachttischlampe. Mit einem leisen Ping erlischt die Helligkeit. »Ich kann mir ein Leben ohne dich nicht vorstellen.«

William wird ganz warm ums Herz. Mit einem Lächeln dreht er sich in der Dunkelheit auf die Seite und beschließt, dass er seine Zeit hier nicht damit vergeuden wird, sich darüber Sorgen zu machen, wie kalt es sich ohne Martins Freundschaft vielleicht anfühlen wird.

»Übrigens«, meldet sich Martin ein paar Minuten später noch mal, als Williams Geist bereits träge von einem Gedanken zum anderen wandert, »Mum hat gesagt, wenn du die Zwillinge weiter bei jeder Mahlzeit so anstarrst, soll ich kaltes Wasser über dich schütten.«

»Ich hab sie doch nicht *deshalb* angestarrt!« Nun ist William wieder hellwach. »Sondern weil sie Zwillinge sind. Versprich mir, dass du es ihr sagst.«

»Sag's ihr doch selber«, entgegnet Martin und dreht sich zur Wand, auf der lauter kleine Zweige mit Kirschen, Blaubeeren und Äpfeln in diagonalen Reihen angeordnet sind. Nun, da Williams Augen sich an die Dunkelheit gewöhnt haben, kann er sie wieder erkennen.

Wenn er bettelt, wird Martin ihn nur noch mehr aufziehen, also wartet er ab. Gerade als er denkt, er hat zu lange gewartet und Martin ist eingeschlafen, sagt eine leise Stimme: »Keine Sorge, ich sag's ihr gleich morgen früh.«

26

Als Isobel und Imogen in kariertem Rock und Zopfpullover zum Frühstück erscheinen, das Haar noch bezaubernd vom Schlaf zerzaust, wird William klar, dass sein Interesse an ihnen als Zwillingen über Nacht verblasst ist angesichts der Erkenntnis, wie unglaublich schön sie sind.

Die Mädchen setzen sich ihm gegenüber, träge und lässig, mit ihrer glatten, zart sommersprossigen Haut, die aussieht wie mit braunem Zucker bestreut, ihren grünen Augen und dunklen Wimpern, ihren Lippen, die, genau wie Martins, weich und üppig sind. Gerade als er sich vorzustellen beginnt, wie es wohl wäre, sie zu küssen, stellt Mrs Mussey eine Schüssel mit etwas Heißem auf den Tisch, und er zwingt seinen Blick hinunter auf das Essen.

»Möchtest du auch was davon, William?«, fragt Mrs Mussey, die mit der einen Hand ihr Haar zusammenhält und mit der anderen nach einem Löffel greift. Zu Williams Überraschung ist in der Schüssel etwas mit Reis – den hat er noch nie zum Frühstück gegessen.

»Ja, bitte. Was ist das?«

»Kedgeree«, antwortet Edward und langt mit seiner Gabel in die Schüssel, was ihm einen Schlag mit Mrs Musseys Löffel einträgt. »Hast du das noch nie probiert? Ich kann mir kein Leben ohne Kedgeree vorstellen.«

»Was nicht für deine Fantasie spricht, Edward«, bemerkt

Imogen, während sie ihren Toast mit Butter bestreicht. Martin lacht, und Isobel schmunzelt, wie William nicht entgeht.

»Das ist Schellfisch mit Reis und hartgekochten Eiern, William.« Mrs Mussey füllt ihm etwas davon auf den Teller.

»Danke – meine Mum mag keinen Fisch«, sagt er, um anzudeuten, dass sie es sonst sicher regelmäßig essen würden, zusammen mit Cornflakes und hellem Toast mit Orangenmarmelade.

»Richard«, sagt Mrs Mussey, als sie vom Tisch aufsteht, und streicht leicht über sein Haar, »könntet ihr versuchen, heute Abend spätestens um acht anzufangen? Es kommen etwa zehn Gäste, unter anderem Mrs Wickers, die letztes Jahr während des ganzen Stücks geschlafen hat. Und dein Großvater will anschließend noch nach Hause fahren, es wäre also nicht fair, ihn zu lange hierzubehalten.«

William denkt, wie wunderbar es wäre, wenn seine Mutter, Onkel Robert und Howard dabei sein und sehen könnten, dass er Teil dieser kultivierten Familie ist.

Richard greift nach der Schüssel, um die letzten Reste vom Kedgeree herauszukratzen. Mrs Mussey kommt zum Tisch zurück.

»Hast du gehört, was ich gesagt habe, Richard? Antworte mir, wenn ich mit dir spreche.«

»Ja, geht in Ordnung«, erwidert Richard. William hofft, dass sie spätestens um acht anfangen, denn er weiß, dass er sonst unruhig wird.

Nach dem Frühstück setzen sich die jungen Leute ins Wohnzimmer an den matt glänzenden ovalen Tisch, der von *National Geographic*, *Punch* und *New Statesman* freigeräumt ist. Richard erklärt William den Ablauf: Bis zum zweiten Frühstück, für das Flo gerade Kekse bäckt, schreiben sie das Stück. Zwischen zweitem Frühstück und Mittagessen verteilen sie die Rollen und machen einen Probedurchlauf. Nach dem Mittagessen teilen sie sich in zwei Teams auf – eins für die Kostüme und eins für das Bühnenbild. Nach der Teepause folgt die Kostümprobe. William rechnet sich aus, dass sie ihren Text bis zur Aufführung nur zweimal gesprochen haben.

»Behalten wir das Skript, für den Fall, dass wir unseren Text vergessen, oder gibt es einen Souffleur?«

Alle lachen.

»Nein. Es gibt keinen Souffleur. Und eigentlich auch kein Skript«, sagt Martin. »Wenn du deinen Text vergisst, denkst du dir einfach was aus. Das gehört dazu!«

»Und mindestens einer von den Jungs zeigt irgendwann seinen Hintern oder seinen Schniedel«, ergänzt Isobel.

William sieht zu Martin – davon hat er nie etwas erzählt. »Okay.« Er bemüht sich, locker zu wirken.

»Dann mal los.« Richard zündet sich eine Zigarette an und legt einen großen Notizblock auf sein Knie. Lächelnd blickt er in die Runde. »Szenario?«, fragt er, den Stift in der Hand.

»OP-Saal«, ruft Edward.

Richard nickt und schreibt es auf. »Ort und Zeit?«

»Rom, 1945«, sagt Imogen.

»Warum nicht?« Richard notiert es. »Dann können wir was mit dem Akzent machen.«

»Warum 1945?«, fragt Edward.

»Weil wir da geboren sind«, antwortet Isobel.

»Thema?«, fragt Richard, ohne von seinem Block aufzusehen.

»Unerwiderte Liebe!«, ruft Martin mit leuchtenden Augen und Hitze in seinen sommersprossigen Wangen.

»Das hatten wir doch letztes Jahr schon«, sagt Imogen leicht gelangweilt.

»Nein«, widerspricht Edward, »letztes Jahr hatten wir Rache – du warst richtig wütend auf Richard, obwohl er alles nur gespielt hat.«

»Du warst aber auch überzeugend widerlich, Richard«, sagt Imogen.

»Also gut, dann unerwiderte Liebe.« Richard sieht auf die Uhr. »Titel?«

»*Operation am offenen Herzen*«, ruft Martin in einem erneuten Anfall von Begeisterung.

»Oder *Liebe unter dem Messer?*«, schlägt Edward vor.

William nimmt allen Mut zusammen. »Wie wär's mit *Herzschmerz?*«

»Großartig, William«, sagt Richard. »Das nehmen wir.«

Alle klatschen, und William beschleicht das Gefühl, dass sie nur auf einen Vorschlag von ihm gewartet haben, damit sie zustimmen können.

Um elf, als Flo mit einer Wolke von Backduft das Wohnzimmer betritt, ist das Stück fertig, und William hat eine völlig neue Vorstellung davon, wie man ein Stück schreibt. Er spielt eine Krankenschwester, die in den gutaussehenden Arzt (Richard) verliebt ist, der in eine andere Krankenschwester (Imogen) verliebt ist, die den Patienten liebt, der operiert werden soll (Edward). Martin spielt einen Patienten, der in Williams Figur verliebt ist. Das einzig Tröstliche daran, dass William eine Frau spielen soll, ist, dass er nicht in Gefahr gerät, seinen Hintern oder Schniedel zeigen zu müssen.

Der Tag vergeht in einem Wirbel von Improvisation, Verkleidung, gutmütigen Streitereien und dem Stibitzen von Möbeln und Haushaltsgegenständen. Der OP-Tisch ist eine alte Tür aus der Scheune, die auf Esszimmerstühlen liegt. Diverse Waschlappen aus diversen Badezimmern dienen als OP-Mundschutz. Die Instrumente stammen aus der Besteckschublade, und das Herz des Patienten ist ein Stück Leber aus dem Kühlschrank, das Flo nachsichtig, aber etwas widerstrebend spendet.

Obwohl er vollständig bekleidet bleiben darf, ist William

ein wenig unzufrieden, dass er als Einziger das Geschlecht wechseln muss. In einer männlichen Rolle hätte er bestimmt Gelegenheit gehabt, Isobel oder Imogen seine Liebe erklären zu können – oder umgekehrt, was vielleicht sogar noch besser gewesen wäre. Stattdessen muss er Martin in den Hintern kneifen und sich von Edward mit Spaghetti füttern lassen. Während der Kostümprobe beschließt Richard dann im letzten Moment noch, dass am Ende des Stücks jeder dem oder der Geliebten einen Kuss auf den Mund gibt. William hätte es vorgezogen, Martin lediglich in den Hintern zu kneifen, aber nun muss er sein Gesicht mit beiden Händen umfassen und ihm einen dicken Schmatzer verpassen. Und er muss dasselbe von Edward erdulden. Immerhin bringt diese Idee Isobel zum Lachen, und zum Glück müssen sie es nur einmal tun. Bei der Probe ist es ihnen gestattet, so zu tun als ob, aber nur unter der Bedingung, dass sie bei der Aufführung alles geben.

Gegen Ende des Nachmittags sehnt William sich danach, für eine Weile in Martins Zimmer zu verschwinden und allein zu sein. Sie sind alle wunderbar, aber so laut und quirlig und fordernd. Sein Gesicht schmerzt vom vielen Reden und Lächeln, und er hat sich noch immer nicht daran gewöhnt, wie groß diese Familie ist. Wie sehr muss Martin sie alle vermisst haben, als er nach Cambridge gegangen ist. Wie still und einsam ihm die Schlafsäle erschienen sein müssen im Vergleich zu diesem lärmenden Chaos.

Während des Abendessens dürfen sie nicht über das Stück sprechen, um den Zuschauern am Tisch – die den Schauspielern zahlenmäßig weit unterlegen sind – den Spaß nicht zu verderben. Doch etwas muss durchgesickert sein, denn Flo serviert ihnen Lasagne, was, wie William erfährt, ein italienisches Gericht ist. Er weiß nicht so recht, was er von den glitschigen Nudelplatten halten soll, und bekommt allmählich schreckliches Lampenfieber.

27

Imogen ist überraschend nah an seinem Gesicht, ganz konzentriert, die Zungenspitze im Mundwinkel.

»Blau steht dir, William.« Sie wedelt mit etwas herum, aber er kann es nicht erkennen. »Jetzt die Wimperntusche. Du darfst auf keinen Fall blinzeln. Vertrau mir und lass die Augen *offen*.«

»In Ordnung.« Seine Hände kribbeln vor Verlangen, ihre Hüften zu berühren, die direkt vor ihm sind. Doch als sie mit dem Bürstchen seine Wimpern berührt, kneift er sofort die Augen zu.

»Du Dussel.« Imogen lacht. »Sieh mal!« Sie hält ihm einen Spiegel hin.

Ein schwarzer Strich zieht sich von seinem Augenrand bis zur Nase, aber was ihn alarmiert, sind die blauen Bögen auf den Lidern.

»Was machst du mit mir?«

»Ich sorge dafür, dass du aussiehst wie eine Frau. Was sonst?« Sie genießt seine Verwirrung, und er beschließt, es auszunutzen.

»Meine Mum würde einen Anfall kriegen«, sagt er und bedauert es sofort. Er will nicht, dass Imogen denkt, seine Familie wäre prüde, deshalb fügt er hinzu: »Aber Onkel Robert und Howard wären begeistert«, und das bedauert er dann auch.

»Wer ist Howard?«

William spürt, wie ihm die Röte in die Wangen steigt. »Ein Partner in unserem Familienunternehmen.«

»Und ein guter Freund von deinem Onkel?« Sie lächelt auf eine Weise, die ihn noch verlegener macht.

»Ja.«

Imogen wischt mit Watte, die mit etwas Chemischem, Kaltem getränkt ist, unter seinen Augen entlang. »Du weißt doch, dass uns so was nicht stört, oder?«

»Klar«, erwidert er so lässig, wie er kann.

»Hat Martin dir erzählt, dass Dads Kanzlei an dem Gerichtsverfahren wegen *Lady Chatterley* beteiligt war?« William erinnert sich, dass einer der Jungen in Cambridge seine eselsohrige Ausgabe tageweise gegen Geld verliehen hat. Martin hat damit angegeben, dass das Buch ohne seinen Vater immer noch verboten wäre, und gesagt, er hätte es nicht nötig, für die Lektüre zu bezahlen, sie hätten das Buch zu Hause. »Sein Motto«, fährt Imogen fort und ignoriert zum Glück Williams glühendes Gesicht, »ist: Alles ist erlaubt, solange alle dabei nett zueinander sind.«

»Meine Mum ist nett, nur nicht zu ihnen«, sagt er, entwaffnet von dieser Offenheit.

»Sieh mal nach oben«, ordnet sie an, wieder mit der Wimperntusche in der Hand, »und *nicht* blinzeln.« Sie beugt sich erneut über ihn. »Wäre es ihr lieber, Howard wäre nicht in eurem Familienunternehmen?«

»Vielleicht.« Es fällt ihm leichter, zur Zimmerdecke zu sprechen als zu ihrem sahnigen Gesicht. »Es wäre ihr auch lieber, wenn Robert sie nicht so sehr an meinen Dad erinnern würde.« Nun senkt er den Blick doch wieder zu ihr. Sie ist so nah, dass er die feinen Härchen über ihrer Oberlippe sehen kann. »Die beiden waren eineiige Zwillinge.«

»Ja, das hat Martin erzählt.«

»Außerdem«, fährt er fort, erfreut, dass Martin mit seiner

Familie über ihn spricht, »denkt sie vielleicht, die beiden werden mich dazu verleiten, auch in das Familienunternehmen einzusteigen.«

»Willst du das denn?« Sie fixiert immer noch mit voller Konzentration seine Augen.

»Ich will etwas mit meiner Stimme machen. Und das will sie auch.«

»Ich weiß gar nicht, warum ich mich so mit der Wimperntusche abmühe, du hast unglaublich dichte Wimpern.« Imogen tritt kurz einen Schritt zurück und nimmt einen stumpf aussehenden Stift aus ihrem Schminktäschchen. »Martin ist völlig vernarrt in deine Mum. Er sagt, sie ist elegant und schön, und sie *betet* dich an.« Sie kramt in dem Täschchen, bis sie einen Anspitzer gefunden hat. »Es muss furchtbar für sie gewesen sein, als dein Dad gestorben ist.«

»Ja«, sagt er und staunt darüber, was für ein intimes Gespräch sie führen. »Richtig schlimm.«

Imogen beginnt, seine Augenbrauen nachzustrichen. »Aber weißt du, es ist in Ordnung, jemanden, den man liebt, zu kritisieren.« Sie verwischt die Farbe mit dem Daumen. »Das bedeutet nicht, dass du ihn weniger liebst oder dass *alles* an ihm falsch ist. Mach mal den Mund auf.« William spürt, wie der samtige Lippenstift aufgetragen wird. »Das lernt man schnell, wenn man so einen Haufen Geschwister hat wie ich. Ich würde sagen, triff dich mit deinem Onkel, so viel du willst, aber zeig deiner Mum, dass du sie auch liebst und nicht vorhast, ein liederlicher Bestatter zu werden.« Jetzt kitzelt sie seine Wangen mit einem dicken, weichen Pinsel. »Es sei denn, das hast du vor.« Sie lacht.

»Nein, habe ich nicht«, erwidert er rasch und wiederum bemüht lässig.

Sie lacht erneut, sammelt Pinsel und Stifte ein und verstaut sie in dem prall gefüllten Schminktäschchen, dann fasst sie ihn am Kinn und mustert ihn. »Du siehst fantastisch aus als Mädchen, aber das hat mehr mit deinen Wangenknochen und den großen blauen Augen zu tun als mit meinen Künsten.«

William verflucht seine helle Haut, als er erneut spürt, wie ihm das Blut in den Kopf schießt, aber ihr Gespräch gibt ihm das Gefühl, erwachsen zu sein, als hätte er gerade einen Initiationsritus vollzogen. Schließlich hat er nicht nur über den schwierigen Teil seiner Familie gesprochen, sondern auch über seine eigene Sexualität – und das mit Imogen Mussey!

Eine Stunde später spielt William Sophia, in die Giovanni alias Martin verliebt ist. Die Feinheiten der Handlung, abgesehen davon, wen er lieben soll und wer ihn liebt, sind ihm nicht so recht klar. Im Wesentlichen geht es darum, dass er ständig von allen mit »*Ciao bella!*« begrüßt wird, was er mit einer möglichst weiblichen Stimme erwidern soll – für ihn kein Problem, da er über ein klangvolles Falsett verfügt. Als der Vorhang, den sie aus dem Schlafzimmer der Jungen entwendet haben, von Edward aufgezogen wird, beschließt William deshalb, bei seinen »Ciao bellas« alles zu geben, und so schiebt er gleich von Anfang an und ohne es geprobt zu haben, die Hüfte zur Seite, stützt leicht die Hand darauf, lässt das andere Knie locker und betastet kokett seine üppige blonde Perücke.

Mrs Mussey fängt sofort an zu kichern, und als daraus ein lautes, kehliges Lachen wird, steckt sie damit nicht nur das kleine Publikum an, sondern auch die Schauspieler. Im zweiten Akt, als die Operation am offenen Herzen (beziehungsweise am Stück Leber) vorgenommen wird, lacht das Publikum bereits jedes Mal, wenn jemand William »*Ciao bella!*« zuruft, und die Schauspieler krümmen sich prustend.

Vom Übermut angesteckt, reizt William den Moment aus und wartet in seiner Femme-fatale-Position, bis alle sich kaum noch halten können, dann erwidert er mit kraftvollem Falsett und übertriebenem Akzent: »*Ciao bella.*«

Am Ende des Stücks schwimmen alle in einem Meer aus Endorphinen. William hat sich eine Stunde lang ganz in seine Rolle geworfen, verborgen hinter der Schminke, der Perücke und der albernen Stimme. Als es zur letzten Szene kommt, in der alle ihren Angebeteten küssen, kann er ohne Hemmungen bei der munteren Schmatzerei mitmachen. Das Ganze ist so aufregend und witzig und herzlich, dazu der Geruch nach Schminke und Baumwolllaken und die Lampen, die die Bühne in strahlendes Licht tauchen, dass es ihm vorkommt, als wäre er in einem anderen Leben gelandet, viel spannender und bunter, als er es sich jemals hätte vorstellen können. Er ist überwältigt und gerührt, als die Schauspieler, nachdem sie ihren Applaus entgegengenommen haben, ihm Beifall zollen, dem Überraschungsstar des Abends.

Er atmet den Duft nach heißer Milch und Schokolade ein. Sie warten in einer Reihe vor dem Herd, wo Flo aus dem großen Topf Kakao in ihre Becher füllt. Als Imogen ihm den Arm um die Schulter legt, hat er Angst, dass seine plötzliche Erektion durch das Kostüm zu sehen ist.

»William«, sagt sie. »In dir steckt ja eine richtige Diva!«

»Ja, nicht?« Martin lacht begeistert.

»Das kommt von der schönen Stimme, die er da drin hat.« Flo klopft ihm auf die Brust.

»Martin hat erzählt, dass du dieses Jahr das ›Miserere‹ singst«, sagt Mr Mussey. »Hättest du etwas dagegen, wenn wir kämen, um es uns anzuhören?«

»Das ist noch gar nicht sicher«, erwidert er mit brennendem Gesicht. »Aber wenn ja, dann natürlich nicht. Ich würde mich freuen.«

»Könnt ihr nicht noch etwas für uns singen, ihr zwei?«, fragt Mrs Mussey, die mit ihrem Vater am Küchentisch sitzt. »Bevor Grandad nach Hause fährt?«

Martin sieht erwartungsvoll zu William, und der nickt.

»Was sollen wir denn singen?«, fragt Martin.

»›Myfanwy‹?«, schlägt William vor.

Martin verzieht das Gesicht. »Bisschen traurig, oder? Und das haben sie vor drei Jahren schon gehört.«

»Aber es geht darin um unerwiderte Liebe«, sagt William.

»O ja, singt doch das, Martin!« Mrs Mussey blickt vom einen zum anderen. »Etwas Ruhigeres kann bestimmt nicht schaden.«

»Wir können es auf Englisch oder auf Walisisch singen«, bietet William an, dem allmählich bewusst wird, dass er immer noch Kleid und Schminke trägt.

»Auf Walisisch!«, rufen ein paar Stimmen. Offenbar wird in dieser Familie stets die schwierigere Variante bevorzugt. Vorhin hat er zu seinem Staunen erfahren, dass die Musseys es als Schummeln betrachten, wenn man beim Puzzeln auf den Karton guckt.

»Aber ihr müsst uns vorher erzählen, worum es darin geht«, sagt Imogen, sieht dabei jedoch nur William an.

»Lasst uns zurück ins Wohnzimmer gehen.« Mrs Mussey reicht ihrem Vater den Arm, um ihm beim Aufstehen zu helfen. »Da können wir es uns bequem machen, und ihr könnt uns den Text übersetzen, bevor ihr singt.«

William und Martin stellen sich dorthin, wo zuvor die Bühne war, während sich die Erwachsenen auf den Stühlen und die jungen Musseys auf dem Fußboden niederlassen.

Martin nickt William zu. »Erzähl du ihnen, worum es geht.«

Mit einem Mal fühlt William sich bloß, als er in seiner Verkleidung dort steht und ihnen etwas so Schönes und Zartes schildern soll. Als müsste er eine Hautschicht ablegen.

»Es geht um einen Jungen, der ein Mädchen namens Myfanwy liebt. Sie haben sich einander versprochen, aber er weiß, dass sie ihn nicht mehr liebt, deshalb entlässt er sie aus ihrem Versprechen, obwohl es ihm das Herz bricht.« Jetzt nimmt William die Gesichter, die ihn ansehen, sehr viel bewusster wahr als während des Stücks. »Denn mehr als alles andere möchte er, dass sie glücklich ist. Am Schluss bittet er sie, noch einmal seine Hand zu halten, aber nur um Lebwohl zu sagen.«

»Du meine Güte! Mir kommen jetzt schon die Tränen.« Mrs Mussey zieht ein Taschentuch aus ihrem Ärmel und legt es voll heiterer Erwartung in ihren Schoß.

»Klingt wunderbar, Jungs, dann legt mal los«, sagt Martins Dad, der müde klingt und vielleicht einfach nur ins Bett will.

Ihre Stimmbänder sind bereits warm und elastisch, und so fangen sie an, mit einem saftigen Pflaumenkuchenklang, wie Martin sich ausdrücken würde. Trotz der Aufregung und des ganzen Adrenalins entspannt William seine Augen, sodass er sich auf die Musik konzentrieren kann und nicht auf die Gesichter.

Der letzte Ton ist verklungen, und da ist er – dieser schwere Moment der Stille, die stumme Wucht des Gefühls, bevor begeisterter Applaus losbricht. Martins Großvater steht auf und klatscht mit hoch erhobenen Händen. Imogen und Isabel pfeifen mit den Fingern zwischen den Lippen, und Mrs Wickers laufen die Tränen über die Wangen. Er und Martin verneigen sich immer wieder, weil der Beifall gar nicht aufhören will. William gestattet sich, in jedes einzelne Gesicht zu sehen, den Blicken zu begegnen, doch erst als er sieht, dass Mr und Mrs Mussey sich an der Hand halten, merkt er, dass er Martins hält, und er hat keine Ahnung, wie es dazu gekommen ist. Sanft löst er seine Hand.

Kurz nach Mitternacht sinkt William endlich auf die weiche Matratze; es ist die letzte Nacht, bevor die Schule wieder beginnt. Martin hat sich nur Sekunden zuvor in sein Bett fallen lassen, doch sein Atem scheint sich bereits zu vertiefen.

»Martin?«

»Mmm?«

»Ich fand es großartig hier.«

»Mmm.«

»Danke für die Einladung.«

»Gern geschehen – *Bella*.«

Sekunden später ist William eingeschlafen.

Er kann nicht atmen. Die große, kräftige Meerjungfrau windet sich auf ihm. Er versucht, sich von ihrem starken, nassen Schwanz zu befreien, der sich um seine Taille schlingt. Ihr Mund ist auf seinen gepresst, salzig, seetrunken. Er ringt nach Luft und wehrt sich und versteht nicht, warum er eine Erektion hat, obwohl ihn die Fischfrau auf ihm so abstößt.

Moment. Er kann *wirklich* nicht atmen. Die Meerjungfrau ist verschwunden. Er ist wach, aber seine Lippen sind immer noch bedeckt, und ein Körper liegt schwer auf seinem. In einem Anfall von Panik stößt er ihn von sich, bekommt endlich wieder Luft und will schreien, doch eine große, fleischige Hand hält ihm den Mund zu.

»Psst, ich bin's nur.« Martins Flüstern ist kaum ein Hauch, sein Gesicht so nah, dass es den ganzen Raum auslöscht.

»Was soll das?« Williams Herz hämmert gegen seine Rippen.

»Ich dachte, du wolltest es.« William spürt Martins Erektion an seinem Bauch. Wieder stößt er ihn von sich, dreht sein Gesicht zur Seite.

»Nein, will ich *nicht*.« Seine Kehle hat Mühe, auf ein Flüstern herunterzuschalten. »Geh weg!«

Martin mustert William, eine Falte zwischen den Augenbrauen, dann weicht er plötzlich zurück und lässt sich auf das

Kissen fallen. William sieht zu ihm hinüber. Im Mondschein, der durch das nackte Fenster hereinfällt, schimmern seine Augen silbrig.

»Verdammt, Martin«, flüstert William. »Ich hatte keine Ahnung.«

»Ich auch nicht. Ich wollte dich nur küssen.«

»Tut mir leid«, sagt William zur Zimmerdecke. »Ich nicht.«

Martin geht zu seinem eigenen Bett zurück, ein heller Umriss in der Dunkelheit.

28

Evelyns burgunderrotes Tweedkleid sitzt eng um ihre schmale Taille. Um die Schultern hat sie eine Strickjacke in derselben Farbe geschlungen. In zwei Wochen ist Aschermittwoch, und wie Martin vorhergesagt hat, wird William den Solopart im »Miserere« singen. In seiner Tasche liegt ein Brief von Onkel Robert. Er weiß noch nicht, wann er ihn hervorholen wird, aber irgendwann muss er es tun.

Am Abend zuvor hat William, nachdem er den zerknitterten Brief wieder zusammengefaltet und für den nächsten Tag in seine Hosentasche gesteckt hatte, errechnet, dass er und seine Mutter im Lauf der letzten dreieinhalb Jahre zwölfmal zum Mittagessen im Copper Kettle gewesen sind. Es gibt noch andere Cafés, aber sie haben immer dort gesessen und auf die King's Parade hinausgesehen, auf das spitzengleiche Mauerwerk der Kapelle, die scheibenlosen Fenster und die schlanken, von Kreuzen gekrönten Pfeiler. Evelyn, die immer strahlt, wenn sie ihn sieht, hat lustige Geschichten und eine Dose selbstgebackener Kekse mitgebracht. Sie fragt ihn jedes Mal nach Einzelheiten aus seinem Leben als Chorknabe: was sie durchgenommen haben, was Martin wieder angestellt hat und was Phillip bei den Proben Nettes gesagt hat. Natürlich hat es ab und zu auch kleinere Missstimmungen gegeben, aber insgesamt haben sie ihre gemeinsamen Mittagessen genossen, und er hat sich darauf gefreut, sie zu sehen.

»Wie geht es Martin, diesem Schlingel?« Evelyn rückt ihre Strickjacke zurecht, dann stützt sie die Unterarme auf den Tisch und beugt sich zu ihm. »Gibt es etwas zu erzählen?«

Wieder stürzt der Stein aus Schmerz durch seinen Körper. Ein Monat ist vergangen, seit er bei den Musseys war. Er und Martin sitzen im Chor nach wie vor nebeneinander und schlafen nach wie vor in nebeneinanderstehenden Betten. Nach außen hin ist alles wie immer. In Wirklichkeit jedoch ist alles anders. Martin kann ihm nicht mehr in die Augen sehen. Der kühne, freche, unerschrockene Martin weicht seinem Blick aus. William hat versucht, mit ihm darüber zu sprechen, würde ihm gerne sagen, dass es in Ordnung ist, dass es ihm leidtut, dass er nicht … aber dass es ihm nichts ausmacht. Doch Martin ist mittlerweile geschickt darin, ihm aus dem Weg zu gehen, und es kommt nur noch selten vor, dass sie überhaupt miteinander reden.

»Eigentlich nicht.« William zuckt die Achseln. »Er scheint ein bisschen ruhiger geworden zu sein.«

»Darüber sind seine Eltern bestimmt froh. Und« – Evelyn stupst unter dem Tisch sein Knie an – »freust du dich auf deinen großen Tag?«

Über ihre Schulter hinweg sieht William die Kellnerin kommen. »Ja, aber können wir über Onkel Rob–«

Sie schließt die Augen und hebt abwehrend die Hände. »Bevor wir davon anfangen, habe ich eine *große* Neuigkeit.« Ihre Augen öffnen sich weit, und ihr plötzliches Lächeln und die Anspannung in ihrem zierlichen Körper verraten ihm, dass diese Neuigkeit auch ihn betreffen wird. Mit einem Mal wird William nervös.

Die Kellnerin steht mit gezücktem Notizblock an ihrem Tisch. »Bitte zweimal Schinken mit Ei und Pommes frites«, sagt Evelyn zu ihr. »Und zwei Gläser Wasser.«

Sie sieht der Kellnerin nach, als diese davongeht, dann holt sie scharf Luft. »Ich habe nachgedacht. In vier Monaten ist deine Zeit hier vorbei. Wir müssen eine gute Schule für dich finden und dafür sorgen, dass du weiterhin singen kannst.«

Leise Aufregung macht sich in ihm breit. Er hat versucht, nicht darüber nachzudenken, wie es weitergeht. Die meisten seiner Freunde, einschließlich Martin, werden auf andere Internate wechseln, die über eine angesehene Musikfakultät verfügen und an denen häufig bereits ältere Geschwister sind. Er ist davon ausgegangen, dass er wieder an die Schule in Sutton zurückkehrt, wo seine alten Freunde aus der Anfangszeit die letzten dreieinhalb Jahre verbracht haben. Aber dann würde er wieder ein ganz normaler Junge sein, und die Vorstellung gefällt ihm nicht.

»Danke.« Er lächelt der Kellnerin zu, die ihnen das Wasser bringt.

»Ich glaube, ich habe einen Ort gefunden, wo wir uns sogar ein ganzes Haus leisten könnten. Mit Garten! Aber vor allem hat die Schule dort einen hervorragenden Ruf, was die Musik betrifft, und sie liegt in einem Teil der Welt, wo sehr viele junge – und auch ältere – Männer singen. Allein in einem Umkreis von fünfzehn Kilometern gibt es *drei* Chöre!«

»Was meinst du mit ›Teil der Welt‹? Wo ist das?«

Sie faltet die Hände. »In Swansea!« Ihre Augenbrauen wandern in die Höhe. »Im Süden von Wales.«

William starrt sie an. Erst jetzt bemerkt er, dass ihre Hände zittern.

»Es liegt am Meer! Wir könnten sogar ein Haus mit Meerblick kaufen! Ein Neuanfang, nur wir beide.«

Unwillkürlich lässt er sich von ihrer Begeisterung anstecken. Am Meer wohnen. Singen. Ein Haus mit Garten. Er lächelt wieder. »Und wann würden wir dahinziehen?«

»Im Sommer, sodass du im September dort zur Schule gehen kannst, und ich suche mir eine Arbeit!«

»Meine Güte.« Er lehnt sich in seinem Stuhl zurück.
»Und weißt du was?«

»Nein, was denn?«

»Nach unserem Treffen fahre ich von hier aus für zwei Wochen nach Wales, um mich dort umzusehen. Und dann komme ich zurück, um zu hören, wie du das ›Miserere‹ singst!« Zum ersten Mal lockert sich ihre Haltung ein wenig. »Ich habe ein gutes Gefühl dabei, William. Ein richtig gutes Gefühl.«

»Wo willst du wohnen?«

»In einer Pension – es ist fast wie ein kleiner Urlaub. Und wenn es mir dort gefällt, fahren wir, sobald du Ferien hast, zusammen noch einmal hin, um uns Häuser und die Schule anzusehen.«

Die Aussicht ist auf jeden Fall spannender, als den Sommer in Sutton Coldfield zu verbringen. »Hast du Onkel Robert davon erzählt?«

Sie schüttelt den Kopf. »Noch nicht, wozu?«

Ihr Essen wird gebracht. Er starrt einen Moment auf seinen Teller. »Sie werden uns vermissen.«

»Seien wir ehrlich – sie werden *dich* vermissen, William. Aber sie kommen bestimmt zurecht.«

Er greift in seine Tasche, in der Hoffnung, dass ihre gute Laune das Ganze leichter macht. »Ich möchte mit dir über Aschermittwoch sprechen. In deinem letzten Brief hast du mir geschrieben, Onkel Robert könne wegen seines Rückens nicht kommen.«

»Ja.« Auf ihren Wangen sind zwei mohnrote Punkte erblüht. Sie hält ihren Blick auf den Teller gesenkt.

Peinlich berührt und traurig um ihretwillen sagt er: »Du hast ihn gebeten, nicht zu kommen.«

Sie schluckt, und ihre Lippen werden schmal. »Was redest du denn da?«

»Ich habe ihm geschrieben, wie sehr ich mich freue.« William legt den Brief auf den Tisch. »Und er hat mir das hier geschickt.«

Evelyn starrt auf den kleinen braunen Umschlag mit der Adresse in Roberts ordentlicher Handschrift und wischt sich den Mund mit der Serviette ab.

»*Wann* hast du ihm geschrieben?«

»Ich schreibe ihm jede Woche.«

Evelyn breitet die Serviette wieder über ihren Schoß. »Davon hast du nie etwas erwähnt.«

»Ich wusste, dass es dir nicht gefallen würde.«

»Unsinn!« Sie versucht ein kleines Lachen.

»Nein, das ist kein Unsinn«, sagt William bemüht freundlich. »Und das weißt du auch.«

Beide essen eine Weile schweigend, dann nimmt William den Umschlag und zieht das blaue Papier heraus. »›Natürlich‹«, liest er langsam vor, »›möchte ich um nichts in der Welt verpassen, wie du das ›Miserere‹ singst, aber deine Mutter meint, wenn sie, ich *und* Howard kämen, würde dich das zu sehr unter Druck setzen. Ich hatte überlegt, allein zu kommen, aber ich fände es zu traurig, Howard außen vor zu lassen, deshalb werden wir diesmal leider nicht dabei sein können, William. Ich hoffe, du verstehst das. Ich muss die Wünsche deiner Mutter respektieren.‹« Er lässt den Brief auf den Tisch fallen.

»Robert ist ein bisschen sparsam mit der Wahrheit«, sagt sie leise.

»Inwiefern?«

Sie legt das Besteck beiseite, obwohl ihr Teller noch halb voll ist, und faltet die Hände in ihrem Schoß. »Spätabends weinend bei mir aufzutauchen und mir vorzuhalten, Howard hätte ein Recht, dich singen zu hören, ist nicht das, was ich unter *meine Wünsche respektieren* verstehe.«

»Das hat er getan?« Die Pommes frites in seinem Mund sind plötzlich zu groß und trocken.

»Ich hatte Angst, die Nachbarn würden die Polizei rufen!«
Ihr Gesicht wird ganz streng vor Ärger. »Herrgott, William,
warum fängst du denn jetzt auch noch an?«

»Du hast ihn zum Weinen gebracht!« William wischt sich
mit der Hand über die Augen. »Wie konntest du nur? Er muss
furchtbar verletzt gewesen sein.«

»Das war ich auch!« Evelyn runzelt die Stirn. »Und jetzt
muss ich erfahren, dass ihr zwei euch hinter meinem Rücken
geschrieben habt.«

»So war das nicht. Wir wussten nur, dass du damit nicht einverstanden wärst.«

Evelyn beugt sich vor, bis sie mit dem Rumpf gegen ihren
Teller stößt. »Was gibt es sonst noch, wovon ich nichts weiß?«

Er sieht sie nur an.

»Sag schon«, befiehlt sie.

»Ganz am Anfang hatte ich Heimweh, aber ich wollte nicht,
dass du dir Sorgen machst. Da hat Onkel Robert mir Dads alte
Decke geschickt.« Evelyns Mund ist ein schmaler Strich, und
ihre Augen funkeln hart. »Er kommt einmal im Trimester zur
Abendandacht. Er fährt den ganzen Weg hierher und anschließend gleich wieder zurück. Und wenn er zu Hause ankommt,
schreibt er mir etwas über die Musik.« William isst weiter,
während er spricht. Evelyns Besteck liegt immer noch neben
ihrem Teller. »Aber er hat nie etwas Unfreundliches über dich
gesagt. Niemals.«

Evelyn senkt kurz den Blick. »Es stimmt, was ich gesagt habe:
wie weh es mir manchmal tut, Robert auch nur anzusehen, aber
darum geht es jetzt nicht. Ich habe Angst, dass sie dich in das
Familienunternehmen ziehen.« Wieder runzelt sie die Stirn.
»Du hast Talent. Es wäre eine Verschwendung.« Sie schweigt
kurz und schüttelt den Kopf. »Eine *absolute* Verschwendung.«

»Was ist mit Dad?«, fragt er leise. »Findest du, *er* hat sein
Leben verschwendet? Hast du dich für ihn geschämt?«

»Natürlich nicht!« Sie wirkt fast erschrocken. »Aber, William, du bist etwas *Besonderes*. Du hast eine Gabe. Bitte wirf sie nicht weg.«

»Keine Sorge«, sagt er und tunkt ein Stück Pommes in den roten Ketchupklecks, »ich will bei der Musik bleiben. Daran wird Onkel Robert nichts ändern. Aber wenn wir nach Wales ziehen, will ich immer mit ihnen in Kontakt bleiben, und du kannst mich nicht daran hindern.«

Sie seufzt. »Meinetwegen.« Endlich nimmt sie wieder ihr Besteck.

»Aber, Mum?«

»Ja?«

»Sei ehrlich, das ist doch nicht der einzige Grund, warum du nicht willst, dass Howard mitkommt und sich neben dich und Robert in die Kapelle setzt, oder?«

»Am liebsten wäre ich allein, aber ich weiß, dass ich damit nicht durchkomme. Ich will diesen Moment einfach nicht mit den beiden teilen müssen, das ist alles.«

»Wirklich?« Zu seiner Überraschung ist er eher traurig als wütend. Er muss an das Weihnachten denken, als sie bei dem Affenmaskentest gescheitert ist; sein Dad war danach so nett zu ihr, und dann hat sie das Wort »homosexuell« ausgespuckt, als wäre es giftig. »Ist es nicht eher, weil du dich ihretwegen schämst?«

»Kommt Howard auch?« Plötzlich wirkt Evelyn alarmiert. »Zu diesen Abendandachten?«

»Ja.«

Sie verzieht das Gesicht.

William beugt sich vor und nimmt ihre Hände. »Mum, bitte, ich *möchte*, dass sie mich beide singen hören. Ich verspreche dir, sie machen aus mir keinen Bestatter und keinen Homosexuellen!«

»William!«

»Mum! Ich wohne im Internat, glaubst du, ich kriege von solchen Dingen nichts mit?«

»Also gut, ich gebe es zu. Wenn sie beide kommen, stehe ich wieder außen vor; du weißt, wie das ist. Und, ja, es ist mir peinlich. So, jetzt ist es raus!« Sie holt tief Luft und lehnt sich zurück. »*Bitte*, William, lass mich diesen einen Tag erleben, ohne das ganze Zeug, das ich ertragen muss, wenn ich mit ihnen zusammen bin. Ich möchte es einfach nur genießen. Und an nichts anderes denken als daran, dass ich die stolzeste Mum der ganzen Welt bin.«

Es hat keinen Sinn, weiter zu streiten, das führt nirgendwohin. »Also gut, Mum, aber es ist nicht das, was ich will. Ganz und gar nicht.«

Sie strahlt vor Erleichterung. »Komm, wir bestellen den Nachtisch, und dann mache ich mich auf den Weg nach Swansea! Auf in unser neues Leben!«

Er bestellt eine Biskuitrolle und redet über unwichtiges Zeug, aber immer wieder hat er Bilder im Kopf, wie Onkel Robert spätabends völlig aufgelöst seine Mum anfleht.

29

Obwohl die Tage länger werden, ist es an dem Abend um sieben bereits stockdunkel. William und Martin, gerade von der Abendandacht zurück, sitzen vorgebeugt auf der Bank im Vorraum und wechseln die Schuhe, fast Wange an Wange.

»War es nett mit deiner Mum?«, fragt Martin leise, mit seinen Schnürsenkeln beschäftigt.

»Ja und nein«, antwortet William, den Blick ebenfalls auf seine Füße gerichtet. Das ist das erste Mal seit Trimesterbeginn, dass Martin ein Gespräch anfängt. »Sie hat Robert gesagt, er dürfte Howard am Aschermittwoch nicht mitbringen, weil es mich zu nervös machen würde, wenn sie alle da sind, aber mir hat sie erzählt, die Fahrt und die harte Kirchenbank wären zu anstrengend für seinen Rücken.« Sie bleiben sitzen, während die anderen nach oben gehen. »Also habe ich sie zur Rede gestellt.«

»Und?« Martin richtet sich auf und schaut geradeaus.

»Sie hat sich entschuldigt, aber sie will trotzdem nicht, dass sie beide kommen. Dann fühlt sie sich immer ausgeschlossen. Außerdem ist es ihr peinlich.« Ihm wird klar, was er gerade gesagt hat, und spürt, wie ihm das Blut ins Gesicht schießt. »Entschuldige!« Martin dreht sich zu ihm um.

William ist erleichtert, dass sein Freund ihn wenigstens wieder ansieht. »Martin, es tut mir so leid … was da bei dir zu Hause passiert ist …«

»Psst!« Martin kneift die Augen zu und presst die Hände auf die Ohren. »Ich will nicht darüber reden.«

»In Ordnung.« William berührt ihn leicht am Arm. »Dann tue ich es auch nicht.« Nach einem Moment des Schweigens beschließt er weiterzusprechen, als wäre nichts gewesen. »Ich habe schließlich eingewilligt, aber das fühlt sich falsch an. Ich werde mir immer wünschen, sie hätten dabei sein können, aber sie würden sich niemals Mums Bitte widersetzen.«

»Nein, dazu müsste sie sie schon selbst einladen«, sagt Martin schlicht. »Komm« – er steht auf –, »wir müssen los.«

Die Idee trifft wie ein Pfeil ins Schwarze. »Du bist ein Genie!«, ruft William und läuft los, um Martin auf der Treppe einzuholen. »Ich schreibe ihnen und tue so, als wäre ich Mum. Sie entschuldigt sich und sagt, sie möchte, dass sie beide kommen!« Sie stehen vor dem Schlafsaal, in dem das übliche Chaos vor dem Abendessen herrscht.

Martin runzelt die Stirn. »Das letzte Mal, als wir das versucht haben, lief es nicht besonders gut.«

»Da waren wir noch dumme Zehnjährige«, sagt William. »Ich bin bald hier weg. Dieses Solo war immer das Wichtigste für mich. Ich habe nur die drei, und ich will, dass sie dabei sind!« Er schweigt einen Moment. »Dad würde das auch wollen.«

»Und was dann? Glaubst du, deine Mum schließt sie glücklich in die Arme, während wir in die Kapelle schreiten?«

»Ist mir egal. Ich will einfach nur, dass sie mich singen hören. Was danach passiert, ist nicht mein Problem. Außerdem wird es rappelvoll sein. Vielleicht sehen sie sich überhaupt erst hinterher.«

»Aber ich dachte, sie wohnen in derselben Straße. Dein Plan funktioniert nur, wenn sie sich zwischen jetzt und nächster Woche Mittwoch nicht sehen.«

»Das tun sie ja nicht! Mum ist für zwei Wochen nach

Swansea gefahren – da ziehen wir übrigens wahrscheinlich im Sommer hin – und kommt direkt von da hierher.«

Martin mustert William. »Was ist mit der Briefmarke?«

Die Lösung ist nicht weiter schwer: »Ich schicke eine Postkarte von hier – ich habe eine in meinem Schrank – und sage ihnen, sie hätte sich gerade bei unserem Treffen von mir verabschiedet, und weil sie weiß, dass ich die beiden gerne dabei hätte, hat sie die Karte geschrieben, als sie noch in Cambridge war.«

»Ganz schön riskant.«

»Seit wann stört dich das?«

Martin lächelt ein wenig und zuckt die Achseln. »Stimmt auch wieder.«

Während des Abendessens macht sich Martin über den Steak and Kidney Pie her, ohne noch etwas zu sagen. William weiß, dass Evelyn außer sich wäre, wenn sie Robert *und* Howard in der Kapelle vorfände, und den beiden wäre es furchtbar unangenehm, gegen ihren Wunsch dort zu sein. Wenn er den Brief abschickt, ist es eine tickende Zeitbombe. Aber er weiß noch etwas, und das erscheint ihm größer und stärker als alles andere: Das »Miserere« ist nicht nur irgendein Musikstück. Und wenn seine Mutter, sein Onkel und Howard da sind und es hören, ihn singen hören, wird alles irgendwie in Ordnung kommen. Außerdem ist er so froh, wieder mit Martin sprechen zu können, dass beides in Williams Herzen verschmilzt, und so erscheint es ihm als das Richtige, die Antwort auf alles.

So still und nachdenklich Martin beim Essen ist, so aufgedreht wird er, als es Zeit ist, schlafen zu gehen. William fragt sich, ob es die Erleichterung ist und sie vielleicht wieder zu ihrer alten Freundschaft zurückfinden.

Elf Jungen, einschließlich William, liegen schon in ihren Betten, während Martin aufrecht auf seinem steht. Er klatscht in die Hände und sieht auf die Wanduhr.

»Noch vier Minuten. Wer macht mit?«

Er zieht seinen Schlafanzug aus und schwankt ein wenig auf der Matratze, als er erst auf dem einen Bein balanciert, dann auf dem anderen. Aufregung flirrt von einem Bett zum nächsten. Martin schlägt sich auf die Brust und blickt sich herausfordernd um. Als William Martin das erste Mal dabei gesehen hat, vor über drei Jahren, war sein Körper noch unbehaart. Jetzt bauscht sich eine weiche rote Wolke um seinen schwingenden Penis und unter seinen Armen.

»Na los! Freiwillige vor!«

Mehr als einmal ist Martin allein von Bett zu Bett gesprungen, weil niemand mitmachen wollte, aber manchmal – so wie heute – lässt er nicht locker, bis jemand sich ihm anschließt. Die meisten haben die Herausforderung irgendwann angenommen, außer William, der sich nicht vorstellen kann, ohne Hose kühn und verwegen zu sein. Außerdem besteht immer die Gefahr, erwischt zu werden. Beim letzten Mal hat Martin fünf Stockschläge bekommen und, da es keineswegs das erste Mal war, einen Termin beim Schulpsychologen.

»Also gut«, sagt William, steht auf, zieht seinen Schlafanzug aus und springt zu Martin aufs Bett. Und er denkt, ganz gleich, wie peinlich das Ganze auch wird, das Lächeln auf Martins Gesicht ist es allemal wert.

»Beeilt euch!«, ruft jemand. »Es sind nur noch drei Minuten!«

»Du im Uhrzeigersinn, ich andersrum.« Martin zeigt die Richtungen an und dreht William um, sodass sich ihre nackten Körper kurz berühren.

William spürt die Blicke des ganzen Schlafsaals auf sich, aber überraschenderweise auch einen Adrenalinschub. Er ist bereit. Martin hebt die Hand und zählt. »Drei – zwei – eins – los!«

Beim ersten Sprung erschreckt sich William, weil das Bett, auf dem er landet, wegrutscht. Er rudert mit den Armen, voller Angst, dass er hintenüberfällt, doch dann fängt er sich und springt weiter, leicht und schnell. Hinter sich hört er, wie die Betten unter Martins Sprüngen scharren und ächzen. Während sein Schniedel an den lachenden Gesichtern der anderen vorbeischlenkert, ist William berauscht von der Begeisterung, die er in den anderen weckt.

Sie knallen gegeneinander und lassen sich lachend auf Martins Bett fallen. Martins Atem strömt in Williams Ohr. Martins weicher Schenkel drückt gegen seinen. William ist nicht erregt, aber auch nicht abgestoßen. Er hat seinen Freund zurück.

Als sich im Saal schlagartig Stille ausbreitet, wendet William den Kopf, obwohl es unnötig ist, denn er weiß bereits, dass die Hausmutter im Türrahmen steht.

30

William steht vor dem Schreibtisch, atmet den schweren Geruch nach Staub und Politur ein und weiß nicht, wohin mit seinen Händen.

»Es schmerzt mich, dich unter diesen Umständen hier zu sehen, Lavery.« Die Narzissen auf der Fensterbank hinter Mr Atkinsons Kopf leuchten im Sonnenschein.

»Du bist ein sehr guter Chorknabe. Mr Lewis meint, vielleicht sogar der beste, den er je gehabt hat. Aber wir können einem Jungen, der sich auf diese Weise danebenbenimmt, keinesfalls erlauben, ein so berühmtes Solo zu singen.«

»Nein!« Mit brennendem Gesicht tritt er näher an den Schreibtisch. »Ich tue alles, was Sie wollen, Sir.« Seine Stimme klingt albern und schrill. »*Bitte*, Sir!«

»Du hättest über die Konsequenzen nachdenken sollen, bevor du bei Musseys perversen Streichen mitgemacht hast.«

In Williams Kopf rauscht es. Im Juni ist seine Zeit hier zu Ende, und dann wird er sich sein Leben lang nur daran erinnern, dass er nie das »Miserere« singen konnte. Beim ersten Mal wegen der Grippe und jetzt wegen Martin und seinen albernen Spielchen. Hinter seinen Augen steigt eine Flut von Tränen auf, und er fragt sich: Was, wenn er sie laufen ließe? Was, wenn er zum ersten Mal seit bald vier Jahren seinem Körper nachgäbe? Was, wenn er sich schluchzend vor Mr Atkinson auf den fadenscheinigen Teppich werfen würde?

Plötzlich steht Mr Atkinson auf und zieht die Schreibtisch-schublade heraus. »Das Beste, was du jetzt tun kannst, Lavery, ist, deine Strafe wie ein Mann zu nehmen.«

Erst da wird William bewusst, wie sehr er nicht geschlagen werden will. Die Sonne ist ein Stückchen weitergewandert und scheint nicht mehr auf die Blumen, sondern auf den Birken-stock, den Mr Atkinson aus der Schublade genommen hat. So dünn und leicht, wie er ist, kann er doch nicht allzu sehr weh-tun, oder? In seiner Unterhose stecken zwei Taschentücher, die Martin aus dem Wäscheschrank geklaut hat, eins auf jeder Pobacke.

»Verzieh auf jeden Fall beim ersten Schlag das Gesicht«, hat er ihm geraten, als er die Taschentücher nach dem Mittagessen unter Williams Kopfkissen geschoben hat. »Sonst schlägt er beim zweiten Mal fester zu.«

»Du hast doch gesagt, du verziehst nie das Gesicht.«

»Tue ich auch nicht, aber ich bin so oft da drinnen, dass ich irgendwie meinen Stolz wahren muss. Dir passiert das be-stimmt nicht noch mal.«

Nun, da es tatsächlich so weit ist, wünscht sich William, er hätte Martin, der draußen wartet, bis er an der Reihe ist, ge-fragt, wie das Ganze genau abläuft.

Mr Atkinson stellt sich neben ihn, und sein Herz beginnt zu flattern wie ein gefangener Vogel. Was jetzt? Soll er sich vorbeugen? Oder warten, bis es ihm befohlen wird? Wie weit soll er sich vorbeugen? Bis ganz nach unten? Bis zur Mitte? Warum zum Teufel hat er Martin nicht gefragt?

»Vorbeugen.«

»Bitte lassen Sie mich singen, Sir!« William kann es sich nicht verkneifen.

»*Runter!*«

Er war nicht darauf vorbereitet, wie unerträglich dieser Mo-ment sein würde: das Gesicht zum Boden, den Hintern dargeboten. Wahrscheinlich hätte er sich gar nicht so weit hinunterbeugen müssen; er berührt seine Zehen. Das Schweigen ist absurd und erniedrigend.

Als der Schlag kommt, ist der Schmerz viel schlimmer, als er es sich vorgestellt hat. Sein ganzer Körper zuckt. Er beißt sich auf die Lippen und schmeckt Blut. Zwischen seinen Beinen hindurch kann er Mr Atkinsons schwarze Hose sehen, und als die Bügelfalte sich ein wenig nach links bewegt, wappnet sich William. Der Stock trifft exakt dieselbe Stelle, und beim nächsten und übernächsten Mal auch, sodass sein Fleisch wie Feuer brennt.

Mr Atkinson geht wieder um den Schreibtisch herum, legt den Stock in die Schublade und setzt sich. William steht sehr aufrecht da, die Fäuste geballt. Ihre Blicke begegnen sich, und Mr Atkinson senkt seinen so rasch, dass William für einen winzigen Moment meint, in den Augen des Direktors Scham gesehen zu haben.

Martin löst sich von der Wand, an der er gelehnt hat, doch William beachtet ihn nicht, sondern rennt zur Toilette. Hinter sich hört er Mr Atkinsons Stimme.

»Du schon wieder.«

William lässt sich gegen die Kabinenwand sinken, wobei er aufpasst, dass sein lodernder Hintern nichts berührt, und wischt sich über das tränennasse Gesicht. Er wünschte, er stünde über alldem, könnte darüber lachen und seine blauen Flecken zur Schau stellen, wie Martin es tut, als wären es Trophäen. Aber es tut zu sehr weh, und er ist zu wütend. Das ist das erste Mal in seinem Leben, dass ihn jemand geschlagen hat. Am verletzendsten findet er die Gefühllosigkeit. Wenn er schon Schläge bekommen musste, hätte ein Wutanfall dem Ganzen wenigstens eine Art Sinn gegeben. Und als wäre das nicht schon Strafe genug, hat er auch noch sein Solo verloren, und damit hat er überhaupt nicht gerechnet. Er hasst Mr Atkinson.

Eher, als er erwartet hat, hört William schwere Schritte, die vor seiner Kabine innehalten.

»Das hätten wir hinter uns.« Martins leise Stimme hallt ein wenig im leeren Toilettenraum.

William will Martin in diesem Moment nicht brauchen, aber beim Klang seiner Stimme tut er es. Es ist keine gute Idee, Martin in die Kabine zu lassen und sich schluchzend an seine Brust zu lehnen. Aber so geschieht es.

»Wie viele?«, fragt Martin, als William sich halbwegs beruhigt hat.

»Vier. Und du?«

»Sechs. Hör mal, hol die Taschentücher raus. Ich lege sie zurück, bevor wir es vergessen.«

William greift in seine Hose und zieht, doch versehentlich erwischt er seine Unterhose. Der Schmerz ist so heftig, dass er aufschreit.

»Ich wünschte, ich wäre nicht so ein Weichei!«

»Bist du nicht. Du bist der beste Junge in diesem ganzen Laden, und in zwei Wochen tut es nicht mehr weh, und dann singst du das Solo deines Lebens.«

»Nein, ich darf nicht.«

»Ist nicht dein Ernst!«

»Doch.« William fängt erneut an zu weinen, und mit einem Mal hasst er Martin. Wegen seiner blöden, egoistischen Betthüpferei hat er, William, alles verloren.

»Das ist *deine* Schuld. Alles, *alles* ist deine Schuld!«

Da er die Taschentücher immer noch nicht zu fassen kriegt, dreht er Martin den Rücken zu und zerrt den Reißverschluss seiner Hose auf. »Verdammt, Martin!«, flucht er, während er wiederum erfolglos in seiner Unterhose herumtastet. »Du hast mir nicht gesagt, dass es so wehtun würde!«

»Tut mir leid. Ich hatte vergessen, was für ein Schock es beim ersten Mal ist.« Von hinten zieht Martin vorsichtig am Hosenbund. »Lass mich mal.« Er greift in Williams Unterhose. »Halt einen Moment die Luft an. Es tut nur ganz kurz weh, versprochen.«

In der Sekunde, bevor die Tür auffliegt, weiß William, dass da draußen jemand ist, aber die Zeit reicht nicht, um mit dem Weinen aufzuhören. Tageslicht flutet in die Kabine, und Charles und Anthony stehen da und starren entgeistert auf Williams verzerrtes Gesicht, seine offene Hose und Martins Hand, die darin steckt.

»Lass ihn los!«, brüllt Charles Martin an, und beide Jungen versuchen, William aus der Kabine zu ziehen.

»Mir geht's gut.« William schüttelt sie ab. »Verschwindet!«

»Anthony, lauf und hol einen Lehrer!«, ruft Charles. Anthony sieht William und Martin an, als warte er auf ihre Erlaubnis.

»Nein!«, sagt William und zieht seinen Reißverschluss hoch. »Mir geht's gut.«

»Er hat dir wehgetan!«, widerspricht Charles atemlos. »Wir haben es gehört!«

»Wenn ihr das einem der Lehrer erzählt« – Williams Stimme ist überraschend energisch –, »mache ich euch das Leben zur Hölle. Verstanden?«

Die beiden Jungen blicken ratlos zwischen Martin und William hin und her.

»Sag's ihnen, William«, murmelt Martin. »Sag ihnen, dass ich dir nicht wehgetan habe.«

William sieht, wie es in den beiden Jungen aufblitzt: der aufregende Gedanke, dass sie sie bei etwas Verbotenem erwischt haben. Er weiß nur zu gut, wie schnell das die Runde machen wird. Wie leicht es für sie alle sein wird zu glauben, dass dies in Wirklichkeit die ganze Zeit über die Art ihrer Freundschaft war. Er kann sich genau vorstellen, wie es während der letzten Monate sein wird: das Kichern, die wissenden Blicke, die plötzliche Stille, wenn sie einen Raum betreten.

Nein, beschließt er, das macht er nicht mit. Martin ist an alldem schuld, nicht er. Rasch schließt er den Hosenknopf, dann dreht er sich zu Martin. »Ich habe ihnen doch gesagt, dass sie es keinem Lehrer erzählen sollen, reicht das nicht?«

Ein Wasserhahn tropft. Martin steigen Tränen in die Augen, das hat William bei ihm noch nie erlebt.

»William, sag's ihnen.«

Charles und Anthony sehen William abwartend an. *Sie genießen es*, denkt er, als er aus der Kabine tritt. Sie weichen zur Seite, um ihn durchzulassen.

»Halte dich einfach von mir fern, ja?«, sagt William über die Schulter zu Martin, stopft die Taschentücher in seine Hosentaschen und geht hinaus in den Flur.

Eine Woche später wird William erneut in Mr Atkinsons Büro bestellt. Phillip hat den Direktor überzeugt, dass noch nie ein Junge sich ein Solo so sehr gewünscht hat und dass noch nie ein Junge mit einer solchen Stimme wie William die Kapelle geziert hat. Und so teilt Mr Atkinson William mit, dass er, obwohl es in höchstem Maße unüblich ist, eine Disziplinarmaßnahme zurückzunehmen, am Aschermittwoch nun doch das »Miserere« singen wird.

Der Direktor wird reichlich Zeit haben, über diese Entscheidung nachzudenken und darüber, wie anders sich die Dinge für William möglicherweise entwickelt hätten, hätte er nicht den Bitten seines leidenschaftlichen Chorleiters nachgegeben.

3. Teil Familienangelegenheiten

31
September 1965

»Kann ich nicht deins nehmen, Onkel Robert?«

Sie stehen im Flur, und gleich geht es zum Bahnhof. Howard packt Williams Koffer ins Auto. Darin befinden sich sieben Unterhosen, zwei Schlafanzüge, zwei Hemden und zwei T-Shirts, ein Pullover, zwei Hosen und ein Blazer. Der achtzehnjährige William trägt seinen neuen Anzug. Außerdem sind im Koffer die Sachen, die er für den praktischen Teil der Ausbildung zum Einbalsamierer braucht: ein Paar weiße Chirurgenstiefel, einen Plastikkittel, eine Plastikschürze, zwei Paar robuste Gummihandschuhe, ein Paar Ärmelschoner aus Plastik und eine Gesichtsmaske.

Onkel Robert runzelt die Stirn. »Das ist doch so abgegriffen.«

»Genau deshalb mag ich es ja.«

Beide blicken auf das dicke graue Buch, das William in den Händen hält: *Embalming – Theoretical and Practical* von Edwin Frank Scudamore.

»Du möchtest lieber das ramponierte alte Ding als die schöne neue Ausgabe mit Goldprägung, die ich dir gekauft habe?«

»Ja.« William lächelt und hält das Buch fester. »Es hat früher Dad gehört.«

Robert lächelt ebenfalls. »Natürlich kannst du es haben. Solange ich das neue behalten darf.«

Zehn Minuten später stehen sie zu dritt auf dem Bahnsteig. Die Eichen beginnen sich zu verfärben, Gelb blitzt zwischen dem Grün auf. Ein leichter Wind streicht über Williams Gesicht, als er Howard umarmt. Er fühlt sich etwas unbehaglich in seinem schwarzen Anzug mit Krawatte und dem guten Mantel, aber er vertraut dem Urteil seines Onkels, dass er damit der Familie, bei der er wohnen wird, Respekt erweist. Die Finchs sind ebenfalls in der dritten Generation Bestatter. Sie wohnen in Stepney, eine halbe Stunde Fußweg vom Thames College of Embalming entfernt, an dem William ein Jahr lang studieren wird.

Eine Wattewolke schiebt sich vor die Sonne, und als William sich zu Robert dreht, verspürt er plötzlich Angst.

»Ein bisschen wie damals, nicht?«, fragt Onkel Robert.

»Ja.« William ist daran gewöhnt, dass Robert ein gutes Gespür für seine Gefühle hat; er versucht, die Erinnerungen daran, wie er zum ersten Mal von zu Hause weggegangen ist, beiseitezuschieben.

»Denk dran, du kannst immer am Wochenende nach Hause kommen, wenn dir danach ist. Ohne eine verdammte Ausgangserlaubnis.«

»Ich weiß, aber ich werde versuchen, mich an das Leben in London zu gewöhnen. Und bis Weihnachten ist es ja gar nicht mehr so lange hin.«

»Du weißt, dass dein Bett hier immer für dich bereitsteht.« Robert legt die Hand auf Williams Arm.

»Ich werde hart arbeiten, damit du stolz auf mich sein kannst.«

»Das bin ich schon.« Robert sieht zu Howard, der, ruhig wie immer, mit einem sanften Lächeln danebensteht. »Das *sind* wir schon.«

Der Zug fährt ein, und William umarmt Robert und küsst ihn auf die Wange, was er noch nie getan hat. Dann umarmt er auch Howard noch einmal, der ihn fest an sich drückt. Er nimmt seinen Koffer und seine Aktentasche und steigt in den Zug.

»Wartet nicht, um zu winken, das macht mich nur traurig«, sagt er, weil er plötzlich den Wunsch verspürt, allein zu sein.

»Gute Idee«, erwidert Howard. »Sonst fangen wir alle noch an zu heulen.« Mit einem leisen Lachen dreht er Robert sanft um. Der Diamantring an seinem kleinen Finger blitzt kurz in der Sonne auf, bevor er die Hände im Rücken verschränkt und die beiden Männer den Bahnsteig hinuntergehen. William sieht, wie sie sich einander zuwenden – Howard sagt etwas –, dann heben sie beide, ohne sich umzudrehen, gleichzeitig die Hand und winken.

Als William sich auf den durchgesessenen Platz am Fenster setzt, wo ihn eine Sprungfeder in den Hintern pikst, überwältigt ihn plötzlich die Erinnerung an seine Mutter. Nicht die Mutter, die ohne ihn nach Swansea gezogen ist und jetzt die größte Musikalienhandlung in Wales leitet, sondern die, die mit ihm nach Cambridge gefahren ist, die sich in ihren Nylonstrümpfen vor ihm auf den Kies gekniet hat, um ihm zu sagen, wie stolz sie auf ihn ist, und die so verzweifelt versucht hat, nicht zu weinen. Er starrt aus dem Fenster und wischt sich erst übers Gesicht, als er Tropfen auf seiner Hand spürt. Außer ihm ist niemand in dem Waggon.

Draußen gleiten die abgeernteten Felder vorbei wie wogende Dünen. Gerade als er auf die Uhr sehen will, rollt der Zug in einen Tunnel, sodass er warten muss, bis das Tageslicht wieder aufstrahlt, um zu erkennen, wie spät es ist. Noch gut eine Stunde bis London und dann die Herausforderung der U-Bahn.

Er hat seiner Mutter nicht gesagt, dass er nach London geht, um seine offizielle Ausbildung zu beginnen. Vielleicht hat Onkel Robert es ihr erzählt. Er weiß, dass sie sich mittlerweile schreiben; vor ungefähr einem Jahr hat das Eis zwischen ihnen zu schmelzen begonnen. Robert ist froh darüber, aber ihm selbst ist nicht wohl dabei. Die letzten dreieinhalb Jahre, seit er Cambridge so überstürzt verlassen hat, ergeben nur dann einen Sinn, wenn er weiter seiner Mutter die Schuld für das gibt, was passiert ist. Als unvermittelt ein Zug in Gegenrichtung vorbeidonnert, lehnt William sich zurück und schließt die Augen. Doch es hat keinen Zweck; vom Zug gewiegt und mit dem Spätsommergold, das sich über die Landschaft ergießt, kann er der Erinnerung nicht widerstehen, wie er sich vor all den Jahren von ihr verabschiedet hat, und dem damit verbundenen Gefühl, unendlich geliebt und das Zentrum ihres Universums zu sein.

Seit jenem albtraumhaften Aschermittwoch, als er sich geweigert hatte, auch nur einen Tag länger in Cambridge zu bleiben, hat er bei Robert und Howard gelebt. Evelyn war direkt aus Swansea gekommen, um William singen zu hören, voller Aufregung und Tatendrang. Innerhalb von nur zwei Wochen hatte sie ein Haus, eine Arbeit und eine Schule gefunden, die den Ehrgeiz hatte, beim Eisteddfod anzutreten, dem berühmten walisischen Kulturwettbewerb, und nur zu gerne bereit wäre, einen Chorknaben aus Cambridge aufzunehmen. Sie wollte so schnell wie möglich dort hinziehen, um sich während Williams letztem Trimester schon ein wenig einzuleben, und er sollte dann im Sommer nachkommen. Das war ihr funkelnder Plan, als sie die Kapelle des Colleges betrat. Eine knappe Stunde später war alles zusammengekracht.

Da es niemandem gelungen war – weder Phillip noch Mr Atkinson, seiner Mutter oder Robert –, William von seinem Entschluss abzubringen, Cambridge sofort zu verlassen, blieb ihm nichts anderes übrig, als vorübergehend bei seinem Onkel zu wohnen, während Evelyn sich in Swansea einrichtete. Dass er schließlich fast vier Jahre dort geblieben war, bis er die Schule abgeschlossen hatte, überraschte alle.

In den ersten Wochen bei Robert und Howard verwandte William seine ganze Energie darauf, die vergangenen dreieinhalb Jahre zu vergessen. Er übte sich darin, alle Erinnerungen sofort abzublocken, sobald sie auftauchten. Er hörte keine Chor- oder Kirchenmusik, sang keinen Ton und gestattete sich nicht das geringste Zögern, bevor er Martins Briefe ungeöffnet in den Mülleimer warf.

Eins jedoch würde er niemals vergessen, das hatte er sich geschworen, nämlich dass alles die Schuld seiner Mutter war.

William beugt sich hinunter, um das Schloss seiner neuen Aktentasche zu öffnen, und greift nach dem breiten Rücken seines Scudamore, in der Hoffnung, dass dessen Gewicht, der staubige Geruch, die kleine Schrift und die detaillierten Zeichnungen ihn ablenken. Vor sechs Monaten, als die Zusage vom College kam, hat er begonnen, im Lehrbuch seines Vaters zu lesen, und es stellte sich als unerwarteter Schatz heraus, eine willkommene Lektüre, wenn er nicht für seine Abschlussprüfung lernen musste. Venen und Arterien waren für ihn nichts Neues, aber eine *retromandibuläre* Vene? Oder eine *obere Mesenterialarterie*? Er war wie gebannt und lachte laut auf, als er herausfand, dass es im menschlichen Körper *zwei* Kreisläufe gab: den Lungenkreislauf und den Körperkreislauf. Während der vergangenen Wochen hat er den dichten Text und die sorgfältigen Illustrationen geradezu verschlungen und festgestellt, dass er sich mit Leichtigkeit die ausgefallensten Namen merken kann, von der *Vena circumflexa femoris lateralis* bis hin zur *Arteria dorsalis pedis*. Gebannt folgte er dem Fluss des Blutes durch das kardiovaskuläre System und konnte nicht verstehen, warum die Leute nicht öfter darüber sprachen.

Es dauert eine Weile, aber schließlich holt der Scudamore ihn aus der Vergangenheit, in der Evelyn allzu präsent ist, in seine Zukunft als Einbalsamierer. Als der Zug eine Stunde später seine Fahrt verlangsamt, verlässt William die komplexe Welt der Desinfektionsmittel auf Hypochloritbasis. Er packt das Buch ein, verschließt die Aktentasche, schiebt die Arme in das seidige Futter seines Mantels, nimmt sein Gepäck und steigt aus dem Zug.

32

»William Lavery. Von Lavery & Sons in Sutton Coldfield?«

»Ja, Sir.«

William und drei andere junge Männer werden durch die Arbeitsräume der Leichenhalle geführt, die sich im Keller befindet. Er hat Schreibtische erwartet, doch es gibt keine. Die kleine Gruppe steht zwischen zwei Einbalsamierungstischen aus Schamott. Auf einem davon liegt ein mit weißem Papier abgedeckter Leichnam. Arthur Mason, Direktor des Thames College of Embalming, liebenswürdig, aber auch Respekt einflößend, begrüßt jeden von ihnen einzeln.

»Ich kannte Ihren Vater, William.« Arthur steht mit den Händen hinter dem Rücken da, den Kopf ein wenig geneigt und gesenkt – das zurückhaltende Mitgefühl des Bestatters, unterlegt mit Sachkenntnis. Das Bestattungswesen ist ein Familiengeschäft; es wäre ungewöhnlich, sogar peinlich, wenn der Name unbekannt wäre. Doch wieder freut es ihn, dass er sich durch seine Berufswahl und Lebensweise seinem Vater annähert. Meistens ist das ein tröstlicher Gedanke. Nur ab und an fragt er sich, ob es seinem Vater vielleicht lieber gewesen wäre, wenn er eine Wahl getroffen hätte, die ihn stattdessen seiner Mutter annäherte.

»Geht es Ihrem Onkel gut?«

»Ja, vielen Dank, Sir.«

»Gut.« Arthur wendet sich zu dem untersetzten, rotgesichtigen Mann links von William. Er ist älter als William, aber wohl noch seinen Zwanzigern. »Und Sie müssen Roger Turner sein. Wie geht es Mr Turner?«

»Nicht übel, Sir«, erwidert Robert mit einem freundlichen, einnehmenden Lächeln. »Aber ich glaube, er ist bereit, es ein wenig ruhiger angehen zu lassen. Deshalb bin ich hier.«

William hat damit gerechnet, dass er der Jüngste sein würde. Kleine Bestattungsinstitute verfügen oft nur über einen Einbalsamierer, und es kommt häufig vor, dass der Sohn jahrelang im Unternehmen mitarbeitet, bevor er sich in diesem Bereich qualifiziert. William hat darauf gedrängt, früh damit anzufangen, weil er weiß, dass seine Stärke eher in der Leichenhalle liegt als im Büro. Er arbeitet lieber allein mit den Toten, als den Schmerz der Angehörigen zu ertragen, wie Howard es tut, und sie durch die zahllosen Entscheidungen zu begleiten, für die sie meist vollkommen unvorbereitet sind: Sargmodell, Holzart, Blumen, Gottesdienst, Musik. Seit seinen ersten Tagen mit Robert in der Leichenhalle wusste er, dass es genau das Richtige für ihn war, etwas so Persönliches und Wichtiges zu tun, aber ohne dabei beobachtet zu werden, nicht einmal von demjenigen, um den man sich kümmert.

Was William an Simon Drake, dem dritten Mann, als Erstes auffällt, ist der Kontrast zwischen dessen weißen Wimpern und dem dunklen Anzug. Noch nie hat er jemanden gesehen, der so blass ist, als hätte er stets die Sonne gemieden. Die Firma der Familie Drake ist in Worcestershire. Wie sich herausstellt, hat Arthur zusammen mit Simons Vater gelernt.

Der vierte und letzte Auszubildende ist William altersmäßig am nächsten, aber seit sie sich vor einer halben Stunde hier versammelt haben, hat William Abstand gehalten.

»Und Sie, junger Mann, sind dann wohl Ray Price?«, fragt Arthur.

Es ist keine Überraschung, dass Arthur Rays Vater oder

Großvater nicht kennt. William hat ein wenig Mitleid mit dem jungen Mann, der vermutlich nicht einmal merkt, wie unpassend er wirkt und dass sein gesamtes Äußeres beweist, wie wenig Ahnung er von der Bestattungswelt hat. William schämt sich für ihn, und obwohl er dunkel spürt, was für Vorurteile in ihm am Werk sind, hat er sich auf die andere Seite des Tisches gestellt, gegenüber von Ray.

»Ja, Sir«, antwortet der junge Mann abrupt. Er ist klein und drahtig, mit wirrem schwarzem Haar. Sein Anzug ist faltig, und seine weißen Manschetten sind schmuddelig.

»Und Sie werden für Lightfood's in Leeds arbeiten?«

»Ja, Sir, wenn ich die Prüfung bestehe.« Sein starker nördlicher Akzent überrascht William.

William hat bemerkt – und die anderen sicher auch –, dass Rays Fingernägel eingerissen und schmutzig sind. Wie lange wird es wohl dauern, bis er begreift, dass das nicht geht, und sich anpasst? Etikette, Sauberkeit, gepflegte Erscheinung sind alle ein Teil des Ganzen, das Respekt vermittelt. Und auch wenn sie sich im Moment in einer Leichenhalle befinden und weit und breit kein Angehöriger in Sicht ist, vergisst man nie, wem man dient.

»Nun, Ray, wenn das Ihr Ziel ist, könnten Sie an keinem besseren Ort sein.« Arthurs Stimme nimmt einen förmlicheren Klang an, und er faltet die Hände vor dem Bauch. »Das Thames College ist das größte Einbalsamierungsunternehmen des Landes und die beste Ausbildungsstätte. Da sich viele lokale Bestattungsinstitute keinen eigenen Einbalsamierer leisten können, bieten wir allerhöchste Qualität zu günstigen Konditionen, und im Gegenzug werden wir regelmäßig mit Leichnamen versorgt, an denen Sie üben können.

Hier drinnen« – er deutet auf den Raum – »werden Sie Einbalsamierungen verfolgen, aber vor allem werden Sie neben Ihrem Tutor stehen – entweder mir selbst oder Norman, meinem Stellvertreter –, uns bei der Arbeit zusehen und nach und nach Teile der Prozedur selbst durchführen. Gelegentlich werden Sie Einbalsamierer in Privat- oder Krankenhäuser begleiten, aber der Großteil Ihrer Arbeit wird sich hier abspielen.« Er hält inne und sieht jeden von ihnen der Reihe nach an, und William hat den Eindruck, dass er den feierlichen Ernst des Augenblicks genießt. »Und wenn Sie hart arbeiten und gut aufpassen, werden Sie dank dessen, was Sie hier während der nächsten zwölf Monate lernen, zu einigen der besten Einbalsamierer Europas.«

Rays Blick huscht durch den Raum. Für William, Simon und Roger ist hier drinnen nichts neu; die Einbalsamierungstische, die Rollwagen mit Eimern und Tropfwannen, der Leichnam. Sie werden alle bereits in jungen Jahren Zutritt zu Leichen- und Aufbahrungshallen gehabt haben. Genau genommen war William mit vierzehn sogar relativ spät dran.

Arthur geht zur Tür und bedeutet ihnen, ihm zu folgen. In der hinteren Ecke des kleineren Nebenraums stehen zweimal sechs Tragen aufeinandergestapelt, und daneben sind Kühlfächer in die Wand eingelassen.

»Die stammen noch aus dem Zweiten Weltkrieg.« Arthur legt die Hand auf die schlichten Tragen, die aus einem Metallrahmen mit jeweils fünf weiß gestrichenen, längs angeordneten Holzlatten bestehen. An den Ecken ist eine Halterung angebracht, die es ermöglicht, sie zu stapeln. »Einfach, aber sie tun, was sie sollen. Hier werden die Leichen gelagert und dann nach nebenan in den Vorführraum gebracht.«

William wünschte, seine Gefühle Ray gegenüber wären freundlicher, großzügiger, aber seine Gegenwart löst ein Unbehagen in ihm aus, das weiter zurückreicht als zu jenem Tag, als er neben seinem ersten Leichnam stand, Onkel Roberts Hand auf seiner Schulter. Was ihn beschäftigt, während er immer wieder verstohlen zu Ray blickt, ist das Wissen, dass er selbst vor acht Jahren ebenso überfordert von all dem Unbekannten und ebenso ein Außenseiter war. Und wer weiß, wie er diese knapp vier Jahre in Cambridge erlebt hätte, wäre er nicht frühzeitig von Martin und dessen Freundschaft gerettet worden, die ihn zugleich beschützt und in das Leben als Chorknabe hinausgeschubst hatte. Doch anstatt Ray dieselbe Rettung anzubieten und ihm bei diesem Eintritt in eine neue Welt zur Seite zu stehen, ärgert sich William, dass Ray ihm den Spiegel vorhält – eine Reaktion, deren Fragwürdigkeit ihm durchaus bewusst ist. Geübt verscheucht William Martins Bild aus seinen Gedanken.

»Hier werden Sie Ihr Handwerk lernen, in erster Linie durch Zusehen und Üben. Dennoch kommen Sie nicht ohne theoretisches Wissen aus. Am Ende jedes Tages bekommen Sie von Ihrem Tutor eine schriftliche Frage, und die beantworten Sie abends, so gut Sie können, anhand des Scudamore. Wenn Ihr Tutor Zeit hat, gehen Sie die Antworten mit ihm gemeinsam durch. So« – Arthur klatscht in die Hände –, »an die Arbeit.«

Während sie ihm zurück in den Vorführraum folgen, wirft William einen Blick auf Rays Schuhe, die, genau wie er vermutet hat, abgewetzt und ungepflegt sind.

Das sanfte, träumerische Licht, das durch das Mattglasfenster hoch oben in der Wand hereinfällt, wird schlagartig grell und hart, als Arthur die Lampe neben dem Tisch einschaltet. Sobald sie alle mit ihren Heften und Klemmbrettern bereitstehen, nimmt er das Papier von dem Leichnam.

33

»Das ist Sklavenarbeit.«

Ray und William warten an der Theke, um Getränke zu bestellen, während Roger und Simon den Tisch für ihre erste Mittagspause freihalten.

»Unsinn.« William ärgert sich jedes Mal, wenn dieser Kerl den Mund aufmacht und sein Unwissen preisgibt. »Wir müssen nun mal an echten Leichen üben. Wir können nicht einfach herumspielen und sie dann wegwerfen, also ist es doch besser, wir helfen bei einer richtigen Einbalsamierung. Was schlägst du denn vor?«

»Dass *sie uns* dafür bezahlen, du Schlaumeier, nicht umgekehrt.«

»Aber sie bilden uns aus! Alle bezahlen doch für ihre Ausbildung, oder nicht?«

»Nein.«

William ist überzeugt, dass Ray nur so daherredet, um sich wichtigzumachen, nachdem er beim Unterricht von nichts Ahnung hatte.

»Lehrlinge bekommen Gehalt«, sagt Ray. »Nicht viel, aber immerhin etwas.«

Darüber hat William noch gar nicht nachgedacht – er hat nicht viel Erfahrung mit Dingen außerhalb seiner Welt. Der Barkeeper wischt in aller Ruhe das andere Ende des Tresens und plaudert mit den Stammgästen. William wünschte, er würde sich beeilen, damit sie ihre Getränke bekommen und zu Roger und Simon zurückkehren können. Er will nicht, dass die beiden denken, er und Ray gehörten zusammen, nur weil sie beide jünger sind.

»Zu Hause haben sie mir eine Lehre als Automechaniker angeboten«, sagt Ray, »und sie hätten mir Geld dafür gegeben.«

»Vielleicht hättest du das Angebot annehmen sollen.«

Ray verzieht abschätzig den Mund. »Automechaniker gibt's bei uns wie Sand am Meer, und die verdienen nicht viel. Die Leute vom Bestattungsinstitut haben gesagt, sie stellen mich ein, wenn ich den Abschluss schaffe, und sie bezahlen mir die Miete während der Ausbildung.« Er zuckt die Achseln. »Klang nicht übel – ein Jahr in London und hinterher eine feste Stelle.«

»›Wie still der da liegt.‹« William ahmt Rays Bemerkung nach, als Arthur das Papier vom Leichnam gezogen hat.

»Tja, mein Junge«, erwiderte Arthur schmunzelnd. »Wenn er das nicht täte, müssten wir uns Sorgen machen.«

Ray blickte kurz in ihre lachenden Gesichter. »Ich gewöhne mich schon dran.« Er nickte. »Keine Sorge.«

»Sehr witzig«, erwidert Ray jetzt, ohne eine Miene zu verziehen. Er hebt die Hand, um dem Barkeeper ein Zeichen zu geben, und der setzt sich endlich in Bewegung. »Du denkst wirklich, ich bin seltsam, oder? Du denkst, weil das die erste Leiche war, die ich gesehen habe, wäre ich weniger geeignet als ihr!«

»Was darf's sein, meine Herren?« Der Barkeeper stützt seine fleischigen Hände auf den Tresen. Seine Koteletten sind buschig wie Lämmerschwänze.

»Drei große Bitter und ein Helles mit Limo für die Lady, bitte«, antwortet Ray mit der Gewandtheit eines Mannes, der schon viele Drinks in vielen Bars bestellt hat.

William nimmt sich vor, nie wieder in Rays Gegenwart ein

Bier mit Limo zu bestellen. »Ich denke nicht, dass du weniger geeignet bist, ich habe nur nicht den Eindruck, dass du wirklich Einbalsamierer werden willst«, sagt William, als der Barkeeper an die Zapfanlage tritt.

Ray lacht. Aus vollem Herzen. Es ist das erste Mal, dass William ihn lachen sieht, und ihm fällt auf, was für gleichmäßige weiße Zähne er hat.

»Und noch mal«, sagt Ray amüsiert. »Du glaubst allen Ernstes, *ich* wäre seltsam, weil ich nicht schon als Kind davon geträumt habe, später mal als Leichenausstopfer zu arbeiten?«

»Du würdest es nicht seltsam finden, wenn dein Vater und Großvater das auch schon getan hätten.« William weiß, dass er ungerecht ist. Er hat nicht von klein auf gewusst, dass das sein Beruf sein würde. Erst als das Leben, das er sich vorgestellt hatte, verschwunden war, hat er gemerkt, wie sehr ihm die stille, verborgene Arbeit eines Einbalsamierers liegt. Trotzdem fügt er gereizt hinzu: »Und wir stopfen keine Leichen aus. Wir kümmern uns um sie.«

Er nimmt dem Barkeeper das Tablett ab und legt sein Geld auf den Tresen.

Der erste Leichnam, mit dem William allein zu tun gehabt hatte, war Kenneth, der alte Mann, der unten an der Straße gewohnt hatte.

Es war Ende September. Evelyn war in Swansea, und da ihr jemand das Haus, das sie für sie beide kaufen wollte, vor der Nase weggeschnappt hatte, musste er bis zu den Herbstferien in Sutton zur Schule gehen. Er hatte sich angewöhnt, seine Hausaufgaben im Büro neben der Leichenhalle zu machen statt in der Küche. Robert kümmerte sich um Kenneth, der ein paar Tage zuvor gestorben war.

»Darf ich zuschauen?«, fragte er und stellte sich neben Robert.

Die Hände seines Onkels hielten plötzlich inne. »Wenn du willst. Ich bin fast fertig, wir sind jetzt beim H.«

»Was ist das?«

»Eine Eselsbrücke: *Auch Hagel Kommt An Regentagen Oft Wieder.* Die benutzen wir für die letzten Verrichtungen, wenn der Leichnam einbalsamiert ist. Das H steht für Haare, K für Kosmetik und A für Ankleiden.« Er sah William an. »Bist du sicher, dass dir das nichts ausmacht?«

»Ja.«

»Gut.« Er griff nach der ledernen Kosmetiktasche hinter ihm. »Dann kämmen wir ihn jetzt.«

»Robert?«, rief Howard aus dem Büro. »Kannst du mal kurz kommen? Eben hat jemand angerufen wegen einer Doppelbestattung nächste Woche. Da gibt's ein paar Dinge, die ich mit dir abklären muss.«

Die eigentliche Einbalsamierung war bereits abgeschlossen, und Kenneth sah viel mehr wie er selbst aus als noch vor einer Stunde: rosig statt wächsern, die vollen Lippen fast zu einem Lächeln verzogen und die Lider nicht mehr eingesunken dank kleiner gewölbter Augenkappen. Als Kenneth krank war, hatte William ihm zweimal etwas zu essen gebracht. Er war nicht lange geblieben, aber er hatte ihm das Essen auf einen Teller gefüllt und ihm geholfen, sich an den Tisch zu setzen. Mit seinen vierzehn Jahren war William ein gutes Stück größer als Kenneth gewesen, und ihm war aufgefallen, was für einen kugelrunden Kopf der alte Mann hatte, und er hatte sich gefragt, warum Kenneth seine restlichen Haare nicht so lang wachsen ließ, dass er sie sich über den kahlen Schädel kämmen konnte. Von seinem Aussichtspunkt über ihm hatte William seine borstigen Augenbrauen sehen können, die wie Fühler vorstanden.

Onkel Robert und Howard waren ins Gespräch vertieft, und ohne nachzudenken, beugte sich William über die Kosmetiktasche und nahm den schwarzen Kamm heraus. Er strich das feine Haar sorgfältig über Kenneths fleckige Kopfhaut, dann kürzte er mit einer kleinen silbernen Schere die vorstehenden Brauenhaare.

Als Robert wieder hereinkam, hatte William gerade ein einzelnes Haar aus Kenneths linkem Nasenloch entfernt.

»William!«, sagte Robert. »Was hast du getan?«

»Entschuldigung.« William legte die Pinzette hin.

Robert schüttelte lächelnd den Kopf. »So war das nicht gemeint. Er sieht großartig aus!«

»Wirklich?« William betrachtete Kenneth erneut.

»Wirklich!« Robert stellte sich dicht neben ihn. »Du hast seine Augenbrauen versäubert, ohne sie zu massakrieren. Und die Haare! Perfekt. Besser könnte er gar nicht aussehen.« Robert löste den Blick von Kenneth und sah William an. »Hat es dir nichts ausgemacht?«

»Nein.« William lächelte. »Kenneth war sehr höflich und hat die Augen die ganze Zeit zugelassen.« Beide lachten. »Es hat mir gefallen. Niemand, der mir zusieht.«

Robert klopfte William auf den Rücken. »Eines Tages wirst du wieder bereit für ein Publikum sein.«

»Nein, werde ich nicht.«

»Das empfindest du jetzt so, weil es noch so frisch ist. Ich meine ja nur, schließ das Singen nicht ganz aus. Man soll niemals nie sagen.«

»Nie.« William legte die Pinzette zurück in die Kosmetiktasche, und da war es für ihn plötzlich klar. »Ich will Einbalsamierer werden, so wie du und Dad.«

Robert lachte leise. »Du bist vierzehn! Ich würde dich lieber draußen mit ein paar Freunden sehen als hier drinnen mit Howard und mir.«

»Ich will keine Freunde. Darin bin ich nicht gut.«

Ein paar von den Jungen in der Bishop Vesey's Grammar

School waren auf derselben Grundschule gewesen wie William. Zum Glück hatte keiner von ihnen auch nur das geringste Interesse daran gehabt, was er gemacht hatte, während er fort gewesen war. Während der letzten Wochen hatte er versucht, sich unter die anderen zu mischen. Er hatte sogar mit einigen von ihnen am Samstagabend auf dem Parkplatz beim Kino gesessen, Fish and Chips gegessen und Cider getrunken. Aber keiner von ihnen konnte jemals so ein Freund für ihn sein, wie Martin es gewesen war. Und wenn er das weggeworfen hatte, wozu sollte er dann neue Freundschaften schließen?

Die Disziplin seiner Chorzeit sorgte dafür, dass er ein guter Schüler war, ohne wie ein Streber zu wirken. Er war freundlich und höflich, unternahm aber keinen Versuch, jemanden näher kennenzulernen, schloss sich keinem Verein an, und wenn er nach der Schule zu jemandem eingeladen wurde, lehnte er mit einem Lächeln ab.

Robert seufzte. »Solange die Schule nicht darunter leidet, bist du hier jederzeit willkommen, mein Junge – obwohl deine Mutter entsetzt wäre.«

»Das geht sie nichts an.«

»Komm schon, schließlich ist sie deine Mutter.«

William seufzte. »Warum hasst du sie nicht?«

Robert drehte sich zu William um. »Weil ich weiß, was Trauer ist, William. Dein Vater ist jetzt sechs Jahre tot, aber ich denke immer noch jeden Tag an ihn. Und das muss ich mit reinem Gewissen und leichtem Herzen tun. Dein Vater hat deine Mutter *geliebt*. Wenn ich immerzu einen Groll gegen sie hegen würde, könnte ich nie ohne Schuldgefühle an ihn denken. Und das könnte ich nicht ertragen. Deshalb halte ich ihr, wenn genug Zeit vergangen ist, immer wieder die Hand hin, und das werde ich auch weiterhin tun. Auch wenn sie sie nicht nimmt, sie schlägt oder sie mir abbeißt. Sie war das

Licht im Leben deines Vaters. Und bald gehst du ja zu ihr nach Wales.«

William wandte sich wieder zu Kenneth und strich noch einmal sanft sein Haar glatt.

34

William fühlt sich bei den Finchs nicht sofort zu Hause; wie könnte er das? Aber er fühlt sich willkommen. Mr Finch mit seinen buschigen Augenbrauen, die wie kleine graue Hauben vorspringen, ist förmlich, aber herzlich. Mrs Finch ist klein und zierlich und trägt hochhackige Pantoffeln mit flauschigem Federbesatz. Bei seiner Ankunft berührte es ihn, wie sie seine Hand mit beiden Händen umfassten. Es war mehr als ein Händeschütteln. Ihre Tochter Gloria, die eine Ausbildung zur Krankenschwester machte, war an diesem ersten Abend nicht zu Hause. Nach dem Shepherd's Pie mit Erbsen hat er sich entschuldigt, um seine Hausaufgaben zu erledigen.

Nun sitzt er in seinem Zimmer mit den zwei Einzelbetten und der gestreiften Tapete und betrachtet seinen noch unberührten, verheißungsvollen Umschlag. *Nennen Sie die Äste der* Carotis interna *und* externa *und verfolgen Sie die Arterien und Venen, die ein Flüssigkeitspartikel vom linken großen Zeh zum linken Ohr passieren würde.* Roger und Simon haben ihre Umschläge schon am Nachmittag geöffnet, aber William hat sich seinen für später aufgehoben.

Nachdem er den ganzen Tag mit Fremden verbracht hat, tut es ihm gut, den vertrauten Scudamore aus dem Regal zu nehmen, darin nach dem richtigen Kapitel zu suchen und den leicht muffigen Geruch einzuatmen. Es fühlt sich fast so an, als wären die Seelen seines Onkels und seines Dads hier bei ihm. Er liest das Kapitel gründlich und verfasst seine Antworten, erst ins Unreine, dann in Schönschrift. So vergehen zwei Stunden, in denen er glücklich von sich selbst abgelenkt ist. Das Klopfen an der Tür ist leise, aber er fährt trotzdem zusammen.

»In zehn Minuten gibt's Kakao, wenn du willst.« Eine kühne Londoner Stimme. Weiblich. Das muss Gloria sein.

»Danke«, sagt er und lauscht auf die Schritte, die nach unten verschwinden.

Soll er ihr folgen? Oder bringt sie ihn rauf? Und wenn sie es tut, soll er sie hereinbitten? Wenn er nach unten geht, soll er den Kakao mit nach oben nehmen oder sich zu ihnen setzen? Er sitzt an seinem Schreibtisch und sieht alle paar Sekunden auf die Uhr.

Nach gut vier Minuten wird er erlöst. »Komm runter«, ruft die Stimme. »Er ist fertig.«

Sie wartet im Türrahmen der schmalen Küche, mit einem Tablett, auf dem zwei Tassen und ein Teller mit Keksen stehen. »Bringst du das zu Mum und Dad? Dann können wir unseren hier trinken. Sie schauen *Armchair Theatre,* und niemand darf etwas sagen, sonst verliert Dad den Faden.«

William nimmt der gutaussehenden jungen Frau, die ungefähr in seinem Alter sein muss, das Tablett ab, wobei er mit seinem Daumen zwischen ihren Fingern hängenbleibt. Das silbrige Licht des Fernsehers spiegelt sich in den Brillen von Mr und Mrs Finch. Leise stellt er das Tablett auf den kleinen Tisch zwischen ihren Sesseln und geht wieder hinaus, ohne dass sie ihn auch nur zur Kenntnis nehmen.

»Danke, William«, ruft Mr Finch plötzlich, sodass er erschrocken zusammenzuckt.

»Ja, viiielen Dank«, säuselt Mrs Finch.

»Gern geschehen«, ruft William über die Schulter. »Was ist denn so lustig?«, fragt er Gloria.

»Du bist sehr höflich.« Lächelnd wischt sie mit dem Schwamm einen Kakaorand von der Arbeitsfläche.

»Kostet nichts, bringt aber viel«, erwidert er, überrascht, wie leicht ihm der Spruch seiner Mutter von der Zunge geht.

Gloria lacht, dass ihre grünen Augen funkeln. Sie drückt sich hoch auf die Arbeitsfläche, und William fällt auf, wie sportlich und leichtfüßig sie ist. Sie ist gut zehn Zentimeter kleiner als er. Ihm fällt auch auf, wie wohlgeformt sie ist; wie schön es wäre, die Hände auf die sanfte Rundung ihrer Hüften zu legen, die sich unter ihrem hübschen Kleid abzeichnen. »Das ist deiner.« Sie deutet mit dem Kopf auf eine grüne Tasse mit Untertasse. »Und nimm dir Kekse aus der Dose. Ich bin Gloria.«

»Nett, dich kennenzulernen, Gloria«, sagt er. Der Kakao ist stark, mit kleinen, ölig schillernden Blasen obendrauf. »Vielen Dank dafür.«

»Gern geschehen«, erwidert sie. »Was war denn heute in deinem Umschlag?«

Offensichtlich ist sie daran gewöhnt, Studenten des Thames College im Haus zu haben, deshalb antwortet er entsprechend.

»Ich sollte die Äste der beiden Carotiden benennen und beschreiben, welche Arterien und Venen ein Flüssigkeitspartikel auf dem Weg vom linken großen Zeh zum linken Ohr passieren würde.«

»Du siehst aus, als hätte es dir Spaß gemacht.«

»Hat es auch.« Er muss über sich selbst lachen. Sie fällt ein; ihr Lachen klingt voll und melodiös.

»Gloria! Mach die Tür zu«, ruft Mrs Finch. »Dein Vater ist schon ganz durcheinander.«

»'tschuldigung«, ruft Gloria zurück, springt von der Arbeitsfläche und durchquert die Küche.

»Ihr könnt euch gerne weiter unterhalten«, ruft Mrs Finch, »nur nicht so laut.«

»Warum küssen *die* sich denn jetzt?«, fragt Mr Finch. Gloria legt die Hand auf die Türklinke und reckt lauschend den Kopf. Den Finger auf die Lippen gelegt, zwinkert sie William zu. »Ich dachte, sie ist mit dem Anwalt verheiratet«, sagt Mr Finch.

»Ist sie ja auch!«, erwidert Mrs Finch. »Er ist die Zugabe. Konzentrier dich, du Schusselkopf.«

Nachdem Gloria leise die Tür geschlossen hat, prusten sie los. William verschluckt sich an seinem Kakao, und Gloria muss ihm auf den Rücken klopfen, während er sich über die Spüle beugt.

Später, als William im Bett liegt, lächelt er bei der Erinnerung daran. Ihm gefällt, wie er sich in Glorias Gegenwart fühlt. Selbst hustend und spuckend, mit Kakao, der ihm in der Nase brannte, hat ihm die Episode Spaß gemacht. Und er kann immer noch ihre Hand auf dem Rücken spüren.

Es ist Freitag, und es fühlt sich schon ganz natürlich an, abends um halb zehn mit Gloria in der Küche zu sitzen, während Mr und Mrs Finch nebenan fernsehen. Im Lauf der Woche hat er herausgefunden, dass Gloria ein Jahr älter ist als er und eine große Schwester hat, die verheiratet ist, zwei Kinder hat und im Osten Londons lebt. Gestern Abend hat William sie gefragt, ob ihr Vater je Druck auf sie ausgeübt hat, in die Firma einzusteigen.

Sie hat ihn angesehen, als hätte er etwas Dummes gesagt. »Denk doch mal nach. Hast du schon mal eine Einbalsamiererin gesehen? Hast du schon mal ein Schild an einem Bestattungsinstitut gesehen, auf dem steht Soundso und Töchter?«

Er schüttelte den Kopf. »Stimmt, habe ich nicht.«

»Wobei ich mich ja nicht beschwere, im Gegenteil – ich rette lieber Leben, als Leichen zu marinieren. Obwohl du nirgends nettere Leute findest als im Bestattungswesen. Und falls ich je eine Tochter haben sollte und sie in die Fußstapfen ihres Großvaters treten will, habe ich damit kein Problem.«

Dann sprachen sie über die Ägypter, die früher das Gehirn durch die Nase rauszogen, aber er ertappte sich immer wieder dabei, dass er sich Gloria mit einer kleinen Tochter vorstellte.

»Du hast dir die Nägel lackiert«, bemerkt er jetzt. »Hübsche Farbe.«

»Danke!« Sie betrachtet lächelnd ihre gespreizten Finger. »Das mache ich immer, wenn ich zwei Tage hintereinander frei habe.«

»Ich habe oft bei meinem Onkel in der Leichenhalle Fingernägel lackiert.« So etwas würde er einem Mädchen normalerweise niemals sagen, aber er ist sicher, dass sie es versteht. Und er behält Recht.

»Ich auch!« Sie grinst. »Für Dad. Fand ich klasse! Vor allem, dass sie sich keinen Millimeter bewegen, wenn du ihre Hände über den Sargrand hängst. Ich dachte immer, sie freuen sich darüber, weil sie so schön stillhalten. Ich war erst dreizehn.«

»Ich vierzehn«, sagt er schmunzelnd. »Das ist bis heute das, was ich am liebsten mache: die Kosmetik.« Ermutigt von ihrer fröhlichen Offenheit, gesteht er ihr: »Ich liebe alles daran: Haare, Make-up, Nägel.«

»Vielleicht solltest du lieber einen Schönheitssalon aufmachen.«

»Nein.« Er lacht. »Aber nachdem wir das andere erledigt haben, gefällt es mir, ihnen zu sagen, jetzt ist alles vorbei, wir machen dich nur noch ein bisschen hübsch für deine Familie.«

Gloria streckt den Fuß aus und stupst ihn leicht gegen das Schienbein. »Du bist also einer von den Gesprächigen. Dad plappert bei einer Einbalsamierung die ganze Zeit.«

»Mein Onkel auch«, sagt William. »Er erzählt ihnen was vom Wetter. Ich erkläre ihnen lieber, was ich gerade tue.«

Sie legt den Kopf schräg, und ein dichter Vorhang aus kastanienbraunem Haar fällt halb über ihr Gesicht. »Wie – alles?«

»Bei den Sachen singe ich.«

Ihr Lachen ist gutmütig, und William ist hochzufrieden mit sich, als er eine Stunde später nach oben und zu Bett geht.

Als der Herbst in Sutton Coldfield Einzug hielt, entdeckte William, dass er die Gegenwart der Toten beruhigend fand und ebenso den Anblick seines Onkels, der sich still und kundig um sie kümmerte. Ihm blieben noch fünf Wochen bis zu den Ferien und seinem Umzug nach Wales, aber er stellte fest, je mehr Zeit er in der Leichenhalle zubrachte, desto besser gefiel es ihm. Es hatte etwas Befreiendes, einen Leichnam zu betrachten, denn ihm konnte nichts mehr wehtun. Es gab nichts mehr zu tun oder zu sagen. Er hatte noch keinen Toten gesehen, der nicht friedlich aussah.

Zu seiner Erleichterung stellte er fest, dass ihm der viszerale Teil der Prozedur nichts ausmachte; er war nicht zimperlich, wenn der scharfe Trokar in ein Herz, einen Magen oder einen Lungenflügel gebohrt wurde, um die Flüssigkeit abzulassen. Er musste nicht wegschauen, wenn die Nadel durch den Gaumen in die Nase geführt wurde, um dafür zu sorgen, dass der Mund nicht aufklappte.

Dennoch entging ihm nicht, wie zudringlich und gewalttätig einiges davon war, selbst unter den sanften Händen seines Onkels. Deshalb war er erleichtert, wenn das A für Ausstopfen (das, wie er schockiert feststellte, bedeutete, *sämtliche* Körperöffnungen mit Wattebäuschen zu verschließen) abgeschlossen war und sie zu H und K übergingen. Es war bald ganz normal für ihn geworden, neben Robert zu stehen und zu sagen: »Jetzt hast du es geschafft, Stanley« – oder June oder Terrence –, »jetzt sind wir fertig.«

Diese stille, intime Tätigkeit in der ruhigen Abgeschiedenheit der Leichenhalle fand er sehr verlockend. Kein Auftritt, kein Publikum, keine Demütigung. Als der Abstand zwischen ihm und seiner Zeit als Chorknabe sich von Tagen über Wochen zu Monaten ausdehnte, wirkte seine Zukunft als Einbalsamierer wie ein Anker für seine Gegenwart und gab ihm Hoffnung.

Er ließ sich von der Gleichförmigkeit seiner Tage tragen. Von einer Schulstunde zur nächsten, bis zum Mittagessen, das er meist allein einnahm; manchmal ließ er auch ein wenig Geplauder über sich ergehen. Dann, den Ranzen schwer von Heften und Büchern, direkt nach Hause, wo Robert und Howard ihn voller Wärme empfingen, Tee und Kekse servierten und einen kurzen Blick auf seine Hausaufgaben warfen. Manchmal, wenn William von seinen Büchern aufsah, stellte er sich Evelyn bei der Arbeit in einer ganz anderen Umgebung vor, wie sie elegant zwischen polierten Flügeln, bauchigen Kontrabässen und Cellos und glänzenden Trompeten und Flöten umherging. In jener ersten Zeit, als sie noch dachte, dass er bald zu ihr kommen würde, schrieb sie ihm, wie sie für Kunden obskure Noten bestellte, Eltern Musiklehrer aus der Gegend empfahl oder den Bestand überprüfte. Gestern war ein Mann in das Geschäft gekommen, um ein Kazoo zu kaufen, und hatte sie gefragt, ob sie ihm einen guten Lehrer empfehlen könne, und der junge Blindenhund des Klavierstimmers hatte an einem Schlagzeug sein Bein gehoben. Es beeindruckte ihn, wie hartnäckig sie ihn zu unterhalten versuchte, aber es war ihm mittlerweile in Fleisch und Blut übergegangen, sich gegen sie zu wappnen, ihr die Schuld zu geben, niemals zu vergessen. Und so schrieb er nicht zurück, obwohl er manchmal den Drang verspürte zu lachen, ihr zu antworten, irgendeine Alberei, die sie begonnen hatte, fortzuführen. Doch er schaffte es immer, ihm zu widerstehen. Seine Mutter wusste zwar aus Roberts schlichten, sachlichen Briefen, dass er gesund war, pünktlich zu Bett ging und seine Hausaufgaben machte, aber sie hatte keine Ahnung, dass William in der Leichenhalle aushalf und das H und K oft ganz allein übernahm. Sie wusste nichts von seiner wachsenden Entschlossenheit, in den Herbstferien nicht nach Swansea zu gehen. Aber dasselbe galt auch für Robert und Howard.

35

»William!«

Beim Klang von Rays Stimme sinkt William, der gerade seine Kleider für die Leichenhalle zusammenlegt, um sie in den Spind zu packen, der Mut. Es ist Montag, zweite Woche. Nachdem er den ganzen Tag an Arthurs Seite gearbeitet hat, freut er sich darauf, zu den Finchs zurückzukehren. Er fragt sich, was wohl in seinem Umschlag steht und ob Gloria heute Abend ihre karierten Hausschuhe anhaben wird, oder ob ihre kleinen Zehen in den Nylons herumzappeln werden, während sie auf der Arbeitsfläche sitzt und mit den Beinen baumelt. Er hofft, dass in dem Umschlag, den er gerade in seine Aktentasche gesteckt hat, etwas ist, worüber er mit ihr sprechen kann. Sie findet Anatomie genauso spannend wie er.

»Was ist?«, fragt er, ohne von seinem Plastikkittel aufzusehen.

»Kann ich heute Abend zu dir kommen, damit wir die Theorie zusammen durchgehen können?«

»Das könnte schwierig werden.« Nun sieht William ihn an, ohne jedoch mit dem Zusammenfalten aufzuhören. »Ich wohne bei einer Familie, und ich weiß nicht, was sie von Besuchern halten.«

»Kein Problem«, erwidert er munter. »Du kannst auch zu mir kommen. Ich habe sogar Bier da.«

William sieht auf die Uhr. Fünf nach fünf. Um sieben gibt

es Abendessen. Wenn er mit zu Ray geht, ihm so schnell wie möglich hilft, könnte er pünktlich zurück sein, und den Rest des Abends wäre er ungestört. Wenn er Ray mit zu den Finchs nimmt, wird er ihn vielleicht nicht wieder los.

»Ich habe eine Stunde, aber mehr nicht. Sie erwarten mich zum Essen.«

Rays Lächeln ist echt, seine wohlgeformten Zähne blitzen. »Danke, William. Ich kann Unterstützung gebrauchen.«

Das stimmt. Letzte Woche hat William zweimal gehört, wie Rays Tutor gesagt hat, sie müssten öfter zusammen an den Aufgaben arbeiten.

»Ich wohne gleich hier um die Ecke.« Ray stopft seinen Kittel zusammengeknüllt in die Tasche.

»Wenn du ihn zusammenlegst, sieht er nicht so zerknautscht aus, wenn du ihn das nächste Mal anziehst.« Er ist es leid, über den Einbalsamierungstisch hinweg auf Ray zu blicken, dessen Kittel so zerknittert ist, dass er nicht mal gerade hängt.

»Mache ich später.« Er grinst und klopft William auf den Rücken. »Lass uns erst mal diese verdammten Hausaufgaben hinter uns bringen.«

»Willkommen in meiner bescheidenen Hütte.«

Ray hält William, der von den drei Stockwerken außer Atem ist, die Tür auf. Es hat fünfundzwanzig Minuten gedauert, bis sie »gleich um die Ecke« waren, und nun ist es schon halb sechs. Seine Schuhsohlen kleben am Linoleum, das an der Tür Wellen schlägt. Ray wirft seine Tasche auf das ungemachte Bett. In der Ecke ist ein winziges Waschbecken. Vor der Wand zu ihrer Rechten steht ein Campingkocher auf einem Tisch, umgeben von schmutzigem Geschirr. Es gibt einen Kleiderständer mit einem Jackett auf einem Bügel, aber Hosen und Hemden sind einfach über die Stange geworfen. Vor dem Fenster hängt auf halber Höhe eine vergilbte Gardine an einem Draht.

Ray nimmt seine Krawatte ab und geht vor dem Eisenbett mit der dünnen Matratze, das William an den Schlafsaal in Cambridge erinnert, in die Knie. Er zieht zwei Flaschen darunter hervor, lässt sie auf die Decke fallen und holt einen Flaschenöffner aus dem Korb, der auf dem kleinen Resopaltisch steht. Dann macht er die Flaschen auf und reicht William eine davon, bevor der nein sagen kann. Er mag Bier nicht besonders, und er will nicht, dass die Finchs es an ihm riechen, wenn er zurückkommt.

»Setz dich.« Ray deutet auf den wackeligen Holzstuhl neben dem Tisch, während er sich aufs Bett hockt und eine Zigarette anzündet. Er streckt das eine Bein aus und zieht einen braunen Umschlag aus der Tasche. Die Zigarette lässig zwischen den Lippen, nimmt er das Blatt mit der Frage heraus, lässt den Umschlag auf den Boden fallen und liest, die Augen gegen den Rauch zusammengekniffen.

»Ich hasse das.«

»Was denn?«, fragt William. Mittlerweile ist es Viertel vor sechs.

»Diesen Quatsch. Ich dachte, dafür zahle ich. Sie wollen, dass wir so schnell wie möglich alles draufhaben, damit wir die Drecksarbeit für sie erledigen können, aber die schwierigen Sachen müssen wir uns alleine beibringen.«

»Wenn das Einbalsamieren für dich Drecksarbeit ist« – William trinkt einen Schluck Bier –, »bezweifle ich, dass du weit kommst.«

Ray lässt den Zettel neben sich aufs Bett fallen und beugt sich zu William vor.

»Jetzt, wo du mir hilfst, kann ja nichts mehr schiefgehen.«

»Lass uns anfangen. Ich hab nicht viel Zeit«, erwidert William knapp, obwohl es ihm leidtut, dass er Ray gegenüber so gereizt reagiert.

»Glückspilz.« Ray zieht an seiner Zigarette. »Eine Familie,

bei der du wohnen kannst, und warme Mahlzeiten. Dein Zimmer sieht bestimmt netter aus als das hier, oder?«

»Wie lautet deine Frage?« William deutet mit dem Kinn auf den Zettel.

Ray liest sie vor. Es ist dieselbe, die William an seinem ersten Tag hatte.

»Wo ist dein Scudamore?«

Ray tastet unter dem Bett herum, bis er das Buch findet. Er zieht es hervor und klopft den Staub ab.

William nimmt es ihm ab, sucht die richtige Seite und legt es dann offen hin. »Also«, beginnt er, »ich stelle mir vor, die Arterien wären die Äste eines Baums.«

Ray blickt vom Buch auf und lächelt William zu.

»Was ist?«

»Dir fällt das so leicht.«

»Ich habe bei meinem Onkel zugesehen, außerdem hatte ich die Frage letzte Woche.«

Ray drückt die Zigarette in einer Untertasse neben seinem Bett aus. »Ich weiß, ihr denkt alle, ich bin zu blöd. Bin ich wahrscheinlich auch, aber es nervt mich, wie selbstgefällig ihr seid.«

»Schreib einfach die Stelle hier ab. Ich muss gleich los.«

Ray beginnt, den Absatz zu kopieren, den William angestrichen hat. »Dann trink dein Bier aus.« Er deutet auf die Flasche, die auf dem Boden steht. William leert sie mit fünf Schlucken.

Zum Glück schreibt Ray schnell und leserlich. Es ist zehn vor sieben. In zehn Minuten gibt es Essen, und er schätzt, dass er mindestens eine halbe Stunde braucht, um zu den Finchs zu kommen.

»Wo ist das Problem?«, fragt Ray. »Dann verpasst du eben das Abendessen. Wie alt bist du, zehn? Bleib doch hier, dann können wir noch ein Bier trinken und uns Fish and Chips holen.«

»Du findest das vielleicht albern, aber ich *möchte* mit dieser netten Familie zu Abend essen. Und mit ihrer Tochter, wenn du es unbedingt wissen willst.«

Als William Rays schmieriges Grinsen und wissenden Blick sieht, bedauert er, was er gesagt hat.

»Ah, *das* verstehe ich natürlich!« Er trinkt den letzten Schluck aus seiner Flasche. »Dann mal los mit dir, ich schaffe das schon.«

»Danke.« Verlegen steht William auf und zieht seinen Mantel an. »Achte darauf, alle relevanten Arterien und Venen aufzuzählen. Es gibt Punktabzug für jede, die du vergisst.« Ray macht keine Anstalten, ihm die Tür zu öffnen oder sich zu verabschieden. Er beobachtet ihn mit einem Blick, der William nicht gefällt.

»Bis morgen«, sagt William, als er in der Tür steht. Ray hebt nur die leere Bierflasche.

Er rennt, so schnell er kann, zurück zum College und von dort zu den Finchs, weil er Angst hat, sich zu verlaufen, wenn er den direkten Weg nimmt. Er braucht fünfunddreißig Minuten, und als er ins Wohnzimmer stürzt, ist er außer Atem, verschwitzt und ein wenig benommen. Mr Finch füllt gerade heißen Apple Pie auf. Alle drei drehen sich überrascht zu ihm um. Ein Teller mit Würstchen, Kartoffelbrei und Erbsen steht an seinem Platz, die Soße schon mit einer Haut überzogen.

»Es tut mir furchtbar leid!«, keucht er. »Ich habe noch jemandem bei den Hausaufgaben geholfen.« Schnaufend ringt er nach Luft. »Er wohnt weiter weg, als ich dachte.« Er knöpft seinen Mantel auf. »Ich bin so schnell gekommen, wie ich konnte.«

»Na, jetzt bist du ja da«, sagt Mrs Finch. »Iss. Es ist sicher schon kalt, aber ich möchte es nicht wegwerfen.«

»Natürlich nicht.« William eilt in den Flur, um seinen Mantel aufzuhängen. Er schnuppert an seinem Pullover. Er riecht nach Rauch. Er zieht ihn aus und hängt ihn über den Mantel.

Mrs Finch atmet geräuschvoll ein, als er sich neben sie setzt. »Wenn es dafür nicht noch zu früh wäre, könnte man meinen, ihr hättet eure Hausaufgaben im Pub gemacht, William.«

»Nein!«, ruft er aus. »Ich war bei Ray.« Bevor er es verhindern kann, entfährt ihm ein Rülpser. Er sieht seine Gastgeber mit ernster Miene an, während er spürt, wie er rot wird. »Mrs Finch, Mr Finch, bitte denken Sie nicht, ich wäre undankbar für Ihre Gastfreundschaft. Ray stammt nicht aus einer Bestatterfamilie, und er tut sich schwer mit der Ausbildung. Er hat mich gebeten, ihm zu helfen, und ich wollte nicht nein sagen. Er hat mir ein Bier angeboten.«

Verstohlen blickt er zu Gloria. Sie hat die Lippen zusammengepresst, und ihre Augen funkeln.

»Entschuldigung angenommen, William«, sagt Mr Finch. »Aber sei künftig pünktlich zum Essen hier oder melde dich vorher ab.«

Mrs Finch tätschelt seine Hand. »Es klingt so, als wolltest du etwas Gutes tun.«

»Wie heißt dieser Junge noch mal?«, fragt Mr Finch und pustet auf seinen dampfenden Apple Pie.

»Ray Price.« William nimmt ein Stück kaltes Würstchen mit Kartoffelbrei auf die Gabel. »Ich bin nicht sicher, ob er es schafft«, fügt er hinzu, und da explodiert ein weiterer Rülpser in seinem Mund.

Das ist zu viel für Gloria; ihr schallendes Gelächter erfüllt den Raum.

»'tschuldigung«, murmelt William. Gloria wirft den Kopf in den Nacken. Ihre Heiterkeit ist ansteckend, und bald lachen sie alle.

36

William fragt sich, ob er in diesem Moment künftig immer an rohes Hähnchen denken muss; die schlaffe, lockere Haut, das Fehlen von Blut, das man erwartet, wenn man in Fleisch schneidet. Es ist ihre erste Autopsie. Ein neunundfünfzigjähriger Mann.

In den ersten drei Wochen ihrer Ausbildung haben sie bei mehreren Einbalsamierungen zugesehen, beim Zunähen geholfen und Venen und Arterien herausgelöst. Eine Autopsie ist etwas vollkommen anderes. Der Leichnam ist bereits von Medizinern geöffnet worden, die die inneren Organe untersucht haben, um die Todesursache festzustellen. Ihre groben Nähte müssen wieder aufgetrennt, das Brustbein muss geöffnet und die Organe müssen erneut herausgenommen werden. Nachdem der Körper und die Organe behandelt worden sind, wird das Brustbein verschlossen, und die Haut wird wieder zusammengenäht, diesmal säuberlich. Das Ganze dauert Stunden.

Arthur hat einen anderen Nähstil als Onkel Robert – er hält die Nadel anders, und seine Bewegungen sind weniger fließend –, aber das Ergebnis ist dasselbe: eine leicht erhabene senkrechte Linie auf dem Rumpf. Während er näht, beugt Arthur sich konzentriert über den Leichnam. Die Familie wird die sorgfältige Naht nie zu Gesicht bekommen, sie wird unter den Kleidern verborgen sein, trotzdem nimmt Arthur sich die Zeit. Es ist wichtig. Jemand hat diesen Mann geliebt, und selbst wenn niemand mehr da ist, der um ihn trauert, ist er immer noch ein Mensch, und Einbalsamierer müssen daran glauben, dass Menschen wichtig sind. Wenn sie das nicht täten, warum sollten sie dann jeden Tag ihre Arbeit tun?

Zweieinhalb Stunden nachdem er begonnen hat, verknotet Arthur den Faden.

»Ray?« Er atmet schwer aus und hebt endlich den Kopf. »Wie lautet die Eselsbrücke, die wir für die Abschlussprozedur verwenden?«

O nein. Wenn Ray unvorbereitet drankommt, weiß er die Antwort nie, ganz gleich, wie einfach sie ist. Und jetzt könnte es besonders peinlich werden, weil er vielleicht versucht zu raten. Immerhin hat er sich die Fingernägel geschnitten und bemüht sich, sie sauber zu halten. William stellt sich vor, wie er in seinem Zimmer am Waschbecken steht und sie mit der Bürste schrubbt. Sein Haar ist allerdings immer noch zu lang und ungepflegt.

Ray schaut einen Moment zum Fenster, dann hebt er die Augenbrauen. »Schnee ist nachts kälter als draußen?«

Arthurs Unterkiefer zuckt, aber er verzieht keine Miene. »Und was meinen Sie, wofür das steht, Ray?«

Ray fängt Williams Blick auf und zwinkert ihm zu. William schüttelt ganz leicht den Kopf und sieht wieder auf den Leichnam.

»Hab ich vergessen, Sir«, sagt Ray mit quälender Munterkeit.

»William?«

»Auch Hagel kommt an Regentagen oft wieder«, sagt William leise.

»Richtig.« Arthur wendet sich zu Ray. »Wiederholen Sie.«

»Auch Hagel kommt an Regentagen oft wieder.« Ray spricht laut und deutlich. William weiß, dass er sich nur so forsch gibt, um nicht das Gesicht zu verlieren, und dass es sicher ganz anders aussieht, wenn er allein ist, aber er fragt sich, ob er Ray sagen soll, wie nervig das ist.

»William, bitte erklären Sie Ihrem Kollegen, wofür der Satz steht.«

»*Auch* steht für das Ausstopfen der Körperöffnungen. *Hagel* steht für Haare frisieren und gegebenenfalls rasieren. *Kommt* steht für Kosmetik, falls nötig. *An* steht für Ankleiden gemäß den Vorgaben der Angehörigen. *Regentagen* steht für Reinigen der Instrumente. *Oft* steht für Ordnung machen und überprüfen, ob etwas nachbestellt werden muss. *Wieder* steht für Waschen der Hände und Reinigen der Schutzkleidung.«

»Danke, William.« Arthur verschränkt die Hände. Ich möchte, dass Sie diese Prozedur übernehmen, mit Ray als Ihrem Assistenten, und bitte kommentieren Sie dabei alles, was Sie tun und warum.«

»Ja, Sir.«

»Gut. Und Ray?«

»Ja, Sir?«

»Humor ist wichtig – Einbalsamierer brauchen ihn, um bei Verstand zu bleiben. Aber ich warne Sie, nutzen Sie ihn nicht, um Ihre Wissenslücken zu kaschieren. Ich werde es niemals komisch finden, dass Sie es bisher nicht einmal geschafft haben, die grundlegendsten Dinge zu lernen. Das muss sich ändern. Haben Sie verstanden?«

Obwohl William Arthurs Ansicht teilt, wünscht er sich verzweifelt, Arthur würde Ray diese Dinge unter vier Augen sagen. Roger und Simon, die zusammen mit Norman am nächsten Tisch arbeiten, können alles mit anhören, und jede öffentliche Demütigung verstärkt Rays Groll, den William dann im Pub über sich ergehen lassen muss. Draußen knattert ein Auto mit kaputtem Auspuff vorbei und verdunkelt das Fenster hoch oben an der weißen Wand. Ray sieht Arthur in die Augen.

»Ja, Sir.«

»Gut«, erwidert Arthur. »Dann legen Sie los, William, und bitten Sie Ray, Ihnen zu assistieren, wie Sie es brauchen.«

William tritt näher an den Tisch heran. Weder Ray noch Arthur ahnen, wie vertraut ihm *Auch Hagel kommt* ist, und was für eine Rettung es für ihn war, als er sich in Sutton Coldfield wiederfand. Tatsächlich hat es ihn anfangs bisweilen beunruhigt, dass ihm das H und K so viel Freude bereitet.

Wenn Trauernde anmerkten, wie friedvoll und lebensecht ihre Dahingeschiedenen aussahen, sagte Robert ihnen nicht, dass es das Werk seines fünfzehnjährigen Neffen war, aber er gab das Kompliment stets weiter.

»Das ist dein Verdienst. Ich mache vielleicht auch gute Arbeit, aber davon sehen sie nichts. Was ihnen am meisten bedeutet, ist der Teil, den du dazu beiträgst.« Und dann berührte er William an der Schulter oder legte ihm kurz die Hand auf den Kopf, obwohl William mittlerweile größer war als er.

Manchmal, wenn William mit dem H fertig war und mit dem K begann, stellte er fest, dass er instinktiv wusste, welche Farbe der Lidschatten haben sollte oder wie viel oder wenig Rouge er auftragen musste oder welcher Nagellack der Richtige war, und dann fragte er sich, ob er doch eine »Schwuchtel« war – so nannten sie das in seiner neuen Schule. Manchmal wünschte er, es wäre so. Dann könnte er so sein wie sein Onkel und Howard. Und er könnte Martin zurückbekommen – vielleicht hätte er ihn gar nicht erst verloren.

Aber er mochte Mädchen. Wenn der Bus am Mädchengymnasium von Sutton Coldfield anhielt und sie hineinströmten, waren es ihre Gesichter, ihre Beine und die fantasierte Form ihrer Brüste unter den Schuluniformen, die William beschäftigten. Ab und zu, wenn er nicht die Willenskraft aufbrachte, es zu lassen, dachte er an Imogen Mussey und die wenigen, intensiven Tage bei ihrer Familie. Doch er bereute es jedes Mal, denn diese Erinnerungen führten unausweichlich zu Martin. Wie es schien, zog alles Gute, das er erlebte, etwas Schlimmes nach sich. Die übermütige Freude des Betthüpfens die Erniedrigung der Stockschläge. Martins Güte seinen eigenen feigen Verrat. Die Schönheit des »Miserere« die schockierenden Hasstiraden seiner Mutter.

Hör auf. Vergiss es. Alles.

»Also, als Erstes kommt *Auch*«, erklärt William jetzt und blickt kurz zu Arthur und Ray, bevor er mit einer Metallzange einen großen Wattebausch aufnimmt. »Für das Ausstopfen der Körperöffnungen.« Er hebt die mageren Beine des Mannes an und beugt sie über seinen Bauch, als wäre er ein riesiges Baby, dann schiebt er ihm die Watte in den Anus.

37

»Ich will dir etwas vorschlagen, William.«

Es ist Mittag, und sie sind auf dem Weg zum Pub, über ihnen ein leuchtend blauer Spätnovemberhimmel. Ihr Atem hängt kurz in kleinen Wolken in der Luft, als sie dem schmalen Gehweg folgen, die Hände tief in den Taschen, Ellbogen an Ellbogen. Mittlerweile sind fast alle Blätter von den Bäumen gefallen. Die, die noch an den Zweigen hängen, tanzen im Wind, ihr Umriss im Zweiggewirr klar erkennbar. William verspürt den Drang, die Hand auszustrecken und die unteren abzureißen, sie rascher zu ihrem unausweichlichen Ende zu bringen.

»Und was?«, fragt er ohne Begeisterung.

»Du gibst mir Nachhilfe, und ich bezahle dich mit Bier dafür.« Ray lächelt. »Ich muss den Abschluss schaffen, William«, fügt er ernster hinzu. »Du bist so unglaublich gut, du kannst mir helfen.« Er blickt ein paar Schritte lang nach vorne, dann wieder zu William. »Was hältst du davon?«

»Zu dumm, dass ich kein Bier mag«, erwidert William. Ray hat sich den restlichen Vormittag über wirklich Mühe gegeben und ihm während der gesamten Behandlung des Leichnams aufmerksam assistiert. Er hat sich sämtliche dummen Bemerkungen verkniffen, Fragen gestellt und William hinterher in Arthurs Hörweite zu seiner Arbeit beglückwünscht.

»Kein Problem«, kontert Ray. »Es gibt auch jede Menge Wasser, heiß oder kalt, ganz wie du willst.« Beide lachen und verlangsamen ihren Schritt, als sie beim Pub ankommen. »Na, was denkst du?« Ray hält William die Tür auf, und der abgestandene Rauch vermischt sich mit der frischen Luft.

»Wir können es versuchen« – William legt die Hände auf den Tresen –, »aber nach zwei Wochen kann jeder von uns die Vereinbarung kündigen. Und egal, was du sagst, ich will mein Abendessen nicht ausfallen lassen, wir müssen uns also direkt nach dem Unterricht zusammensetzen und nicht länger als eine Stunde.«

»Können wir es nicht später machen?« Ray strahlt. »Nachdem du gegessen hast?«

»Nein. Dann mache ich meine Hausaufgaben.« *Und unterhalte mich in der Küche mit Gloria.*

»Einverstanden!« Rays Gesicht ist wie verwandelt, und William denkt nicht zum ersten Mal, dass Ray richtig gut aussehen könnte, wenn er sich ein bisschen Mühe mit seinem Äußeren geben würde. Ray greift in seine Tasche, als der Barkeeper sie auffordernd ansieht.

»Ein großes Bitter, und was möchtest du, William? Die Runde geht auf mich.«

»Einen kleinen Cider, bitte«, sagt William zum Barkeeper, der nickt und zur Zapfanlage geht.

»Wie wär's, wenn ich dich im Gegenzug ein bisschen berate, so von Mann zu Mann?«, schlägt Ray vor. »Ich schätze, du bist nicht sonderlich erfahren, was die Ladys angeht, und mir scheint, diese Gloria hat es dir angetan.«

William zuckt die Achseln, blickt auf den Tresen und spielt mit einem Bierdeckel.

»Ist sie hübsch?«

»Und wie.« William kann sich ein Grinsen nicht verkneifen.

Ihre Getränke kommen, Ray bezahlt, und sie gehen zu ihrem üblichen Tisch in der Ecke am Fenster. William trinkt seinen ersten Schluck Cider. Schmeckt gar nicht so übel, findet er.

»Hast du schon einen Vorstoß gewagt?«, fragt Ray.

»Ich weiß nicht, was du damit meinst, aber wir reden viel«, antwortet William. »Sie kocht mir jeden Abend einen Kakao.«

»Oha, das ist aber ganz schön gewagt!«

»Mach dich ruhig über mich lustig!« William muss lachen. »Ich unterhalte mich gern mit ihr, und ich mag Kakao.«

»Wenn du irgendwann mehr willst und Rat brauchst, wende dich vertrauensvoll an mich. Ich habe nämlich schon die eine oder andere Körperöffnung ausgestopft.«

William zieht unwillkürlich eine Grimasse.

Rays Selbstbewusstsein fällt in sich zusammen. »Ich weiß, du hältst mich für eine Niete, aber du könntest wenigstens versuchen, es nicht so deutlich zu zeigen.«

»Das tue ich gar nicht«, behauptet William mit schlechtem Gewissen. »Tut mir leid.«

Die Entschuldigung besänftigt Ray. »Wer hätte gedacht, dass es Jungs gibt, die ihre Samstagvormittage damit zubringen, Leichen zu schminken?«, sagt er grinsend. »Ich jedenfalls nicht.«

»Nicht *jeden* Samstagvormittag«, widerspricht William lachend. »Und erst als ich vierzehn war.«

»Warum mit vierzehn?« Ray runzelt die Stirn. »Ist das das Initiationsalter?«

»Da bin ich zu meinem Onkel gezogen.«

»Warum das denn?«

»Ist eine komplizierte Geschichte.«

»Ich weiß vielleicht nicht, wo die Carotis entlangläuft, aber ich bin sicher, dass ich deiner Wohnsituation folgen kann.«

William ist erleichtert, als er sieht, wie spät es ist. Er leert sein Glas und greift nach seinem Mantel. »Ich muss los.«

Ray sieht auf die Uhr an der Wand. »Wir haben noch zehn Minuten.«

»Ich nicht. Ich soll Arthur begleiten.«

»Wohin denn?«

»Hausbesuch bei irgendeinem hohen Tier. Seine Frau will, dass er zu Hause einbalsamiert wird.«

»Verstehe.« Rays Miene verschließt sich, und das Lächeln verschwindet. »Der Goldjunge darf wieder ran.«

Arthur hat Ray noch nie zu einer Hauseinbalsamierung mitgenommen, während es bei William schon das dritte Mal ist. Doch das leise Mitgefühl, das William verspürt, wird von einem plötzlichen, starken Gefühl der Überlegenheit erstickt.

»Übrigens habe ich auch einen Rat für dich.«

»Und der wäre?« Ray steht auf und zieht seinen Mantel an.

»Lass dir mal die Haare schneiden. Selbst wenn du bessere Noten kriegst, wirst du so, wie du aussiehst, nie zu einem Hausbesuch eingeladen.«

Williams Nachmittag läuft gut. Arthur lobt seine Arbeit und sein professionelles, einfühlsames Verhalten gegenüber der Witwe. Doch William kann sich nicht darüber freuen, denn er sieht immer noch die grelle Röte, die Ray ins Gesicht geschossen ist, bevor er Zeit hatte, es mit einem Lachen zu überspielen.

Wenn seine Mutter eher gekommen wäre, um ihn zu holen, noch vor den Sommerferien, wäre William mit ihr gegangen. Doch nachdem das mit dem ersten Haus nicht geklappt hatte, sollte das neue erst Ende Oktober fertig sein, und als sie dann noch überraschend befördert wurde, weil ihr Chef einen Herzinfarkt hatte, hatte sie so viel zu tun, dass sie beschlossen, er sollte bis zu den Herbstferien in Sutton bleiben. Vor Aschermittwoch hatte ihn die Aussicht, nach Wales zu ziehen, durchaus gereizt, aber nachdem er der Chormusik abrupt den Rücken gekehrt und sich geschworen hatte, nie wieder vor Publikum zu singen, wollte er auf gar keinen Fall, dass Evelyn ihn dazu drängte, sich einem Männerchor anzuschließen. Außerdem war William sich mittlerweile vollkommen sicher, was seine Zukunft anging. Er sagte Onkel Robert und Howard immer wieder, dass er bei ihnen bleiben wollte, aber sie schienen es nicht zu hören.

Dann kamen die Herbstferien, und eines Tages tauchte sie auf und stieg munter aus ihrem neuen Ford Anglia, der, wie William gereizt von seinem Fenster aus bemerkte, genau zum Burgunderrot ihres Lippenstifts und ihrer Schuhe passte.

Robert, Howard und Evelyn standen im Flur; es war das erste Mal seit dem furchtbaren Abend des »Miserere«, dass sie alle zusammen waren. William stellte den Koffer, von dem Robert dachte, dass er bereits seit zwei Tagen gepackt war, zurück auf den Schrank, holte tief Luft und ging nach unten.

»Da bist du ja!« Strahlend sah Evelyn ihn die Treppe herunterkommen. Dann bemerkte sie seine leeren Hände, und ihr Lächeln verhärtete sich. »Alles ist bereit für unser großes Abenteuer.« Sie versuchte, seine Hand zu nehmen, doch er entzog sie ihr.

»Ich will aber kein Abenteuer.«

Evelyn setzte sofort nach. »Du wirst lauter junge Leute kennenlernen. *Alle* jungen Männer singen dort unten im Chor.«

»Ich will nicht singen. Ich will Einbalsamierer werden. Und zwar hier.«

»Wie kannst du das wissen?« Ihr Lächeln wurde schwächer, ihr Ton schärfer.

»Weil ich es schon tue. Jeden Tag.« Aus dem Augenwinkel sah er, wie Robert und Howard einen Blick wechselten.

»Herrgott noch mal, Robert.« Sie funkelte ihn an. »Ein Vierzehnjähriger, der seine Zeit in einem Bestattungsinstitut verbringt? Was hast du dir dabei gedacht?«

»Es war meine Idee«, warf William ein. »Und ich bin gut darin, stimmt's nicht, Onkel Robert?«

Robert sah hilflos von William zu Evelyn.

Frustriert fauchte sie die beiden Männer an: »Wann werdet ihr endlich akzeptieren, dass William *mein* Sohn ist, nicht eurer!« Robert und Howard hielten ihrem wütenden Blick stand, sagten aber nichts. »Was für eine Verschwendung!« Sie wandte sich wieder zu William und schlug mit den Händen gegen ihre Oberschenkel, sodass ihr die Handtasche herunterrutschte. »Du hast eine Gabe. Ich lasse es nicht zu, dass du sie wegwirfst.«

»Wenn sie jemand weggeworfen hat, dann warst du es.«

Evelyns Körper versteifte sich, und all ihr Zorn und ihre Verzweiflung schienen sich in dieser Reglosigkeit zu sammeln. Sie betrachtete Williams Gesicht, als wären Howard und Robert gar nicht mehr da. »Wirst du mir diesen Augenblick bis zu meinem letzten Atemzug vorhalten?«, fragte sie leise.

William zuckte nur die Achseln, weil er Angst hatte, seine Entschlossenheit zu verlieren, wenn er sprach.

»Weißt du, William, ich glaube, ich vermisse dich genauso wie deinen Vater. Ich weiß nicht, wo er ist, aber der Junge, den ich aufgezogen habe, ist verschwunden.«

Er fürchtete, gleich weinen zu müssen, und aus irgendeinem Grund wusste er, dass das auf keinen Fall geschehen durfte. Er kehrte ihnen allen den Rücken zu, ging die Treppe hoch, verschwand in seinem Zimmer und setzte sich aufs Bett.

»Evelyn, das ist *nicht* meine Schuld.« Roberts Stimme durchbrach die feindselige Stille. »Ich habe ihn nie dazu ermutigt, und es war auch nie die Rede davon, dass er länger als bis zu den Ferien hierbleiben sollte. Dieser … Entschluss kommt ganz allein von ihm.«

»Das behauptest du« – William kannte diesen Tonfall seiner Mutter: zittrig und zugleich stählern –, »aber seit seiner Geburt hast du versucht, ihn in die Finger zu bekommen. Ich habe gesehen, wie du ihn anschaust, als wäre er dein Sohn!«

»Fängst du schon wieder davon an, Evelyn?«, sagte Howard mit leiser Wut in der Stimme. »Das Tragische ist, dass Paul dich angebetet hat. Du hattest nie einen Grund, eifersüchtig zu sein.«

»O doch, den hatte ich!«, fauchte sie. »Du bist in diese Familie hineingesegelt mit genug Liebe für alle, während ich anscheinend immer nur genug für Paul und William hatte. Du hast dafür gesorgt, dass es so aussah, als hätte ich nie genug Liebe in mir.« Kurzes Schweigen, dann: »Was soll die Grimasse, Robert?«

»Willst du, dass William das alles mitbekommt?«, erwiderte Robert.

»Natürlich nicht!«, rief sie. »Aber was ich will und was ich kriege, sind meistens zwei Paar Schuhe, Robert. Ich will, dass mein Sohn mit mir kommt und bei mir lebt, aber offensichtlich will *er* das nicht.«

»Und was sollen wir jetzt tun?«, fragte Robert. »Ihn mit Gewalt zum Auto schleifen?«

Wieder folgte Schweigen, und William fiel auf, dass sie ihr nicht einmal eine Tasse Tee angeboten hatten. Von Wales hierher waren es drei Stunden. Sie war sicher durstig und hungrig. Er schmeckte etwas Salziges in seinem Mundwinkel und wischte sich übers Gesicht.

Dann lief sie die Treppe hoch, und seine Tür flog so schwungvoll auf, dass er zusammenzuckte. Ihr Blick war hektisch, aber sie stand gefasst im Türrahmen, und als sie sprach, klang es ruhig und gefasst.

»Ich kann dich nicht zwingen mitzukommen, und ich kann dich nicht zwingen, mir zu verzeihen, deshalb gehe ich. Ich liebe dich, und du hast immer ein Zuhause bei mir, aber ich werde keine Briefe mehr schreiben, die du ignorierst, und auch nicht mehr anrufen, weil du dich weigerst, mit mir zu sprechen. Aber wenn du so weit bist, bin ich da.«

William wartete eine Minute, dann folgte er ihr nach unten.

»Ich melde mich wegen Geld für seinen Unterhalt«, sagte sie

zu Robert, als sie aus dem Haus ging. Robert starrte zu Boden und schob seinen Unterkiefer hin und her.

»Willst du nicht wenigstens einen Tee?«, rief William von der Treppe, während er sich an das Geländer klammerte.

Sie drehte sich um, und für einen kurzen Moment sahen sie sich wirklich. Dann unterbrach sie die Verbindung und schüttelte den Kopf. »Keine Sorge, ich hole mir unterwegs etwas.«

Und so standen sie auf dem Gehweg und sahen zu, wie sie ins Auto stieg. Sie blickte sich nicht einmal mehr zu ihm um, bevor sie losfuhr.

Er sah ihr nach, bis ihr Auto nur noch so groß wie eine Briefmarke war, ein kleiner, aber mächtiger Schmerzpunkt in seinem Brustbein.

38

Er hat fünfundzwanzig Minuten gebraucht, um vom Bahnhof zu der Straße zu gehen, in der die Finchs wohnen. Seine Haare sind frisch geschnitten, und er hat seinen neuen Wintermantel an, zum halben Preis beim Weihnachtssonderverkauf bei Rackhams erstanden. Howard, sein Einkaufsbegleiter, seit er dreizehn war, fand, dieser stünde ihm besonders gut. Sein fünftes Weihnachtsfest ohne seine Mutter. Er ist bereit für das neue Halbjahr. Und für Gloria.

Die kalte Luft schießt wie Pfefferminze in seine Lunge. Die Äste der Platanen entlang der Straße recken ihre dicken schwarzen Finger in den blauen Himmel. Seine Lederschuhe machen ein munteres *Klipp-Klopp* auf dem Gehweg, und er lässt seinen Koffer locker schwingen. Die Metallösen, an denen der Griff befestigt ist, quietschen leise bei jedem Schritt. Seine linke Hand steckt tief im seidenen Innenfutter der Manteltasche und hält den Haustürschlüssel der Finchs fest. Er hat Gloria während der Feiertage vermisst und beschlossen, seine Gefühle für sie deutlicher zu zeigen. Er beachtet weder die georgianischen Reihenhäuser noch die schmutzigen Schneereste auf dem Gehweg. Die Straße ist einfach eine breite Rutsche freudiger Erregung, durch die er fröhlich auf sie zu gleitet.

Am Eingang stellt er sich für einen kurzen Moment vor, dies wäre sein Haus und drinnen warte seine Frau auf ihn.

»Hallo! Ich bin wieder da. Ist jemand zu Hause?« Der Flur ist warm. Es fühlt sich nicht an wie ein leeres Haus.

»In der Küche, William. Frohes neues Jahr.«

Noch schöner, als er sie in Erinnerung hatte, diese volle, warme Stimme mit dem leichten Cockney-Einschlag. Lächelnd stellt er seinen Koffer auf die unterste Treppenstufe und hängt seinen Mantel über die blaue Kugel neben der gelben, an der wie meistens Glorias rostroter Mantel hängt. Sonst sind keine Mäntel da.

»Frohes neues Jahr!«, ruft er. »Gibt's einen Tee?«

»Für dich immer.«

Er streicht sich übers Haar und geht über den abgewetzten braunen Teppich auf die Küchentür aus geriffeltem Glas zu. Als er sie öffnet, denkt er an seinen Entschluss, mutiger zu sein.

»Hallo, Lieblings-Finch.«

»Das lass mal lieber nicht meine Eltern hören!«, entgegnet sie grinsend, als er in der Tür steht.

Aus dem Transistorradio erklingt Rock 'n' Roll, und auf der Arbeitsfläche steht ein Teller mit Mince Pies. Es ist warm und gemütlich, und Gloria lächelt ihr bezauberndstes Lächeln. Doch seines ist verschwunden, und er sieht weder sie noch die Schere und den Kamm, die sie in der Hand hält. Er sieht nur den Mann, der vor ihr auf dem Stuhl sitzt, der eigentlich ins Esszimmer gehört, ein weißes Handtuch um die Schultern, das mit nassen schwarzen Locken bedeckt ist.

»Ray! Was tust du denn hier?«

Ohne sich zu rühren, während Gloria die freie Hand auf seinen bloßen Nacken legt und schneidet, antwortet Ray: »Wonach sieht's denn aus? Ich lasse mir die Haare schneiden.«

William sitzt auf der Arbeitsfläche, genießt es beinahe, dass der heiße Tee ihm die Kehle verbrüht, und sieht zu, wie Gloria Ray sorgfältig die Haarschnipsel aus dem Nacken wischt.

»So, fertig. Siehst richtig schick aus, Ray. Jetzt kann dir keiner mehr dumm kommen.« Sie wendet sich zu William. »Du solltest dir die mal vorknöpfen, William.«

In seiner Brust kocht der Zorn, aber er lässt sich nichts anmerken. »Wen?«

»Diese miesen Typen bei euch im Kurs, die Ray gesagt haben, er soll sich mal die Haare schneiden lassen.«

»Vielleicht wollten sie nur helfen«, erwidert er und sieht dabei Ray an. »Alle wollen, dass du gut abschneidest, Ray.«

»Nun, ich finde es unmöglich.« Gloria nimmt den Besen aus dem Schrank und fegt energisch den Boden, bis Rays Haare in einem seidigen, feuchten Haufen vor ihren hübschen Füßen liegen.

William rutscht von der Arbeitsfläche und holt Handfeger und Schaufel aus dem Schrank unter der Spüle. Er hockt sich vor Gloria hin, fegt die Haare auf und wirft sie in den Mülleimer. Ray springt auf. »Oh, ich wollte meiner Mum eine Locke schicken!« Er zwinkert William zu.

»Bedien dich.« William deutet auf den Eimer.

»Und, William, wie war dein Weihnachten?«, fragt Gloria munter.

»Gut, danke.« Er schwingt sich wieder auf die Arbeitsfläche, entschlossen, so zu wirken, als wäre er hier zu Hause. »Ich habe viel in der Leichenhalle geholfen.«

Ray lacht, und William könnte Gloria küssen, als sie sagt: »Nett von dir – ich wette, dein Onkel war froh, dich wiederzuhaben.«

»Und du, Ray?« William nimmt mit dem Finger ein paar Toastkrümel neben sich auf. »Wie war's in Leeds?«

»Ich war gar nicht da.« Ray schüttelt das Handtuch über der Spüle aus, fingert an seinem Kragen herum und setzt sich wieder. »Es war Schnee angesagt, und ich wollte nicht riskieren, dass ich irgendwo strande.«

»Und seine Vermieterin«, sagt Gloria, die Hände in die geschwungenen Hüften gestemmt, »ist zwei Tage weggefahren und hat ihn ohne Heizung und warmes Wasser zurückgelassen. Und das an Weihnachten! Kaum zu glauben, oder?«

Ray blickt mit Leidensmiene von Gloria zu William und wieder zu Gloria.

»Wie schrecklich«, bemerkt William, der kein Wort davon glaubt. Dann hält er es nicht länger aus. »Und wie kommt es, dass du –«

In dem Moment geht die Haustür auf, und Mrs Finch kommt schnurstracks in die Küche. »Auch wenn sie auf die Hälfte reduziert sind, wollen wir wirklich psychedelische Vorhänge im Wohnzimmer ... William!« Er springt von der Arbeitsfläche, und sie begrüßt ihn mit offenen Armen. »Willkommen zurück!«

»Frohes neues Jahr, Mrs Finch«, sagt er, als sie ihn umarmt. Mr Finch steht hinter ihr. »Frohes neues Jahr, Mr Finch.«

Nun ist die Küche voll. Ray ist der Einzige, der sitzt, auf dem Stuhl, der nicht dort hingehört.

»Oh! Du siehst ja flott aus, Ray!« Mrs Finch legt Ray die Hände auf die Schultern. »Habe ich es dir nicht gesagt? Gloria kann das.«

William ist verwirrt. Mr Finch klatscht in die Hände und sagt: »Du siehst, William, wir haben es getan. Freust du dich?«

»Was haben Sie getan?«

»Deinen Vorschlag umgesetzt.«

»Welchen Vorschlag?«

»Wie viele hast du denn noch gemacht?«, fragt Mr Finch lachend. »Wir haben deinem Freund das freie Bett in deinem Zimmer gegeben.«

Am 27. Dezember hatte Ray einen Brief an Mr und Mrs Finch in deren Briefkasten geworfen, in dem er sich als ein Freund von William vorstellte (eigentlich fast wie ein Bruder, nach allem, was William getan hatte, um ihm zu helfen). Er beschrieb seine armselige Unterkunft, seine Schwierigkeiten, weil er nicht aus einer Bestatterfamilie stammte, und seinen Wunsch, den Abschluss dennoch zu schaffen. Er schilderte, dass William ihm helfen wollte und erwähnt hatte, in seinem Zimmer sei noch ein zweites Bett, und seine Vermieter hätten sicher nichts dagegen, noch einen zweiten Studenten aufzunehmen. Ihm sei klar, wie dreist diese Bitte war, aber nachdem er so ein schreckliches Weihnachten verbracht hatte, habe er sich gesagt, dass er schließlich nichts zu verlieren hatte. Das Schlimmste, was passieren könne, sei, dass sie nein sagten – was er natürlich verstehen würde.

All dies fand William während der quälenden Mahlzeit heraus, die sie gerade zu sich genommen haben. Er wäre der Einzige, der blöd dastünde, wenn er alles abstritt. Also nickte er und lächelte und lachte über die Scherze von Ray, der durch den Haarschnitt wie verwandelt aussieht und nun auch gepflegtere Hände und Kleider hat. Mit jedem Scherz von Ray und jedem Lachen aus Glorias Mund spürte William, wie er zusammenschrumpfte. Dagegen anzukämpfen, lag ihm nicht, und so saß er nur da und wurde immer stiller und kleiner und wütender.

»Du scheinst dich nicht sehr zu freuen, mich zu sehen«, sagt Ray, als sie zum ersten Mal in dem Zimmer, das bis vor kurzem Williams war, allein sind.

»Was erwartest du denn?«, flüstert er aufgebracht, weil er nicht will, dass die Finchs ihn hören. »Warum hast du mich nicht vorher gefragt?«

»Ich dachte nicht, dass es dir was ausmachen würde. Ich dachte, wir sind Freunde.«

»Was ist, wenn ich das Zimmer nicht teilen *will* – weder mit einem Freund noch mit sonst jemandem? Du hättest mich fragen müssen, Ray!«

»Dann hättest du nein gesagt.« Ray hört auf, sich zu verstellen. »Ich habe es in dem Loch einfach nicht mehr ausgehalten. Und ich mag dich, William, auch wenn das offenbar nicht auf Gegenseitigkeit beruht.«

Ray schnarcht. William liegt auf der Seite und fühlt sich innerlich ganz dunkel und verknotet. Ray ist hinterhältig und opportunistisch. Aber bei genauerem Hinsehen ist er selbst auch nicht so viel besser. Es stimmt, dass er das Zimmer nicht teilen will, aber all die anderen Dinge, die auch stimmen, hat er nicht gesagt: dass er Ray vulgär findet und seine Unwissenheit peinlich, dass er sich von ihm bedroht fühlt und eifersüchtig ist, weil er Gloria so leicht zum Lachen bringen kann.

In der Nacht träumt er, dass er wieder in Cambridge ist. Er und Martin warten im Waschraum darauf, dass die Hausmutter ihnen den Guss verpasst.

»Martin, du hast ja Brüste!«, sagt William, und Martin lacht, legt die Hände unter seinen Babyspeck und macht einen Schmollmund. Als er aufwacht, ist William erfüllt von der Leichtigkeit, die ihre Freundschaft ihm geschenkt hat. Was gäbe er nicht darum, wenn Martin jetzt dort in dem anderen Bett läge.

39

Das üppige, gelbliche Licht verrät ihm, dass es später ist, als es sein sollte. Rays Bett ist leer, ungemacht wie immer. William setzt sich auf und schnappt sich den Reisewecker vom Spitzendeckchen auf seinem Nachttisch. Zehn Uhr. Samstag. Er stellt ihn zurück und lässt sich wieder aufs Kissen fallen. Er muss zwar nicht zum College, aber normalerweise wäre er um diese Zeit längst aus dem Haus.

Hätte er das Zimmer noch für sich allein, hätte er erst ein, zwei Stunden gelernt, wäre dann die Bethnal Green Road entlanggeschlendert und hätte sich die Marktstände angeschaut, ohne etwas zu kaufen, und sich schließlich mit einer Zeitung in das kleine Café an der Ecke gesetzt und versucht, das Kreuzworträtsel zu lösen. Doch nun, da Ray hier ist, mag er nicht auf dem Zimmer lernen. Es ist ihm peinlich, wie gerne er Zeit mit seinem abgegriffenen alten Scudamore verbringt und wie beruhigend und tröstlich er es findet, immer mehr über die inneren Zusammenhänge des menschlichen Körpers zu wissen. Nie würde er Ray anvertrauen, wie privilegiert er sich fühlt, wenn er umhergeht und weiß, was sich unter der Haut der Menschen befindet, ein ganzes wundersames Universum von Effizienz und Bewegung. Als wäre er in das Geheimnis der Innereien eines jeden eingeweiht. Es gefällt ihm, dass er, wenn ihm jemand auf der Straße begegnet, wüsste, welches seine externe und welches seine interne Carotis ist, und jeden einzelnen Knochen in seinem Schädel benennen könnte. Gestern hat Arthur ihn gefragt, ob er schon mal erwogen hätte, Medizin zu studieren. Die Tatsache, dass Arthur ihm das zutraut, freut ihn, aber er ist sicher, dass er seine Berufung gefunden hat. Er würde die Begeisterung über sein Wissen gerne mit jemandem teilen, aber nicht mit Ray. Er spürt, wie er sich verschließt.

Er ist höflich zu ihm, wenn sie beide an dem wackeligen kleinen Tisch sitzen und arbeiten. Oft hat William nach der halben Stunde Nachhilfe Kopfschmerzen, und dann muss er seinen Unterkiefer lockern und tief ein- und ausatmen. Manchmal riecht er Glorias Parfüm an Rays Kleidern, und dann muss er sich zusammenreißen, um ihn nicht vom Stuhl zu stoßen.

Dank Williams Hilfe sind Rays Hausaufgaben besser geworden, und seine äußere Erscheinung fällt nicht mehr unangenehm auf. Sein dunkles Haar ist gescheitelt und gekämmt, seine Fingernägel sind sauber und gefeilt. Dennoch zeigt er wenig Eignung für die Arbeit, was William wütend macht. Manchmal, wenn sie zu zweit eine Prozedur durchführen, nimmt er einfach die Instrumente aus Rays ungeschickten Händen und macht es selbst. Ray beschwert sich nur selten darüber, aber gestern, als William ihm den Aneurysmahaken entrissen hat, hat er gemurmelt: »Ich weiß, ich stelle mich blöd an, aber warum bist *du* deshalb sauer?«

Doch William hat nur mit geübten Bewegungen die Haut am Hals geöffnet und die Vene herausgeholt, die Ray nicht finden konnte.

Tatsächlich ist William überzeugt, dass er es Ray niemals verzeihen wird, wie er sich mit seinen Lügen in das Haus der Finchs gemogelt hat. Er fühlt sich persönlich beraubt, und jeden Tag ein bisschen mehr. Vorbei seine abendliche Tasse Kakao und das Geplauder mit Gloria. Sie lädt ihn weiter dazu ein, aber auch Ray. Als würde er nicht schon mehr als genug Zeit mit Ray verbringen.

Während der Woche flüchtet William sich in den Scudamore, aber er hat bald gemerkt, dass er auch etwas für das Wochenende braucht, das ihn aus dem Haus und aus sich selbst herausholt. Das Plakat für eine Millais-Ausstellung hat ihn zum ersten Mal in die Tate Britain geführt, und mehr brauchte es nicht.

Groß, prächtig und kostenlos, laden ihn die Tate Britain, die National Portrait Gallery und das Victoria & Albert Museum ein, sich hinzusetzen und zu staunen, so lange er will. Rasch werden Bilder zu alten Freunden, die er immer wieder besucht, und ganz gleich, wie oft er durch die Räume wandert, er findet immer etwas Neues, das ihn berührt.

Um zehn Uhr an einem Samstagmorgen sitzt er normalerweise in einem Bus, auf dem Weg dorthin. Doch als er an diesem Morgen in den Flur hinaustritt, ist die Luft still und kalt, als wäre er der Einzige im Haus. Er wäscht sich, zieht sich an und läuft leichtfüßig die Treppe hinunter, froh über das Alleinsein. Er nimmt etwas Brot aus der Wachspapiertüte, schaltet den Grill ein, legt die Scheibe unter die ploppende Flamme und dreht sie genau im richtigen Moment um. Und da steht auch ein Glas von der Zitronenmarmelade, die Mrs Finch manchmal kauft, weil sie weiß, dass er sie mag.

Er gibt zwei Löffel Tee in die dunkle Tonkanne, schaltet das Radio ein und nimmt den Toast aus dem Grill – von beiden Seiten perfekt gebräunt und knusprig. Obwohl er keine Socken anhat, sind seine Füße warm. Tony Bennett singt »I Left My Heart in San Francisco«, und die Margarine schmilzt schön auf seinem Toast. Er trinkt einen Schluck Tee und wischt die Krümel weg, bevor er von seinem Brot abbeißt. An die Arbeitsfläche gelehnt, summt er mit, dann beginnt er leise zu singen, passt seine Stimme Tonys an, weil das Singen so ungewohnt ist, dass es ihm wie etwas Verbotenes vorkommt. Doch dann singt er kraftvoller, und es tut gut, die Vibration in seiner Brust und Kehle zu spüren. Er dreht das Radio lauter und nimmt seinen Teller, um damit ins Esszimmer zu gehen.

Gloria steht im Flur, noch im Mantel, die Wangen rot von der Kälte, ein Strahlen in ihrem bezaubernden Gesicht. »Meine Güte, William!«

»Entschuldige!«, sagt er. »Ich habe dich nicht reinkommen hören! Wenn ich gewusst hätte, dass ich nicht allein bin, hätte ich nicht so einen Lärm gemacht.«

»Lärm?« Sie sieht ihn verdutzt an. »Das war verdammt schön!«

Er lächelt den Fußboden an. Sie kommt näher, berührt seine Hand und taucht mit ihrem Gesicht unter seins, damit er sie ansieht.

»Da stellt aber jemand sein Licht mächtig unter den Scheffel.« Sie stellt ihre Tasche ab, zieht sich schwungvoll den Mantel aus und geht damit zu den Kugelhaken an der Wand. »Warum um alles in der Welt singst du nicht in einem Chor oder so was?«

Er hat immer noch seinen angebissenen Toast in der Hand, der jetzt weich wird, weil er zu viel Marmelade draufgetan hat. »Hab ich mal«, sagt er. Gloria kommt in die Küche und setzt sich auf die Arbeitsfläche. »Ich war knapp vier Jahre Chorknabe in Cambridge.« Er wirft den Toast in den Mülleimer und spült seinen Teller unter dem Wasserhahn ab. »Tee?«, fragt er und deutet auf die Kanne.

Gloria baumelt mit den Beinen, die Hände auf die Arbeitsfläche gestützt. »Ich dachte schon, du fragst nie.« Sie grinst und sieht aus, als hätte sie Lust, mit ihm zu reden, so wie früher. »Warum hast du mir nichts davon erzählt?«

Er greift über ihren Kopf hinweg in den Schrank und nimmt eine zarte Tasse heraus. Dann schenkt er ihr ein, hält das Sieb darüber, spürt den Dampf auf seinem Gesicht. Schließlich zuckt er die Achseln.

»Kam irgendwie nie dazu. So wie du mir nie erzählt hast, dass du Haare schneidest.« Er sieht ihre Überraschung, als hätte er sie aus heiterem Himmel geohrfeigt.

»Ich schneide dir jederzeit auch die Haare, William«, verteidigt sie sich. »Ich dachte nur, dafür hast du schon jemanden.«

Die Stille ist zu tief, zu aufgeladen, als dass sie so tun könnten, als wäre nichts, als hätten sie nicht fremdes, schwieriges Gelände betreten. In dem Moment wird die Haustür geöffnet, und ein kühler Luftzug weht um Williams Knöchel. Jemand bewegt sich im Flur, das Licht verdunkelt sich.

»Ich respektiere es, wenn du nicht darüber reden willst«, sagt Gloria. »Aber du kannst immer mit allem zu mir kommen.«

»Womit denn zum Beispiel?« Ray lehnt sich lässig an den Türrahmen.

»Das geht dich nichts an, Mister.« Glorias Stimme klingt auf einmal ganz leicht und munter, und obwohl William weiß, dass sie das tut, um ihn zu schützen, ärgert er sich darüber, dass Ray ihr Gespräch unterbrochen hat.

»Dann kümmere ich mich mal um meine eigenen Angelegenheiten«, erwidert Ray, unberührt von der Abweisung. »Und« – er grinst und reibt sich die Hände –, »bleibt es bei dem Tanzabend?«

William erinnert sich, dass davon die Rede war, aber da er weder tanzen noch mit Rays unentwegter Charmeoffensive mithalten kann, hat er abgelehnt.

»Na klar«, sagt Gloria und greift nach der Tasche, die sie auf dem Boden abgestellt hat. »Kommst du mit, William?«

»Nein, heute nicht.« Er kehrt ihnen den Rücken zu, um seine Tasse abzuwaschen.

»Schade«, sagt sie. »Ich habe mir extra neue Schuhe gekauft.«

40

Seit dem abgebrochenen Gespräch, seit dem Abend, als Gloria und Ray tanzen waren, sind zwei Wochen vergangen. Es hat den ganzen Tag geregnet, und mit jedem Windstoß schlägt ein kahler Zweig an das dunkle Fenster. Ray ist mit einem Vetter, der für zwei Tage in London ist, im Kino, und Gloria sieht unten mit ihren Eltern fern. William ist entspannt. Wenn Gloria und Ray zusammen unterwegs sind, findet er keine Ruhe. Er versucht dann, sich mit Lernen abzulenken, und manchmal funktioniert es auch, aber wenn die Haustür aufgeht und sie zurück sind, merkt er, dass er die ganze Zeit auf das Geräusch des Schlüssels im Schloss gewartet hat. Dann muss er sich damit abfinden, dass Ray ins Zimmer kommt, aber solange er hier ist, ist er wenigstens nicht bei Gloria.

Im selben Augenblick, als der Zweig wieder gegen das Fenster schlägt, klopft es leise an der Tür. Im ersten Moment ist William verwirrt.

»Ja, bitte?«

Langsam geht die Tür auf und schleift dabei leicht über den Teppich. »Darf ich reinkommen?«

»Na klar.« Er bemüht sich, lässig zu wirken, obwohl es das erste Mal ist, dass Gloria sein Zimmer betritt.

Sie lehnt sich an die Tür, die sie leise hinter sich geschlossen hat. Ihr roter Strickpullover ist so dick, dass er sich die verborgenen Konturen ihres Oberkörpers nur vorstellen kann.

»Ist alles in Ordnung?« Gloria, die sonst immer so locker ist, wirkt seltsam befangen.

»Ja, danke.«

»Ich vermisse unsere Gespräche.«

»Ich auch.« Umständlich räumt er seine Stifte und das Lineal in das Marmeladenglas auf dem Schreibtisch, den Blick stur auf seine Hände gerichtet. »Sie geben uns wirklich viel auf.«

»Aber eine halbe Stunde Pause kannst du doch machen, oder?« Sie nimmt ihr glänzendes Haar zusammen und wickelt es um ihre Finger. »Nur ein kleiner Plausch beim Kakao, William. Ich bitte dich ja nicht um den ganzen Abend.«

»Ray stünde bestimmt mit Begeisterung zur Verfügung.« Die Stichelei ist raus, bevor er sich bremsen kann.

»Ja, William« – auch ihre Stimme klingt jetzt schärfer, und sie lehnt nicht mehr an der Tür –, »aber ich habe *dich* gefragt, nicht Ray. Und warum« – jetzt wirkt sie völlig frustriert – »können wir eigentlich nie zu dritt in einem Raum sein?!«

»Er beschwert sich, wenn ich das Licht anlasse, um zu lernen, also muss ich fertig sein, bevor er zu Bett geht.« Er hasst seine Stimme, hasst die Falte über Glorias Nasenwurzel, aber er kann es nicht lassen. »Außerdem bin ich schon den ganzen Tag mit ihm zusammen. Warum sollte ich dann auch noch abends mit ihm in der Küche herumstehen?«

»Weil ich auch da bin?«, entgegnet sie gereizt und verschränkt die Arme vor der Brust. William ist schockiert, wie wütend sie plötzlich ist. »Ich bin gekommen, um dir zwei Dinge zu sagen.« Ihre Stimme ist so laut, dass er sich besorgt fragt, ob Mr und Mrs Finch sie hören können. »Erstens: Ich vermisse unsere Gespräche, aber du hast ja offensichtlich deine Gründe, warum du nicht mehr kommst. Und zweitens: Ray hat mich gefragt, ob ich mit ihm gehe.« Sie starrt ihn an. Sein Blick sinkt immer wieder zum Teppich, aber er zwingt sich, ihn wieder zu ihrem Gesicht zu heben. »Und ich wollte wissen, ob du etwas dazu zu sagen hast.«

Was soll er darauf erwidern? Nun starrt er *sie* an. Ihm fällt nichts ein. Sie sehen sich in versteinertem Schweigen an, und eine Kälte schwappt durch ihn hindurch, als wäre die Hausmutter unter seiner Haut und würde ihm einen Guss verpassen. Doch wie durch ein Wunder heben sich seine Schultern ganz von selbst zu einem lässigen Achselzucken.

»Ich dachte, ihr geht schon längst miteinander. Mach, was du willst, Gloria.«

Abgesehen von einer leichten Bewegung des Unterkiefers rührt Gloria sich nicht, auch ihre grünen Augen lassen ihn nicht los. Als sie schließlich spricht, ist ihre Stimme leise und ruhig, ganz anders als sonst.

»Nun, immerhin wissen wir jetzt beide, wo wir stehen.« Sie öffnet die Tür. »Gute Nacht, William.« Mit einem langsamen, endgültigen Klicken schnappt das Schloss hinter ihr zu. Er starrt auf seinen Morgenmantel, der trist und schlaff am Türhaken hängt.

Der Frühling ist ruiniert. Das Weiß und Grün der Schneeglöckchen, die sonnenleuchtenden Narzissen und die stolzen roten Tulpen werden eins mit dem Elend, Ray und Gloria zusammen zu sehen.

Beim Abendessen lässt Ray schamlos seine Hand über Glorias Rücken und ein wenig unter ihren Pullover oder ihren Rock wandern, während ihre Knie sich unter dem Teakholztisch berühren. Im selben Zimmer zu liegen wie Ray, während er sich fragt, was er und Gloria getrieben haben, dreht William den Magen um. Er hat eine ziemlich genaue Vorstellung davon, woran sein Zimmergenosse denkt, während er sich die erste halbe Stunde nach dem Schlafengehen im Bett herumwälzt. Und wenn William vom Quietschen der Bettfedern aufwacht, ekelt es ihn. Doch die größte Qual kommt aus seinem Innern, denn er hasst sich selbst. Sie hat ihn *gefragt*, ob es ihm etwas ausmacht, wenn sie mit Ray geht. Wenn er nur wüsste, was ihn daran gehindert hat, ihr die Wahrheit zu sagen, würde er vielleicht ein wenig Frieden finden, eine Möglichkeit, es zu akzeptieren.

Im Mai, als Rhododendron, Mohn und Rittersporn im Garten der Finchs in voller Pracht strahlen, haben William und seine Kollegen bereits drei Viertel ihrer Ausbildung absolviert. Die Abende sind lang und mild. William ist nach wie vor der Beste, und Ray kommt nach wie vor gerade so durch, aber seine Art, sich über sich selbst lustig zu machen, und seine Großzügigkeit mittags im Pub haben Simon und Roger für ihn eingenommen, und Ray ist nun Teil der Gruppe.

Beim Abendessen schimpft Gloria mit Ray und ermahnt ihn, sich endlich am Riemen zu reißen und zu lernen. Woraufhin Ray erwidert, wenn er erst mal eine Stelle bei einem guten Bestatter hat, läuft das schon von selbst. Wenn er solche Dinge sagt, schweigt Mr Finch, und Mrs Finch murmelt etwas wie »Wir werden sehen«.

Da er noch vier Monate am College vor sich hat, blickt William verstohlen auf die »Zimmer zu vermieten«-Anzeigen am Pinnbrett des Zeitungskiosks. Er nimmt sich jedes Mal vor, noch mal ohne Ray zurückzukommen und sie sich genauer anzusehen, aber bisher hat er es nicht getan.

41

William ist pünktlich zu Mrs Finchs Sonntagsbraten zurück und merkt sofort, dass etwas nicht stimmt. Die anderen sitzen bereits am Tisch, doch das ist nicht ungewöhnlich, denn er kommt meist in letzter Minute, sodass er gerade noch an seinen Platz schlüpfen kann. Er ist stets höflich und hilft bereitwillig, das Geschirr in die Küche zu tragen und abzuwaschen, sagt aber kaum etwas. Wenn er mal mit Mr und Mrs Finch allein ist, entspannt er sich ein wenig, muss jedoch aufpassen, dass ihm nicht herausrutscht, ihre Tochter hätte etwas Besseres verdient als Ray Price.

Er hat den ganzen Vormittag in der Tate Britain verbracht und sich die Pointillisten angesehen. Letzte Woche hat er vor der *Ophelia* von Millais gestanden und festgestellt, dass eine halbe Stunde sich anfühlen kann wie fünf Minuten. Alles andere zu vergessen und ganz in der satten, pastösen Eleganz eines van Gogh oder, wie heute, in der wundersamen Präzision von Seurat zu versinken, schenkt ihm eine Atempause. Galerien und Museen kamen in seiner Kindheit nicht vor, aber die Kapelle in Cambridge hat ihn gelehrt, dass echte Kunstwerke die Fähigkeit besitzen, dasselbe Augenpaar immer wieder in ihren Bann zu ziehen.

Als er jetzt das Esszimmer betritt, empfängt ihn eine angespannte Stille, die so massiv ist wie der Tisch. Niemand sieht hoch. Kein Lächeln von Mrs Finch, kein »Da bist du ja, William.« Sie füllt ihrem Mann Kartoffelpüree auf, und der Löffel klirrt laut gegen den Teller. Mr Finchs Blick ist auf das Platzset vor ihm gerichtet, die Hände liegen seitlich daneben. Am Bestürzendsten ist Glorias linke Hand, die von Rays Griff zusammengepresst wird.

»Hallo«, sagt William, um das Schweigen zu durchbrechen.

»William.« Mr Finch bewegt kaum sein Gesicht.

»Hallo, William«, sagt Gloria leise.

»Ist alles in Ordnung?«, fragt er und blickt in die Runde.

»Du hast uns in einem schwierigen Moment erwischt«, erwidert Mrs Finch.

»Soll ich gehen?«, fragt er. »Ich kann auch im Pub essen.«

»Bleib, wo du bist.« Glorias Stimme klingt streng.

»Nun schneide doch endlich das verflixte Hühnchen, Reg!«, sagt Mrs Finch gereizt.

Mr Finch beugt sich vor und beginnt zu schneiden. William ist hungrig, und als das weiße Fleisch auf den Teller fällt, würde er sich am liebsten ein Stück von der knusprigen Haut schnappen.

Mr Finch sieht William an. Sein Oberkörper bebt von den schnellen Schneidebewegungen. »Wir haben leider gerade eine schlechte Nachricht bekommen, William.«

Gloria lässt den Kopf hängen. Ray drückt erneut ihre Hand. Sie entzieht sie ihm und legt sie in den Schoß.

»Eine *schlechte* Nachricht ist doch wohl nicht der passende Ausdruck«, sagt Ray, und William sieht, wie Gloria kurz die Augen schließt.

Mrs Finch, die die ganze Zeit aufgefüllt und Teller hin und her gereicht hat, lässt sich auf ihren Stuhl fallen und stützt den Kopf in die Hand, den Blick auf den Tisch gerichtet.

»Ich bin schwanger, William«, sagt Gloria. »In anderen Umständen, angebufft, nenn es, wie du willst.«

Mrs Finch fängt leise an zu weinen.

»Oh!« William wird heiß.

»Deshalb heiraten wir!«, sagt Ray mit einem starren Grinsen im Gesicht. »Und du sollst unser Trauzeuge sein – stimmt's nicht, Gloria?«

»Oh!«, sagt er erneut.

Mr Finch sieht seine Frau an, nimmt die Schüssel mit den Bratkartoffeln von ihrem Platz und packt wortlos jedem einen Löffel davon auf den Teller.

William merkt, dass er es keine Sekunde länger aushält. »Ich glaube, ich lasse euch besser allein.« Er steht auf. »Danke, Mrs Finch, es sieht sehr lecker aus, aber ich …« Mehr bringt er nicht heraus, und er muss sich zusammenreißen, um nicht durch den Flur und zur Haustür zu rennen.

»Verdammt, William«, sagt Ray abends, als sie in ihrem Zimmer sind. »Was zum Teufel sollte das denn beim Mittagessen?«

»Halt die Klappe«, sagt William, das Gesicht zur Wand gedreht. »Halt bloß die Klappe.«

»Ich kapiere nicht, warum *du* dich so aufregst. Schließlich bin ich derjenige, der jetzt am Haken zappelt und der für ihren verdammten Vater arbeiten muss, anstatt erst mal ein bisschen das Leben zu genießen.«

Bevor er weiß, was er tut, springt William aus dem Bett. »Und *ich* bin derjenige, der sie liebt!«

Ray, der in Unterhemd und Schlafanzughose auf dem Bettrand sitzt, starrt zu ihm hoch. »Willst du damit sagen, ich tu's nicht?«

»Ich würde mich jedenfalls nicht beschweren, wenn ich an deiner Stelle wäre.«

»Aber genau das ist es ja, William: Du bist nicht an meiner Stelle, weil du zugelassen hast, dass ich sie dir vor der Nase wegschnappe, und nicht das Geringste dagegen unternommen hast.« Er schüttelt den Kopf. »Ich dachte, du würdest wenigstens um sie kämpfen. Und weißt du was, William?« Er lacht. »Du hättest dich nicht mal besonders anstrengen müssen. Als ich sie gefragt habe, ob sie mit mir geht, hat sie gesagt, sie müsste erst noch was klären, und ich dachte, Mist, jetzt fragt sie dich, gibt dir eine letzte Chance, ihr deine Liebe zu gestehen oder so. Aber das hat sie wohl doch nicht getan, denn ich schätze, so blöd kannst ja nicht mal du sein.«

Heftig atmend geht William auf Ray zu, und das einzige Ventil für das Toben in seinem Innern erscheint ihm ein Schlag auf Rays Nase.

»Ach herrje«, sagt Ray leise, den Blick unverwandt auf William gerichtet. »Sie hat es doch getan, stimmt's?«

William bringt keinen Ton heraus.

»Du Idiot.«

William räuspert sich, um das seltsame Flattern in seiner Kehle loszuwerden.

»Du verdammter Idiot.« Ray legt sich unter die Decke.

William setzt sich auf sein Bett. Sich selbst hasst er viel mehr als Ray. Was, wenn er ihr gesagt hätte, dass er nicht will, dass sie mit Ray geht? Dass sich jeder Muskel, jeder Knochen, jeder Tropfen Blut in ihm dagegen sträubt und dass er sie glücklich machen könnte – er *weiß*, dass er es könnte. Aber jetzt nicht mehr, nun, da Rays Baby in ihrem warmen Körper wächst.

»Das Einzige, was zählt«, sagt er erschöpft, »ist, dass du für Gloria da bist.«

»Ich weiß, ich weiß«, erwidert Ray leise. »Ich bin doch kein totaler Mistkerl.«

William legt sich wieder hin. »Bitte mich nicht, euer Trauzeuge zu sein.«

»Ach, komm schon, ich hab doch sonst keine Freunde in London.«

»Frag Roger oder Simon.«

Gloria und Ray wollen in drei Wochen heiraten, am 23. Juli, im örtlichen Standesamt. Alle hoffen, dass man Gloria bis dahin noch nichts anmerkt. Doch William kann es bereits sehen. Anscheinend kennt er ihren Körper zu gut, die Wölbung ihres Bauchs, die Fülle ihrer Brüste. Es ist Folter.

Sechs Tage nachdem William vom Mittagstisch geflüchtet ist, sind Gloria und er die Einzigen im Haus, was selten vorkommt. Mrs Finch ist bei ihrer Schwester, und Ray begleitet Mr Finch bei einem Hausbesuch. Nun, da klar ist, dass Ray künftig für ihn arbeiten wird, interessiert sich Mr Finch für seine Ausbildung. Als er mit seinen Hausaufgaben fertig ist, geht William hinunter in die Küche, um sich einen Tee zu kochen. Nachdem das Pfeifen des Kessels verklungen, die Kühlschranktür auf- und zugeklappt und sein Teelöffel gespült und abgetrocknet ist, hat William keinen Vorwand mehr, die Geräusche zu ignorieren, die aus dem Wohnzimmer kommen.

Glorias Schluchzen verbindet sich mit einer tiefen Angst in ihm, die er nicht versteht. Ihr muss klar sein, dass er in der Küche ist und sie weinen hören kann. Er kämpft gegen das deutliche Gefühl an, dass er sie besser in Ruhe lassen sollte, bereitet rasch eine zweite Tasse Tee zu und geht damit ins Wohnzimmer.

»Magst du?« Er hält ihr die Tasse hin und wartet, bis sie das Taschentuch in ihren Ärmel geschoben hat.

»Danke«, sagt sie schniefend. Sie blickt nicht auf, als er sich neben sie setzt.

»Alles in Ordnung?«, fragt er nach einer Weile.

»Es wird schrecklich.«

»Was denn?« *Ihr Leben*, denkt er, *ihre Ehe?*

»Die Hochzeit. Es wird kaum jemand da sein.« Schon wieder kommen ihr die Tränen. William hebt den Arm, um ihn um ihre Schulter zu legen, senkt ihn jedoch wieder. »Ray hat gesagt, seine Familie ist katholisch und würde das Ganze missbilligen, und Mum schämt sich zu sehr, um ihre Verwandtschaft einzuladen, also kommen nur meine Schwester mit Anhang und Dads Bruder und seine Familie – und die kann ich nicht *ausstehen*.«

Zum ersten Mal sieht sie ihn an. »Ach, William! Das ist nicht die Hochzeit, die ich mir vorgestellt habe!«

»Es ist auch nicht die, die du verdienst«, murmelt er.

»Und du willst nicht unser Trauzeuge sein!« Sie zieht die Stirn kraus. »Es würde diesen schlimmen Tag erträglicher machen, wenn du da wärst, so freundlich und ruhig.« Bei diesen Worten schmilzt sein Widerstand. »Sind wir dir nicht mehr gut genug, jetzt, wo ich schwanger bin?«

»Nein. Nein!« Er ist entsetzt, dass sie das denkt. »Das ist nicht der Grund.«

»Was denn dann?«

Fordert sie ihn heraus? Wie kann er ihr sagen, was er fühlt? Schließlich sitzt er nicht nur neben ihr, sondern auch neben ihrem und Rays ungeborenem Kind.

»Natürlich werde ich euer Trauzeuge sein«, sagt er leise. »Ich werde der freundlichste, ruhigste Trauzeuge sein, der je einen Fuß in das Standesamt von Stepney gesetzt hat.«

Sie lehnt ihren Kopf schwer an seine Schulter. »Danke, William.« Er wagt sich nicht zu rühren, bis sie sich wieder aufrichtet.

Später, oben in seinem Zimmer, erinnert er sich an die Nächte nach dem Tod seines Vaters, als er seine Mutter schluchzen hörte, und dieselbe Traurigkeit und Hilflosigkeit legen sich schwer auf seine Schultern.

Die Sonne brennt den feuchten Glanz des nächtlichen Regens vom Gehweg, und ein zarter Dunst umgibt Ray und William, während sie, größtenteils schweigend, zum College gehen.

»Ich habe ihr versprochen, dass ich euer Trauzeuge bin«, sagt

William schließlich über ein lautes Zwitschern in der Hecke hinweg. Ray bleibt so abrupt stehen, dass seine Schuhe über das Pflaster scharren.

»Gott sei Dank. Schade, dass du es nicht schon letzte Woche getan hast, damit hättest du Gloria die ganze Aufregung erspart.«

»Sie hat gesagt, von deiner Familie kommt niemand.« William geht weiter.

»Zwangsheiraten sind nicht so ihr Ding.«

»Aber irgendwann werden deine Eltern doch ihr Enkelkind sehen wollen, oder nicht?«

Sie sind bei dem grauen Collegegebäude angekommen. Nach einem kurzen Blick auf die Uhr lehnt Ray sich an die Mauer. William tut es ihm gleich. »Ihr *Enkelkind* ist die Frucht unserer Sünde. Keine Sorge, unser Kind verpasst nichts.«

»Das ist hart.«

»Meine Eltern sind im Moment meine geringste Sorge. Ich muss heiraten, die Prüfung bestehen und ein Vater sein. Das reicht mir fürs Erste.«

Als er Ray die Stufen hinauf folgt, denkt William nicht zum ersten Mal, wenn er wüsste, dass er den Rest seines Lebens mit Gloria verbringen würde, und ihr wundervoller Körper sein Kind in sich trüge, würde er mit Freuden jeden Morgen über glühende Kohlen zum College laufen und trotzdem noch strahlen.

42

Er ist bei ihr, als es passiert.

»Komm, lass uns noch ein letztes Mal zusammen Kakao trinken, um der alten Zeiten willen«, sagt sie, als er in die Küche kommt. »In ein paar Tagen bist du weg!« Sie legt den Kopf schräg und lächelt ihn voller Wärme an. »Einverstanden?«

William hat ein Zimmer ganz in der Nähe des Colleges gefunden. Seine Wirtin ist steinalt, aber nett. Es ist nur für zwei Monate, danach fährt er nach Sutton zurück, zu Onkel Robert und Howard. Er hat sich an das Ziehen in seinem Herzen gewöhnt, und um Gloria das Leben so einfach wie möglich zu machen, hat er sich munter und so wie immer gegeben, und zwischen ihnen ist es fast wieder so wie früher, bevor Ray aufgetaucht ist. Mr und Mrs Finch sitzen im Wohnzimmer und schauen *Armchair Theatre*, genau wie an seinem ersten Abend damals im September. Ray ist oben.

»Einverstanden.« Er lächelt ebenfalls und setzt sich neben dem Wasserkessel auf die Arbeitsfläche. Es ist die Mühe wert, seine Gefühle zu verbergen, wenn sie ihm dafür dieses Lächeln schenkt. Sie dreht sich um und bückt sich, um die Milchflasche aus dem Kühlschrank zu holen. Williams Herz setzt einen Schlag aus, und er spürt, wie ihm das Blut ins Gesicht schießt. Hinten auf Glorias Rock blüht eine große leuchtend rote Blume.

»Gloria!«, ruft er aus. »Du blutest!«

Die Milchflasche poltert in die Spüle, und Gloria verdreht sich, um nachzusehen. »O Gott!« Sie sieht ihn entsetzt und hilflos an.

Mrs Finch ist bereits da und fasst Gloria an beiden Armen. »Schnell, zur Toilette. Reg! Hol den Wagen aus der Garage, wir müssen ins Krankenhaus.«

Sie fahren alle mit, außer William. Ray hatte kein Hemd an, als er Gloria die Treppe wieder hinuntergetragen hat, deshalb hat William seines ausgezogen und es Mrs Finch für ihn mitgegeben.

Die plötzliche Stille dröhnt durch den Flur, nachdem Mrs Finch die Haustür hinter ihnen zugezogen hat. Als er sich umdreht, sieht er die dunklen Blutflecken auf sämtlichen Treppenstufen. Er geht zur Spüle und füllt eine Schale mit kaltem Wasser, dann nimmt er ein Messer aus der Schublade und eine Tupperdose aus dem Küchenschrank. Das Gröbste kratzt er mit dem Messer ab. Der Geruch macht ihm nichts aus; er ist viel Schlimmeres gewohnt. Er holt seine Nagelbürste und schrubbt mit Salz und kaltem Wasser an jedem einzelnen roten Fleck. Solange er sich darauf konzentriert, hält er durch. *Sieh zu, dass du diesen hellen Teppich sauber kriegst, bevor sie zurückkommen.* Sonst nichts. Mit Fehlgeburten kennt er sich nicht aus, aber er hofft, dass es gutgeht, weil sie so schnell ins Krankenhaus gefahren sind.

Da er immer nur auf die Blutflecken schaut, merkt er erst, als er oben ankommt, wie dunkel es geworden ist. Er schaltet das Licht ein und sieht keine rötlichen Verfärbungen mehr auf dem Treppenläufer. Er sammelt das nasse Klopapier ein, mit dem er das Wasser aufgesogen hat, und will damit zur Toilette, um es wegzuspülen, froh, dass er den anderen wenigstens das erspart hat. Doch im Flur sind noch mehr Blutflecken, und er ärgert sich, dass er das nicht bedacht hat. Nach weiterem Kratzen, Anfeuchten, Schrubben und Abtupfen ist es endlich geschafft. Sein Kopf und sein Nacken schmerzen, und er wünschte, einer von ihnen hätte wenigstens aus dem Krankenhaus angerufen, um ihm zu sagen, was los ist. Die Hände voll nassem, fleckigem Klopapier, stößt William die Toilettentür auf.

Ihm entfährt ein entsetzter Schrei. Trotz seiner mangelnden Kenntnisse ist er ziemlich sicher, dass die rote Masse in der Toilettenschüssel bedeutet, dass Gloria und Ray kein Kind mehr erwarten. Er starrt einen Moment weiter darauf, dann packt er mit Gänsehaut auf den nackten Unterarmen den Bakelitgriff und zieht ab.

43

»Ist sie nicht schön?«, fragt William.

Gloria ist immer noch bei ihm eingehakt, obwohl sie nicht mehr gehen.

»Mmm.« Gloria legt den Kopf schräg und betrachtet *Ophelia*, ihre nach oben gewandten Hände und den halb offenen Mund.

»Ich glaube, ich habe noch nie etwas so Wunderbares gesehen«, sagt William und blickt lächelnd vom Bild zu Gloria und wieder zum Bild. »Sieh dir den Baumstamm an! Als bräuchte man nur die Hand auszustrecken und könnte ihn berühren und die Blumen auf dem Wasser – und wie echt ihre Hände aussehen!«

»Mmm.«

»Du klingst nicht gerade beeindruckt.«

»Doch, bin ich, es ist nur schade, dass sie tot ist!«

»Daran bin ich ja gewöhnt.«

Sie löst den Arm von seinem und versetzt ihm einen Klaps gegen die Schulter. »Du Spinner«, sagt sie und fängt an zu kichern. Ein älteres Paar stellt sich neben sie. Gloria hört nicht auf, und schließlich drehen sich die beiden zu ihr um. Ein missbilligendes Schnalzen ist zu hören, als sie sich wieder dem Bild zuwenden. Gloria sieht zu William und prustet los.

William schert sich nicht um das Paar und auch nicht um den Museumswächter, der zu ihnen herübersieht. Er würde am liebsten zur nächsten Telefonzelle rennen und Mr und Mrs Finch sagen: *Ich habe sie zum Lachen gebracht – sie lacht!*

»Was hast du heute vor, William?«, hat Mrs Finch höflich gefragt, als er morgens zum Frühstück herunterkam.

»Ich will in die Tate.« Er sah zu dem Papier, das Gloria in der Hand hielt, und beim Anblick der vertrauten Handschrift schlug ihm das Herz bis zum Hals. »Ist alles in Ordnung?«

Sie atmete aus, dann nickte sie. »Jetzt, da ich von ihm gehört habe, kann ich endlich anfangen, ihn zu vergessen.«

»Je eher, desto besser«, murmelte Mrs Finch.

Mit einer Bewegung ihres Handgelenks öffnete Gloria den zusammengefalteten Brief und überflog ihn. »… ›ist es sicher das Beste, dass ich mich aus dem Staub gemacht habe. Ich glaube nicht, dass irgendwer von euch mich noch länger um sich haben will‹…« Ihre Stimme klang hart. Mr Finch senkte den Kopf über seinen Toast. »Er hat doch Recht, oder nicht?« Gloria musterte sie alle mit ihrem unverwandten Blick.

William merkte, dass Mrs Finch zu ihm herübersah. Mr Finch blieb über seinen Toast gebeugt. Gloria riss den Brief in der Mitte durch, legte die Stücke neben ihren Teller und trank einen Schluck Tee.

»Du willst also in die Tate, William. Du bist gerne da, nicht?« Sie war immer noch blass, und sie hatte ihr Haar nicht auf Lockenwickler gerollt, sodass es länger und dünner als sonst aussah und ihr Kopf schmaler. Seit sie aus dem Krankenhaus gekommen ist, will William nichts anderes, als sie in die Arme zu nehmen. Manchmal ist der Drang so stark, dass er seine Arme verschränken muss. Er erwartet nichts von ihr. Er will sie nur halten und ihr das Gefühl geben, dass sie in Sicherheit ist.

»Ja«, erwiderte er. »Ich liebe die Bilder und auch das Gebäude. Und gleich um die Ecke kann man für zwei Shilling eine Kanne Tee und ein Stück Kuchen bekommen – nicht ganz billig, aber es lohnt sich.« Er redete zu viel, aber er wollte nicht ihre Aufmerksamkeit verlieren. Ermutigt von dem leisen Schmunzeln auf ihrem Gesicht, fragte er: »Willst du mitkommen? Es ist nur ein kurzes Stück von der Bushaltestelle.«

»Warum nicht?« Sie sah zu ihrer Mutter und dann hinaus in den Garten, auf den warmen Julimorgen. »Es ist doch schön draußen, nicht? Wird Zeit, dass ich mal rauskomme.«

Mr Finch strich sanft über den Rücken seiner Tochter. »Gute Idee.« Er griff in seine Tasche und legte eine Pfundnote auf den Tisch. »Tee und Kuchen gehen auf mich.«

Mrs Finch lächelte und zwinkerte William zu.

»Tee?«, fragt William jetzt, nimmt Glorias Arm und führt sie von *Ophelia* weg.

»Ich bin noch nie in einem Kunstmuseum gewesen.« Glorias Absätze klackern auf dem Parkett.

»Das war ich früher auch nicht«, sagt er. »In Cambridge gab es jede Menge Kunst, aber die gehörte buchstäblich zur Einrichtung, deshalb habe ich sie kaum wahrgenommen.« Sie gehen nach links in den nächsten Raum, vorbei an Porträts von ernst dreinblickenden Männern und einem riesigen schimmernden Goldrahmen, der eine düstere Landschaft umgibt.

»Was hat dich dazu gebracht, hierherzukommen?« Gloria reckt den Kopf rechts und links an ihm vorbei, um zu sehen, was auf seiner Seite des Raumes hängt.

»Anfangs war es nur ein Zeitvertreib, der mir das Gefühl gab, London auszuschöpfen und seine Schätze kennenzulernen.«

»Und jetzt?«, fragt sie und sieht ihn an.

»Das ist schwer zu erklären.« Er deutet nach links, als sie das Museum verlassen. »Ich verstehe nicht viel von Kunst, aber jedes Mal, wenn ich hier rauskomme, fühle ich mich besser und innerlich größer. So, da sind wir schon. Such du uns einen Tisch, ich kümmere mich um den Tee und höre auf, Unsinn zu reden.«

Sie bleibt im Eingang des Cafés stehen. »Du redest keinen Unsinn. Du sagst sehr schöne Dinge.«

Er stellt sich am Tresen an und sieht zu, wie die Butter auf den getoasteten Rosinenbrötchen schmilzt, während die Frau kassiert. Als er mit dem Tablett zu Gloria geht, die mit dem Rücken zu ihm sitzt, beschließt er, gleich die schnalzende Frau aus dem Museum zu erwähnen; er möchte noch einmal mit ihr lachen. Er muss aufpassen, weil das Milchkännchen randvoll ist, doch dann dreht Gloria sich um und sieht ihn an, und da wird sein Mund ganz trocken. Vorsichtig stellt er das Tablett auf den Resopaltisch, dann beugt er sich vor und streicht ihr über den Arm. Obwohl ihr Schluchzen kaum zu hören ist, muss jedem im Café klar sein, dass sie weint.

»Entschuldige«, sagt sie und wischt sich mit der Fingerkuppe über die Augenwinkel. William bemerkt, dass die beiden Frauen am Nebentisch nur noch Krümel auf ihren Tellern haben, und er hofft, dass sie bald gehen. Er setzt sich hin.

»Das wird doch wieder, William, oder?«

»Natürlich.« Er beugt sich zu ihr. »Es ist doch erst drei Wochen her.«

»Ich weiß, ich war noch ganz am Anfang«, sagt sie schniefend. »Man konnte nicht mal was sehen.«

»Doch«, sagt er. Sie sieht ihn überrascht an, und er denkt, er sollte besser den Mund halten, aber in ihrem Gesicht ist etwas so Flehendes, dass er weiterspricht. »Alles an dir war anders.«

Gloria schweigt einen Moment, dann putzt sie sich mit der Papierserviette die Nase. »Das sind die Schuldgefühle.« Jetzt klingt sie ganz sachlich. »Als ich gemerkt habe, dass ich schwanger bin, habe ich den ganzen Morgen geweint.« Sie neigt sich zu ihm, sodass sich ihre Köpfe fast berühren. »Vielleicht wusste das Baby ja, dass ich es nicht wollte«, flüstert sie. »Vielleicht habe ich es deshalb verloren.«

Er nimmt ihre beiden Hände; sie entzieht ihm die eine, um

266

sich die Tränen vom Kinn zu wischen, legt sie dann aber zurück. Williams Arm bekommt einen Stoß von der Frau am
Nachbartisch, die aufgestanden ist und versucht, ihren Stuhl
wieder unter den Tisch zu schieben.

»Das kann nicht sein.«

»Ich habe mich wirklich wie eine Mutter gefühlt«, sagt sie.
»Und das war wichtiger als alles andere – die Scham, die triste
Hochzeit.«

»Du wärst eine tolle Mutter gewesen.« Die Worte hängen
schwer und endgültig im Raum. »Und du *wirst* eine tolle Mutter sein«, fügt er hinzu.

Sie senkt den Kopf. »Und wenn das nun meine einzige
Chance war? Wer will mich denn jetzt noch?«

»So was darfst du nicht mal denken! Außerdem weiß doch
niemand, dass du schwanger warst. Außer mir, aber das ist etwas anderes.«

»Warum?« Sie wartet darauf, dass er etwas sagt. Wieder einmal.

Eine Kellnerin kommt zu ihnen. »Wir schließen in zehn Minuten.«

»Danke«, sagt William mit einem Blick zu der hübschen
jungen Frau. Für einen kurzen Moment stellt er sich vor, sein
Herz wäre frei, um mit ihr zu flirten, etwas Neues zu beginnen, ohne all die Hürden, die zwischen ihm und Gloria liegen,
ohne all das Scheitern und die verpassten Gelegenheiten, die
auf ihm lasten. Die Kellnerin räumt ihren Tisch ab und geht
mit quietschenden Sohlen davon. Es ist nur eine Fantasie. Sein
Herz ist nicht frei, wozu also davon träumen?

»Vielleicht werde ich ja nie wieder schwanger. Oder ich ver-
liere es immer wieder.«

»Ich bin kein Fachmann«, erwidert er und fühlt sich quälend
unzulänglich, »aber ich bin ziemlich sicher, dass viele Frauen
Fehlgeburten haben und dann trotzdem gesunde Kinder be-

kommen.« Er steht auf und zieht seine Jacke an. »Ich glaube, du solltest versuchen, optimistisch zu sein, schon um deiner selbst willen.«

»Leichter gesagt als getan.« Gloria erhebt sich ebenfalls, und er nimmt ihren Mantel vom Stuhl und legt ihn ihr um die Schultern.

»Sollen wir noch mal kurz ins Museum zurück, bevor wir nach Hause fahren? Wenn wir andersherum gehen, können wir zum Schluss noch mal einen Blick auf die *Ophelia* werfen.«

»Machst du das sonst auch so?«, fragt sie mit einem leisen Lächeln.

»Ja.« Er lächelt auch.

Trotz seiner Anspannung spürt er, wie es in ihm leichter und heller wird, als er die zarten Farben und Texturen des Millais betrachtet, die geradezu wundersame Wiedergabe des durchsichtigen, farblosen Wassers. Und das mit Farbe! Es tut gut, einfach dort stehen zu können und nicht reden zu müssen. Nach einer Weile sagt Gloria leise, aber deutlich: »Ich habe ihn nie geliebt.«

Froh, dass sie das Bild ansieht und nicht ihn, dass er dem Bild antworten kann statt ihr, fragt er: »Warum bist du dann mit ihm gegangen?«

»Er war witzig. Charmant. Wir haben viel gelacht.« Sie hält inne und dreht sich zu ihm, doch er hält den Blick weiter auf das Bild gerichtet. »Und er hat mich *gefragt*.«

Ein paar Minuten stehen sie reglos da, dann sagt sie leise: »Ich bin nicht traurig, dass Ray abgehauen ist. Aber ich bin traurig, dass ich mein Baby verloren habe.«

Und das genügt. Etwas in ihm wird weicher und zugleich kühner, sodass er es wagt, sich bei ihr einzuhaken. »Onkel Robert hat gestern Abend am Telefon gesagt, dass sie Karten für den großen Dinnerball in Nottingham bestellen wollen. Das ist das alljährliche große Fest der Bezirksgruppe Midlands des Institute of Embalmers.« Er spricht immer schneller, auf einmal von dem dringenden Wunsch erfüllt, sie dabeizuhaben. »Es ist am 22. Oktober, dem Tag nach meinem Abschluss. Willst du mitkommen? Das wäre etwas, worauf du dich freuen könntest.«

»Ja.« Sie lächelt. »Warum nicht?«

44
November 1970, Sutton Coldfield

Der Stapel kleiner Särge reicht bis zur Decke. Er muss sich auf einen Stuhl stellen. Seine mit Kohlenschlamm bedeckten Hände rutschen am Holz ab; er kriegt den Sarg nicht richtig zu fassen. Auf Zehenspitzen gelingt es ihm, einen Finger um den Rand zu legen. Seine Knöchel wackeln, als er ihn zu sich zieht. Doch der weiße Sarg kippt, und der Leichnam eines Kindes fällt ihm auf die Brust. Er stürzt zu Boden, den zertrümmerten kleinen Schädel unterm Kinn, dessen blutverkrustetes Haar an seinem Hals kratzt. Eine Frau geht in die Hocke, sieht den Leichnam, der auf ihm liegt, und fängt an zu schreien. Er setzt sich auf.

Der Schrei hört nicht auf; er spürt den heißen Strom in seiner Lunge und Glorias Hand auf seinem Rücken.

»Ist ja gut«, murmelt sie. Sie hat sich ebenfalls aufgesetzt und den Arm um ihn gelegt. »Schhhh. Ich bin ja da.« Er ist derjenige, der schreit.

»Tut mir leid.« Seine Stirn ist schweißnass.

Sie legt sich wieder hin und zieht ihn zu sich, bettet seinen Kopf an ihre Schulter. »Versuch zu schlafen.« Glorias Atem wird gleichmäßiger, und er spürt das sanfte Auf und Ab ihrer Brust. Aber natürlich schläft er nicht wieder ein. Er leidet darunter, dass so viele ihrer Nächte auf diese Weise gestört werden, schon seit dem Beginn ihrer Ehe.

Er ist erst dreiundzwanzig und schon drei Jahre verheiratet. Und er staunt immer noch darüber, dass sie ihn liebt. Die Freude darüber ist so groß, dass er sie manchmal am liebsten in die Welt hinausrufen möchte. Wenn er allein in der Leichenhalle ist, lächelt er oft bei dem bloßen Gedanken an sie oder über etwas Lustiges, das sie beim Frühstück gesagt hat, oder eine nette Geste ihm oder Robert oder Howard gegenüber. Aber in Nächten wie diesen plagen ihn Schuldgefühle, und bevor er sich bremsen kann, ist er wieder in der kalten, feuchten Telefonzelle nach der Beerdigung in Aberfan. Er hat ihr Lebwohl gesagt, entschlossen, sein eigenes Glück für ihres zu opfern. Oft versucht er, die Erinnerung abzuwenden, der Telefonzelle und dem Gespräch, das sie gleich führen werden, zu entfliehen. Doch sie ist so mächtig, dass sie ihn, wie heute Nacht, gefangen hält.

»Bist du fertig?«, fragte sie.

»Ja.« Und er verspürte tatsächlich das Gefühl, zu einem Ende gekommen zu sein, während sein Atem in einer Wolke über dem Hörer hing.

»Nur damit ich das richtig verstehe« – Gloria sprach ein wenig lauter, wie um sich zur Besinnung zu bringen –, »du sagst, wegen dem, was diesen armen Kindern zugestoßen ist, willst du selbst keine haben?«

»Du warst nicht da, Gloria. Der Schmerz ist einfach zu groß. Ich könnte das nicht ertragen.«

Er hörte sie atmen, stellte sich ihren blumig-frischen Duft vor. Sie fühlte sich sehr nah an, als bräuchte er nur den Finger auf die Sprechmuschel zu legen, um ihre kühnen, weichen Lippen zu berühren.

»William« – jetzt klang sie wieder sicherer –, »ich liebe dich auch. Wenn du das immer noch nicht begriffen hast, bist du wirklich ein Obertrottel.« Er musste trotz allem lächeln. »Ich möchte gerne etwas vorschlagen.«

»Es wird nichts ändern.«

»Könnten wir nach allem, was passiert ist, nicht einfach genießen, dass wir uns lieben? Und nicht mehr so tun müssen, als wäre es nicht so? Findest du nicht, dass wir ein bisschen Glück verdient haben? Wir sind jung. Das mit den Kindern hat noch Zeit.«

»Nein!« Er brachte die Freudenblase, die in ihm aufstieg, zum Platzen. »Du darfst mich nicht in dem Glauben heiraten, dass ich meine Meinung ändere – das werde ich nicht. Und du willst Kinder.«

»Nein, William!«, entgegnete sie wütend. »Ich will *dich*!«

Und in dem Schweigen, das darauf folgte, während ihm die Kälte des Betonbodens durch die Schuhsohlen drang, wagte er zu glauben, dass sie Recht hatte, und ließ sich in ihre herrliche, naive Liebe fallen. Sechs Monate später heirateten sie.

Als Gloria am Morgen nach dem Albtraum im Korb nach dem passenden Nagellack sucht, muss William bei dem vertrauten Klickern der Fläschchen lächeln.

»Ist der hier in Ordnung?« Sie hält einen in Perlmuttrosa hoch.

»Ja. Gib dir Mühe, sie war Kosmetikerin. Das ist das Erste, worauf ihre Tochter achten wird.«

»Wie heißt sie noch mal?«

»Barbara.«

»Na gut, Barb.« Gloria nimmt ihre linke Hand. »Dann wollen wir dich mal hübsch machen.«

William liebt die Samstagvormittage. Robert und Howard sind dann beim Golf, und er und Gloria haben das Haus für sich. Sie frühstücken in aller Ruhe, und Gloria erzählt Geschichten aus der Klinik, in der sie jetzt als Schwester in der Psychiatrie arbeitet, wobei sie oft Dingen eine komische Seite abgewinnt, die in dem Moment sicher nicht besonders komisch waren. Ihre besten Zeiten haben sie seit jeher, wenn sie sich in einer Küche unterhalten, mit heißen Getränken und etwas Leckerem zu essen.

Manchmal muss er nach dem Frühstück noch eine Einbalsamierung vornehmen. Dann ist er vom Abwasch freigestellt, und wenn Gloria in der Küche fertig ist, kommt sie hinunter, um ihm bei der Kosmetik zu helfen.

»Ich frage mich, was aus ihrem Studio wird.« Gloria massiert Barbaras Hand, bevor sie beginnt, ihr die Nägel zu feilen.

»Ihre Tochter hat es mit ihr zusammen geführt.« William sprüht den Behandlungstisch mit Desinfektionsmittel ein. »Sie haben beide obendrüber gewohnt. Ich nehme an, sie macht einfach allein weiter.«

»Genau wie bei uns.« Gloria pustet den Staub von den gefeilten Nägeln und hakt die Finger über den Sargrand.

William lehnt sich an die Wand und sieht ihr zu. Sie selbst hat sich noch nicht geschminkt, und ihr Gesicht ist angenehm blass und nackt. *Meine Frau*, denkt er.

»Stört es dich, dass wir immer noch hier wohnen?«, fragt er.

Sie greift nach dem Nagellackfläschchen und sieht ihn an. »Irgendwann hätte ich natürlich gerne ein eigenes Haus, aber jeden Monat, in dem wir keine Miete bezahlen müssen, haben wir etwas mehr auf dem Sparkonto. Ich habe es nicht eilig, und Robert und Howard sind wirklich süß.« Ein leises *Klick-Klick-Klick* ertönt, als Gloria das Fläschchen schüttelt. Sie lacht. »Weißt du noch, wie ich kurz nach der Hochzeit Howard gefragt habe, wie er und Robert sich ineinander verliebt haben?«

»Ja, er ist rot geworden wie eine Tomate.«

Gloria lacht erneut, dieses kehlige, satte Lachen, das William am liebsten aufnehmen würde, so sehr liebt er es. »Und Robert ist aufgesprungen und hat mit dem Abwasch angefangen, obwohl wir noch gar nicht fertig gegessen hatten.«

Schon als Kind, lange bevor er ihre Beziehung verstand,

wusste William, dass Robert und Howard zusammengehörten, obwohl sie ihre Zuneigung nie in körperlichen Gesten zeigten. Wenn Howard mit einer seiner komischen Stimmen sprach – Donald Duck, Popeye oder Bugs Bunny –, sah William, wie sich etwas in Roberts Augen veränderte, weicher wurde. Er und Gloria amüsieren sich im Stillen darüber, dass Howard ein paar Straßen weiter immer noch ein eigenes Haus besitzt, seine Post dorthin schicken lässt und ein- oder zweimal in der Woche dort übernachtet. Aber manchmal stimmt es William traurig, dass sie das Gefühl haben, sie müssten so viel von ihrem Leben verborgen halten.

»Mach doch mal das Radio an, William«, sagt Gloria.

Er wischt den Tisch ab, wirft die Papiertücher in den Mülleimer und geht zum Radio, das auf der Fensterbank steht. Gerade läuft »I'll Be There« von den Jackson Five, und sofort stimmt Gloria ein. William wartet einen Moment, dann singt er die zweite Stimme dazu. Die Leichenhalle ist der einzige Ort, wo er singt. Im Gegensatz zu ihm kann Gloria dazu im Takt mit dem Kopf wippen, ohne dass ihre sorgfältigen Nagellackstriche verwischen. Dann lauschen sie eine Weile mit halbem Ohr dem Geplauder des DJs.

»Wir sind zu einer Taufe eingeladen«, sagt Gloria schließlich. »Bei Paula, einer Kollegin von mir. Da würde ich gerne hingehen.«

»Bist du sicher?« Er dreht sich um, die Flasche mit dem Desinfektionsmittel an die Brust gedrückt.

»Ich mag Paula.« Gloria sitzt vornübergebeugt da, das Gesicht dicht über den Fingernägeln, doch nun richtet sie sich auf und hält den Pinsel über das Fläschchen. »Und Leute in unserem Alter tun so was – feiern, wenn Freunde ein Baby bekommen.«

William geht in die Hocke, um das Desinfektionsmittel wieder in den Schrank zu räumen. Während er ihr den Rücken zukehrt, versucht er, seinen Kiefer zu lockern. Gloria entgeht nichts, sie kennt jeden körperlichen Ausdruck seiner inneren Verfassung. Sie schraubt das Nagellackfläschchen zu und stellt es in den Korb zurück, dann geht sie zu ihm und beugt sich hinunter, um ihn auf die Stirn zu küssen.

»Ich gehe dahin, und wenn du nicht mitkommen willst, ist das in Ordnung. Aber versuch nicht, mich davon abzuhalten.« Sie strubbelt ihm durchs Haar. »Komm rauf, wenn du fertig bist.« Die Pantoffeln klatschen gegen ihre Füße, als sie hinausgeht. William bleibt vor dem Schrank hocken, eine zähe, schwere Mischung aus Schuldgefühlen und Frustration in seinem Magen.

Sie hat ihn überzeugt, dass sein Unwille, Kinder zu bekommen, sie nicht daran hindern sollte zu heiraten, aber er ist seine Angst nie losgeworden. Zwei Monate vor der Hochzeit hat Gloria zu ihm gesagt, wenn er ihr noch ein einziges Mal anböte, alles abzublasen, würde sie sich auf die Straße stellen und schreien. Er hat ihr geglaubt und damit aufgehört.

William erhebt sich, geht zum Sarg und löst Barbaras manikürte Hände vom Rand. Er atmet den kühlen, chemischen Geruch des Lacks ein.

»Ihretwegen sollten wir nicht hingehen, Barbara«, sagt er, »nicht meinetwegen.«

45

Seltsamerweise haben sie nie über das Kinderkriegen gestritten. Vor der Hochzeit war es eher ein Streit wegen Evelyn, der sie beinahe auseinandergebracht hätte. Gloria hatte ihm schon früh klargemacht, dass sie die ganze Geschichte seiner kleinen, komplizierten Familie wissen wollte. Es war schwer, ihr diese Dinge zu erzählen: der erschreckend schnelle Krebstod seines Vaters, die enge Verbindung, die zwischen ihm, Onkel Robert und Howard bestanden hatte, die Unsicherheit seiner Mutter und er mittendrin in alldem. Gloria war der einzige Mensch, dem er von seiner Zeit als Chorknabe, von Martin und dem furchtbaren Aschermittwoch erzählt hatte. Sie hatte kein Wort gesagt, sondern ihn nur in die Arme geschlossen und lange gehalten. Dafür war er ihr unendlich dankbar gewesen: dieses Gefühl, dass sie auf seiner Seite war, ganz gleich, was geschah.

Doch das änderte sich ein paar Wochen später, als er sagte, es wäre zu schwierig und zu schmerzlich, wenn seine Mutter bei der Hochzeit dabei wäre. Er bezeichnete sie tatsächlich als die Übeltäterin. Sie hatte seine Zeit in Cambridge verkürzt. Sie hatte die Familie zerstört. Sie hatte ihn im Stich gelassen, um nach Swansea zu gehen. Sie war an allem schuld.

Gloria war entsetzt. Nie würde er vergessen, wie sie ihn in dem Moment angesehen hatte.

»Du hast doch gesagt, sie hätte dich gebeten, mit ihr nach Swansea zu kommen.«

»Aber sie hätte ja nicht dort hingehen müssen. Sie hätte in Sutton bleiben können«, verteidigte er sich und wurde plötzlich sehr wütend. »Wenn du mich liebst, Gloria« – seine Stimme zitterte –, »sprich dieses Thema nie wieder an, und bitte mich niemals, ihr zu verzeihen.«

»Das kann ich dir nicht versprechen«, erwiderte sie leise und ebenso wütend wie er. »Aber ich bete zu Gott, dass du eines Tages erwachsen wirst und dich dem wie ein Mann stellst.«

Er stürmte aus dem Haus und kam erst spätabends zurück. Doch sie wartete auf ihn, als wären nicht Stunden, sondern nur wenige Augenblicke vergangen. Sie sagte, wenn er sie heiraten wollte, würde seine Mutter nicht nur zur Hochzeit eingeladen, sondern ihren Platz am Ehrentisch bekommen.

Und so geschah es. Nachdem er seine Bedingungen für die Heirat gestellt hatte, wusste er, dass sie ihn in der Hand hatte. Evelyn saß bei der Hochzeit neben ihm, aber sie wechselten kaum ein Wort. Er bemerkte, wie sie lächelnd mit Robert und Howard sprach, als führten sie Unterhaltungen fort, die ohne sein Wissen stattgefunden hatten. Gloria hielt sich um seinetwillen zurück. Und das war das letzte Mal gewesen, dass er seine Mutter gesehen hatte.

Es ist Montagmorgen, und er hat einen vollen Tag vor sich mit drei Leichnamen, die versorgt werden müssen. Er übernimmt mittlerweile fast alle Einbalsamierungen. Onkel Robert und Howard kümmern sich um die Angehörigen und den Papierkram und gewähren ihm die Einsamkeit, die er so genießt – allein und doch nicht allein. Nach einer großen Investition im vergangenen Jahr ist ihre Leichenhalle, obwohl relativ klein, die modernste in Großbritannien: drehbarer Einbalsamierungstisch aus Porzellan, Abflussbecken aus Porzellan und extrastarker Deckenlüfter. Alles hat seinen Platz in den tiefen Einbauschränken entlang der Wände. Sie haben den Umbau zu dritt durchgerechnet und Angebote eingeholt, aber es war William, der die Führung übernommen hat, der wusste, was er wollte. Die beiden älteren Männer waren froh, dass er zumindest einen Teil der Zeit ruhig und entspannt wirkte.

An diesem Morgen kontrolliert er die Unterlagen. Die Sterbeurkunde liegt vor, es ist eine Einäscherung, und beide Ärzte haben die Formulare unterschrieben. Er rollt den Tisch in die Mitte des Raums und nimmt das Tuch ab.

»Morgen, Margery.« Er berührt ihre gelblich wächserne Hand und langt hinter sich, um das Radio einzuschalten. Die Akustik in der Leichenhalle ist furchtbar, wie in einem übergroßen Badezimmer, aber er hat sich daran gewöhnt. Gerade läuft »All Kinds of Everything« von Dana, und die schlichte Melodie hat eine Reinheit, die zu dieser alten Dame ohne Ehering passt.

Während er sich an die Arbeit macht, hofft er, dass Margery das immer wieder aufflackernde Bild des zertrümmerten Kinderschädels in seinem Kopf überlagert. Jetzt kommt »Build Me Up Buttercup«. Die Prozedur ist William mittlerweile so selbstverständlich, dass er sich manchmal, wenn er fertig ist, überhaupt nicht mehr an die einzelnen Schritte erinnern kann, aber seine Ausrüstung und der Zustand des Leichnams bestätigen ihm, dass er sie durchgeführt hat. Laut singend stopft er Margerys Körperöffnungen aus, dann legt er sie sanft in ihren Sarg. Er zieht sie an, schneidet, feilt und reinigt ihre Fingernägel, kämmt ihr Haar, stutzt ihre Augenbrauen.

Er hat gute Arbeit geleistet. Aber heute ist kein guter Tag. Der Leichnam hat ihn gequält. Zu groß, zu alt, zu sauber, zu unversehrt. An einem Tag wie heute wäre ihm ein Autopsiefall lieber, ein Leichnam, der bereits aufgeschnitten, ausgenommen und vom Pathologen grob wieder zugenäht worden ist. Und an einem richtig schlechten Tag – Gott stehe ihm bei – denkt er, ein Kind auf dem Tisch zu haben, könnte ihn vielleicht von den Kindern in seinen Träumen erlösen.

Später wird er den Blick sehen, den Howard und Robert beim Mittagessen wechseln, wenn er *in dieser Stimmung* ist. Und abends, wenn Gloria nach Hause kommt, wird er hören, wie sie und Robert leise miteinander reden. Er macht ihnen keinen Vorwurf. Er spült Margerys Körperflüssigkeiten in den Abfluss und wünschte, er könnte dasselbe mit den quälenden Bildern in seinem Kopf tun.

46
März 1972

Am Samstag, den 18. März, dem Morgen seines fünfund-
zwanzigsten Geburtstags, wird William davon wach, dass Gloria die Hände um sein Gesicht legt und ihn laut schmatzend
fünfundzwanzigmal abwechselnd auf die Wangen küsst, wie
sie es jedes Jahr tut, seit sie verheiratet sind. Lächelnd taucht
er aus dem Schlaf auf.

Nachdem Onkel Robert, Howard und Gloria ihm beim Frühstück ein Ständchen gebracht haben und er seine Geschenke
ausgepackt hat, sind sie nun allein. Sie hat sich gerade in der
Küche auf seinen Schoß gesetzt und gefragt, ob sie nicht einen
Ausflug nach Cambridge machen könnten.

»Das möchte ich nicht.« Er schmiegt sich an ihren weichen
Körper. »Heute ist mein Geburtstag, und du willst doch, dass
ich an meinem Geburtstag glücklich bin, oder?« Er hatte die
Hoffnung, dass sie noch mal ins Bett gehen würden.

Gloria nimmt ihre Teetasse vom Tisch, auf dem alles durcheinander liegt: Geburtstagskarten, Geschenkpapier, ein After-
shave von Robert und Howard und eine Brieftasche von ihr.
Sie trinkt einen Schluck, stellt die Tasse wieder hin und fährt
mit den Fingern durch sein Haar. »Ich glaube, es würde dir
guttun.«

»Schluss jetzt.« William schiebt sie sanft von seinem Schoß,
steht auf, nimmt ebenfalls seine Tasse und lehnt sich an die

Spüle, wo er sofort etwas Nasses in seinem Rücken spürt. Das ist schon das dritte Wochenende hintereinander, an dem sie vorschlägt, den Zug zu nehmen und zur Abendandacht zu gehen. »Warum willst du, dass ich mich an Dinge erinnere, die ich vergessen will?«

Gloria setzt sich auf den freigewordenen Stuhl. »Manchmal habe ich den Eindruck, du versuchst unentwegt, dich *nicht* zu erinnern. Das muss doch anstrengend sein.« Sie nimmt die ungeöffnete Geburtstagskarte, die, wie sie beide wissen, von Evelyn stammt, und lehnt sie sachte gegen die Teekanne. Später wird sie sie neben ihre eigene auf den Kaminsims stellen; eine ihrer kleinen, aber entschlossenen Gesten, um seiner Mutter einen Platz zu geben.

Sie sieht zu ihm hinüber, und ihre Züge werden weicher. »Ich würde dich nicht bitten, nach Aberfan zu fahren, aber zur Abendandacht in Cambridge? Das ist doch was Schönes. Wer weiß, vielleicht würde es dir ja sogar gefallen?«

Die Teetasse ist auf einmal so leicht und zart und seine Hand so fest, dass er nichts anderes tun kann, als sie gegen die Wand zu werfen.

William hasst die Sportnachrichten, aber wenn sie laufen, lässt Gloria ihn allein, und so sitzt er jetzt, nachdem er die Scherben zusammengefegt und in den Mülleimer geworfen hat, im Wohnzimmer und starrt Brian Moore an, der über irgendwelche Fußballmannschaften redet, die ihn nicht interessieren.

Nächtliche Schweißausbrüche, Albträume und Flashbacks waren von Anfang an ein Teil ihres Lebens, seit sie nur sechs Monate nach dem Unglück in Aberfan geheiratet haben, aber Gloria schien es nicht viel auszumachen, wie ihr auch sein Entschluss, keine Kinder zu bekommen, nicht viel auszumachen schien. Mittlerweile sind seit Aberfan schon fast sechs Jahre vergangen. Sechs Jahre! Er hat gehofft, sein Gehirn würde sich im Lauf der Zeit beruhigen und die blitzartig aufflackernden Bilder von zertrümmerten Gliedern, gebrochenen Knochen und vor allem den gequälten Gesichtern der Eltern würden verblassen. Doch sie werden eher noch schlimmer.

Er hat sich gefragt, wie es wohl den beiden anderen Einbalsamierern geht, die mit ihm nach Aberfan gefahren sind. Leiden sie genauso wie er? Er weiß, dass Gloria es gut fände, wenn er mit ihnen Kontakt aufnähme. Doch so etwas tun Einbalsamierer nicht. Manchmal belastet ihn die Arbeit, aber er ist überzeugt, dass man von ihm erwartet, diese Zeiten still und würdevoll durchzustehen.

Seit Gloria in die Psychiatrie gewechselt hat, wird William das Gefühl nicht los, dass sie ihn heilen will. Es hat ihn gefreut, dass sie im Gegensatz zu vielen ihrer Freundinnen nie auf den Gedanken gekommen ist, ihre Arbeit aufzugeben, nur weil sie geheiratet hat. Aber wenn sie davon anfängt, dass er seine Energie falsch einsetzt und sich den Dingen nicht stellt, kommt er sich vor wie unter der Lupe dieses Dr. Kavannagh. Gloria sagt, andere Psychiater tun seine Sprechtherapie als Hippie-Hokuspokus ab, deshalb versteht er nicht, warum sie ihn wie einen Gott verehrt.

Jedes Mal wenn sie vorschlägt, nach Cambridge zu fahren, damit er sich *den Dingen stellen* kann, fürchtet er, in Wirklichkeit geht es ihr darum, ihn so weit wiederherzustellen, dass er sich doch noch für ein Kind entscheidet. Doch so unverrückbar, wie er seinen Entschluss gefasst hat, weiß er, dass dieser Elefant im Raum niemals aus ihrer Beziehung verschwinden wird. Selbst wenn sie irgendwann zu alt ist, um Kinder zu bekommen, wird ihr Fehlen sie traurig machen, und er wird schuld daran sein. Es wird nie ein Ende haben. Nie.

Er schaltet den Fernseher aus, verlässt leise das Haus und geht die zehn Minuten zum Bahnhof, umweht vom erdigen Geruch des nahenden Frühlings.

282

»Gloria?«, ruft er bei seiner Rückkehr.

»Ja?«, antwortet sie aus ihrem Zimmer, und voll Zuneigung bemerkt er, dass in ihrer Stimme immer Hoffnung liegt, die Erwartung, er werde etwas sagen, das ihr Freude bereitet.

Er will die Treppe hinaufgehen, doch sie kommt ihm entgegen, und sie treffen sich in der Mitte. »Ich habe etwas Gutes getan.« Er grinst.

»So? Was denn?« Lässig, neckend stemmt sie die Hände in die Hüften und sieht von der höheren Stufe auf ihn herab.

Er hält die beiden kleinen Rechtecke hoch. »Zugfahrkarten nach Cambridge. Für heute.«

Ihr langsam breiter werdendes Lächeln könnte das ganze Haus erwärmen. Sie schlingt die Arme um seinen Hals und drückt seinen Kopf an ihre Brust.

»Und«, sagt er in ihre Weichheit, »ich habe uns ein Zimmer in einer Pension gebucht, in der Nähe vom Bahnhof.«

Ihre Arme drücken ihn fester, und sie stößt einen wilden Laut aus, der ihn zum Lachen bringt.

»Das wollte ich schon so lange.« Sie hebt seinen Kopf, um ihm in die Augen zu sehen. »Danke, William.«

»Gern geschehen«, erwidert er, wirft sie sich über die Schulter und geht die Treppe hoch. »Wir haben noch zwei Stunden.« Einer ihrer Pantoffeln rutscht vom Fuß und poltert hinunter in den Flur.

47

»Gut, dass ich den Schirm mitgenommen habe.« Gloria blickt durch die Scheibe, an der die Tropfen wie Quecksilber hinunterrinnen, als der Zug in Cambridge einfährt.

»Im Winter schien der Regen nie aufzuhören.« William legt die Hand auf ihr Knie. »Unsere Roben wurden so schwer, dass mir die Schultern wehtaten.«

Gloria legt den Kopf schräg und lächelt. »Armer kleiner William.«

Er kneift sie ins Knie, sodass sie aufschreit. Lachend und händchenhaltend steigen sie aus dem Zug, und William wagt zu hoffen, dass es ein schöner Ausflug wird.

Zuerst bringen sie ihre Taschen in die Pension. Es war ein Schuss ins Blaue, aber er hat die Auskunft nach der Nummer des Gasthauses an der Tenison Road gefragt, in dem Mr und Mrs Mussey früher übernachtet haben, weil sie gerne länger blieben, obwohl sie Martin nur am Sonntag für zwei Stunden sehen konnten. Als Gloria sich auf das Bett setzt, wippt und über die fliederfarbene Plüschtagesdecke streicht, fragt William sich, ob die Musseys wohl mal in diesem Zimmer, auf dieser Matratze geschlafen haben. Er versucht, nicht an Martin zu denken.

Es ist kalt für März. Die kleine Heizung in der Ecke springt knackend an, und sie setzen sich aufs Bett und essen ihre Sandwiches. Hinterher legt er den Arm um sie und sein Kinn auf ihren Kopf und atmet den Duft ihres Haars ein. »Wir haben noch ewig Zeit bis zur Abendandacht«, sagt er, streckt sich aus und zieht sie mit.

»Aber nicht genug für das, was du vorhast«, erwidert sie lachend, und sie liegen eine Weile eng umschlungen da. Als sie sich aufsetzt, einen Kamm aus ihrer Tasche nimmt und damit durch ihr üppiges Haar fährt, sieht William ihr lächelnd zu, die Hände unter dem Kopf gefaltet. Rasch stellt sie ihren Kulturbeutel neben das Waschbecken und die Dose mit den Sandwiches, die sie für abends vorbereitet hat, auf den Kaminsims.

»Komm. Zeig mir deine Lieblingsorte von früher.« Sie blickt auf den Reisewecker, den sie auf den wackeligen Nachttisch gestellt hat. »Wie lange noch bis zur Abendandacht?«

»Ewig.«

Es hat aufgehört zu regnen. Die Sonne versilbert den Asphalt, den Gehweg und die Bäume auf ihrem Weg. Den Pfützen ausweichend, biegen sie in die Station Road ein, wo lauter prächtige Häuser mit breiten Einfahrten und Eichen stehen. Anstatt rechts in die Hills Road abzubiegen, die Richtung Innenstadt führt, ergreift William Glorias Hand.

»Wir haben noch Zeit genug für einen Spaziergang durch den Botanischen Garten.«

»Bist du oft da gewesen?« Gloria folgt ihm über die Straße.

»Ziemlich oft.«

Er wünschte, er hätte nicht gelogen, denn während sie auf den Kieswegen durch den Park schlendern und beim Brunnen, bei den riesigen Mammutbäumen und beim See stehen bleiben, stellt Gloria sich bestimmt die ganze Zeit den zehnjährigen William vor. Tatsächlich ist er kein einziges Mal hier gewesen, aber viele der Jungen sind mit ihren Eltern hier spazierengegangen. Er hat sie einfach deshalb hierhergeführt, weil er keine Erinnerungen daran hat. Doch der Klang ihrer Schritte auf dem Kies und das leuchtende Orange des Wegs drohen ihn dorthin zurückzuziehen, wo er nicht hinwill.

Als sie den Park schließlich an der Bateman Street verlassen und die Trumpington Street hinaufgehen, ist ihm schwindelig und ein wenig übel. Der offene Rinnstein, eine Art Minikanal an beiden Seiten der Straße, fasziniert Gloria, und sie springt ein paarmal darüber hin und her, dann bleibt sie an seiner Seite und nimmt seine Hand.

Es muss zumindest ein paar neue Gebäude in der Stadt geben – andere Geschäfte und Cafés –, aber sein Cambridge war klein: Trumpington Street, die Löwen vor dem Fitzwilliam Museum, King's Parade, Trinity Street, der Park am Fluss.

»Das ist die Konditorei, wo es die leckeren Rosinenschnecken gibt.« Er muss aus diesem Ausflug das machen, was Gloria sich erhofft. »Willst du eine?«

Lächelnd blickt sie hoch. Die Sonne ist schwach und milchig, aber der geschwungene Schriftzug »Fitzbillies« schimmert golden über der hölzernen Ladenfront. »Gerne. Wir können sie ja für später aufheben.«

William drückt die Tür auf. Das Gefühl an seiner Schulter ist dasselbe, der Klang der Glocke ist derselbe, genauso wie der süße, hefige Geruch.

Zwei Rosinenschnecken bitte, sagt er, angesteckt von Martins Begeisterung über das klebrige *Plopp* in der makellos weißen Schachtel. *Lieber gleich drei,* sagt Martin im letzten Moment.

»Martin hat immer zwei genommen«, erzählt er Gloria beim Hinausgehen, »und die erste war schon verschwunden, wenn wir auf der anderen Straßenseite ankamen.«

Gloria strauchelt über den offenen Rinnstein. »Hoppla!« Sie packt seinen Arm. »Jetzt wäre ich fast reingefallen!«

»Du wärst nicht die Erste«, sagt er und bereut es sofort, denn nun ist Evelyn da, die umknickt und mit einem Knie im Wasser landet. Sie blickt zu ihm hoch, erst mit schmerzverzerrtem Gesicht, dann lachend, damit er sich keine Sorgen macht.

Zu seiner Bestürzung erkennt er, dass der Gehweg, auf dem er mit Gloria steht, zerbrechlich wie Eierschale ist. Jederzeit kann eine Erinnerung die Oberfläche durchbrechen, und dann wird er verschlungen.

»Wir haben oft gesehen, wie Studenten mit ihren Rädern hineingefallen sind.« Er versucht zu lachen.

»Das wundert mich nicht.« Sie drückt seine Hand.

Danach schweigt William, doch als die Trumpington Street in die King's Parade übergeht und er – *o Gott!* – den Copper Kettle erblickt, wird Glorias Gegenwart immer unwirklicher, verliert ihre tröstliche Kraft, und eine andere Frau nimmt ihre Stelle ein, mit ihrem Parfüm, dem hellen Strahl ihrer Aufmerksamkeit und einer Tupperdose mit Butterkeksen.

»Was ist los?«, fragt Gloria, die offenbar das Zucken in seinem Gesicht bemerkt hat.

»Nichts.« Er beschleunigt seinen Schritt, um die Bilder abzuschütteln.

»Ich verstehe«, sagt sie ruhig. »Hier ist alles den Bach runtergegangen. Ich verstehe.«

Er schweigt weiter, während sie am kalkig schimmernden Senate House vorbeikommen. Gleich wird er den Turm der Kapelle sehen. Den Blick auf den Gehweg und seine unaufhaltsam vorwärtslaufenden Füße gerichtet, konzentriert er sich auf Glorias Hand in seiner.

»Ich möchte einfach nur den Gesang genießen. Und stolz auf dich sein.«

Einen Moment lang stellt er sich vor, wie er dort sitzt und zuhört, mit Gloria, die weiß, dass er einst einer von ihnen war. Doch als aus dem Gehweg der kopfsteingepflasterte Vorplatz wird und er die unebenen braunen, roten und grauen Steine unter seinen Sohlen spürt, bleibt er abrupt stehen.

»Ich kann nicht, Gloria.« Er starrt zu Boden. »Ich kann da nicht rein.«

»Natürlich kannst du«, sagt sie leichthin und zieht ihn zum Eingang.

»Nein!« Er hatte nicht vor zu schreien. Ein Paar, das gerade das Tor passiert, sieht zu ihnen hinüber. »Geh du«, sagt er leise. »Ich hole dich in einer Dreiviertelstunde hier ab.«

Sie stellt sich so dicht vor ihn, dass er sie ansehen muss. »Wir sind extra dafür hergekommen. Bitte. Tu es für mich.«

Er schüttelt den Kopf. »Ich kann nicht.«

Er marschiert zweimal um das Jesus Green herum, dann folgt er der Platanenallee zum Fluss. Er bleibt stehen, um einem Schwan zuzusehen, der ein samtiges V ins Wasser schneidet, und geht unter der Brücke hindurch. Nach einer Weile bemerkt er das rhythmische *Pock* eines Tennisballs und zwei Studenten auf dem Platz zu seiner Rechten. Der Boden schimmert noch nass vom Regen. Er sieht zu, wie der zerfledderte Tennisball zwischen den Studenten hin- und herfliegt. Wenn er doch nur Dinge tun könnte, die andere scheinbar so mühelos beherrschen: an seine Vergangenheit denken und sie von sich schlagen wie diesen alten Tennisball, ohne dass die Erinnerungen hervordrängen und ihn quälen.

Er setzt sich auf eine Bank neben dem Tennisplatz und überlegt, wie er das für Gloria wiedergutmachen kann. Vielleicht indem er die Sandwiches Sandwiches sein lässt und sie zum Essen ausführt? William blickt auf die Uhr, steht auf und geht zum College zurück.

Aus der Ferne sieht er, dass der Vorplatz voller Menschen ist, und selbst von hier aus ist Glorias orangefarbener Mantel deutlich zu erkennen. Vielleicht spricht sie mit jemandem. Beim Näherkommen bemerkt er verwirrt, dass sie inmitten einer Gruppe von Männern steht. Er beschleunigt seinen Schritt,

288

unsicher, in welcher Stimmung er Gloria vorfinden wird und ob sie beide noch genug Energie haben, um ihre restliche Zeit hier zu retten und so zu tun, als wäre mit ihm alles in Ordnung.

48

Er hat sich nicht geirrt: die Männer, die Gloria umringen, sind Obdachlose. Die Frühlingsbrise trägt ihre Stimme herüber. Ihre kecke Londoner Stimme. Sie spricht mit einem großen Mann, der nicht so abgewrackt aussieht wie die anderen und ihm den Rücken zukehrt. William ist jetzt nah genug, um den stechenden, penetranten Geruch der Männer zu riechen. Da bemerkt Gloria ihn, und zu seiner Erleichterung lächelt sie.

»Er schleppt mich extra für die Abendandacht nach Cambridge, und dann kneift er im letzten Moment« – er weiß, das ist an ihn gerichtet – »und haut einfach ab.«

»Hat es Ihnen denn, abgesehen von dieser Treulosigkeit, gefallen?«, fragt der Mann, der zwischen ihm und Gloria steht, mit kraftvoller, kultivierter Stimme.

»Es war wunderschön«, antwortet sie und blickt an seiner Schulter vorbei zu William. »Um das zu merken, brauche ich meinen dummen Ehemann nicht.« Ein Windstoß weht ihr die Haare ins Gesicht, und sie streicht sie lachend zurück.

Sie sieht William an, aber er denkt nicht mehr darüber nach, ihr zu sagen, wie leid es ihm tut. Er fragt sich auch nicht mehr, was es mit den Männern in schmutzigen Mänteln und abgetragenen Schuhen auf sich hat. Er streckt die Hände aus und legt sie auf die in Tweed gekleideten breiten Schultern, und sein Gesicht verzieht sich zu einem breiten Lächeln, als der Mann sich umdreht.

Der Mann ist überrascht. Er blickt zu Gloria und wieder zu William, dann glättet sich seine hohe, gerunzelte Stirn, und er streckt lachend die Arme aus.

»William!«

Von der gewaltigen Umarmung verschlungen, lacht auch William. »Martin.«

William und Gloria sitzen an einem kleinen Tisch in der Ecke des gut besuchten Pubs The Eagle.

»Ich kann's einfach nicht fassen!« Gloria trinkt einen Schluck von ihrem Bier mit Limo, und ihre Augen leuchten so aufgeregt, als hätte sie selbst gerade eine lange verlorene Freundin wiedergetroffen. Sie hat ihre Tasche auf den freien Stuhl gelegt, und William hat das von Martin gewünschte Glas Bitter auf den Tisch gestellt. Sie beugt sich zu ihm. »Ich war ja fest entschlossen, dich mit Schweigen zu strafen, aber eure Gesichter, als ihr euch erkannt habt!« Sie trinkt noch einen Schluck, stellt das Glas hin und legt ihre Hand auf seine.

Er zuckt die Achseln. »Als ich begriffen habe, dass er es ist, war da erst mal nur … Freude! Aber jetzt muss ich die ganze Zeit daran denken, was ich ihm angetan habe.« *Sag's ihnen, William*. Diese Augen, voller Tränen.

»Es sah aber nicht so aus, als wäre das *seine* erste Erinnerung gewesen, oder?«

»Nein, wohl nicht.«

»Wo bleibt er denn?«

»Er hat nur gesagt, er kommt nach, sobald er sich von den Männern verabschiedet hat. Er hat sicher nicht gedacht, dass es länger dauern würde, denn sonst hätte er uns nicht gebeten, ihm ein Bier zu holen.« Er trinkt einen Schluck von seinem Whisky. »Waren die Männer auch in der Kapelle?«

»Sie saßen direkt hinter mir«, sagt Gloria und nickt. »Aber ich habe diese gepflegte Stimme gehört, die mit ihnen gespro-

chen hat, deshalb wusste ich, dass sich jemand um sie kümmerte. Ich habe durch den Mund geatmet, damit ich sie nicht
riechen musste, und dann war es in Ordnung.«

»Zu meiner Zeit hätten sie sie nicht reingelassen«, sagt William. »Ah! Da ist er ja!«

Martin bewegt sich so geübt durch das Gedränge, als könnte
er es auch mit geschlossenen Augen tun.

»William Lavery!« Martin setzt sich und schlägt mit beiden Händen auf den dunklen Tisch. »Was für eine verdammte
Freude, dich zu sehen!« Er wendet sein strahlendes Gesicht
zu Gloria. »Und Sie auch, Mrs Lavery. Einfach großartig.« Er
trinkt gierig von seinem Bier und wischt sich mit dem Hand-
rücken über den Mund, eine ausholende, schwungvolle Geste,
die William so vertraut ist, dass es wehtut. »Was führt euch
nach Cambridge?«

»Gloria wollte schon ewig mal herkommen und sehen, wo
ich meine Jugend vergeudet habe.«

»Und jetzt lerne ich sogar denjenigen kennen, mit dem er sie
vergeudet hat!«, sagt Gloria.

Das Paar am Nachbartisch blickt herüber, als Martin lacht.
Dieses *Lachen*! »Ihr Liebster«, sagt Martin mit tiefer, volltö-
nender Stimme, »war der beste Chorknabe, der je in dieser Kapelle gesungen hat.«

»Das ist etwas übertrieben«, widerspricht William, aber
Martins Großzügigkeit erfüllt ihn mit Wärme.

»Ist es nicht, Gloria. Fragen Sie Phillip Lewis, der sagt Ihnen
dasselbe.«

»Siehst du ihn noch?« William richtet sich auf. »Lebst du
etwa hier?«

»Ja und ja.« Martin nickt und lehnt sich zurück. Das karierte
Hemd spannt über seinem Bauch. »Nach dem Studium – dessen Abschlussprüfung ich übrigens nicht bestanden habe – war
ich drei Jahre mit dem Freiwilligenhilfsdienst in der Elfenbein-

küste. Von jedem Lehrer und Tutor habe ich immer zu hören gekriegt, wie faul und egoistisch ich sei, deshalb hatte ich beschlossen, es ihnen zu zeigen. Fand die Leute toll, fand das Klima toll, hätte dort bleiben können, um ehrlich zu sein, aber dann wurde Mum krank, und ich kam zurück, um ihr die letzten sechs Monate zu helfen.«

William versucht sich die robuste Mrs Mussey auf dem Totenbett vorzustellen. »Das tut mir leid.«

Martin senkt den Kopf. »Das ist jetzt drei Jahre her. Dad hat ein Jahr später ebenfalls das Zeitliche gesegnet. Ohne sie mochte er nicht mehr.«

William ist traurig, und er schämt sich. In einem anderen Leben wäre er bei ihrer Beerdigung dabei gewesen.

»Wie dem auch sei«, fährt Martin fort, das breite, immer noch sommersprossige Gesicht von feinen Linien durchzogen, »ich habe ein hübsches Sümmchen geerbt und bin ziemlich ausgeflippt. Hab zu viel von dem gemacht, was mir schadete, und nicht genug von dem, was mir gutgetan hätte. War eine Zeitlang in San Francisco und in London. Dann gab es eine sehr schmerzhafte Trennung, und als ich mich davon halbwegs erholt hatte, habe ich überlegt, was ich mit dem Rest meines Lebens anfangen will.«

»Und dann sind Sie wieder hierhergekommen?« Glorias Londoner Akzent schlägt immer ein wenig stärker durch, wenn sie sich konzentriert.

»Zuerst nur für eine Art Urlaub, um meine musikalischen Wurzeln wiederzufinden, denn ich hatte gemerkt, dass die Musik mir guttut. An meinem ersten Abend, nachdem ich hier etwas getrunken hatte, kam ich auf dem Rückweg zu meiner Pension an zwei Betrunkenen vorbei, die auf dem Gehweg saßen und sangen. Ich hab mich dazugesetzt und mitgesungen.« William lacht; das kann er sich sofort vorstellen. »Sie waren überraschend gut, und so habe ich ihnen gezeigt, wie man die zweite Stimme dazu singt. Es war super. Und dann habe ich ihnen ›Bird on the Wire‹ beigebracht.«

»Was?«, fragt William.

»Von Leonard Cohen.«

William und Gloria sehen sich ratlos an.

»Wo wart ihr denn die ganze Zeit?«

»In Sutton Coldfield«, antworten sie wie aus einem Mund, was Martin erneut zum Lachen bringt.

»Den Song müsst ihr euch anhören«, sagt er. »Der Mann ist ein Genie. Darin kommen Betrunkene vor, die um Mitternacht singen. Das hat mich auf die Idee gebracht, und auf den Namen.«

»Welche Idee?«, fragt Gloria, gebannt wie ein Kind, dem eine Geschichte erzählt wird. »Und welcher Name?«

»Der *Midnight Choir*. Wir treffen uns jede Woche in einem Gemeindesaal an der Hills Road, und einmal im Trimester gehe ich mit ihnen zur Abendandacht. Ich muss Phillip vorher Bescheid geben und ihn bitten, mit dem Pförtner zu sprechen, damit er uns reinlässt.«

»Das ist toll«, sagt William. »Wie viele sind es denn?«

»An einem guten Abend« – Martin blickt zur Decke und zählt –, »fünfzehn.«

»Ist das Ihr Job?«, fragt Gloria.

»Schön wär's. Ich arbeite in der St John's Library, im Lesesaal für seltene Bücher. Da darf ich den ganzen Tag nur flüstern – könnt ihr euch das vorstellen? Ausgerechnet ich!«

»Was singen Sie denn so?« Gloria beugt sich vor und stützt die Ellbogen auf den Tisch.

»Popsongs, Golden Oldies und Kirchenlieder. Sie *lieben* gute Kirchenlieder.«

»Es freut mich, dass du noch singst«, sagt William.

»Du etwa nicht?« Martin blickt überrascht zu William, dann zu Gloria.

Kurzes Schweigen. »Oh, er singt jeden Tag.« Gloria beugt sich noch weiter vor und flüstert Martin zu: »Aber nur für Tote. Ganz ähnliche Sachen wie Sie, Popsongs, Oldies – allerdings keine Kirchenlieder.«

William sieht das Funkeln in Martins Augen; sie gefällt ihm, er mag ihren Humor. Martin wendet den Kopf zur Seite und sieht William an.

»Aber du bist nicht in einem Chor?«

William schüttelt den Kopf. »Meine Zeit als Sänger ist vorbei. Es sei denn, das Publikum ist tot, wie Gloria gesagt hat.«

»Du arbeitest also doch in eurem Familienunternehmen?«

William nickt.

»Jetzt tu nicht so bescheiden, William«, sagt Gloria.

Er verzieht das Gesicht.

Leicht genervt wendet sie sich zu Martin. »Er ist der beste Einbalsamierer im ganzen Land.«

»Red keinen Unsinn.« William stupst sie in die Seite.

»Zusammen mit Onkel Robert?«, fragt Martin lächelnd.

»Genau.«

»Wie geht es ihm?«

»Gut, danke. Wird schnell müde, aber keine ernsthaften gesundheitlichen Probleme.«

»Und Howard?«

»Fit wie eh und je.«

»Wir wohnen bei ihnen im Haus.« Gloria beugt sich unter den Tisch, kramt kurz in ihrer Tasche und taucht mit der Schachtel von Fitzbillies wieder auf. »Mögen Sie eine?«

»Wenn Sie nicht schon verheiratet wären, würde ich Ihnen sofort einen Antrag machen.« Martin greift in die Schachtel und verschlingt mit einem Biss eine halbe Rosinenschnecke. »Und, William«, sagt er mit zuckerverkrümelten Lippen, »wie geht's der bezaubernden Evelyn?«

Gloria sieht zu William, aber er spürt, dass sie nicht für ihn antworten wird.

»Gut. Soweit ich weiß. Wir reden nicht miteinander. Sie lebt in Swansea.«

Martin lehnt sich abrupt zurück. »Aber ihr wart euch so nah!«

»Du weißt doch, was passiert ist«, erwidert William leicht gereizt. »Du warst dabei.«

»Das ist doch ganz normal in Familien – man streitet sich, verletzt einander, schmollt und versöhnt sich wieder.« Martin sieht ihn verdattert an. »Ich wäre nie darauf gekommen, dass das immer noch zwischen euch steht. Ihr habt euch *vergöttert*.«

»War das so deutlich zu merken?«, fragt Gloria, auf einmal hellwach.

»Und wie. Ich war so was von neidisch! Ich habe noch vier Geschwister, und wenn ich die beiden auf der King's Parade gesehen habe oder wie sie aus dem Copper Kettle kamen, war unübersehbar, wie innig sie miteinander waren.«

»Tja, das ist vorbei.« William muss dieses Thema beenden.

»Tut mir leid, wenn ich mich auf schwieriges Terrain gewagt habe.« Martin hebt entschuldigend die Hände, und es herrscht kurzes Schweigen. »Ist das der Grund, warum du vorhin nicht bei der Abendandacht warst?«

William nickt. Einen Moment lang blicken alle auf den Tisch, dann richtet Martin sich plötzlich auf. »Oh!«, sagt er mit neuem Elan. »Letztes Trimester habe ich an dich gedacht. Da haben wir ›Myfanwy‹ gesungen. Sie waren begeistert. Erinnerst du dich daran? Wie wir es meiner Familie vorgesungen haben?«

»Natürlich.« William starrt weiter auf die dunkle Maserung des Eichentischs.

»Die Sache ist die« – diesmal kommt Gloria ihm zu Hilfe –,

»das Lied ist für William mit schwierigen Erinnerungen verbunden.« Eine große Gruppe hat das Pub verlassen, und auf einmal ist es deutlich leerer und ruhiger. »Erinnern Sie sich an das Unglück vor sechs Jahren? In Aberfan, wo die ganzen Kinder durch die abgerutschte Halde getötet wurden?«

»Natürlich erinnere ich mich«, erwidert Martin. »Lebendig begraben vom National Coal Board. Das vergesse ich nie.«

»Nun ja« – Gloria räuspert sich –, »er ist als Freiwilliger dort hingefahren, direkt nach seinem Abschluss, und hat ein paar von den Kleinen ›Myfanwy‹ vorgesungen, während er … sich um sie gekümmert hat. Und jetzt macht das komische Sachen mit ihm.«

William zwingt sich, seinen alten Freund anzusehen. »Ich bin reif für die Klapse. Alles Mögliche macht komische Sachen mit mir, auch Chormusik, insbesondere, wie dich kaum überraschen wird, das ›Miserere‹. Ich habe keinen Kontakt mehr zu meiner Mutter, mit dir, meinem besten Freund, habe ich nicht mehr gesprochen, seit ich von hier weggegangen bin, und ich will keine Kinder haben. An manchen Tagen geht es mir gut, an anderen nicht. Ich kriege Herzklabastern, Röhrenblick und Flashbacks, und zwar egal, ob ich wach bin oder schlafe.«

Martin schweigt, die Hände im Schoß. William spürt, wie eine geradezu greifbare Ruhe von ihm ausgeht, und erinnert sich, dass es auch früher schon so war: jede Menge Energie und Unsinn im Kopf, aber immer dieses ruhige, konzentrierte Zuhören.

»Du meine Güte«, murmelt Martin. In dem Moment geht die Tür auf, und ein lauter Trupp männlicher Studenten kommt herein. Sie sitzen eine Weile schweigend da.

»Was ist mit Ihnen, Martin?«, fragt Gloria. »Haben Sie jemanden an Ihrer Seite? Es ist bestimmt nicht einfach, mit diesen Männern zu arbeiten.«

»Zurzeit nicht«, sagt er mit sanftem Lächeln.

»Das ist aber verdammt schade.« Gloria steht plötzlich auf.
»Ich finde Sie nämlich wunderbar!« Sie blickt sich um. »Wo
ist denn das Klo?« Martin deutet hinter sie. »Auf dem Rückweg hole ich uns noch eine Runde. Dasselbe wie eben?« Beide
nicken und sehen ihr nach.

»Wie geht es deinen Brüdern?«, fragt William. »Und den
Zwillingen?«

»Gut.« Martin trinkt den Rest von seinem Bier. »Richard
arbeitet bei einer Bank in Kemsing, Edward ist Direktor eines
Internats in der Nähe von Brighton, und die Zwillinge leben in
Worthing, beide verheiratet und mit Nachwuchs. Sieben Nich-
ten und drei Neffen.«

William starrt auf sein Glas und sieht dann auf. »Martin, es
tut mir leid, dass ich auf deine Briefe nicht geantwortet habe.«

Martin zuckt die Achseln. »Vergiss es. Ich habe dich bestimmt furchtbar zugetextet.«

»Ich habe sie nicht mal gelesen.« Er hält Martins Blick stand.
»Ich konnte nicht.«

»Verstehe.« Martin verzieht kurz das Gesicht.

»Ich glaube nicht. Ich konnte sie nicht lesen, weil ich solche
Schuldgefühle hatte.« Nun senkt William doch den Blick. »Du
hast mir so gefehlt.«

»Wenn du meine verdammten Briefe gelesen hättest, wüss-
test du, dass es mir genauso ging.« Martins fleischige Hand
landet kurz auf Williams.

William schüttelt den Kopf. »Ohne mich bist du besser
dran.« Auf einmal hat er Angst, dass er weinen muss. Er will
nicht, dass Gloria ihn aufgelöst vorfindet, wenn sie zurückkommt – nun, da sie den Tag doch noch genießt.

Martin rutscht auf seinem Stuhl nach vorne. »William, ich
verbringe meine Zeit freiwillig mit Männern, die alles verloren haben. Sie sind nicht immer einfach, aber das macht sie
umso interessanter. Sie sind *echt*.«

William sieht, dass Gloria an der Bar steht und mit dem Barkeeper plaudert, der über etwas lacht, das sie gesagt hat.

»Also gut.« William sieht wieder zu Martin. »Schön, dass wir uns wiedergefunden haben.«

Gloria kommt mit einem Tablett zurück. »Alles in Ordnung?«

»Danke, Gloria.« Martin nimmt ihr die Gläser ab und reicht William seins. »Ich hätte dich nicht für einen Whiskytrinker gehalten.«

»Wofür denn dann?«

Martin überlegt. »Ich meine mich zu erinnern, dass du eine Schwäche für Ingwerbier hattest, aber da warst du ja auch erst zehn.« Martin und Gloria erfüllen das Pub und Williams Herz mit ihrem Lachen.

»So, Martin.« Gloria reibt sich die Hände. »Jetzt mal raus mit der Sprache. Ich will alles über meinen Liebsten wissen, als er Chorknabe war.«

»Tja, Gloria« – Martin senkt die Stimme –, »wie viel Zeit haben Sie?«

»Der Mann liebt dich.« Es ist nach neun, und sie gieren nach den Sandwiches, die auf dem Kaminsims warten. Ein Radfahrer rollt neben ihnen durch eine tiefe Pfütze, und eine Wasserfontäne spritzt auf. Mit einem missbilligenden Schnalzen bückt Gloria sich, um die nassen Nylons von ihren Beinen zu ziehen.

»Ich weiß.« Sie biegen in den kurzen Fußweg zu ihrer Pension ein. Er steckt den Schlüssel ins Türschloss und bewegt ihn hin und her, bis er greift. »Ich liebe ihn auch.«

»Gut.« Sie klopft ihm auf den Rücken, während sie ihm die schmale Treppe hinauffolgt. »Denn in diesem Leben brauchen wir jeden einzelnen Menschen, der uns liebt, meinst du nicht?«

»Stimmt«, sagt er.

»Versprich mir, dass du dich bei ihm meldest. Vielleicht besuchst du ihn noch mal? Oder du lädst ihn zu uns ein?«

»Versprochen.«

49
Zwei Jahre später

William sitzt schon seit über einer Stunde in der Ecke von Ruths Wohnzimmer, während Gloria sich mit ihren Freundinnen unterhält. Er mag diesen Raum nicht – die Glasvitrine mit den Hochzeits- und Babyfotos deprimiert ihn, und das nichtssagende Geplärre, das aus der Stereoanlage kommt, zerrt ihm an den Nerven. Ruth ist Glorias engste Freundin von der Arbeit und die letzte, außer ihnen, die ein Kind bekommen hat. Im Moment kann er sie auch nicht besonders gut leiden, und wenn er etwas hasst, sind es Taufpartys.

Vor ein paar Monaten ist er früher von der Arbeit zurückgekommen und hat Gloria auf dem Küchenfußboden vorgefunden, zusammengekrümmt vor Kummer, die Knie an die Brust gezogen. Für eine Sekunde sah er den Schmerz in ihrem Gesicht, bevor sie sich unter Kontrolle bekam. Sie versuchte, den zusammengeknüllten Brief zu packen, der neben ihr lag, doch er bückte sich und kam ihr zuvor. Der Brief war von ihrer Schwester.

»Ich komme schon darüber hinweg«, sagte sie und wischte sich mit beiden Händen übers Gesicht. »Ich finde sie nur ein bisschen gierig. Sie hat schon drei. Ich weiß nicht, ob ich mich über ein viertes freuen kann.«

Er setzte sich auf den Boden, legte den Arm um sie und küsste ihren warmen Kopf. Sie lehnte sich an ihn, ihr Körper entspannte sich, und er staunte, dass sie sich von ihm trösten ließ, obwohl er der Grund für ihren Schmerz war.

Gloria hat keine Ahnung, dass er sich ab und zu versuchsweise eine Schwangerschaft vorstellt; ihre heiße Freude, ein Baby, das kommt – immer ein Mädchen –, das weiche Fleisch winziger Finger, die sich um seine schließen. Ebenso wenig weiß sie von den Bildern, die ihm mit dem nackten Grauen seiner Flashbacks durch den Kopf schießen. Bilder von furchtbaren Angriffen auf den zerbrechlichen Körper ihres Babys. Die unerträgliche Qual, sein eigenes Kind einzubalsamieren. Denn wie könnte er das jemand anderen tun lassen? All das behält er für sich.

Bei seinem letzten Besuch in Cambridge wollte er eigentlich mit Martin darüber sprechen, weil er findet, dass dessen Gegenwart geradezu etwas Magisches hat. Doch als er dort ankam, spürte er, wie sich etwas in ihm verschloss, und er ließ sich von Martins munterer Gesellschaft tragen. Während der letzten zwei Jahre war er bestimmt ein Dutzend Mal bei ihm. Manchmal zusammen mit Gloria, manchmal allein. Am schönsten ist es, wenn sie mitkommt und Martin ein kunstvolles Mahl kocht, mit Wein und lauter Musik und Blumen auf dem Tisch, aber meistens fährt er allein, damit sie ein bisschen Zeit für sich hat.

Jetzt kommt Gloria auf ihn zu, das Baby in seinem albernen Taufkleid auf dem Arm und Ruth im Schlepptau, die strahlend fragt: »Willst du ihn auch mal halten, Onkel William?«

Er schüttelt den Kopf. »Nein, danke.«

Ruth runzelt spielerisch die Stirn und blickt zu Gloria.

»Komm schon, William.« Gloria lächelt, aber ihre Stimme hat etwas Warnendes. »Er ist richtig süß.« Entschlossen hält sie ihm das Baby hin.

Reiß dich zusammen, denkt er. *Streck einfach die Arme aus, nimm das Kind, und dann lächelt sie wieder auf diese bezaubernde Weise.*

»Also gut, dann komm mal her, Kleiner.« Er steht auf, versucht, souverän zu klingen. Seine Hände greifen um den Körper des Babys, und er spürt den winzigen Brustkorb unter dem rutschigen Satin. Die beiden Frauen strahlen ihn an. Er legt das Baby in seine Armbeuge.

»Schau mal, wie wohl er sich fühlt!«, sagt Gloria.

»Setz dich« – Ruth sieht ihn eifrig an –, »vielleicht schläft er dann ein.«

Vorsichtig setzt William sich wieder, spürt, wie der winzige Körper sich in seinen Armen entspannt, sieht, wie die Lider mit jedem Blinzeln langsamer und schwerer werden. Alle stehen um ihn herum, und er merkt, wie einige der Gäste zu ihm hinunterlächeln. Er konzentriert sich auf das Baby, blendet die Erwachsenen aus.

Ein goldenes Flackern am Rand seines linken Auges ist die einzige Warnung. Sekunden später durchzuckt ihn die Gewissheit, dass das Baby tot ist. Er versucht aufzustehen, hält es mit beiden Händen. Er schreit, und das Baby wacht auf. Aber wie kann das sein? Es ist doch tot, und all diese Menschen, all diese Eltern warten auf ihn. Er muss sich beeilen, bevor die Verwesung einsetzt! Er versucht, sich durch die Menge zu drängen. Ein Schrei, und ein wütender Mann zerrt an dem Baby. Der Vater will das tote Kind, aber William darf es ihm nicht geben! Er umklammert das schreiende Baby fester. Er muss mit der Arbeit beginnen!

»William! William! Lass das Baby los!«

Gloria. Ihre Arme halten ihn. Jemand schluchzt. Wo ist das Baby? Die wartenden Eltern starren ihn an.

»Geht's dir besser?«, fragt sie und mustert sein Gesicht.

Der Schweiß auf seiner Stirn fühlt sich kühl an. Die Sackgasse ist voll geparkter Autos. Schweigend lehnen sie an der Motorhaube ihres Wagens. Die frische Luft hilft ihm, wieder

303

zu sich zu kommen. Ihre Hand auf seinem Rücken ist sanft, genau wie ihre Stimme, aber er spürt, dass sie wütend ist.

»Steig drüben ein. Ich fahre, aber noch nicht sofort«, sagt Gloria leise, aber entschlossen und fischt den Schlüssel aus seiner Jackentasche. »Ich habe dir etwas zu sagen, und du musst *zuhören*.«

Als sie im Auto sitzen, starrt er erschöpft durch die Scheibe. Ein Windstoß pfeift durch die Lüftungsschlitze.

»Bestimmt hassen sie mich.«

»Nein.«

»Natürlich tun sie das. Wenigstens wissen sie jetzt, dass ich Recht habe, was das Kinderkriegen angeht.«

Sie dreht sich abrupt zu ihm, und ihre Augen lodern. Einen Moment lang starren sie sich an, und er wappnet sich für das, was kommt. Dann atmet sie tief ein und aus und dreht sich wieder zur Scheibe. »Ich habe *nie irgendwem* gesagt, warum wir keine Kinder haben« – ihre Stimme ist jetzt ruhig –, »aber weißt du, was mich wirklich ankotzt? Nicht, dass du keine Kinder willst oder nachts schreiend aufwachst. Glaubst du, ich könnte jemanden so lieben wie dich, wenn ihn das Grauen, das du gesehen hast, nicht berühren würde?«

»Was ist es denn dann?« Er will nur noch nach Hause und schlafen.

»Dass du nicht damit leben *musst*. Was bei uns zu Hause, in unserem Schlafzimmer passiert, ist ja eine Sache, aber heute hast du mir wirklich Angst eingejagt, William. Du hättest dem Baby wehtun können.« Ihre Stimme wackelt. »Ich weiß einfach, dass es da draußen Hilfe gibt.«

»Ich sorge dafür, dass so was nicht wieder passiert. Offensichtlich bin ich eine Gefahr für Kinder.«

»Ja, red dir das nur ein.«

Der ungewohnte Sarkasmus lässt ihn aufhorchen. »Was meinst du damit?«

304

»Du weigerst dich, dir Hilfe zu suchen, weil du Angst davor hast, was dann noch ans Tageslicht kommt. Hier geht es nicht nur um Aberfan.«

»Ach, die alte Leier wieder.«

Gloria schüttelt den Kopf und stößt ein hässliches Lachen aus. Er kurbelt die Seitenscheibe herunter.

»Was mich wahnsinnig macht, ist, dass du immer nur eine Seite von jeder Geschichte sehen willst. Du hast unsere Ehe ruiniert, weil du sagst, du könntest es nicht ertragen so zu leiden wie diese *armen* Eltern in Aberfan. Aber weißt du was? Du bist ein verdammter Heuchler.«

Mit einem Angriff hat er nicht gerechnet. Sonst ist sie nach einem Flashback immer ganz sanft mit ihm. Eine Katze schlendert über den Gehweg und lässt sich an einer sonnigen Stelle fallen. Er ist so ausgelaugt, dass er sie nur anstarren kann.

»Seit Jahren fügst du jemandem Leid zu, jeden Tag, und zwar deiner eigenen *Mutter*.« Sie schüttelt den Kopf. »Du kannst dich entscheiden, kein Vater zu sein, aber du kannst nicht beschließen, kein Sohn mehr zu sein, und sie kann niemals aufhören, eine Mutter zu sein.« Ein Paar verlässt die Taufparty. Sie sehen kurz zum Auto, dann gehen sie mit gesenkten Köpfen rasch weiter. »Du denkst, du bist ein verwundetes, blutendes Herz, aber in Wirklichkeit bist du ein Tyrann, der jeden verletzt, der ihm nahekommt.« Sie wartet. »Nun?«, fragt sie scharf. »Hast du irgendwas dazu zu sagen?«

»Du hast Recht«, erwidert er schließlich, den Blick immer noch auf die Katze gerichtet, die ihre getigerte Flanke leckt. »Ich bin ein Tyrann, der jeden verletzt, der ihm nahekommt.«

»Und?« Er hört, wie sie schluckt, und sieht aus dem Augenwinkel, wie sie das Kinn ein wenig hebt. »Was willst du dagegen tun?«

»Ganz einfach«, sagt er und wendet sich endlich um zu Glorias aufgewühltem, geliebtem Gesicht.

4. Teil Midnight Choir

50

Er muss zum Bahnhof geschlafwandelt sein. William hat keine Erinnerung daran, wie er in den Zug von Birmingham nach Cambridge gekommen ist. Er sieht frisch gepflügte Felder und das erste zarte Grün an den Bäumen. Die Sonne zu seiner Linken brennt durch die Scheibe, und der staubige Sitz riecht aufgeheizt. Er hat seine Sonnenbrille nicht dabei, schließlich ist es erst März. Aus seinem Koffer lugt ein Hemdzipfel. Wenn er ihn bis zu Martins Wohnung trägt, reißt bestimmt der Griff ab, aber er hat kein Geld für ein Taxi bei sich.

Der Marsch bis zur Jesus Lane erschöpft ihn. Er klopft und lehnt den Kopf an die blau lackierte Tür, während er darauf wartet, dass Martin die Treppe herunterkommt.

Als er die Kette innen klirren hört, richtet er sich auf.

»Hallo. Kann ich Ihnen helfen?«

William registriert blonde Locken über breiten Schultern. Das schwarz-weiß gestreifte Rugbyshirt tut ihm in den Augen weh.

»Ist Martin da?«

Das Gesicht mustert ihn, wendet sich dann um und ruft die Treppe hinauf: »Martin! Hier ist jemand für dich!«

William denkt, er sollte sich vorstellen, bringt aber nicht die Energie dafür auf.

»Sie sollten ihn in Ruhe lassen, wissen Sie«, sagt der Mann leise und beugt sich vor. »Er hat ein eigenes Leben.«

William kann nur nicken. In dem Moment kommt Martin heruntergepoltert.

»William! Habe ich was vergessen? Ich habe seit Tagen nicht mehr in meinen Kalender geguckt.«

»Nein«, sagt er und versucht zu lächeln. »Ich sollte eigentlich nicht hier sein.«

Martin legt ihm die Hand auf die Schulter und führt ihn hinein. »Steve, das ist William, mein ältester Freund.«

Steve lächelt verlegen. »Entschuldige, William, ich dachte, du wärst ... Du musst mich ja für ein totales Arschloch halten.«

»Ganz und gar nicht.« William streckt die Hand aus, um Steve zu begrüßen, verschätzt sich aber und bohrt sie ihm stattdessen in den Bauch.

Steve wendet sich zu Martin. »Tut mir leid, ich dachte, er wäre einer von den ...«

Martin runzelt die Stirn. »Du siehst aber auch übel aus, William. Komm rein.« Er deutet nach oben. »Steve, kannst du uns Wasser aufsetzen?«

»Klar.« Steve springt die Stufen hinauf wie eine große Katze.

»Den nehme ich«, ist alles, was Martin zu dem Koffer sagt. »Rauf mit dir.« William spürt den ganzen Weg nach oben den Druck von Martins Hand an seinem Rücken.

Vor dem Erkerfenster im Wohnzimmer steht eine über und über mit Knospen übersäte Magnolie. Der Schatten ihrer Zweige tanzt über den Holzboden. Auf dem Tisch stehen zwei gemusterte Teller mit halb gegessenen Bacon-Sandwiches, eine Flasche mit brauner Soße und zwei Becher.

Steve streckt den Kopf aus der kleinen Küche nebenan. »Tee oder Kaffee?«

»Kaffee, danke. Schwarz.« William lässt sich auf das Sofa fallen, stützt die Arme auf die Knie und vergräbt das Gesicht in den Händen. Er spürt die Bewegung des Polsters, als Martin sich ruhig neben ihn setzt.

»Haben wir ein Problem?«

Bei dem *wir* schnürt sich William die Kehle zusammen. »Ja, haben wir«, sagt er, dankbar, dass Martin ihm immer das Gefühl gibt, nicht allein zu sein.

Steve stellt den Kaffee auf den kleinen Ebenholztisch in Form eines Elefanten. »Ich hab noch was zu erledigen, bis später.«

»Danke, Steve.«

Ein paar leichte, elastische Schritte die Treppe hinunter, die Haustür wird geöffnet und wieder geschlossen, dann herrscht Stille.

»Wer ist er?«, fragt William. »Ich hoffe, ich habe euch nicht gestört.«

Martin zuckt die Achseln. »Nur ein Freund, mach dir keine Gedanken.« Er dreht sich ein wenig, um William ansehen zu können. »Was ist los? Was ist passiert?«

Ein Gewicht drückt gegen seine Brust. Er atmet ein, trinkt einen Schluck von dem starken Kaffee und stellt den Becher wieder hin. Dann starrt er auf die Tischplatte.

»William?«

Tränen schießen ihm in die Augen. »Ich habe sie verlassen.«

»Du kannst eine Weile hierbleiben, unter zwei Bedingungen.«

Martin ist ins Gästezimmer gekommen und zieht die Vorhänge auf. William hält sich die Hand über die Augen, als ein Lichtstrahl auf sein Kopfkissen fällt. Er hat offensichtlich die ganze Nacht geschlafen, aber als er sich erinnert, wo er ist und warum, überkommt ihn bleierne Müdigkeit.

»Danke. Was sind das für Bedingungen?«

»Du hilfst mir mit dem Chor.« Martin zieht das Schiebefenster ein Stück herunter und lehnt sich mit verschränkten Armen daran.

»Tut mir leid, Martin.« William schüttelt den Kopf. »Alles, was du willst, aber nicht das.«

»Ich könnte Hilfe gebrauchen, und sonst will ich nichts.«
Auf seinem Gesicht liegt die Andeutung eines Lächelns.

William muss ebenfalls lächeln. »Dann bleibt mir wohl
nichts anderes übrig, oder?«

Martin kommt zum Bett und klopft William aufs Bein.
»Großartig! Ich muss jetzt zur Arbeit. Deine Aufgabe für
heute ist es, die Texte zu den neuen Liedern abzutippen, die
wir diese Woche einstudieren. Die Noten liegen auf dem Tisch,
neben der Schreibmaschine. Danach gehst du in die Reprogra-
phieabteilung des Colleges, sag denen, ich hätte dich geschickt,
und lass das Ganze zwanzigmal kopieren.«

»Kann ich das auch morgen machen?«

»Morgen habe ich andere Aufgaben für dich.«

William schließt wieder die Augen.

»Gibt's ein Problem?«

Mit geschlossenen Augen antwortet er: »Ich hatte gehofft,
ich könnte mich erst mal eine Weile ausruhen.«

»Als ich nach Cambridge zurückkam, ging es mir ähnlich,
aber immerhin hatte ich genug Verstand, um zu begreifen, was
ich brauchte: *Nahrung für die Seele.*«

William öffnet die Augen wieder und sieht, wie Martin zum
Fenster zurückkehrt.

»Also gut, ich versuch's.«

»Mehr kann ich ja wohl nicht verlangen, oder?« Martin
zieht das Fenster noch ein Stück herunter. Eine Woge kühler
Luft weht herein, als er zur Tür geht. »Ach!« Er hält inne. »Die
zweite Bedingung.«

»Ja?«

»Wenn ich heute Abend nach Hause komme, erzählst du
mir, was los ist. Gestern warst du offensichtlich nicht in der
Lage dazu, aber wenn du hierbleiben willst, verdiene ich eine
Erklärung.« Und damit verschwindet er, bevor William etwas
erwidern kann.

»Martin?«, ruft William ihm nach.

»Ja?«, kommt es aus dem Flur.

»Wohnt Steve hier?«

»Nein.« Die Tür geht auf, und Martin schaut noch mal herein. »Und das ist die dritte Bedingung. Keine Verurteilungen.«

»Natürlich nicht«, sagt er, enttäuscht, dass Martin es überhaupt für nötig hält, das zu erwähnen.

Nachdem die Haustür ins Schloss gefallen ist, fühlt sich die plötzliche Stille geradezu feindlich an. William zieht sich die Decke über den Kopf, merkt aber sofort, dass er nicht wieder einschlafen kann. Er schlägt sie zurück und starrt auf das mit Sprossen unterteilte Schiebefenster. *Was passiert jetzt wohl gerade zu Hause? Was macht Gloria? Worüber spricht sie mit Robert und Howard?*

Um sich daran zu erinnern, warum er das hier tut, stellt er sich Gloria mit einer Familie vor, die nichts mit ihm zu tun hat. Sein Magen katapultiert ihn aus dem Bett, und er schafft es gerade noch rechtzeitig ins Badezimmer, um die Hähnchenpastete von gestern Abend in das gesprungene Waschbecken zu spucken.

51

Es ist dunkel, als William mit Erzählen fertig ist. Die Fenster und Vorhänge im Wohnzimmer sind noch offen, und die knospenden Kastanien auf dem Jesus Green schimmern golden im Schein der Straßenlaternen.

Martin schenkt sich den letzten Rest Tee ein, leert den Becher mit einem Schluck und steht auf. »Hast du die Texte kopiert?«

William deutet mit dem Kopf zum Klavier, das an der Wand steht. »Da drüben, in der Mappe.«

»Gut. Wir brauchen noch drei weitere Mappen, kannst du die morgen bei Smith's besorgen?« Er greift in seine Hosentasche und legt zwei Ein-Pfund-Scheine auf den Tisch. »Ich gehe direkt von der Arbeit zur Probe, du musst dich also selbst ums Essen kümmern, und dann treffen wir uns da.« Er schließt die Fenster, zieht die Vorhänge zu, bringt ihre Becher in die Küche und geht dann durch das Wohnzimmer zur Tür. »Gute Nacht, William.«

»Ist das alles?«

Martin bleibt kurz stehen und sieht William mit einem ungewöhnlich scharfen Blick an. »Ja, das ist alles«, erwidert er und verlässt den Raum.

William rührt sich nicht. Das Knarzen von Martins Schritten auf dem Holzboden verstummt nach wenigen Minuten. Er sehnt sich nach Gloria, stellt sich vor, wie sie im Bett auf ihn wartet, in ihrem hübschen, weichen Baumwollnachthemd, das gebürstete kastanienbraune Haar dunkel auf dem weißen Kissen. Er schließt die Augen. Wie würde sich Frieden wohl anfühlen?, fragt er sich. Kennt er das Gefühl überhaupt?

Ja. Und schon ist er wieder in der Küche seiner Mutter und sieht verschlafen zu, wie sie das Blech mit den Keksen aus dem Ofen nimmt.

»Guten Abend, meine Herren.« Martins Blick wandert mit ruhiger Autorität von einem Mann zum anderen. Eine Kopie der Liedtexte, die William gestern für ihn hat anfertigen lassen, liegt ordentlich auf seinem breiten Schoß. »Ich hoffe, die Woche war gut zu Ihnen.« Die Stühle stehen im Kreis. Er und Martin haben fünfzehn hingestellt; vier davon sind nicht besetzt. Die Männer lächeln oder nicken, einer winkt mit seinem zerlumpten Arm. »Das ist William, ein alter Freund aus meiner Zeit als Chorknabe. Er hilft uns für ein paar Wochen.«

William nickt mit einem kurzen Lächeln, ohne jemanden direkt anzusehen. Er fühlt sich äußerst unbehaglich, zum Teil wegen der Männer, aber auch weil er sich die letzten dreizehn Jahre so sehr bemüht hat, die Vergangenheit, die ihn mit Martin verbindet, auszublenden. Auf diese beiläufige Weise vorgestellt zu werden, kommt ihm dreist vor, wie ein Übergriff.

»Na dann.« Martin legt das Textblatt unter seinen Stuhl. »Wärmen wir uns erst mal mit ein paar Stimmübungen auf, ja?« Er sieht auf die viereckige Wanduhr. »Jenny müsste jeden Moment hier sein, aber das schaffen wir auch ohne sie. Alle Mann hoch.« Martin steht auf, gefolgt vom Rumpeln und Quietschen der Stuhlbeine.

Obwohl die schmalen Fenster, die oben rund um den Gemeindesaal verlaufen, ein Stück geöffnet sind, ist der bittere, muffige Geruch der Männer deutlich wahrzunehmen. William beschließt, sich nicht näher mit seiner genauen Zusammen-

315

setzung zu beschäftigen. Sie scheinen alle Mäntel anzuhaben, obwohl manche von ihren Kleidern so zerlumpt und in Schichten übereinandergezogen sind, dass man kaum erkennen kann, was sie ursprünglich einmal waren. Martin trägt wie immer eine ausgebeulte Cordhose und ein Hemd mit offenem Kragen.

»Denken Sie dran, atmen Sie von hier«, sagt Martin und legt seine riesige Pranke auf den Bauch. Einige der Männer korrigieren ihre Haltung, andere nicht. Er gibt ihnen das tiefe D vor.

Es ist das erste Mal, dass William Martins erwachsene Singstimme hört. Als Chorknaben wussten sie alle, wie erlesen ihre Stimme jetzt auch sein mochte, es gab keine Garantie, dass sie später auch noch etwas Besonderes sein würde. Aber Phillip hatte immer gesagt, ihre Disziplin und ihre Ausbildung würden ihnen ein gutes Fundament geben, um das Beste daraus zu machen. Doch es überrascht William nicht, dass Martin einen warmen, kraftvollen Bass hat.

Er führt sie durch die Tonleitern und Arpeggios. William ist beeindruckt. Der Klang ist angenehm, wenn auch ein wenig kratzig. Er besinnt sich auf seinen alten Trick, die einzelnen Stimmen herauszuhören, und dadurch nimmt er auch die einzelnen Gesichter wahr, verliert den Eindruck, dass sie ein schmuddeliges Ganzes sind. Er bemerkt den feingliedrigen Körperbau des Tenors ihm gegenüber, der sein dichtes, drahtiges Haar grob gekämmt und gescheitelt hat. Er sieht den weit geöffneten Mund des Mannes zu seiner Linken, in dem ein Schneidezahn fehlt.

»William, kannst du bitte die Mappen verteilen?« Martin deutet auf den schiefen Tisch in der Ecke, wo ein Stapel A4-Ringhefter mit der Aufschrift »Midnight Choir« liegt. Sie rutschen in seinen Armen hin und her, während er damit herumgeht. Die Männer nehmen die Mappen in die Hände, beide Füße fest auf dem Boden, und setzen sich gerade hin.

»Nummer drei, als Abschluss des Aufwärmens. William, du wirst uns begleiten müssen. Ich weiß nicht, wo Jenny bleibt.«

Er hat kein Klavier mehr angerührt, seit er Cambridge verlassen hat. Während er den Saal durchquert, wünschte er, Martin hätte ihn vorgewarnt, dass er vielleicht spielen muss, doch dann geht die Tür auf, und eine Frau, die William auf Mitte vierzig schätzt, kommt hereingestürzt.

»Entschuldige, Martin, ich hatte einen Platten.« Sie eilt zum Klavier und zieht sich im Laufen den Mantel aus. »Musste zurück und das Rad von meinem Mann nehmen, aber auf dem kann ich nicht so schnell fahren. Hallo, die Herren.« Sie winkt der Gruppe kurz zu, und sie antworten mit einem »Hallo, Jenny.« Sie mögen sie, denkt William.

»Kein Problem«, sagt Martin. »Wir wollten gerade das Aufwärmen mit ›Danny Boy‹ abschließen. Jenny, das ist William, ein alter Freund, der uns für eine Weile aushilft.«

»Hallo, William.« Sie lächelt, legt ihren Mantel oben auf das Klavier und klappt den Deckel auf.

Martin wartet einen Moment, bis sie die Noten aufgeschlagen hat, dann hebt er die Hand und nickt ihr zu. Sie spielt ein paar Takte der Einleitung und geht dabei mit dem ganzen Körper mit. Es ist erstaunlich, wie die Männer ihre Mappen halten. Aufrecht und mit erhobenem Kopf. Es ist fast, als stünde Phillip da vorne.

Es holpert natürlich ein wenig, aber es klingt voller, als William gedacht hätte. Sie singen wirklich. Und irgendwo darin sind ein, zwei gute Stimmen.

Links von William steht ein schlaksiger, dünner Mann, dessen Alter unmöglich zu schätzen ist, aber sein langes Haar und der dünne Bart sind überwiegend grau. Er ist nervös, sein Blick huscht immer wieder zu William, aber nie lange genug, als dass William ihm zulächeln könnte. Er hat nicht die richtige Seite aufgeschlagen und singt auch nicht, aber William scheut davor zurück, ihm zu helfen. Er scheut vor ihnen allen zurück. Doch als sie bei der zweiten Strophe ankommen, hält er es nicht länger aus. Er beugt sich vor, blättert zwei Seiten weiter und zeigt auf die Stelle, an der sie gerade sind.

>*But come ye back when summer's in the meadow,*
Or when the valley's hushed and white with snow.«

Der Mann nickt, sieht ihn kurz an, singt aber immer noch nicht und fängt nach einigen Sekunden wieder an zu blättern.

»David kann nicht lesen«, sagt der Mann rechts neben William. Sein Fauxpas ist William so peinlich, dass er kaum darauf reagiert. »Und er ist taub«, fügt der Mann hinzu.

»Ah«, erwidert William tonlos und nickt. Er singt nur leise mit; er will nicht, dass die anderen ihn hören.

»So, jetzt noch mal richtig, okay?« Martins Augen leuchten, und er wirkt noch größer und breiter als sonst. Er sieht einem nach dem anderen in die Augen und streckt die Hand aus. »Kommen Sie, ich will hören, dass Sie es wirklich so meinen.« Er blickt kurz auf den Text, dann legt er die Hand aufs Herz und sieht wieder zu den Männern. »*And I shall hear – I shall hear, though soft you tread above me.*« Sein wacher Blick wandert von einem zum anderen. »*And all my grave will warmer, sweeter be.* Kommen Sie, meine Herren, überzeugen Sie mich! *For you will bend and tell me that you love me.*« Er hält kurz inne, dann fügt er leise hinzu: »*And I shall sleep in peace until you come to me.*«

Im Ernst, Martin?, denkt William. Kann irgendeiner von diesen Männern wissen, dass er geliebt wird? Kann irgendeiner von ihnen in Frieden schlafen? Doch die Männer blicken gebannt zu Martin.

»Noch mal, ab ›*And I shall hear*‹. Und denken Sie dran, lassen Sie mir keinen Zweifel.« Er sieht zum Klavier. »Bitte, Jenny.«

Sie singen es erneut, und von der ersten Silbe an ist der Unterschied erstaunlich. Eine Woge von Energie durchflutet den Raum, kraftvoll und zärtlich zugleich.

»Ja!« Martin strahlt, sein Oberkörper bewegt sich mit der Musik, und William spürt, wie sich ein Lächeln auf seinem Gesicht ausbreitet. So hat er schon lange nicht mehr gelächelt. Und beim letzten Refrain gestattet er sich zu singen, wie er noch viel länger nicht gesungen hat.

»Das gefällt mir schon besser!«, sagt Martin triumphierend, sieht zu William und nickt kurz.

»Donnerwetter«, sagt der Mann neben ihm und starrt ihn an. Alle starren ihn an und lächeln, außer David, der zu den Fenstern hochschaut.

Martin lacht leise. »Verdammt schön, diese Stimme, was, meine Herren? Genießen Sie sie, so lange Sie es können.« Immer noch grinsend senkt er den Kopf und blättert in seiner Mappe. »Gut. Als Nächstes Nummer sechs. ›What a Wonderful World‹. Sind alle bereit?« Er blickt auf und wartet, bis die Männer die richtige Seite gefunden haben, dann nickt er Jenny zu. »Und – los!«

»Einige von uns hatten einen guten Job«, sagt der Mann, der ihn darauf hingewiesen hat, dass David taub ist, als die meisten von ihnen sich in der Ecke mit Tee und Keksen versorgen. »Sehen Sie den Typen mit dem blauen Hut?« William folgt seinem Blick und nickt. »Hat hier studiert. Rechtsanwalt. Und der da drüben mit den Gummistiefeln? Lehrer.«

»Was ist mit Ihnen? Entschuldigung, ich weiß nicht, wie Sie heißen.«

»Colin.« Er schlingt zwei gefüllte Doppelkekse hinunter, und ein paar Krümel verfangen sich in dem langen Schnurrbart, der ihm über die blassen Lippen hängt. »Steuerberater.«

William fällt auf, dass unter den diversen Kleidungsschichten eine unordentlich geknotete burgunderrote Krawatte hervorlugt. »Hätte nie gedacht, dass ich mal bei Leuten wie ihm lande.« Er deutet mit dem Kopf auf David, der mit ausholenden Gesten und unartikulierten Lauten vor Jenny steht. Sie nickt und lächelt ihm zu, und bevor William sich bremsen kann, denkt er, wie gut Gloria mit diesen Männern zurechtkommt.

»Hallo, William«, sagt Jenny und kommt mit klappernden Absätzen auf ihn zu. »Danke, dass Sie mitmachen.« Auf einem ihrer Schneidezähne ist ein bisschen rosa Lippenstift.

Er zuckt die Achseln und verkneift sich die Erwiderung, dass ihm nichts anderes übrigbleibt. »Ich helfe gern.«

»Die Jungs sind in Ordnung« – ihr Blick wandert durch den Raum –, »und Martin ist einfach *großartig* mit ihnen. Er vollbringt wahre Wunder.«

»Davon abgesehen ist es toll, ihn nach all den Jahren singen zu hören – auch wenn seine Stimme ein bisschen tiefer geworden ist.«

Jenny lächelt, und er fährt sich mit dem Finger über die Schneidezähne. »Danke«, sagt sie lachend und wiederholt die Geste bei sich.

William spürt Martins Hand auf seinem Arm. »Nach der Pause würde ich gerne mit dir zusammen singen, damit sie hören können, wie die Tenorstimme zu ›Sweet Caroline‹ geht, einverstanden?«

»Aber das habe ich noch nie gesungen.«

»Das kannst du mit geschlossenen Augen.«

William blickt zu Jenny und Colin und hebt die Augenbrauen. »Also gut.«

Nach der Probe, nachdem er für sie und mit ihnen gesungen hat, fällt es William leichter, mit den Männern zu reden, so als hätten sie gemeinsam ausgeatmet und bekämen jetzt besser

Luft. Ein paar Namen kennt er bereits: David, der taub ist und aussieht wie Catweazle, Andrew, der leise spricht, aber beim Singen so brüllt, dass ihm die Stimme bricht, und Colin, der Kekse essende Steuerberater. Bevor sie gehen, bekommen sie noch Sandwiches mit Fischpaste, Dosenlachs und Ei, die in Mündern, Taschen und sogar unter einer Mütze verschwinden. David macht an der Tür noch einmal kehrt, um William die Hand zu schütteln, was diesen überrascht und rührt.

»Denkst du nicht manchmal, es könnte schmerzlich für sie sein? Über die Liebe zu singen und darüber, wie schön die Welt ist?« William lehnt an der Mauer, während Martin abschließt.

»Was hast du da drinnen gefühlt?« Martin steckt den Schlüssel in die Manteltasche, und sie machen sich auf den Weg. »Hattest du den Eindruck, dass sie beim Singen gelitten haben?«

»Nein«, muss er zugeben, »aber es war mir unangenehm, diese Texte mit ihnen zu singen.«

»Nur weil sie alles verloren haben, heißt das doch nicht, dass sie keine Menschen mehr sind. Ich schätze mal, die meisten von ihnen haben schon geliebt. Und die meisten haben irgendwann gedacht, dass die Welt ein guter Ort ist. Ich glaube, dadurch, dass sie davon singen, bleiben sie in Kontakt mit dem, was sie waren, sind oder sein könnten. Vielleicht irre ich mich, William, aber wenn sie wirklich in einem Lied aufgehen, im Text und in der Musik, fühlt es sich so an, als würde es ihnen guttun, nicht schaden. Und ich suche ganz bestimmt nicht nach Liedern, in denen es *nicht* um Liebe und Verlust und Trauer und Freude geht. Das ist es doch, was das Menschsein ausmacht.« Er wirft die Arme in die Luft. »Und ich behandle sie wie Menschen.«

William klopft Martin anerkennend auf den Rücken.

»Aber davon mal ganz abgesehen, hat es *dir* denn gefallen?«, fragt Martin und wendet sich kurz zu William, während sie nach rechts abbiegen und Parker's Piece überqueren.

»Ja.« William lächelt. »Ja, hat es.«

»Und was gefiel dir am besten?«

»Einfach das Singen.«

»Gibt nichts Schöneres, oder?«, sagt Martin und blickt zu Boden.

»Scheint so.« Er lacht, und Martin drückt ihn kurz an sich. »Du machst das wirklich toll mit ihnen, Martin.«

»Zu tun, was man liebt, bringt das Beste in einem zum Vorschein.«

»Und David ist immer dabei, obwohl er nicht singt?«

»Jede Woche. Weihnachten haben wir bei einem Gottesdienst gesungen, und er stand da in der zweiten Reihe, hat die Gemeinde finster angestarrt und kein einziges Mal den Mund aufgemacht«, sagt Martin lachend.

Während sie dem diagonalen Weg folgen, flitzen immer wieder Radfahrer vorbei. William hält sich ganz am Rand des Weges, während Martin hin und her wandert.

»Ich habe mich mit Colin unterhalten.« William möchte Martin zeigen, dass er sich Mühe gibt.

»Du hast ihn an einem guten Tag erwischt. Seine Frau hat ihn verlassen, weil er getrunken hat und sich nicht helfen lassen wollte. Sie hat sich in irgendeinen Überflieger verliebt und hat ihre beiden Kinder letztes Jahr nach London geholt. Es bringt ihn um. Großes Haus, Privatschule und so weiter. Er darf sie nicht mal sehen.«

»Puh«, sagt William.

»An manchen Tagen sieht er aus, als würde er am liebsten jemanden umbringen.«

»Der Raum muss doch voll solcher Geschichten sein.«

»Ja, aber für anderthalb Stunden können sie das draußen

lassen und einfach nur singen. Auch wenn sie alles verloren haben, die Stimme kann ihnen keiner nehmen.«

»Und wer ist Jenny?«

»Eine Frau aus der Gemeinde. Sie kümmert sich auch darum, dass immer jemand Getränke und Sandwiches bereitstellt. Das sind alles Heilige.«

Als sie bei der großen gusseisernen Laterne in der Mitte der Grünfläche ankommen, wendet sich William zu Martin. »Du bist sauer auf mich, weil ich Gloria verlassen habe, nicht?«

»Nicht sauer.« Martin blickt stur geradeaus. »Es erscheint mir nur so vollkommen unnötig. Du bist umgeben von Menschen, die dich lieben, William.«

»Es ist nicht leicht, von Menschen geliebt zu werden, denen man immer wieder wehtut.«

»Verdammt noch mal.« Martin geht schneller, den Kopf gesenkt, dann bleibt er abrupt stehen. Ein Radfahrer weicht ihm fluchend aus. »Glaubst du, irgendwer *verdient* es, geliebt zu werden?« Kopfschüttelnd setzt er sich wieder in Bewegung. »Du bist nichts Besonderes, William. Du bist wie wir alle. Manchmal zeigen wir uns von unserer besten Seite, manchmal von der schlimmsten. Das ist vollkommen normal.« Sie wenden sich nach links, Richtung Drummer Street. »Ich weiß nicht, wie ich dir bei deinen Problemen helfen kann, aber ich weiß, wie du heute Abend ausgesehen hast. Lebendig. Und das ist ja wohl der Sinn und Zweck dieses Erdendaseins: zu *leben*. Wenn das Singen dich wieder lebendig macht, dir das Herz wärmt, dein Blut in Wallung bringt« – er bleibt erneut stehen und fasst William bei den Schultern –, »meinst du nicht, dass es deine verdammte *Pflicht* ist zu singen? Als würde dein Leben davon abhängen?« Er lässt ihn los und geht weiter, das Geräusch seiner Schuhe ein gleichmäßiger Rhythmus auf dem Pflaster. »Mehr kann ich dazu nicht sagen, William.«

William beeilt sich, um ihn einzuholen und sich seinen langen Schritten anzupassen. Eine Weile gehen sie schweigend nebeneinander her. Dann zählt er vier Schritte und holt Luft.

»Myfanwy, may your life entirely be
Beneath the midday sun's bright glow,
And may a blushing rose of health
Dance on your cheek a hundred years.«

Martins Stimme fällt sofort ein. Zwei weitere Studenten fahren mit ihren Rädern vorbei. Sie bremsen ab und lächeln, während sie so langsam weiterrollen, dass sie ins Schwanken geraten.

»I forget all your words of promise
You made to someone, my pretty girl
So give me your hand, my sweet Myfanwy,
For no more but to say ›farewell‹.«

Vor der Methodistenkirche bleiben sie stehen und brüllen den letzten Ton gen Himmel, Hand in Hand, die Arme in die Luft gereckt.

Martin schließt die Haustür auf, und William, der hinter ihm steht, sagt zu seinem Rücken: »Ich kann Gloria nicht glücklich machen. Und sie verdient es, glücklich zu sein.«

Martin steigt die Treppe hinauf. »Tja, William.« Er schüttelt den Kopf. »Wenn du meinst.«

Und da ist sie wieder, diese Mischung aus Angst und Zorn, die er verspürt hat, als er mit Gloria im Auto saß. Einen verdammten Heuchler hat sie ihn genannt.

Als er oben ankommt, spürt er, wie die vertraute Finsternis in ihm aufsteigt, dieselbe übermächtige Furcht.

»Tee?«, ruft Martin aus der Küche, doch William geht direkt in sein Zimmer.

52

Die prallen, weiß gespitzten Magnolienknospen im Garten sind so groß, dass sie aussehen, als bräuchten sie Scharniere, um aufzugehen. Der Rasen ist durchsetzt von violetten Krokussen, auf denen Martin und er versehentlich schon herumgetrampelt sind. Einige erholen sich und richten sich wieder auf, andere bleiben auf dem Gras liegen, sodass die zerdrückte violett-gelbe Innenseite zu sehen ist.

Nach drei Wochen hat William einen festen Tagesablauf. Er steht auf, sobald Martin sich auf den Weg zur Arbeit gemacht hat, und setzt sich an den Tisch, von dem er auf die Jesus Lane hinuntersehen kann, wo die Studenten auf ihren Rädern zur Neun-Uhr-Vorlesung flitzen, und auf den Midsummer Common, in dem Spaziergänger den Beginn des Frühlings genießen. Dieser Duft nach frischem Grün und Erde erinnert ihn jedes Mal an die Zeit in London, als Gloria mit Ray zusammen war, aber jetzt verheißt er noch etwas anderes: Erleichterung für die Midnighters. Die Uhr ist vorgestellt worden, und nun ist es noch hell, wenn sie vom Singen kommen. Wenn er abends zu Bett geht und die Kälte ihm beim Ausziehen eine Gänsehaut über die nackten Beine jagt, denkt er an Colin und David und Andrew. Er fragt sich, wie kalt ihnen ist, wo sie schlafen, ob sie hungrig sind. Die Nachtluft ist immer noch kühl, aber nicht mehr so schneidend.

Während er zusieht, wie das Leben vorüberfließt, und seinen zweiten Kaffee trinkt, ruft er manchmal Onkel Robert an. William hat versprochen, in Kontakt zu bleiben, und das ist das Mindeste, was er tun kann. Gloria ist erst zu ihren Eltern nach Stepney gefahren und letzte Woche dann in Urlaub. Wohin oder mit wem, fragt er nicht, aber er ist erleichtert.

Nachdem er alles Nötige in der Stadt erledigt hat – Liedtexte kopieren lassen, Noten besorgen, Kontakt mit dem Kirchenbüro aufnehmen, um das Klavier stimmen zu lassen –, kehrt er in die Wohnung zurück und zieht eine von Martins Schallplatten heraus. Manchmal hört er nur zu, konzentriert, mit geschlossenen Augen, und fragt sich, wie er all die Jahre ohne diese Schönheit leben konnte. Es erstaunt ihn, dass die klassische Musik, die ihm so lange so viel bedeutet hat, in seiner Ehe überhaupt keine Rolle gespielt hat. Abends besucht er Konzerte, für die er dank Martin keinen Eintritt bezahlen muss.

Während der letzten zwei Wochen hat er beim Midnight Choir jeweils eine halbe Stunde mit dem kleinen Grüppchen Tenöre geprobt und die Bässe Martin überlassen. Beim ersten Mal war er so nervös, dass er außer seinen eigenen zittrigen Händen und hirnlosen Kommentaren kaum etwas mitbekommen hat, aber letzte Woche war es anders. Zwanzig Minuten lang waren sie völlig in der Musik versunken, und der Klang, der entstand, als sie wieder mit den Bässen zusammen sangen, war so viel besser, dass William beinahe die Faust in die Luft gestoßen hätte.

»Martin ist schwer zu schlagen, aber Sie haben gut mit uns gearbeitet«, sagte Colin, und William war erfüllt von Stolz und Dankbarkeit.

»Danke, Colin. Sie haben eine wirklich schöne Stimme.«

»*Ich* habe eine schöne Stimme?« Colin lachte leise. »Sie sind doch unser hauseigener Pavarotti.«

William spielte verlegen mit seinem Manschettenknopf. »Mögen Sie die Oper?«

»Früher, ja«, sagte er. »Einmal habe ich ihn live in Covent Garden erlebt.« Bei der Erinnerung leuchteten seine Augen auf, und William bemerkte zum ersten Mal, dass sie von einem ungewöhnlich dunklen Grün waren.

An diesem Morgen schiebt er das alte Fenster ein Stück hinunter und betrachtet die gelbe Mitte der milchigen Magnolienblüten. Er lässt das Fenster offen, spült seine und Martins Schale unter dem Wasserhahn ab und setzt sich dann an den Tisch.

Das schrille Klingeln des Telefons lässt ihn zusammenzucken.

»Cambridge 571 320?«

»William! Wie geht es dir?«

»Hallo, Onkel Robert. Mir geht's gut und euch?«

»Du fehlst uns. Aber wir kommen klar.«

»Wie macht sich die Vertretung?«

William hört, wie sein Onkel Luft holt. »Ich habe ihn entlassen, er war leider keine große Hilfe. Glorias Vater kommt im Moment zweimal die Woche aus London rüber, aber das kann er nicht mehr lange so machen. Wenn es nicht anders geht, müssen wir ein paar Kunden zu Bunts schicken.«

»Es tut mir wirklich leid.« Normalerweise ist Robert darauf aus, Bunts Kunden abzuluchsen, nicht andersherum. »Am Telefon klang er ganz brauchbar.« Robert erwidert nichts darauf. »Ich bin bald wieder da. Wie geht es Gloria?«

»Sie ist noch unterwegs. Kommt übermorgen zurück. Aber sie ist kreuzunglücklich, William. Kreuzunglücklich.«

In ihm ist Leere, er weiß nicht, was er sagen soll.

»Bleib in Kontakt, hörst du?«

»Habe ich doch versprochen.«

»Gut. Warum ich anrufe: Ich wollte dir Bescheid sagen, dass ich gerade Post von deiner Mutter an dich weitergeleitet habe, und diesmal musst du sie öffnen, William. Und wenn du darüber reden willst, kannst du mich jederzeit hier erreichen, Tag und Nacht.«

Sein Mund ist plötzlich ganz trocken. Ist sie krank? Seit Jahren ignoriert er seine Mutter und rechtfertigt sein Verhalten vor sich selbst, aber er hat immer gewusst, dass er sich dem irgendwann würde stellen müssen.

»Ich nehme an, es hat keinen Sinn, dich zu fragen, worum es geht?«, sagt er in bemüht lockerem Tonfall.

»Es ist ihre Neuigkeit, nicht meine.«

53

»So«, sagt Martin und fährt sich mit der Hand durch sein dichtes Haar. »Nächste Woche findet in meinem früheren College ein Frühlingsfestival statt, und das bedeutet, wir können uns das ›Miserere‹ noch mal anhören. Wer will mitkommen?«

Sämtliche Hände gehen hoch. Heute sind fünfzehn Männer da. Colin beugt sich lächelnd zu William und fasst ihn an der Manschette, um seine Hand zu heben. William entreißt sie ihm so heftig, dass Colin zusammenzuckt.

Martin hat ihn nicht vorgewarnt. Er fühlt sich hintergangen.

»Ich komme nicht mit.«

»Warum nicht?«, fragt Colin. Alle verfolgen ihr Gespräch.

»Es ist umsonst.«

»Ich weiß, aber ich habe keine Lust.« Als William in die Runde blickt, bemerkt er, dass Jenny ihn aufmerksam ansieht.

»Gut, dann sind wir also siebzehn«, sagt Martin, ohne auch nur in seine Richtung zu schauen. »Wunderbar. Und hinterher Kakao im Copper Kettle.«

Ein paar von ihnen stoßen Jubelrufe aus.

»Willst du wirklich nicht mitkommen?«, fragt Martin später, als sie mit einem Becher Tee auf dem Sofa sitzen.

William schüttelt den Kopf; seine Reaktion Colin gegenüber ist ihm immer noch peinlich.

Martin legt den Arm auf die Rückenlehne und mustert

William einen Moment. »Wir haben nie darüber geredet, stimmt's? Dein ›Miserere‹.«

»Nein«, antwortet William vom anderen Ende des langen Sofas, »und ich bin froh, dass du es nicht versucht hast.«

Martin runzelt die Stirn. »Aber du hast dieses Stück doch so geliebt. Warum willst du dich nur wegen eines unglücklichen Vorfalls vor einer halben Ewigkeit dieses Genusses berauben?«

William sieht ihn starr an, und seine Zähne graben sich in das weiche Fleisch seiner Wangen.

»Die Musik ist immer noch dieselbe, sie ist größer als der Bockmist eines Chorknaben. Sie steht über solchen Dingen« – er trinkt einen Schluck Tee –, »und das solltest du auch.«

»Hör auf, Martin.« William springt auf, den Becher in der Hand, den er am liebsten gegen irgendetwas pfeffern würde. »Du denkst, du weißt alles über mich, aber du weißt nicht, wie es sich anfühlt. *Damit* kann ich nicht umgehen. Wie es sich anfühlt!«

Martin steht ebenfalls auf, tritt auf ihn zu und nimmt ihm sanft den Becher weg.

»Jetzt hör mir mal zu, Mister Seelenschmerz«, sagt er leise. »*Du* weißt nicht, wie *ich* mich gefühlt habe, als ich dich geküsst habe. Glaub mir, du hast keine Ahnung. Oder als du die anderen Jungen hast glauben lassen, ich hätte dir Gewalt angetan. Wenn ich zugelassen hätte, dass diese Dinge wichtiger geworden wären als die Menschen, um die es dabei ging, hätte ich nicht mit dir gesprochen, als ich dich mit Gloria draußen vor dem College gesehen habe, und ich hätte dich ganz bestimmt nicht hier bei mir wohnen lassen.«

Es stimmt natürlich. Jedes Wort, das Martin sagt, ist richtig. Was wäre gewesen, wenn er sich anders entschieden hätte? Wenn all das ihn zu einem besseren Menschen hätte machen können? Wenn jedes Unglück eine Kreuzung gewesen wäre, an der er einen anderen Weg hätte wählen können? Es ist zu schmerzlich, um darüber nachzudenken.

»Ich komme nicht mit.« William schiebt die Hände in die Hosentaschen. »Ich habe mit dir gesungen, ich habe mir Musik angehört, von der ich geschworen hatte, sie nie wieder zu hören, aber ich gehe nicht mit dir in diese Kapelle, um mir dieses Musikstück anzuhören.«

»Die Männer werden enttäuscht sein«, ruft Martin ihm hinterher, als er den Raum verlässt.

»Ich bin sicher, sie werden darüber hinwegkommen«, ruft William zurück. »Gute Nacht.«

Er zieht sich den Schlafanzug an, wäscht sich kurz im Bad, dann geht er zu dem zugemauerten Kamin und nimmt die dicke weiße Karte mit der geschwungenen Goldprägung vom Sims.

Evelyn und Frank laden zu ihrer Hochzeit ein.
All Saints' Church, Mumbles
Samstag, 4. Mai um 14 Uhr
Anschließend wird im Langland Court Hotel gefeiert.
(Wir bedauern die kurzfristige Einladung,
aber wir finden, das Leben ist zu kurz,
um das Glück auf später zu vertagen.)

Darunter hat sie mit ihrer vertrauten Handschrift, die er so gut kopieren konnte, geschrieben: *Zeit für einen Neuanfang?*
Es würde mir sehr viel bedeuten, wenn du kämst.

Der abgetrennte Arm in seinen Händen ist feucht und warm.

»Bring ihn nach draußen«, sagt Jimmy. »Halte ihn hoch und frag die Eltern, zu wessen Kind er gehört.«

»Das kann ich nicht!«, protestiert er.

Jimmy schubst ihn vorwärts. »Doch, das kannst du!«

Er versucht, sich umzudrehen und zurückzulaufen, doch Jimmy schubst ihn erneut, und er stolpert hinaus in die Menge der wartenden Mütter. Sie stürzen sich auf ihn, versuchen ihm den Arm zu entreißen. Er keucht, und plötzlich ertönt ein furchtbarer Schrei. Kräftige Hände packen ihn an den Armen.

»William! Wach auf. Du träumst.«

Er sitzt schwer atmend im Bett, mit der vertrauten Mischung aus Verstörtheit und Erleichterung. Martin hockt in T-Shirt und Unterhose neben ihm. Er fragt sich kurz, wo er sich befindet und warum Gloria nicht da ist. Er versucht, ruhiger zu atmen, seine angespannten Arme zu lockern und seine Fäuste zu öffnen.

»Ich wusste nicht, ob ich dich anfassen sollte oder besser nicht.« Martin sieht mitgenommen aus.

William lässt sich wieder auf sein Kissen fallen. »Habe ich geschrien?«

»Und wie.« Martin lächelt schwach. »Obwohl ich mit so was gerechnet hatte, hast du mich halb zu Tode erschreckt.«

»Du hast damit gerechnet?«

Martin hebt die Decke auf, die vom Fußende des Bettes gerutscht ist, und faltet sie zusammen. »Gloria hat mir mal von den Schreien erzählt.«

Martin setzt sich wieder zu ihm, und mit dem zerzausten Haar und dem halb hochgezogenen T-Shirt sieht er plötzlich wieder so aus wie früher im Internat. William muss lachen. »Ich bin nicht gerade einfach, was?«

Martin lächelt. »Wie du weißt, stehe ich mehr auf interessant.«

Williams Augen werden feucht, und diesmal kämpft er nicht dagegen an. »Ich habe alles kaputtgemacht.«

»Dafür, dass du der sanfteste, liebenswürdigste Mensch bist, den ich kenne, hast du ein bemerkenswertes Talent dafür, Mist zu bauen.«

Eine warme Träne rinnt ihm ins Ohr. »Du bist ein guter Freund, Martin.«

»Ich kann sehen, wie die Musik dich zu dir zurückbringt. Du wehrst sie ab, als wäre sie das, was dich verletzt hat, dabei ist sie das, was dich heilen kann.« Er legt eine Hand fest auf Williams Bein. »Hör sie dir an, sing sie, unterrichte sie, atme sie ein und aus, jeden Tag. Dann schaffst du es.«

»Mum heiratet wieder«, platzt es aus ihm heraus, und er deutet auf den Kaminsims. »Sie will, dass ich dabei bin.«

Martin geht hinüber, um sich die Einladung anzusehen. »Oh.« Er richtet sich auf und dreht sich wieder zu William um. »Nicht einfach. Fährst du hin?«

William zuckt die Achseln. »Ich weiß nicht, ich bin so durcheinander. – Wohin willst du?«, fragt er, als er sieht, wie Martin zur Tür geht. Er mag noch nicht allein sein.

»Es ist drei Uhr morgens«, sagt Martin, schon im Flur. »Was glaubst du wohl, wohin ich will?« Er streckt den Kopf noch einmal ins Zimmer. »Uns einen Kakao machen natürlich.«

54

Colin ist nicht bei der Chorprobe. Das beunruhigt William mehr, als er gedacht hätte. Allen Midnightern haftet etwas Fragiles an, aber Colin hat etwas, das William besonders berührt. Die achtsame Weise, mit der er die Noten hält. Die Art, wie er seine schmuddelige Wolljacke auszieht und ordentlich über die Stuhllehne hängt. William spürt den Abgrund zwischen dem, was Colin jetzt ist, und dem, was er einmal war; er gräbt sich in seine Brust und verschwindet erst wieder, wenn er zusammen mit Martin nach Hause geht. Mittlerweile genießt er seine Übungszeit mit den Tenören. Es stört ihn nicht einmal, dass David immer dabei ist und ihn die ganze Zeit anstarrt.

In den Teepausen hat Colin William erzählt, dass seine Exfrau und seine zwei Kinder jetzt bei ihrem neuen Ehemann in London leben, der einen gut bezahlten Job in der City hat – wenn auch nicht so gut bezahlt wie der, den Colin vor fünf Jahren hatte, bevor er sich vor lauter Schuldgefühlen wegen eines miesen One-Night-Stands in die Besinnungslosigkeit gesoffen hat. Er hat kein Besuchsrecht, hat seine Kinder seit über einem Jahr nicht mehr gesehen. Er fragt sich, wie sein Sohn in der neuen Schule zurechtkommt. Ob die beiden diesen Mann Dad nennen. Was seine Frau ihnen sagt, wenn sie nach ihm fragen.

An diesem Abend arbeitet William mit den Tenören an »Danny Boy«. Es ist nicht leicht für ihn, weil Gloria dieses Lied liebt und weil Colin fehlt, der die Melodie immer sofort raushat. William singt lauter als sonst, um die anderen mitzuziehen. Während er singt, wünschte er, er hätte es wenigstens einmal für Gloria gesungen. Er hätte es ironisch übertreiben und es trotzdem ernst meinen können. Doch er schiebt den Gedanken beiseite, wie er schon hunderttausend andere Gedanken an sie beiseitegeschoben hat, und beschließt, sie von der Musik zu ihm bringen zu lassen. *Lass mich die Liebe und die Traurigkeit spüren*, denkt er. Und als er dasteht, den Takt vorgibt und fast mit voller Kraft singt, tritt David aus dem Grüppchen. Alle singen weiter, während David auf ihn zukommt, das zauselige Gesicht konzentriert, die blauen Augen fragend, neugierig, und seine Hand auf Williams Brust legt. Der Druck ist warm und fest, und William spürt die Vibration seines Gesangs an Davids Handfläche. Die beiden sehen sich an, und David grinst. Ohne die Hand von William zu lösen, wendet er sich zu den anderen um. Keiner hört auf zu singen, aber alle lächeln dem strahlenden David zu. Als das Lied zu Ende ist, geht er zu der Gruppe zurück und wedelt mit seiner Hand in der Luft, als hätte er gerade etwas sehr Heißes angefasst. Alle fangen an zu klatschen, und obwohl William nicht so recht weiß, wofür das gedacht ist, schließt er sich an.

Später, als sie die Sandwiches essen und weitere einpacken, stellt sich William auf einen Stuhl und fragt, ob jemand weiß, wo Colin ist. Alle schütteln den Kopf.

»Was tust du, wenn einer von ihnen nicht auftaucht?«, fragt William auf dem Heimweg. Parker's Piece ist nass von einem kurzen, kräftigen Schauer, und die überraschte Erde riecht kräftig nach Frühling.

»Ich leite einen Chor, kein Wohnheim.«

»Bist du nie versucht, mehr zu tun?«

»Ich gebe ihnen einen Ort, wo sie einmal in der Woche Menschen sein können. Das ist mein Beitrag.«

Am nächsten Tag macht William Sandwiches und eine Thermosflasche mit süßem Tee und wandert fünf Stunden lang durch Cambridge, sucht die Bänke auf dem Midsummer Common, Parker's Piece und Jesus Green ab, dann die überdachten Eingänge von Eaden Lilley und Joshua Taylor. Er sieht andere Midnighter, aber nicht Colin. Dasselbe wiederholt er am nächsten Tag, geht mehrmals das Stadtzentrum ab, für den Fall, dass Colin gerade gekommen ist, nachdem er um eine Ecke verschwunden ist.

»Heute singen sie das ›Miserere‹«, sagt Martin, als er seinen Anorak anzieht. »Colin liebt dieses Stück. Es wäre schade, wenn er es verpasst. Ich gehe direkt von der Arbeit aus zur Kapelle, und anschließend trinken wir noch einen Kakao im Copper Kettle, ich bin also erst spät zurück. Ich werde dich nicht noch mal fragen, ob du mitkommst, aber ich würde mich verdammt freuen, wenn du es tätest.«

»Viel Spaß.«

Er hört, wie Martin die Treppe hinunterläuft und die Haustür öffnet. Doch sie fällt nicht ins Schloss, sondern Martins Schritte kommen zurück.

»William?«, ruft er von unten.

»Ja?«

»Hast du im botanischen Garten nachgesehen?«

William rennt fast dorthin, frustriert, weil er nicht schon selbst darauf gekommen ist. Nachdem er die Wege abgegangen ist und kurz in die Gewächshäuser geschaut hat, sitzt er anderthalb Stunden beim Brunnen, das Lunchpäckchen neben sich auf der Bank. Außer den Sandwiches hat er nun auch zwei Jaffa Cakes, einen Apfel und einen Club Biscuit dabei – als wäre Colin ein Kind oder ein Tier, das er mit Leckereien anlocken kann. Sein ganzer Körper ist angespannt vor Angst, während er sich Colin im Rinnstein vorstellt, zusammengebrochen, betrunken oder verletzt. Auf jedem dieser Schreckensbilder sieht William, begraben unter den Kleidungsschichten, die burgunderrote Krawatte um seinen Hals.

Er denkt an David bei der letzten Chorprobe, und es ist, als könnte er die Hand noch immer auf seiner Brust spüren. *Es hat keinen Sinn*, denkt er. *Ich packe das nicht. Ich bin aus anderem Holz geschnitzt als Martin. Ich ertrage den Schmerz nicht.* Er steht auf und stellt sich vor, wie er Martin sagt, dass er nicht mehr zum Chor kommt, und ihn fragt, ob es immer noch eine Bedingung dafür ist, dass er bei ihm wohnen kann. Vielleicht ist es ohnehin an der Zeit, nach Hause zu fahren. Gloria hatte ja nun ein paar Wochen, um zu akzeptieren, dass es zwischen ihnen aus ist, und vielleicht ist sie bereit, über eine andere Zukunft nachzudenken.

Anstatt Parker's Piece zu überqueren, biegt er rechts in die Mill Road ein, eine Gegend, die er als Chorknabe nie betreten hat. Martin nennt sie die Eingeweide von Cambridge, und das passt zu seiner Stimmung jetzt besser als das historische Zentrum. Da bleibt sein Blick an einem abgetragenen Tweedmantel und Schuhen mit losen Sohlen hängen. Der Mann geht einen Kiesweg hinunter, der William noch nie aufgefallen ist. Er folgt ihm mit einigem Abstand zu einem Friedhof voll alter, mit Flechten bewachsener Grabsteine. Erschöpft sinkt der Mann auf eine Bank vor der Mauer.

»William?«

Colin sieht verändert aus. Schon wie er selbst, aber noch markanter: die Wangenknochen schärfer, das Haar wilder. William setzt sich neben ihn.

»Ich suche Sie seit Tagen. Wo waren Sie?«

»In London.«

»Wie lange?«

»So lange, wie es gedauert hat, um mir die Rückfahrkarte zusammenzubetteln.«

»Hier.« William gibt ihm die Tüte mit dem Essen.

Colin sieht ihn an, greift zögernd nach der Tüte. »Für mich?«

William nickt.

Er öffnet sie und stopft sich sofort ein Sandwich in den Mund. Er riecht nach Alkohol. Bisher hat William das bei ihm noch nie bemerkt. Einige der Männer trinken vor dem Chor reichlich, aber nun fragt er sich, ob Colin ganz bewusst nüchtern kommt.

»Haben Sie Ihre Kinder gesehen?«, fragt William, nachdem er ihn eine Weile hat essen lassen.

»Meine Tochter. Aus der Ferne. Beim Schultor.« Colin spricht zum Kiesweg. »Sie sah glücklich aus. Lachte mit ihren Freundinnen.«

»Sie haben nicht mit ihr gesprochen?«

Er schüttelt den Kopf. »Es reichte mir, ihr ein paar Minuten zuzusehen.« Er streckt sein Bein aus, um in die Hosentasche zu greifen, faltet ein kleines Stück Papier auseinander und reicht es William. Es ist ein Familienfoto: Colin, durchaus zu erkennen, mit seiner Frau und zwei Kindern, etwa fünf und sieben Jahre alt. Er zeigt auf das Mädchen. »Das ist Katy. Sie ist jetzt größer, und ihre Haare sind kürzer.«

»Ist das ihre Adresse?« William deutet auf die Rückseite des Fotos.

Colin nickt.

»Sie haben doch gesagt, Sie wüssten nicht, wo sie wohnen.«

»Ich könnte mich dort nie blicken lassen, was nützt mir da die Adresse?« Colin lässt den Kopf hängen. William fürchtet, er könnte anfangen zu weinen. »Als meine Frau sie nach London gebracht hat, hat sie gesagt, wenn ich mein Leben wieder in den Griff kriege, darf ich sie besuchen.«

»Martin hat mir gesagt, Sie dürften das nicht.«

»Ja, wegen des Alkohols. Und von dem komme ich nicht los,

also ist es quasi dasselbe. Außerdem will ich nicht, dass sie mich so sehen.«

»Tee?« William hält die Thermosflasche hoch.

Colin nickt, schaut dabei aber in die Tüte. »Ein Club Biscuit – die habe ich seit Kindertagen nicht mehr gesehen.« Plötzlich richtet er sich auf. »Wie spät ist es?«

William blickt auf die Uhr. »Zehn nach fünf.«

Colin steht auf, schwankt zur Seite und sackt wieder auf die Bank. »Es ist doch heute, oder? Das ›Miserere‹? Kommen Sie mit.«

»Nein, danke.«

»Wie Sie wollen.« Colin steht erneut auf und beginnt, in die falsche Richtung zu laufen; dabei fällt ihm das Foto herunter. »Danke für das Essen.«

»Sie haben Ihr Foto fallen gelassen.«

»Ich weiß.«

»Wollen Sie es nicht behalten?«

Er schüttelt den Kopf. William sieht von der Bank aus zu, wie Colin zweimal stolpert, doch als er tatsächlich stürzt und mit der Schulter gegen einen Grabstein stößt, hebt William das Foto auf, läuft zu ihm und hievt ihn hoch.

Sie brauchen eine halbe Stunde bis zum College. Mit schweißnasser Stirn, lahmem Arm und klebrig-feuchten Achselhöhlen, weil er Colin die ganze Zeit gestützt hat, bricht William seinen Schwur und geht zum ersten Mal seit dreizehn Jahren durch das Collegetor zur Kapelle.

55

Die Türen sind so hoch, wie er sie in Erinnerung hat. Ihr Ausmaß ist beeindruckend, ob man eins zwanzig groß ist oder eins achtzig. Immer noch majestätisch und erhaben, dennoch geben sie ihm (und das überrascht ihn) immer noch das Gefühl, ihn willkommen zu heißen. Darauf vertrauend, dass Colin sich jetzt selbst auf den Beinen halten kann, lässt William ihn los und betritt die Vorhalle. Ein Hauch uralter Luft hinterlässt ein raues Gefühl in seiner Kehle.

»Kommen Sie, William, uns erwartet etwas ganz Besonderes«, sagt Colin, als sie über die Schwelle treten.

Und da ist alles wieder: die Heiligen an der Decke, das Glitzern auf dem Boden und die satten Farben, als Fenster um Fenster die Kapelle mit gebrochenem Licht erfüllt.

Colin entdeckt die anderen und läuft stolpernd und schwankend zu ihnen. Die Männer rücken auf, um ihnen Platz zu machen. Jenny ist auch da, aufgeregt zeigt sie einem der Männer etwas in der Gottesdienstordnung. William setzt sich an das Ende der Bank, mit Colin zu seiner Rechten, doch dann steht ein Stück weiter Martin auf und bedeutet den anderen rüberzurutschen, damit er sich neben William setzen kann.

»Du bist gekommen.« Martin klopft ihm kurz aufs Bein.

»Unfreiwillig«, murmelt er.

Er greift nach der Gottesdienstordnung: Rachmaninoff, Purcell, Weelkes. Alte Freunde.

Die Bänke füllen sich. Regenmäntel, Tweedjacketts und Anoraks, wie zu seinen Zeiten, aber dazwischen auch bunte Wollschals, ein bestickter Lammfellmantel, eine Strickjacke in Regenbogenfarben mit Knebelknöpfen. Zu seiner Linken blitzt etwas Weiß-Purpurnes auf, und da kommen sie. Er verspürt einen Adrenalinstoß, als würde er gleich selbst singen. Klein und zierlich, groß und schlaksig, dick und pickelig schreiten die Jungen in ihren schwingenden purpurnen Roben mit den weißen Stolen an ihm vorbei.

Er blickt an der Reihe der Midnighters entlang. Sie atmen schwer, sitzen krumm da, die verdreckten Stiefel offen, mit hängenden Schnürsenkeln. Vielleicht sind sie sein Schutz, sein Ballast gegen die Vergangenheit; gebrochene Männer, die dem Gesang kleiner Jungen lauschen, die wiederum auch keine Engel sind. Gewöhnlich und doch außergewöhnlich, allesamt. Staunen durchflutet ihn. Vielleicht hatte Martin Recht, vielleicht ist sein Familienzwist unbedeutend angesichts dieser Erhabenheit, dieser Tiefe. Er weiß, es ist absurd, aber das Gefühl, dass diese Kapelle ihn liebt, ist genauso stark wie früher. Und da ist Phillip! Immer noch so dünn, aber gebeugter, den Kopf leicht zur Seite geneigt, voll Zielstrebigkeit, seine Aufgabe zu erfüllen. Die Chorknaben teilen sich auf und treten in die Bänke rechts und links vom Mittelgang.

In diesem Moment erkennt William, dass die Zeiten hier ungehindert ineinanderfließen, denn nichts hat sich verändert: die Kerzenleuchter, die Lampen, die Kniebänke, die gusseisernen Verzierungen am Ende jeder Bank. Während die Jungen ihre Plätze einnehmen und die Noten aufschlagen, steigt William hinab an einen Ort tief in seinem Innern. Er existiert jetzt in zwei Zeiten, neben dem erwachsenen Martin und seinen umherrutschenden, stinkenden Midnightern und zugleich neben seinem dreizehnjährigen Ich, das gleich das »Miserere« singen wird.

»›Die Opfer, die Gott gefallen, sind ein geängsteter Geist.‹« Die Worte des Dekans sind William so vertraut wie sein eigener Name. »›Ein geängstetes, zerschlagenes Herz wirst du, Gott, nicht verachten.‹ Lasst uns dem allmächtigen Gott demütig unsere Sünden bekennen.«

Es hilft nichts. Zeit und Ort lösen sich auf, und William befindet sich wieder in dem Moment, vor dem er seit dreizehn Jahren flieht.

56

Während sie in der Vorhalle warten, spüren die Chorknaben die Erwartung, die in der Luft liegt. Sonst stellt sich William an solchen besonderen Tagen immer vor, wie die Kapelle sich freut, dass so viel mehr Menschen dort sind. Doch heute ist in ihm kein Raum für solche Fantasien. Er ist starr vor Angst.

Er sieht nach links zu Martin, der stur geradeaus blickt. Seit den Stockschlägen vor zwei Wochen und dem, was danach auf der Toilette passiert ist, haben er und Martin nicht mehr miteinander gesprochen, sich nicht einmal angesehen. Gestern nach dem Rugby hat jemand im Umkleideraum gerufen: »Stellt euch bloß nicht mit dem Rücken zu Mussey!«, und William hat einfach nur weiter sein Hemd zugeknöpft.

Die Orgel beginnt, laut und tosend, und William würde am liebsten schreien. Da ist er nun, der große Tag, von dem er geträumt hat, seit er fünf war, und noch nie hat er sich so elend und ängstlich gefühlt. Am Eingang zur Kapelle beugt sich Martin so unvermittelt und so schnell zu ihm, dass er zusammenzuckt.

»Hast du den Brief an deinen Onkel geschickt?«

»Ja«, antwortet William. »Ich hätte auf dich hören sollen.«

Martin hebt die Augenbrauen und bläst die Backen auf. »Was hast du geschrieben?«

»Nicht viel – ›Mache mich gleich auf den Weg nach Swansea.

Bin in zwei Wochen wieder hier, zu Williams großem Tag. Bitte kommt, alle beide. Es tut mir leid.‹«

Martin sagt nichts.

Jetzt ist es zu spät; seine Mutter, Onkel Robert und Howard sind dort drinnen. Vielleicht haben sie sogar schon miteinander gesprochen und sich zusammengereimt, was er getan hat. Die Vorstellung, Evelyn könnte bei ihrem Anblick irgendetwas anderes empfinden als lodernden Zorn, erscheint ihm jetzt so abwegig, dass er sich in den Hintern beißen könnte.

Er wird nicht versuchen, sie in der Menge zu finden. Er holt tief Luft und nimmt sich vor, dass er während der nächsten Stunde nichts anderes ist als Chorknabe und erster Solist. Vielleicht genügt das. Wenn nicht, dann wird er sich später mit seinem Dasein als Sohn und Neffe befassen.

Zu ihrer Rechten weitet sich ein Streifen hartes Tageslicht. Sechzehn Jungen wenden den Kopf und sehen Williams Mutter hereinstürzen. Sie entdeckt William sofort.

»Tut mir leid!«, flüstert sie, nur zwei oder drei Meter entfernt, die Hand auf ihrer schwer atmenden Brust. »Es gab einen Unfall.«

Der Kirchendiener eilt mit wehendem Talar herbei.

»Sie müssen warten, bis der Chor hineingeschritten ist.« Er nimmt ihren Arm und führt sie von den Jungen weg.

»Natürlich. Entschuldigung.« Sie deutet auf William. »Ich bin seine Mutter.«

Martin starrt Evelyn an, und William hört, wie er schluckt. Als sie in die Kapelle schreiten, fixiert William das bunt gescheckte Licht der Glasfenster hinter dem Altar und lässt die Gesichter der Gemeinde, die sich so gebannt zu ihnen wenden, zu einer Masse verschwimmen.

An seinem Platz, die Noten vor sich auf der Ablage, wird sein Entschluss, alles außer Phillip und der Musik zu ignorieren, erschüttert, denn Evelyn kommt in glänzenden Pumps

hereingeschlichen. Da die Bänke seitlich stehen, dem Mittelgang zugewandt, ist sie nicht zu übersehen. William erkennt
nichts von dem, was seine Mutter trägt, wieder; Mantel, Tasche, Schal, Schuhe – alles neu. Vor einer Bank, die nicht allzu
voll ist, bleibt sie stehen und wartet darauf, dass die Leute ihr
Platz machen. Links davon entdeckt William zu seinem Entsetzen Mr und Mrs Mussey. Als er Weihnachten bei ihnen war,
hatten sie gesagt, sie würden gerne kommen, wenn er das Solo
singt, aber er ist davon ausgegangen, dass Martin sie davon
abgebracht hat.

Erst als Evelyn den seidigen gelben Schal abnimmt und der
Mann zu ihrer Rechten ihr eine Gottesdienstordnung gibt, be-
merkt William mit heißem Schrecken, dass Onkel Robert und
Howard direkt hinter ihr sitzen.

»›Die Opfer, die Gott gefallen, sind ein geängsteter Geist‹«,
beginnt der Dekan. »›Ein geängstetes, zerschlagenes Herz
wirst du, Gott, nicht verachten.‹«

Robert und Howard lächeln unbehaglich. Was hat er bloß
getan? Evelyn blickt in die Gottesdienstordnung, aber ihr Körper ist zum Chor gewandt. Zu William.

»Lasst uns dem allmächtigen Gott demütig unsere Sünden
bekennen.«

»Wir gingen alle in die Irre wie Schafe, ein jeder sah auf
seinen Weg. Wir sind zu sehr den Vorstellungen und Wünschen unserer eigenen Herzen gefolgt.« Bei einer normalen
Abendandacht antworten auf die Worte des Dekans nur ein
paar vereinzelte leise Stimmen, doch an diesem Tag hallt ihm
die Antwort kraftvoll entgegen. »Wir haben deine heiligen Ge-
bote übertreten. Wir haben unterlassen, was wir tun sollten,
und getan, was wir unterlassen sollten. Und es ist nichts Heiles
an uns.«

Wenn er doch nur die Dinge ungeschehen machen könnte,
die er hätte unterlassen sollen. Während die Gemeinde don-

nernd das Vaterunser betet, schauen Onkel Robert und Howard noch immer unbehaglich drein. Seine Mutter sieht weiter
mit ihrem »Obstschnitzlächeln«, wie Martin es nennt, zu ihm.

Ohne einen einzigen Blick zu Phillip singt William die Antworten, die er schon Hunderte von Malen gesungen hat.

> *»Herr, tue unsere Lippen auf.*
> *Dass unser Mund Deinen Ruhm verkündige.*
> *Eile, Gott, mich zu erretten,*
> *Herr, mir zu helfen!*
> *Ehre sei dem Vater und dem Sohn und dem Heiligen*
> *Geist.*
> *Wie im Anfang, so auch jetzt und allezeit und in*
> *Ewigkeit. Amen.*
> *Lobt den Namen des Herrn.«*

Die Gemeinde setzt sich, erwartungsvolle Stille kehrt ein, und
alles konzentriert sich auf den Chor. Das Hauptereignis. William schlägt seine Noten auf und nähert sich zum ersten Mal
seit fast vier Jahren einem Solo ohne Blickkontakt mit Phillip.

Ein Stupser von Martin, und er setzt den Bruchteil einer Sekunde zu spät ein.

»*Miserere mei, Deus ...*« Sopran, Tenöre und Bässe fließen
mühelos ineinander wie das Wasser eines Bachlaufs. *Gott, sei
mir gnädig.*

Jetzt sieht Onkel Robert ihn an.

William zwingt seine Aufmerksamkeit zurück zu Phillip
und bemerkt, wie angespannt das Gesicht seines Chorleiters ist
und wie intensiv er ihn ansieht. Zwei Takte bleibt er bei ihm.

»*Secundum magnam*«, singen sie gemeinsam.

Nun führen die Tenöre – »*misericordiam*« –, dann die Bässe,
dann die Sopranstimmen, deren aufsteigende Melodie den bald
folgenden überraschenden Anstieg bereits erahnen lässt.

346

Doch William kommt nicht dagegen an. Alle drei, Evelyn, Robert und Howard, beobachten ihn gebannt. Er singt mit den Sopran- und Bassstimmen, die sich seidig-sanft in dem langgezogenen »Tuuu-aaam« vereinen. *Nach deiner Güte.*

Zurück zu Phillip, dessen Blick jetzt bohrend seine Aufmerksamkeit fordert, doch nun sind sie in dem ersten tiefen Korb der Stille, und danach haben die Tenöre und die Bässe noch eine ganze Zeile, bevor er an der Reihe ist.

Evelyn hat noch immer keine Ahnung. Sie nickt ihm leicht zu.

»*Et secundum multitudinem miserationum tuarum.*« Die Stimmen der Tenöre, kraftvoll und sanft zugleich, erfüllen die Kapelle. *Nach deiner großen Barmherzigkeit.*

Was kramt Howard da an seinen Füßen? Onkel Robert beugt sich zu Evelyn vor, er will ihr zeigen, dass sie da sind, bevor William singt.

»*Dele iniquitatem meam*«, schließen die Bässe. *Tilge meine Sünden.*

Onkel Roberts Hand ist auf ihrer Schulter. Gleich kommt sein erstes Solo. Phillip wird sich vorneigen, bereit, ihm mit einem Nicken den Impuls zu geben. Aber da! Evelyn zuckt zusammen und fährt herum. Robert deutet ein Winken an und – oh! – ein blutroter Fleck in Howards Hand. Tulpen! Er hat ihr rote Tulpen mitgebracht! William kann nur ihren Hinterkopf sehen.

Die Musik hält erneut kurz inne.

Mit einer kurzen, schnellen Bewegung schlägt Evelyn Howard die Blumen aus der Hand und verpasst ihm eine Ohrfeige. Robert zuckt erschrocken zusammen, und die Tulpen fliegen hoch, zu den verdutzten Heiligen. Einzelne Blütenblätter segeln durch die Luft und landen auf einer Schulter, einem Kopf, einem Unterarm. Der Rest klatscht weniger elegant auf Mr Musseys Schoß.

Williams Kehle schnürt sich zu. Er kann nicht atmen. Jetzt! »*Amplius lava me ab iniquitate mea.*« Himmelflug ohne Fallschirm. Die Kapelle füllt sich mit dem überirdischen, nahezu unmenschlichen Klang. Rein. Vollkommen. Dreigestrichenes H.

Wasche mich rein von meiner Missetat.

Der Kirchendiener stürzt sich wie ein Rabe auf Evelyn, packt sie am Arm und führt sie hinaus. Sie sieht über ihre Schulter zu William.

Jetzt. »*Et a peccato meo munda me.*«

Dreigestrichenes C.

Und reinige mich von meiner Sünde.

Runter zum H. Und halten, während die Tenöre sich drum herumweben.

Howard hat einen roten Fleck auf der Wange. Seine Mutter ist aus der Kapelle gebracht worden. Die Augen seines Onkels sind kleine silbrige Schalen.

Er hält es nicht aus. Er kann nicht mehr hinsehen. Doch den Blick zurück auf Phillip zu lenken, ist wie ein Sprung auf einen anderen Planeten. Aber er muss diese Qual beenden, muss in die Sicherheit des Blicks seines Chorleiters zurückkehren. Und erst da, als er sieht, dass Phillips Konzentration gar nicht ihm gilt, sondern seinem Freund neben ihm, begreift er. Ein eisiges Gefühl durchrieselt ihn, und er erkennt, dass er keinen einzigen Ton gesungen hat. Es war Martin.

Es kommen noch vier Solos. Er wird keine Sekunde mehr an seine abscheuliche Mutter verschwenden. Er ist wieder da und bereit, und es ist das Einzige, was ihm bleibt. William atmet ein, richtet sich auf, konzentriert sich ganz auf Phillip. Noch zwei Takte. Er folgt jeder Note auf dem Blatt, sein Blick wechselt zwischen Noten und Phillip. Noten, Phillip. Sonst. Nichts. Phillip. Noten.

Doch Phillip neigt sich nicht zu ihm. Sieht ihn nicht einmal an. Als hätte er aufgehört zu existieren. Es ist Martin, dem er den Einsatz gibt. Und das nächste Mal, und danach auch, und danach auch, obwohl Williams Konzentration keine Sekunde schwankt.

Als es vorbei ist, die ganzen zwölf Minuten, sieht Phillip ihn endlich an. Und in dem Moment fühlt William voller Scham, dass er nicht nur seinen Chorleiter enttäuscht hat, sondern alle: die anderen Chorknaben, seine Familie und jeden einzelnen von den vielen Menschen, die in der Kapelle sitzen.

Mit einem Mal erträgt er es nicht, auch nur eine Sekunde länger hierzubleiben. Er ist sich nicht einmal einer Entscheidung bewusst. Sein Körper übernimmt, lässt ihn aus der Chorbank stolpern, auf Füße treten und den Mittelgang hinunterrennen. Als er an Onkel Robert und Howard vorbeikommt, rutscht er auf einem dicken grünen Tulpenstängel aus. Seine Arme rudern kurz, aber er kann sich fangen und läuft keuchend weiter, mit lauten, hallenden Schritten.

Im Vestibül sieht er seine Mutter, immer noch im festen Griff des Kirchendieners. Er stürmt an ihr vorbei, hinaus in das matte, kühle Frühlingslicht, quer über den Rasen, durch das Tor mit der Pförtnerloge und auf die Straße.

Dort lässt er sich in die Hocke sinken, lehnt sich an die niedrige Mauer und vergräbt das Gesicht in den Händen.

»William!«

Sie kommt auf ihn zugelaufen. Und nicht weit dahinter folgen Onkel Robert und Howard. Mit zitternden Knien steht er auf. Und nun sind sie alle da, zusammen auf dem Gehweg.

»Bist du jetzt zufrieden?«, faucht Evelyn Robert an. Sie ergreift Williams Hand, aber er entzieht sie ihr wieder. »Ich habe dir doch gesagt, dass es ihn zu sehr unter Druck setzen würde.«

»Du hast uns *gebeten* zu kommen, Evelyn!«, entgegnet Howard wütend. Seine Wange ist immer noch rot.

»Ich habe euch gebeten, *nicht* zu kommen.« Ihr Unterkiefer

ist so angespannt, dass William sich fragt, wie sie überhaupt sprechen kann.

Howard blickt verzweifelt zu Onkel Robert, dann zu ihm, und in dem Moment sieht William, wie sein Onkel begreift, wer den Brief geschrieben hat.

»Du hast Howard geschlagen«, sagt William zu seiner Mutter. »Du hast ihn *geschlagen*.«

»Er hat mich angegriffen«, verteidigt sie sich. »Mit diesen verdammten Blumen!«

William sieht die Verwirrung in Howards Gesicht. »Sie hat die Tulpen immer gehasst, Howard, sie hat sie in den Müll geworfen.« Er bestraft sie. »Stimmt's nicht, Mum?«

»Ich wollte nur, dass ihr uns drei in Ruhe lasst!« Jetzt weint sie. »Ich wollte nur, dass wir eine normale Familie sind, nicht Lavery & Sons, verdammt noch mal! Ich wollte keine Blumen – ich wollte meine Familie!« Mit einem erstickten Wutschrei stößt sie Robert gegen die Brust. »Warum konntest du nicht an seiner Stelle sterben!«

»Evelyn!«, brüllt Howard. »Herrgott noch mal!«

Mit einem Mal wird William vollkommen ruhig. Er dreht sich ein wenig weg von Robert und Howard, sodass er seine Mutter ansieht. Noch nie hat er sich so zornig und so mächtig gefühlt.

»Wenn schon jemand sterben musste«, sagt er leise, »dann wünschte ich, du wärst es gewesen.«

Evelyn hört auf zu weinen und starrt ihn an.

»William«, mahnt Robert, »das reicht jetzt.«

»Du hast mir diesen Tag ruiniert, und das werde ich dir nie verzeihen«, fährt er fort, ohne seinen Onkel zu beachten. Über die Schulter seiner Mutter hinweg blickt er zur Kapelle. Ein Windstoß fährt ihm durchs Haar. »Bring mich nach Hause.«

Die Luft um sie herum knistert von dem Schock darüber, was passiert ist, was gesagt wurde. Evelyn steht nur verdattert da und rührt sich nicht. Dann holt sie plötzlich Luft. »Du kannst nicht einfach gehen.«

»Doch, siehst du ja.«

»Aber ich fahre heute noch nach Swansea zurück. Morgen früh habe ich ein Vorstellungsgespräch. Ich muss ein Haus für uns finden und eine Schule für dich. Sobald das Trimester zu Ende ist, komme ich und hole dich.«

William sieht Roberts fassungslose Miene. Sein Onkel wusste nichts von Evelyns Plänen.

»Es sind nur noch ein paar Monate«, sagt sie. »Das ist doch nicht so schlimm.«

»Ich bleibe nicht hier.«

»Aber du kannst jetzt nicht mit mir kommen – ich habe nur ein Pensionszimmer, da ist kein Platz.«

»Dann bleibe ich bei Onkel Robert.« Die beiden Männer blicken zu Boden. »Das kann ich doch, oder?«, fragt er sie.

»Natürlich wärst du uns willkommen«, erwidert Robert, ohne irgendwen anzusehen, »aber das muss deine Mutter entscheiden.«

William denkt, sie fängt wieder an zu weinen, doch dann fasst sie sich und strafft die Schultern.

»Also gut«, sagt sie und sieht William unverwandt an. »Aber nur, bis ich alles vorbereitet habe.«

William bemerkt, wie drei Männer in Talaren aus der Kapelle kommen: der Kirchendiener, Phillip und Mr Atkinson. Als sie William erblicken, bleiben sie stehen. Und hinter ihnen tauchen drei weitere Gestalten im Eingang auf: Martin und seine Eltern.

57

»Das war wie im Himmel«, sagt Colin leise, als der Chor hinausgeschritten ist. Sein schottischer Akzent, der sonst kaum auffällt, ist deutlich zu hören. »Wer würde das nicht hören wollen? Sagen Sie's mir, William, denn ich verstehe nicht, wieso jemand da nicht dabei sein will.«

»Das ist eine lange Geschichte.« William ist benommen. Er steht auf, will nur noch raus.

»Alles in Ordnung?«, fragt Martin von der anderen Seite, und einen Moment lang ist William bei seinem Anblick völlig verwirrt.

»Kommen Sie, Colin, wir gehen schon mal in den Copper Kettle«, sagt er, ohne Martin zu beachten. »Ich brauche frische Luft, und die anderen können ja nachkommen.«

Als sie hinaus in den Innenhof und die frische Frühlingsluft treten, riecht Colin immer noch nach Alkohol, aber er wirkt nüchterner und hält mit Williams schnellem Schritt mit.

»Eigentlich unglaublich«, sagt Colin, als sie am stattlichen Senate House vorbeigehen und auf die King's Parade einbiegen. »Es sind bloß Kinder, aber ich schwöre, sie holen den Himmel zu uns herunter, wenn sie so singen.« William sieht Colin von der Seite an. So redet er normalerweise nicht.

Sie gehen über das Kopfsteinpflaster und biegen auf die King's Parade ein. Als sie auf der Höhe des King's College sind, donnert ein Ford Capri auf sie zu. Sie bleiben stehen und sehen zu, wie das rostfleckige Auto röhrend an ihnen vorbeischießt und vor Great St Mary's, wo die Straße endet, laut quietschend bremst.

»Der Dussel wird auf demselben Weg zurückfahren müssen, den er gekommen ist«, sagt Colin.

»Ich lade Sie zum Essen ein, Colin. Worauf haben Sie Lust?« William will weitergehen, aber Colin rührt sich nicht.

»Danke für das Lunchpaket.« Colin umarmt William ungeschickt. Die Haut an seinem Hals ist weich und riecht streng. »Und dafür, dass Sie mit mir gesungen haben. Sie sind ein guter Mann.« Er lässt ihn los und sieht zu dem Auto, das ruckartig wendet. Plötzlich setzt er sich in Bewegung, so schnell, dass William laufen muss, um ihn einzuholen.

»Wohin wollen Sie denn jetzt?«

Das Geräusch des Autos, das heulend und mit knirschenden Gängen beschleunigt, nervt William. Er dreht sich ganz bewusst nicht um, doch als der Motorenlärm näher kommt, blickt er unwillkürlich nach links.

»Machen Sie's gut, William«, sagt Colin leise und tritt auf die Straße.

Der Aufprall ist so heftig, dass sein Körper auf die lange blaue Motorhaube geschleudert wird, über die Windschutzscheibe rollt und auf der anderen Seite zu Boden fällt, bevor William auch nur aufschreien kann.

Die blauen Lichter pulsieren über die King's Parade. Ein leuchtend rotes Band rinnt aus Colins Mund und über seine linke Wange. Sein Griff um Williams Hand ist fest, obwohl seine offenen Augen nichts sehen. Jenny kniet auf seiner anderen Seite, streichelt seinen Kopf und spricht mit ihm. Dann stehen sie auf und sehen zu, wie die Sanitäter ihn auf eine Trage heben. Die anderen Midnighter drängen sich auf dem Gehweg um Martin.

Sobald die Trage im Krankenwagen verstaut ist, winkt der Fahrer William weg von der offenen Tür, außer Hörweite von Colin.

»Hat er Angehörige?«, fragt er leise. »Wenn ja, sollen sie ins Krankenhaus kommen. So schnell wie möglich.«

»In Ordnung.« William nickt und nimmt das Foto, das Colin auf dem Friedhof fallen gelassen hat, aus der Tasche. »Ich sorge dafür, dass jemand sie anruft, aber kann ich ihn begleiten?«

»Meinetwegen. Aber beeilen Sie sich.«

William läuft zu Martin. »Kannst du seine Frau anrufen?« Er drückt ihm das abgegriffene Foto in die Hand, mit der Rückseite nach oben, damit die Adresse zu sehen ist. »Sag ihr, sie soll ins Addenbrooke's kommen. Schnell.«

»Geht klar.« Martin blickt sich um. »Mist, wo ist die nächste Telefonzelle?«

»Nein. Ruf von zu Hause aus an. Du musst mir ein paar Sachen ins Krankenhaus mitbringen. Am besten schreibst du mit.«

»Kein Problem.« Martin holt ein kleines schwarzes Notizbuch aus der Jackentasche und zieht den Stift aus der Lasche. »Was brauchst du?«

»Zwei Handtücher, eine Schere – die schärfste, die du hast –, einen Waschlappen, Seife, Rasiercreme, Rasierer, eine Nagelschere, eine Thermosflasche mit heißem Wasser, eine Zahnbürste, Mundspülung und eine Zeitung.«

Martin nickt, noch schreibend, während William in den Krankenwagen steigt.

58

»Colin«, flüstert William ihm ins Ohr, »ich mache Sie jetzt präsentabel. Ihre Familie kommt.« Sie befinden sich in einem Einzelzimmer im Addenbrooke's Hospital. In Colins Fingern ist keine Kraft mehr, und er atmet flach. »Die Ärzte halten mich für bekloppt, aber wen kümmert's?«

Martin hält Colins Hand, während William in der Ecke hockt und in der prall gefüllten Plastiktüte kramt. Er nimmt die Zeitung heraus und breitet sie auf dem Fußboden aus.

Martin blickt von Colin zu dem Foto, das sie auf den Nachttisch gestellt haben. »Da hast du aber einiges zu tun.«

»Wart's ab.« William rollt eines der beiden Handtücher zusammen und legt es Colin unter den Kopf. Er schneidet die Haare grob etwa eine Handbreit kürzer, dann taucht er die Finger in warmes Wasser aus der Thermosflasche und fährt damit durch den Rest, um die Knoten zu lösen. Mit einem gelegentlichen Blick auf das Foto kämmt und scheitelt er es und schneidet ein wenig nach.

»Wie lange habe ich?«, fragt er, ohne aufzusehen.

»Sie sind vor ungefähr einer halben Stunde in London losgefahren, also wohl eine knappe Stunde.«

»Was hast du ihr gesagt?«

»Dass Colin einen Unfall hatte und es nicht schaffen wird und dass sie sich beeilen müssen, wenn sie sich noch von ihm verabschieden wollen.«

Williams Hände halten inne. »Und was hat sie erwidert?«

»Erst mal wollte sie wissen, wer ich überhaupt bin, dann hat sie gefragt, in was für einem Zustand er ist und ob man das den Kindern zumuten kann.«

»Und?«

»Ich habe ihr gesagt, dass es da keinen Grund zur Sorge gibt.«

»Gut gemacht.« William legt letzte Hand an Colins Haare an.

Während William einen Waschlappen mit heißem Wasser tränkt, beugt sich Martin zu Colin und beginnt, »Myfanwy« zu singen. William wischt über Colins Gesicht und reibt vorsichtig seine Augenwinkel und die verkrusteten Lippenränder ab. Die Haut unter dem Waschlappen fühlt sich dünn und müde an. Die Rasiercreme schäumt wie wild in seiner Hand. Martins Stimme, das Gefühl des Rasierers, der durch die Stoppeln gleitet, und die Bahnen glatter Haut, die mit jedem Zug erscheinen, beruhigen William.

Er kürzt die Augenbrauen ein wenig und streicht mit den angefeuchteten Daumen darüber, bis sie glatt und dicht anliegen, mit einem Hauch Grau darin. Martin ist wieder bei der ersten Strophe angekommen, aber William hat keine Ahnung, wie oft er es schon gesungen hat. Mit dem restlichen Wasser wäscht er Colins Hände, zieht seine Fingernägel über das Seifenstück und holt mit der Spitze der Nagelfeile den Dreck heraus. Dann schneidet er die Nägel so, dass nur ein schmaler weißer Bogen bleibt. Als die Hände trocken sind, feilt er die Nägel. Zuletzt taucht er die Zahnbürste in die Mundspülung und schiebt sie Colin vorsichtig in den Mund.

Colin sieht zehn Jahre jünger aus, dünner und kleiner. William streicht noch einmal mit dem Daumen über die linke Augenbraue, dann setzt er sich gegenüber von Martin neben das Bett.

»Sing die letzte Strophe mit mir zusammen.« Martin deutet mit dem Kopf auf Colins andere Hand, und William nimmt sie.

»Er war in London«, sagt William nach kurzem Schweigen. »Er hat zugesehen, wie seine Tochter aus der Schule kam.«

Martin atmet laut aus. »Armer Kerl. Immerhin war er rechtzeitig für das ›Miserere‹ zurück.«

Der Raum riecht nach Seife, Rasiercreme und Desinfektionsmittel. Draußen ist es dunkel. William starrt auf Colins ordentlichen weißen Daumennagelrand. »Wenn ich schneller reagiert hätte, hätte ich ihn festhalten können. Ich hätte ihn retten können.«

Martin schüttelt den Kopf. »Verschwende darauf keine Zeit, William. Du hast mehr für Colin getan als irgendjemand sonst.« Er lächelt sanft.

Der Sekundenzeiger der Wanduhr arbeitet sich laut tickend durch eine weitere Minute.

»Wir werden ihn vermissen, nicht?« William schluckt. »Ich meine, wir alle, der ganze Chor.«

»Ja.« Martin nickt. »Nächste Woche müssen wir etwas Besonderes singen, zu seinem Gedenken.«

Beide schweigen eine Weile. Plötzlich ringt Colin nach Luft, sodass sie zusammenfahren, doch dann scheint er sich wieder zu beruhigen. Sein Mund bleibt ein wenig offen stehen.

»Wie war es denn?«, fragt Martin leise. »Wieder dort zu sein?«

»Furchtbar«, antwortet William. »Es war das erste Mal, dass ich die Erinnerung tatsächlich zugelassen habe. Gott! Es war grauenvoll.«

»Was ich dir immer schon sagen wollte: Ich hatte gehofft, Phillip würde dich wieder reinlassen, nachdem du das erste Solo verpasst hattest. Es hat mir auf der Seele gelegen, dass du vielleicht dachtest, ich hätte es dir weggenommen.«

357

»Das habe ich *nie* gedacht. Stell dir vor, du hättest es nicht getan! Was wäre dann wohl passiert?«

»Wir werden es niemals erfahren.«

»Ich habe mich so geschämt, Martin, all die Jahre. Die spektakulärste Niete in der Geschichte des Chors.«

Erneut ringt Colin nach Luft. Sie beobachten ihn eine Weile, bis er wieder ruhig ist.

»So habe ich dich nicht in Erinnerung«, sagt Martin. »Und Phillip auch nicht, jede Wette. Das hast du zwar gründlich versemmelt, aber du warst der Beste. Absolut sensationell. »Allerdings« – Martin richtet sich auf und sieht William mit einem amüsierten Funkeln in den Augen an – »kann ich nicht leugnen, dass es wunderbar dramatisch war, als du wie von Furien gejagt den Mittelgang runtergerannt bist.« Er grinst. »Du hättest Phillips Gesicht sehen sollen! Er war wie vom Blitz getroffen! Ich dachte schon, ich müsste nicht nur die Solos singen, sondern auch noch den Chor dirigieren.«

Martin legt den Kopf in den Nacken und lacht los. William erkennt die Chance, die ihm dieser Moment bietet, und beschließt, sie zu ergreifen. Nachdem er dreizehn Jahre lang dagegen angekämpft hat, lässt er das ganze chaotische Bündel unterdrückter Erinnerung hochkommen. Und wie durch ein Wunder muss auch er lachen.

»Du vergisst meinen Ausrutscher auf der Tulpe auf halbem Weg«, sagt er zwischen zwei Lachsalven.

Martin reißt die Augen auf, und sein ganzer Körper bebt vor Erheiterung. »Ach ja! *Viel* eleganter als eine schnöde Bananenschale!«

Bald halten sich beide die Bäuche und ringen nach Luft. Martins Gesicht, wenn er lacht, ist zeitlos, und William kommt es so vor, als wäre er wieder dreizehn – derselbe Junge, aber nun frei.

Das Quietschen eines Rollwagens draußen im Flur bringt

sie wieder ins Hier und Jetzt, mit entspanntem Körper und schmerzendem Gesicht.

»Mensch, hat das gutgetan!«, sagt William schließlich. »Ich hätte nie gedacht, dass ich darüber mal lachen kann.« Er holt tief Luft. »Ich fühle mich wie befreit.«

Martin nickt. »Wie heißt es so schön: Lachen ist die beste Medizin.«

»Danke, Martin«, sagt William.

»Du kennst mich doch, immer für einen Scherz zu haben.«

»Das meine ich nicht.«

»Oh.«

William richtet den Blick auf Colin. »Für alles. Dafür, dass du das ›Miserere‹ gerettet hast. Dass du dich gefreut hast, als ich mit Gloria vor dem College stand. Dafür, dass du mich bei dir wohnen lässt.« Er spürt, dass Martin ihn anschaut. Schließlich erwidert er den Blick. »Ich verdiene dich nicht.«

Martin lächelt und schüttelt langsam den Kopf. »Ich habe dir schon mal gesagt, niemand verdient irgendwen.«

»Danke.«

»Du hast hier heute ein kleines Wunder vollbracht, mein Freund.« Martin deutet auf Colin. »Er kann es dir nicht mehr selbst sagen, aber er ist dir bestimmt sehr, sehr dankbar.«

Eine Woge von Hoffnung steigt in William auf. Er weiß nicht, worauf, aber sie drängt ihn zum Fußende des Betts. »Wir sollten die Decke unter die Matratze klemmen – wenn seine Frau die Fußnägel sieht, fliegen wir auf.«

Nachdem das getan ist, reibt Martin sich die Hände. »So! Ich besorge uns jetzt mal eine scheußliche Tasse Tee.«

William rollt die Zeitung zusammen, wirft sie in die Plastiktüte und packt alles andere obendrauf. Er stellt die Tüte in die Ecke, dann setzt er sich wieder und wartet, den Blick auf Colin gerichtet. Wenn er wieder bei Martin ist, beschließt er, wird er das »Miserere« auflegen. Laut.

Er sitzt mit dem Rücken zur Tür, und als er sie kommen hört, dreht er sich um. Sie ist schlank, trägt hochhackige Schuhe und einen grünen Mantel, und neben ihr stehen ein halbwüchsiger Junge mit schulterlangem, welligem Haar und ein etwas jüngeres Mädchen, das mit beiden Händen die Hand seiner Mutter festhält.

»Hallo.« Der Stuhl scharrt laut über den Boden, als er aufsteht. »Ich bin William.«

»Sind Sie der Mann, der Mum angerufen hat?«, fragt das Mädchen, das Colins Kinn und Nase hat. Sie bleiben im Türrahmen stehen.

»Nein, aber ich singe mit deinem Dad im Chor.«

»Wir wussten nicht, dass Colin in einem Chor singt«, sagt die Frau, und als würde sie ihn erst durch das Aussprechen seines Namens bemerken, kommt sie herein, und die Kinder folgen ihr.

»Was ist passiert?«, fragt die Frau leise. »Sie haben gesagt, es gab einen Unfall?«

»Er ist von einem Auto angefahren worden.«

»War er betrunken?«, fragt das Mädchen.

Ihr Bruder verzieht das Gesicht. »Katy!«

Die Frau schlägt die Hände mit den rot lackierten Fingernägeln vor den Mund, und in ihren Wimpern schimmert eine Träne. Ein großer Diamant sitzt ein wenig verrutscht an ihrem dünnen Ringfinger.

»Du hast gesagt, er würde anders aussehen, Mum«, sagt das Mädchen. Der Junge tritt einen Schritt näher an das Bett.

»Ich dachte, dass es so wäre, Schätzchen.« Sie blickt kurz hoch zu William.

»Kann er uns hören?« Die tiefe Stimme des Jungen schwankt, als könnte sie jeden Moment in ein Kieksen entgleiten.

»Ich glaube schon«, antwortet William. »Als ich ihm gesagt habe, dass ihr kommt, hat er meine Hand gedrückt.«

Das Mädchen läuft zum Bett und nimmt Colins Hand. »Hallo, Daddy«, sagt sie leise.

Die Frau nimmt seine andere Hand.

»Ich lasse Sie jetzt besser allein.« William tritt vom Bett zurück.

»Nein!«, sagt die Frau rasch und deutet mit dem Kopf auf den Stuhl in der Ecke. »Bitte bleiben Sie. Ich wusste nicht, dass er hier Freunde hat.«

William setzt sich.

»Er drückt nicht meine Hand, Mummy.«

»Er ist sicher sehr schwach, Schätzchen.«

Eigentlich hatte William nicht vor, etwas zu sagen, doch dann wendet er sich an den Jungen. »Ich weiß, dass er sich gefragt hat, wie du in deiner neuen Schule zurechtkommst – Daniel, richtig?«

Auf dem Gesicht des Jungen zeichnen sich Überraschung und Schmerz ab. Er tritt näher zu seiner Mutter. »Darf ich, Mum?« Er nimmt Colins Hand, sodass William davon nur die sauberen weiß gerandeten Fingernägel sehen kann. »Die Schule ist in Ordnung, aber ich vermisse dich immer noch.«

Fünf Minuten später hört Colin auf zu atmen, aber erst nachdem drei Menschen ihm Lebwohl gesagt und ihn auf die frisch gewaschene Stirn geküsst haben.

5. Teil Aberfan

59

Martin schenkt ihnen Kaffee ein. Die Morgensonne erhellt den Dampf, der aus ihren Tassen aufsteigt. Sie waren noch gar nicht im Bett.

»Wo ist es?« William steht vor dem Regal und kramt in Martins Schallplatten.

»Kommt drauf an, welche Aufnahme du hören willst.«

»Ist mir gleich.« Er dreht sich zu Martin um. »Such du eine aus.«

Mit zwei Schritten ist Martin beim Regal. Er zieht mit sicherem Griff eine Platte heraus und zeigt sie William kurz; es ist eine Aufnahme des King's College.

»Setz dich«, sagt er und geht zum Plattenspieler.

William folgt der Aufforderung und schließt die Augen. Er hört das Rascheln der Papierhülle, das Aufsetzen und Knistern der Nadel. Spürt, wie das Sofa nachgibt, als Martin sich neben ihn setzt.

»Alles in Ordnung?«, fragt Martin zwölf Minuten später.

William öffnet die Augen und nickt langsam. »Bin noch hier.«

»Also nicht in Rauch und Flammen aufgegangen.« Martin lächelt, dann runzelt er leicht die Stirn. »Hast du dir vorgestellt, du wärst in der Kapelle?«

»Weiter zurück.«

Martin nickt. »Du hast es dir mit deiner Mum angehört.«

»Und Dad.« Er lächelt. »Ich saß auf seinem Schoß.«

»Butterkekse in Reichweite?«

William lacht, und eine Träne rinnt über seine Wange. »Bestimmt.« Er trinkt einen Schluck von seinem Kaffee, und sie sitzen eine Weile schweigend da. »Martin, glaubst du, Colin hat gewartet? Ich meine, bis sie da waren, um sich zu verabschieden?«

Martin legt den Kopf schräg. »Gut möglich. Du hast ihm doch gesagt, dass sie kommen, oder?«

Schniefend dreht William sich zu ihm. »Kann ich mir dein Auto ausleihen?«

»Na klar. Wo willst du denn hin?«

»Mum besuchen.«

»In dem Fall gebe ich dir die Schlüssel, aber erst wenn du ein bisschen geschlafen hast.«

William sieht auf die Uhr. Es ist kurz nach sechs. »Du hast Recht.« Er steht auf. »Wenn ich mich jetzt hinlege, könnte ich um zehn aufbrechen.«

Martin umarmt ihn kurz und fest. »Gute Idee, egal, was passiert«, sagt er dicht an Williams Ohr. »Sehr gute Idee.«

Als William in Mumbles ankommt, ist es früher Nachmittag, und ein glatter, strahlend heller Sandstrand schmiegt sich um das glitzernde Wasser. Während der Stunden im Auto hat er sich verkniffen zu überlegen, was er sagen könnte. Aber bei der Vorstellung, wie seine Mutter sich freuen wird, ihn zu sehen, musste er lächeln, und er verspürt immer wieder ein leises Gefühl der Erleichterung. Als er nach rechts abbiegt, um zum zweiten Mal in seinem Leben die steile Plunch Lane hochzufahren, merkt er, wie das Hemd an seinen Achselhöhlen klebt.

Der makellos gepflegte Rasen und die mit üppigen rosa Petunien bepflanzten Blumenkästen sind typisch Evelyn. Die

Haustür ist aus Riffelglas, mit drei Streifen aus gelb gestrichenem Holz, die von der linken unteren Ecke ausgehen wie Sonnenstrahlen. Als er nach der Beerdigung in Aberfan hier war, hat er es nicht mal geschafft, aus dem Auto zu steigen. Das kommt diesmal nicht in Frage, und so schaltet er den Motor ab, steigt aus und geht auf das Haus zu. Als er bei der Tür ankommt, schlägt ihm das Herz bis zum Hals.

Die einfache Zweitonklingel ist laut, aber irgendwie ahnt William, dass sie durch ein leeres Haus hallt. Hinter dem Riffelglas ist keine Bewegung zu erkennen. Sie ist nicht da. Trotzdem klingelt er ein zweites Mal. Und noch einmal.

»Sie ist unterwegs«, sagt eine eindeutig walisische Stimme zu seiner Linken. Die Frau von nebenan ist in ihren Vorgarten hinausgetreten. Sie ist groß und hager, und ihre Pantoffeln sind mit Perlen besetzt, die in der Sonne glitzern.

»Wissen Sie, wann sie zurückkommt?«

Die Frau schüttelt den Kopf. »Bestimmt erst spät. Sie ist nach Sutton Coldfield gefahren.«

Etwas zieht seinen Magen zusammen: Panik, ein Gefühl des Verrats. »Das ist aber ganz schön weit«, erwidert er, um nicht direkt zu fragen; schließlich kennen sie sich überhaupt nicht.

Die Frau lächelt fast verschwörerisch. »Sie holt ihre Schwiegertochter ab.«

Für einen kurzen, verrückten Moment fragt sich William, wer das sein soll. Er starrt auf die funkelnden Perlen an den Füßen der Frau, sieht, dass die Nägel unter den beigefarbenen Nylons lackiert sind.

»Sie wird Evelyn bei den Vorbereitungen für die Hochzeit helfen.« Die Frau betrachtet William aufmerksam. »Kann ich ihr etwas ausrichten?«

»Nein.« William ist schon wieder bei seinem Auto und öffnet die Tür. »Danke. Ist nicht wichtig.«

60

Auf dem kleinen Rasenstück an der Abzweigung zu ihrer Straße leuchtet ein Schwung Narzissen stolz und golden in der Spätnachmittagssonne. Von hier aus wirkt das Firmenschild von Lavery & Sons klein und unauffällig. Er hat dreieinhalb Stunden gebraucht, um von Swansea nach Birmingham zu fahren. Von einer Tankstelle aus hat er Martin angerufen und gefragt, ob er das Auto noch ein paar Tage länger behalten kann; er wollte nach Hause fahren. Als er nun endlich ungeplant vor dem Haus parkt, ist er einfach nur müde.

Zu seiner großen Erleichterung steht kein weiterer Wagen vor der Tür. Er hatte sich schon gefragt, ob er Robert und Howard in Gesellschaft von Evelyn und Gloria vorfinden würde und was um alles in der Welt er dann tun sollte. Nachdem er eine Weile auf die sonnenbeschienenen Tulpen unter dem Fenster gestarrt hat, steigt er aus und schließt die Haustür auf. Die Standuhr im Flur hält Wache und bildet mit ihrem gleichmäßigen Ticktack den Hintergrund für Howards und Roberts geordnetes Leben. Er hängt seinen Anorak auf den Haken ganz rechts, wie er es immer getan hat. Der daneben – Glorias – ist leer. Er steht einen Moment da und lauscht auf die Stille des Hauses, dann geht er durch die Tür am Ende des Flurs in das Beerdigungsinstitut.

Die Leichenhalle ist sauber, ordentlich und still. Alles, wie es sein soll. Er legt die Hände auf den Tisch. Wenn dort ein Leichnam läge, würde er nicht zögern; die Arbeit würde ihn beruhigen, ihn für eine Weile verschwinden lassen. Stattdessen überprüft er die Vorräte in den Schränken, dreht die Wasserhähne auf und zu, rückt die Instrumente zurecht. Schließlich kehrt er in den Wohnbereich des Hauses zurück.

Das Schlafzimmer zu betreten, ist das Schwerste. Die Bettdecke mit dem Mohndruck in Orange und die passenden Vorhänge, die Frisierkommode aus Eichenholz, der Ledersessel – alles ist genau wie immer. Nur die Oberflächen sind leer. Das Zierdeckchen auf der Frisierkommode liegt glatt da, nicht verzogen und vollgestellt mit Parfümflakons, Papiertüchern, Handcreme, Armbändern, Sicherheitsnadeln und Lippenstiften. Keine silberne Krankenschwesternuhr. Er öffnet ihren Schrank, und da hängen nur ein paar Bügel. Es hat funktioniert. Er hat sie verlassen, damit sie ihn verlassen konnte. Und das hat sie getan.

Er muss eingeschlafen sein, denn er wird davon wach, dass Autotüren zufallen. Dann ein Klicken und das Geräusch der Haustür, die über den Teppich schleift.

»Robert? Howard?« Er springt auf und läuft zur Treppe, um sie nicht zu erschrecken.

Die beiden Männer stehen da, die Gesichter nach oben gewandt, mit dem gleichen Ausdruck von Überraschung, der sich in ein breites Lächeln verwandelt. Als William die Stufen hinuntergeht, streckt Robert die Arme aus wie ein Kind, das seine Mutter oder seinen Vater kommen sieht.

Sie umarmen sich, während Howard neben ihnen steht, eine Hand auf Roberts Rücken und die andere auf Williams Schulter.

»Warum hast du uns nicht gesagt, dass du kommst?« Robert tritt einen Schritt zurück und strahlt William an.

»Weil ich es nicht wusste«, erwidert William.

»Ich setze schon mal Wasser auf«, sagt Howard und drückt Williams Arm.

»O ja, bitte!« Plötzlich merkt William, dass er seit dem Morgen nichts mehr gegessen und getrunken hat.

»Toast mit Marmite?« Howard klatscht in die Hände.

»Ja!«

»Nur als kleinen Imbiss«, sagt er und verschwindet in die Küche. »Nachher gibt es Toad in the Hole.«

William und Robert gehen ins Wohnzimmer und hören durch die offene Durchreiche das Blubbern des Kessels, das Klirren eines Löffels, das Klappen der Kühlschranktür.

»Wie lange bleibst du?«, fragt Robert. »Seit wann bist du hier? Ist das dein Auto in der Einfahrt?«

»Robert!«, ruft Howard lachend aus der Küche. »Frag nicht so viel auf einmal, er kommt ja gar nicht zu Wort.«

William setzt sich aufs Sofa. Robert, der den Sessel gegenüber wählt, sieht ihn lächelnd, aber auch eindringlich und fragend an. Howard kommt mit drei dampfenden Bechern und einer Packung Kekse herein.

»Fangt schon mal damit an, bis der Toast fertig ist.«

»Danke.« William hat Howards Art, sich unauffällig nonchalant über die Regel »Nichts Süßes vor dem Essen« hinwegzusetzen, schon immer gefallen.

»Also, was ist los?« Robert beugt sich vor und sieht William an. »Ist alles in Ordnung?«

»Mehr oder weniger.« Er zuckt die Achseln. »Ich war heute Morgen bei Mum.«

»In Swansea?«, fragt Robert verdattert. »Von Cambridge aus?«

Er nickt.

»Warum?«

William trinkt einen Schluck Tee, hält den Becher in beiden Händen. Er blickt von Robert zu Howard, die ihn beide gebannt ansehen. »Es hat jetzt lange genug gedauert, oder? Wir haben nicht ewig Zeit.«

Robert wischt sich verstohlen über die Wange.

»Aber sie war nicht da«, fährt er fort. »Sie war hier, nicht? Um Gloria abzuholen.«

»Woher weißt du das?« Roberts Wangen sind gerötet.

»Ihre Nachbarin hat es mir gesagt.«

»Und dann bist du direkt hierhergefahren?« Howard reicht ihm den Teller mit den Keksen. William nimmt sich einen.

»Wusste nicht, was ich sonst tun sollte.«

»Du hast sie um nicht mal eine Stunde verpasst«, sagt Robert leise.

»Wir haben sie eben bis zum Autobahnkreuz begleitet«, fügt Howard hinzu. »Deine Mum hatte Angst, dass sie die falsche Abfahrt erwischt und in Ipswich landet.«

»Wolltet ihr es mir sagen?«

»Was, dass sie hier war?« Robert breitet verdutzt die Arme aus.

»Dass sie und Gloria irgendwie beste Freundinnen geworden sind.«

Robert sieht erst zu Howard, dann zu William. Er atmet aus und schüttelt den Kopf. »Meine Güte, William, keiner von uns wusste, was richtig war. Aber du hättest mit ihr reden sollen.«

»Das konnte ich nicht! Sie hätte mich überredet zu bleiben! So, wie sie mich damals überredet hat, sie zu heiraten!«

»Sie war völlig aufgelöst« – Robert runzelt die Stirn –, »und sie sagte immer wieder, dass sie mit deiner Mutter sprechen wollte.«

»Warum war das denn so wichtig?«, fragt William, und wieder sieht er, wie die beiden einen hilflosen Blick wechseln.

»William«, sagt Howard sachlich. »Das ist eine Sache zwischen dir und Gloria, nicht zwischen uns. Du musst mit ihr sprechen.«

»Ich habe es doch schon gesagt, das *geht* nicht. Es hilft niemandem, wenn Gloria sich mit Mum zusammentut.«

»Das kannst du nicht beurteilen, William. Jedenfalls nicht, solange du nicht mit Gloria gesprochen hast.«

»Fährst du zu der Hochzeit?« Howard greift nach seinem Becher und trinkt einen Schluck.

»Ich wollte in Ruhe mit ihr reden. Das kann ich bei der Hochzeit nicht. Meint ihr nicht, es wäre seltsam da zu sein, aber nicht miteinander reden zu können?«

»Vielleicht«, sagt Howard. »Diese ganze Situation ist merkwürdig, ist sie schon immer gewesen. Aber wäre es nicht ein großartiges Friedensangebot – du mit einem strahlenden Lächeln in der Kirche, wenn sie zum Altar schreitet?«

»Es wäre wesentlich leichter, wenn Gloria nicht dabei wäre«, wendet William ein.

»Wie wär's, wenn du das für deine Mutter tust«, schlägt Robert vor, »und das mit Gloria später klärst?«

»Leicht gesagt.« William lächelt unwillkürlich, als er ihre hoffnungsvollen Mienen sieht. »Aber gut, ich versuch's.«

»Halleluja!«, sagt Robert. »Fährst du bis dahin nach Cambridge zurück?«

»Ich muss Martin sein Auto zurückbringen. Aber ich bin jetzt wieder zu Hause. Ihr könnt mir die Leichenhalle überlassen, ich kümmere mich um alles.«

61

William legt den dreiundsiebzigjährigen Mann vorsichtig in seinen Sarg. Die Einbalsamierung hat zwei Stunden gedauert. Er zieht ihm rasch den Tweedanzug mit der karierten Krawatte an, den seine Familie ihnen gegeben hat. Die Vormittagssonne taucht den Raum in goldenes Licht. Er ist fast fertig, muss nur noch kurz mit dem Kamm durch das schüttere Haar des Mannes fahren. Es ist ein gutes Gefühl, wieder hier zu sein und das zu tun, was er wirklich kann.

Es klopft zweimal, und Howard streckt den Kopf zur Tür herein. »Martin ist am Telefon.«

William legt den Kamm auf der Brust des Mannes ab und geht hinüber ins Büro. »Martin?«

»Wie geht's dir?«

»Ganz gut. Bin gerade mit meiner ersten Einbalsamierung fertig. Aber ich versuche immer noch, das mit Mums Hochzeit zu verdauen.«

»Fährst du hin?«

»Ja. Howard meinte, das wäre das perfekte Friedensangebot.«

Martin lacht leise, dann fragt er nach einer kurzen Pause: »Wie ist es für dich, dass Gloria auch da sein wird?«

»Ich habe eine Mordsangst.«

Wieder eine Pause, dann hört er, wie Martin plötzlich Luft holt. »Sie hat mich angerufen, von deiner Mum aus. Die beiden meinen, wenn du zur Hochzeit kommst, wäre es vielleicht für alle Beteiligten leichter, wenn ich auch käme.«

William sieht, wie Howard von seinem Schreibtisch aufblickt. »Leichter? Wieso?«

»Sie denken, dann hättest du mich, wenn du jemanden brauchst. Und für Gloria gilt vermutlich dasselbe.« Er stößt ein schwaches Lachen aus. »Stell dir einfach vor, ich wäre Ballast.«

William will empört reagieren, weil die beiden Frauen über seinen Kopf hinweg planen, aber er kann nur daran denken, wie gut es wäre, Martin dabeizuhaben. »Ich könnte am Freitag mit deinem Auto nach Cambridge fahren, bei dir übernachten, und dann machen wir uns gleich morgens auf den Weg.«

»Es wäre vernünftiger, wenn ich mit dem Zug nach Birmingham käme und wir von da aus starten.«

»Bist du sicher?«

»Absolut.«

»Danke. Robert und Howard wollen so rechtzeitig fahren, dass sie vorher noch im Pub essen können. Sie hassen es, mit leerem Magen auf einer Hochzeit zu sein.«

»Das klingt ja von Minute zu Minute besser.«

Abgesehen von schlafen, einbalsamieren und essen, was Robert und Howard ihm Leckeres kochen, tut William während der nächsten Woche nur zwei Dinge: Er kauft sich einen grauen Anzug, damit niemand denkt, er trüge seine Bestatteruniform, und er bewirbt sich beim Chor des City of Birmingham Symphony Orchestra. In der Schule gab es ein paar Jungen, die im Jugendorchester des CBSO spielten, aber kürzlich hat Robert ihm von dem neuen Amateurchor erzählt, der anspruchsvolle Werke auf höchstem internationalem Standard singen soll. William hat beschlossen, sich zu bewerben, bevor er Zeit hatte, lange darüber nachzudenken, und er ist für nächste Woche zum Vorsingen eingeladen worden.

Sehr schnell ist es Freitag, und morgen findet die Hochzeit statt. Howard kocht Bœuf bourguignon. In der Küche herrscht eine entspannte Atmosphäre, sie ist erfüllt von köstlichen Düften. William deckt den Tisch, während Robert schon mal die Töpfe abwäscht.

»Noch ein kleiner Drink vor dem Essen?«, fragt Howard. »Bier? Gin Tonic?«

Sie setzen sich an den Tisch, William ans Ende, Howard und Robert an die Seiten.

»Bist du bereit für morgen?«, fragt Robert.

»Ich weiß nicht.« William öffnet die drei Biere und schiebt beiden eine Flasche zu. »Warst du, vielleicht auch nur für einen Moment, traurig wegen Dad?«, fragt er seinen Onkel. »Weil sie einen anderen Mann heiratet?«

»Ich bin traurig darüber, dass seine Zeit mit deiner Mum so kurz war; aber dass sie wieder glücklich wird, hat er sich ja für sie gewünscht, das weiß niemand besser als wir.«

Howard stößt eine Mischung aus einem Seufzer und einem leisen Lachen aus und nickt. Spielen sie auf etwas an, das er wissen sollte?

»William.« Howard hat seine Verwirrung offenbar bemerkt. »Du erinnerst dich doch, oder? Was er unmittelbar vor seinem Tod zu uns gesagt hat?«

»Nein«, erwidert er. »Ich war nicht dabei. Ihr wart da, aber Mum und ich sind zu spät gekommen.«

»Du weißt das nicht mehr?« Robert sieht ihn ungläubig an.

»Ich weiß noch, dass ihr beide uns mit ihm allein gelassen habt, aber da war er schon tot. Und Mum war so unglücklich, weil wir es nicht mehr rechtzeitig geschafft hatten. Sie redete mit ihm, und ich fühlte mich unwohl, weil ich wusste, dass er nicht mehr da war.«

Plötzlich steht er am Rand eines Abgrunds, mit dem Gefühl,

dass etwas kommt, das ihn hinunterstoßen wird. In seinem rechten Fußballen pulsiert eine Ader.

»So war das nicht, William«, sagt Robert.

Howard stellt leise sein Bier auf den Tisch.

»Deine Mum war den ganzen Tag im Krankenhaus.« Robert räuspert sich. »Wir haben auf dich aufgepasst. Am frühen Abend rief sie uns an und meinte, wir müssten kommen. Als wir dort ankamen, war sie vollkommen ausgelaugt. Sie hatte nichts gegessen und getrunken und war nicht mal aufs Klo gegangen. Wir haben ihr gesagt, sie solle sich mal eine kleine Pause gönnen.«

»Sie wollte nicht«, wirft Howard ein, »aber sie ist dann trotzdem gegangen.«

Ein Geruch: antiseptisch und unangenehm süßlich. Ein wolkiges Glas auf dem Nachttisch. Er will mit seiner Mutter hinausgehen und zugleich hierbleiben. Die Tür zur Erinnerung fliegt auf, und mit einem Mal ist alles wieder da.

Sein Dad hat so viel Gewicht verloren, dass seine Beckenknochen wie kleine Berge unter der Decke hervorstehen. Sein Gesicht besteht nur noch aus Vorsprüngen und Kuhlen. Nicht länger Roberts eineiiger Zwilling.

Robert legt die Hand auf Dads Arm. Howards Hände ruhen auf Williams Schultern und schieben ihn sanft zum Bett.

»Wenn du ihm jetzt nicht Lebwohl sagst, bereust du es vielleicht später.«

Die Augen seines Dads öffnen sich. Sein Gesicht dreht sich zu ihm. Eine knochige Hand hebt sich, legt sich kurz und unbeholfen auf seinen Kopf und rutscht dann hinunter. Wie leicht und schwach sie sich anfühlt! Diese Hand, die ihn gekitzelt und hochgehoben, ihn an sich gedrückt und mit ihm gespielt hat.

»Wo ist Mum?« Die Stimme ist genauso schwach und unbeholfen wie die Hand.

»Pipi machen und einen Tee holen.« Es klingt so albern, und er wünschte, er hätte es nicht gesagt.

»Sie kommt gleich wieder, Paul«, sagt Robert sanft.

Der Finger seines Dads zeigt auf jeden von ihnen. »Die drei Musketiere.«

»Was sollen wir bloß ohne dich machen?«, fragt Robert mit brüchiger Stimme und streichelt seinen Arm. Howard bleibt hinter William, aber der Griff seiner Hände wird fester.

Die Lippen seines Dads sind eingerissen, und seine blasse Zunge versucht immer wieder darüberzulecken. Robert nimmt ein Papiertuch, feuchtet es an und betupft damit seine Lippen. Paul liegt still, während sein Bruder sich um ihn kümmert, dann hebt er erneut die Hand. Er will etwas sagen.

»Sorg dafür, dass ihr zusammenbleibt, Robert. Bitte.« Sein Adamsapfel hüpft und rollt in seinem mageren Hals. »Und wenn sie jemand Neues findet ...« Seine Arme heben sich von der Decke, und er hält beide Daumen hoch.

Dann ist er ohne Vorwarnung oder Drama plötzlich einfach weg. Macht nicht mal die Augen zu. Der Schock schießt William in die Füße und hoch in den Kopf.

»Nein!« Evelyn steht in der Tür. Sie kommt zum Bett. »Nein!«

Robert und Howard treten zurück; Robert weint leise. Howard nimmt seine Hand. Es ist das erste Mal, dass William sieht, wie sie sich berühren.

»Es war gerade eben, Evelyn. Er ist friedlich gegangen«, flüstert Howard. Roberts Kopf hängt, als hätte sein Hals keine Kraft. Seine Tränen tropfen auf das PVC, und William hält es schier nicht aus. Er will weglaufen, will mit seinem Dad gehen.

»Evelyn«, sagt Howard, »wir lassen dich jetzt ein bisschen mit ihm allein. Sollen wir William mitnehmen?«

»Nein! Bitte nicht.« Die Verzweiflung in dem »Bitte« durchbohrt Williams Herz.

Als Robert und Howard den Raum verlassen, zucken Roberts Schultern, und er stößt ein abgrundtiefes Schluchzen aus.

William hat Angst. Wie lange kann etwas so wehtun? Zitternd sieht er zu, wie Evelyn sich auf das Bett legt und den Kopf an die Schulter seines Dads schmiegt. »Paul«, schluchzt sie, »du hast nicht auf mich gewartet.«

Eine Handbreit von ihrem weinenden Gesicht liegen die Augen, aus denen sein Dad verschwunden ist, wie kalte Murmeln in ihren Höhlen.

Robert weint immer noch draußen im Flur. Das Bett bebt unter den Schluchzern seiner Mum. Und der Körper seines Dads, in dem er nicht mehr ist, ekelt ihn an. Er *erträgt* es einfach nicht! Er steht wie angewurzelt da, und alles in ihm implodiert und explodiert zugleich.

Eine Stunde später verlassen sie das Krankenhaus. Seine Mum legt im Gehen den Arm fest um seine Schultern und zieht ihn an sich.

»Jetzt gibt es nur noch uns beide, William. Dich und mich.«

Er denkt an die raue Stimme seines Vaters – »Sorg dafür, dass ihr zusammenbleibt, Robert« –, und in seinem achtjährigen Herzen weiß er, dass seine Welt von jetzt an immer aus dem Lot sein wird.

62

»Ist der Plan immer noch, dass wir mit Robert und Howard zu Mittag essen?«, fragt Martin und sieht zu William neben ihm auf dem Beifahrersitz.

Sie sind noch eine halbe Stunde von Swansea entfernt. Sie haben Musik gehört, gesungen und gelacht. Und über nichts von Bedeutung gesprochen.

»Ja, in einem Pub, nicht weit von Mums Haus entfernt.«

»Ich schwänze, wenn es dir nichts ausmacht.«

»Was? Du verzichtest freiwillig auf ein Essen? Was ist los?«

»Ich bin mit Gloria verabredet.« Er verzieht das Gesicht. »Sie hat Angst.«

»Verstehe«, erwidert er, und nun, da sie fast da sind, merkt er, dass es ihm genauso geht, dass er Martin auch gerne an seiner Seite hätte. Aber vor allem presst es ihm das Herz zusammen, dass Gloria sich davor fürchtet, ihn zu sehen. »Wann und wo trefft ihr euch?«

»Um zwölf, irgendwo am Wasser.«

»Ich dachte, sie wäre bei Mum.«

Martin schüttelt den Kopf. »Offenbar ist nur ihre Trauzeugin bei ihr.«

Plötzlich durchzuckt William eine Idee. »Wenn das so ist, schwänze ich auch das Mittagessen. Du kannst mich bei Mum rauslassen.«

Martin zieht die Augenbrauen hoch. »Bist du sicher?«

»Ja.«

»Sie hat bestimmt reichlich zu tun, und wie kommst du zur Kirche?«

»Es ist die im Ort, das kann nicht so weit sein.« Mit einem Adrenalinschub fügt er hinzu: »Wenn es gut läuft, darf ich vielleicht sogar mitfahren!«

»Kann ich Ihnen helfen?« Die Frau an der Tür ist ungefähr in Evelyns Alter und für einen Moment sucht William in ihrem Gesicht nach Spuren seiner Mutter, doch natürlich ist sie es nicht. »Es ist gerade sehr ungünstig«, sagt sie mit einem höflichen Lächeln und will bereits die Tür schließen.

»Ich möchte gerne zu Evelyn.«

Sie schlägt die Hände vor den Mund und tritt einen Schritt zurück. »Großer Gott, Sie sind William, stimmt's?«

Er nickt.

»Moment.« Sie drückt die Tür vorsichtig zu, und ihr Umriss verschwindet eilig nach links. William betrachtet die Betonplatten unter seinen Füßen. Dann lässt ihn eine Veränderung des Lichts aufblicken, und er atmet abrupt ein. Selbst durch das geriffelte Glas ist ihm ihre Haltung, der Winkel ihrer Arme, der leicht geneigte Kopf so vertraut wie ein alter Schmerz.

Die Tür geht auf. Riesige Lockenwickler, ein gefütterter Morgenmantel, bis zum Hals zugeknöpft, rote Hausschuhe. Voll geschminkt. Anders, und doch dieselbe. Sie steht reglos da, die Hand an der Tür.

»Na«, sagt sie mit der Andeutung eines Lächelns, »wenn das nicht Seine Lordschaft ist.« Leise fügt sie hinzu: »Schön, dich zu sehen, William.«

Sie beugt sich vor und streckt den Arm aus, und einen Moment lang denkt er, sie wollte ihm die Hand geben. Doch sie berührt kurz sein Gesicht, ganz zart, dann steckt sie die Hand in die Tasche.

»Lass dich anschauen. William James, sechsundzwanzig Jahre alt.«

»Hallo, Mum.«

»Hallo, William.« Sie tritt zurück und weist nach innen. »Willst du reinkommen?«

Sie führt ihn in ein geräumiges lichtdurchflutetes Wohnzimmer mit einem großen Erkerfenster, das aus lauter kleinen rechteckigen Scheiben besteht, von denen einige mit Butzenglas gefüllt sind.

»Setz dich.« Sie deutet auf ein großes Sofa. Sobald er Platz genommen hat, setzt sie sich ihm gegenüber in einen passenden Sessel mit breiten Lehnen. Die Frau, die ihm die Tür geöffnet hat, kommt herein. Ihre Wangen sind gerötet, und sie drückt die Hand auf die Brust.

»Evelyn, in einer Stunde ist der Wagen hier, und wir haben deine Haare und deine Nägel noch nicht gemacht.«

»Ich bleibe nicht lange«, sagt William. »Ich wollte dich nur sehen, bevor du heiratest.«

Evelyn sieht zu ihrer Freundin. Ist es Panik oder Freude, die er in ihrem Blick aufleuchten sieht?

»Wir schaffen das schon, Norma. Wenn du jetzt meine Haare und Nägel machst, kannst du dich schminken und umziehen, während William und ich uns unterhalten.«

Norma nickt. »Tut einfach so, als wäre ich nicht da.« Sie greift nach einem Kamm, legt ihn jedoch gleich wieder hin. »Tee?«

»Ich kümmere mich darum«, sagt William, »und Sie kümmern sich um ihre Haare.«

»Großartig!« Evelyn strahlt, und er hatte Recht, sie freut sich. »Die Küche ist auf der rechten Seite, du findest dich schon zurecht.«

Als er mit einem Tablett zurückkommt, wird gerade der letzte Lockenwickler entfernt, und Norma beginnt, das Haar seiner Mutter zu kämmen. Evelyn hat die ganze Zeit ein kleines Lächeln im Gesicht, aber ihre Hände flattern in ihrem Schoß.

»Du siehst gut aus, Mum.«

»Es wäre auch traurig, wenn ich am Tag meiner Hochzeit nicht beschwingt wäre, oder?«

»Wie ist er so?«, fragt William, während er beiden Frauen einen Becher hinstellt.

»Er ist wunderbar, William.«

»Gut.« Mit einem Mal fällt ihm nichts mehr ein.

»Und«, sagt sie freundlich, offen, aber mit einer Haltung, als wäre sie auf der Hut, »was gibt es bei dir Neues?«

Ihm tut Norma leid, die sanft Evelyns Kopf nach unten drückt, damit sie an den Nacken herankommt, und mit geradezu forensischer Konzentration auf das Haar seiner Mutter starrt, als wollte sie ihm zeigen, dass nichts von dem, was hier vorgeht, sie auch nur im Geringsten interessiert.

»Das CBSO gründet einen neuen Chor. Nächste Woche singe ich vor.«

Evelyn blickt abrupt auf. Kein Wunder, denkt er, dass jemand sie heiraten will, bei dem strahlenden Lächeln. Es ist fast so, als säßen sie im Copper Kettle und sprächen über sein neuestes Solo. Er wünschte, er wäre so gefasst wie sie. Er kann nicht stillsitzen, rutscht auf dem Sofa herum, bemerkt die großen Ziegelsteine des Kamins, die den Raum beherrschen, und sein eigenes Hochzeitsfoto auf dem Sims.

Norma schüttelt die Dose mit dem Haarspray und nebelt den Raum damit ein. Dann sieht sie auf die Uhr. »Nur noch eine halbe Stunde, Evelyn. Ich wünschte wirklich, ich könnte euch zwei allein lassen, aber wir müssen uns beide noch umziehen, und ich habe dir die Nägel noch nicht lackiert.«

»Das kann ich übernehmen«, sagt William. Beide Frauen sehen ihn so überrascht an, dass er lachen muss. »In der Leichenhalle mache ich das dauernd.«

Norma legt erneut die Hand auf die Brust. Evelyn wirft ihr einen Blick zu. »Willkommen in der Welt von Lavery & Sons, Norma.«

»Ich bin sogar ziemlich gut im Nägellackieren.« William schmunzelt. »Wie wär's, wenn ihr euch jetzt beide umzieht, und dann kümmere ich mich darum, Mum.«

Evelyn nickt entschieden und steht auf. »Na los, Norma!« Sie legt die Hände auf die Schultern ihrer Freundin und schiebt sie hinaus. »Ab mit uns beiden!«

Er folgt ihnen mit dem Teetablett hinaus und geht in die Küche. Aus dem Schlafzimmer hört er ein leises Klatschen und dann ein Geräusch, als wenn jemand barfuß auf der Stelle hüpft. Grinsend wäscht er die Becher ab, dann kehrt er ins Wohnzimmer zurück.

Er geht direkt zu dem Regal neben dem Kamin, wo er die schmalen Rücken von Evelyns Schallplatten bemerkt hat, sauber und makellos, obwohl sie sie bestimmt schon viele Male gehört hat. Natürlich sind sie alphabetisch sortiert, sodass er innerhalb weniger Sekunden findet, was er sucht. Er legt sie startbereit auf den Plattenspieler, dann setzt er sich wieder hin und wartet. Als er hört, wie eine Tür geöffnet wird, springt er auf, startet die Schallplatte und kehrt zum Sofa zurück. Die Klangqualität ist sogar noch besser als bei Martin.

Miserere mei, Deus: secundum magnam
misericordiam tuam.
Gott, sei mir gnädig nach deiner Güte.
Et secundum multitudinem miserationum tuarum,
dele iniquitatem meam.
Und tilge meine Sünden nach deiner großen
Barmherzigkeit.

Die Tür schwingt auf, und herein kommt eine jünger aussehende, elegante Evelyn in einem eng geschnittenen cremeweißen Kleid mit einer orangeroten Rose an der Brust. Sie hat ein Fläschchen Nagellack in der Hand und setzt an, etwas zu sagen, doch als sie die Musik hört, hält sie inne.

»Setz dich, Mum.« William streckt die Hand aus, und sie gibt ihm das Fläschchen. Es klickert leise, als er es schüttelt.

> *Amplius lava me ab iniquitate mea: et a peccato meo munda me.*
> *Wasche mich rein von meiner Missetat, und reinige mich von meiner Sünde.*
> *Quoniam iniquitatem meam ego cognosco: et peccatum meum contra me est semper.*
> *Denn ich erkenne meine Missetat, und meine Sünde ist immer vor mir.*

Sie setzt sich neben ihn, und ihre Blicke kreuzen sich kurz, bevor er sanft ihre linke Hand nimmt. Vorsichtig zieht er den satt mit orangerotem Lack gefüllten Pinsel über ihren Fingernagel. Der Klang ist so gut, als stünde der Chor direkt neben ihnen.

> *Tibi soli peccavi, et malum coram te feci: ut justificeris in sermonibus tuis, et vincas cum judicaris.*
> *An dir allein habe ich gesündigt und übel vor dir getan, auf dass du Recht behaltest in deinen Worten und rein dastehst, wenn du richtest.*

Er legt ihre Hand in ihren Schoß, und sie hält ihm die andere hin. Er spürt das Zittern darin, die Wärme des Bluts in ihrem Körper.

Asperges me hyssopo, et mundabor: lavabis me, et
super nivem dealbabor.
Entsündige mich mit Ysop, dass ich rein werde;
wasche mich, dass ich weißer werde als Schnee.
Auditui meo dabis gaudium et laetitiam: et
exsultabunt ossa humiliata.
Lass mich hören Freude und Wonne, dass die Gebeine
fröhlich werden, die du zerschlagen hast.
Averte faciem tuam a peccatis meis: et omnes
iniquitates meas dele.
Verbirg dein Antlitz vor meinen Sünden, und tilge alle
Missetat.

Zweite Schicht. Es gibt so viel, was er ihr sagen will, aber jetzt liegt ihre warme, weiche Hand in seiner, und er macht sie schön für ihre Hochzeit, und sie lauschen Allegris »Miserere«.

Cor mundum crea in me, Deus: et spiritum rectum
innova in visceribus meis.
Schaffe in mir, Gott, ein reines Herz und gib mir einen
neuen, beständigen Geist.
Ne proiicias me a facie tua: et spiritum sanctum tuum
ne auferas a me.
Verwirf mich nicht von deinem Angesicht, und nimm
deinen heiligen Geist nicht von mir.
Redde mihi laetitiam salutaris tui: et spiritu principali
confirma me.
Erfreue mich wieder mit deiner Hilfe, und mit einem
willigen Geist rüste mich aus.

Als es zu Ende ist, blickt er auf und sieht, dass ihre Augen auf ihm ruhen.

»Es tut mir so leid, wie ich dich behandelt habe, Mum.«

Sie lächelt sanft und legt ihre Hand auf seine. »Ich habe dich entzweigerissen, so, wie ich Robert und Howard behandelt habe.« Sie entzieht ihm ihre Hand und lehnt sich zurück. »Weißt du, Trauer bringt eine Art Wahnsinn mit sich. Nach dem Tod deines Vaters war es mehrere Jahre lang so, als fehlte mir eine Schicht Haut.« Sie fährt langsam mit der Hand über ihren Arm. »Ich war wund. Und der Anblick deines Onkels war, als würde mir jemand Salz in diese Wunde reiben.« Sie verzieht das Gesicht. »Ich war so eifersüchtig, weil sie einander noch hatten. Bei ihnen habe ich mich schon entschuldigt, aber ich bin froh, dass ich mich jetzt auch bei dir entschuldigen kann. Ich ertrug es nicht, dass du ihnen so nahe warst, obwohl das eigentlich etwas Wunderbares war.«

»Ich freue mich, dass du heiratest. Und Dad würde sich bestimmt auch freuen.«

»Danke, William. Ich werde ihn niemals vergessen.«

»Ich weiß.« Sie sitzen eine Weile in entspanntem Schweigen da. »Ich hatte nicht damit gerechnet, dass du tatsächlich ohne mich nach Swansea gehen würdest.« Er hat nicht vorgehabt, das zu sagen, und fürchtet, dass es nachtragend klingt.

»Und ich hatte nicht damit gerechnet, dass du nicht mitkommen würdest! Während des ersten halben Jahres habe ich jede Woche das Bett in deinem Zimmer neu bezogen, damit es frisch wäre, wenn du kämst.« Sie schüttelt den Kopf. »Was für ein furchtbares Durcheinander wir aus unserem Leben machen können. Es müsste eine Engelspolizei geben, die uns in diesen gefährlichen Momenten bremst, aber anscheinend gibt es die nicht. Also bleibt uns wohl nichts anderes übrig, mein lieber Sohn, als zu verzeihen, Verzeihung zu erbitten und uns immer wieder zu bemühen.«

»Dann sollten wir das wohl tun, oder?«

»Ja.« Sie holt tief Luft, streckt die Hände aus und begutachtet ihre Nägel, die nun genau dieselbe Farbe haben wie die Rose

an ihrem Kleid. »Sehr schön, William. Wer hätte das gedacht?«
Sie legt sie ordentlich in ihren Schoß. »Ich habe nur so getan,
als wäre ich aus deinem Leben verschwunden. In Wirklichkeit
habe ich sehr genau verfolgt, wie es dir ergangen ist. Ich weiß
mehr, als du denkst.«

»Was denn zum Beispiel?«

»Du hast dich in der Oberstufe schwergetan, aber deine Ausbildung zum Einbalsamierer mit Auszeichnung abgeschlossen.
Du hast in Aberfan einen mutigen und schweren Einsatz geleistet und Narben davongetragen. Du hast eine wunderbare
Frau geheiratet, aber darauf bestanden, niemals Kinder zu haben, und du hast sie verlassen, weil du dachtest, sie wäre ohne
dich besser dran.«

»Ich weiß, es war nur gut gemeint, dass du dich um Gloria
gekümmert hast …«

Die Tür fliegt auf, und Norma kommt herein, wie verwandelt in ihrem himmelblauen Kleid, geschminkt und mit hoch-
gestecktem Haar. »Noch fünf Minuten, Evelyn.«

»Du siehst toll aus!« Evelyn lächelt ihrer Freundin zu.

Norma macht einen kleinen Knicks, dann verzieht sie be-
kümmert das Gesicht. »Herrje, ich wünschte, ich könnte euch
beiden noch mehr Zeit geben, aber der Wagen wird jeden Moment hier sein!« Sie sieht zu William. »Sie kommen doch mit
uns, oder? Ich meine, im Auto?«

»Es wäre mir eine Ehre – außerdem käme ich sonst zu spät;
ich bin zu Fuß.«

Evelyn steht auf. »Also gut, Norma!« Ihre Stimme klingt
wieder geschäftig, während sie ihre Finger schüttelt, um den
Lack zu trocknen. »Wo ist das alberne kleine Ding, das ich als
Handtasche benutzen soll?«

»Hier.« Norma geht in den Flur und kommt mit einer kleinen Satintasche an einer Kette zurück, die sie über Evelyns
Arm streift.

»Das ist mal ein Hochzeitsgeschenk, was, Norma?«

»Wie gut, dass es wasserfeste Wimperntusche gibt«, erwidert Norma grinsend.

»Und schnell trocknenden Nagellack«, ergänzt Evelyn.

Jemand klopft an die Haustür.

»Das ist der Wagen«, sagt Norma. »Sehr schön, die Nägel, William!« Sie eilt hinaus zu dem cremefarbenen Rolls-Royce-Oldtimer und beugt sich zum Seitenfenster, um mit dem Fahrer zu sprechen. »Ihr zwei sitzt hinten«, ruft sie und läuft zur Beifahrerseite.

Sobald sie losfahren, beginnt Norma, sich laut mit dem Fahrer zu unterhalten.

»Du weißt, dass deine wunderbare Frau auch da sein wird?«, fragt Evelyn, während sie die steile Straße hinunterrollen. Nun, da sie nur noch wenige Minuten von der Kirche entfernt sind, verspürt William bei der Vorstellung freudige Erregung, versucht aber, es zu ignorieren. »Ich weiß, was du vorhast, aber du schuldest ihr noch ein Gespräch.« Plötzlich blickt Evelyn aus dem Fenster, und William sieht, dass sie bereits angekommen sind. »Ich muss sagen, William, sosehr ich dich liebe, du hättest dir einen besseren Zeitpunkt aussuchen können. Wir sind schon da!«

»Nun« – Norma dreht sich zu ihnen herum – »eine Möglichkeit, noch ein bisschen mehr Zeit für euch zu haben, wäre, wenn William dich zum Altar führt.« Triumphierend blickt sie erst zu Evelyn, dann zu William. »Was haltet ihr davon?«

Er kann sehen, wie Evelyns Gesicht aufleuchtet, als sie sich ihm zuwendet.

63

Die Eingangshalle der Kirche riecht nach staubigem Papier und kaltem Stein. Norma hat sich in die erste Reihe gesetzt, nachdem sie sich vergewissert hat, dass ein Platz für William frei ist.

»Zu welcher Musik gehen wir hinein?«

»Vivaldi. *Vier Jahreszeiten.*«

»Sehr schön. Was daraus?«

»Winter, das Violinkonzert in f-Moll.«

»Edel!«

»Was hast du erwartet?«

»Mum?« Er blickt stur geradeaus.

»Ja, mein Sohn?«

»Dich liebe ich am meisten. Schon immer.«

Ein geräuschvolles Luftholen, dann drückt sie seinen Arm. Sie löst sich von ihm und stellt sich direkt vor ihn. »Eins musst du mir noch sagen, William.« Ihr Blick ist ruhig und ernst, und ihm wird ganz flau zumute.

»Was denn?«

»Habe ich Lippenstift auf den Zähnen?«

»Nein.« Er lacht. »Alles in Ordnung.«

Als die Musik einsetzt, stehen die Leute raschelnd auf, und obwohl es eine kleine Kirche ist, sieht William überrascht, dass sie bis auf den letzten Platz besetzt ist.

»Meine Güte!«

»Du wirst noch jede Menge Zeit haben, sie alle kennenzulernen«, sagt Evelyn, als hätte sie seine Gedanken gelesen. »Deine Leute sind vorne links in der ersten Reihe.«

Und da sind sie. Martin, dessen Kopf und Schultern aus der Menge herausragen, sieht sich neugierig um. Neben ihm stehen Howard und Robert und daneben, gleich am Mittelgang, mit kastanienbraunem Haar und sehr aufrecht: Gloria.

Rasender Puls, Herzklabastern, feuchte Hände.

»Ich bin für den Rest des Tages mit anderen Dingen beschäftigt«, murmelt Evelyn und lächelt den Leuten zu, während sie ihren feierlichen Gang zum Altar beginnen. »Kümmere dich um Gloria.«

Plötzlich fühlt er sich hilflos und hat Angst, sich ihr zu nähern. Fremde, lächelnde Gesichter wie eine Wiese voll exotischer Blumen. Howard dreht sich um, und ihre Blicke treffen sich. Er stupst Robert an, der sich ebenfalls umdreht und Gloria etwas zuflüstert. William wappnet sich, aber sie bleibt nach vorn gerichtet.

Der Mann, der am Altar auf Evelyn wartet, ist groß, mit dichtem grauem Haar und einer leicht schiefen Haltung. Als er sich umdreht, sieht William, dass sein linkes Bein in einem merkwürdigen Winkel zum Körper steht.

»Da ist er!«, flüstert Evelyn, als wäre sie überrascht, ihn zu sehen.

»Bestimmt hasst er mich«, flüstert William zurück, den Blick auf den Pfarrer gerichtet, der sie lächelnd erwartet.

»Unsinn«, erwidert Evelyn. »So ein Mensch ist er nicht.«

Sie sind angekommen. Frank nickt William leicht zu und lächelt. Dann richten sich seine Augen auf Evelyn, und William erkennt ohne jeden Zweifel, dass dieser Mann seine Mutter liebt. Erst als sie sich von William löst und Franks Hand nimmt, entfährt ihr ein Schluchzen; ein kurzer, wilder Schrei. Frank legt die Hand auf ihren Rücken, und sie atmet tief durch und richtet sich auf. Sie sieht zu William und zwinkert ihm zu.

Ohne sie fühlt er sich schrecklich haltlos und ungeschützt. Rasch schlüpft er auf den Platz neben Gloria. Beide blicken geradeaus, als alle sich setzen.

»Herzlich willkommen zu diesem freudigen Ereignis«, sagt der Pfarrer und breitet die Arme aus, »der Hochzeit unserer lieben Freunde Frank und Evelyn.«

Zum ersten Mal nach all den Wochen ist William Gloria so nah. Er atmet ihr Parfüm ein, den Duft ihres frisch gewaschenen Haars, und sein Magen krampft sich zusammen. Er braucht nicht hinzuschauen, um den Unterschied zu sehen. Er weiß es einfach. Gloria ist schwanger.

»Das war keine Absicht. Ich schwöre es.« Gloria legt die Hand auf ihren gerundeten Bauch.

Der Friedhof ist übersät mit Konfetti. Franks Familie soll sich für ein Foto zusammenfinden, und Gloria hat Williams Einladung zu einem kurzen Spaziergang angenommen. Später wird er den Gottesdienst als eine außerkörperliche Erfahrung schildern. Als er während der Lieder neben ihr stand, überkam ihn überraschenderweise eine so intensive körperliche Freude, dass er den Überschwang in seinen Gesang legen musste. Beim ersten Mal, der zweiten Strophe von »Praise, My Soul, the King of Heaven«, zuckte der Pfarrer sichtlich zusammen, und Martin fiel ein, damit er nicht der Einzige war, der Aufmerksamkeit auf sich lenkte. Er verstand nicht, wie das, was er nie gewollt hatte, ihn so glücklich machen konnte. Vielleicht lag es einfach nur daran, dass er wieder bei ihr war.

»Ich glaube dir«, sagt er nun, die Hände in den Taschen, um dem Drang zu widerstehen, sie zu umarmen, mit den Fingern durch ihr prachtvolles Haar zu fahren und ihren veränderten Körper zu berühren.

»Gut. Freut mich, dass das geklärt ist.« Sie sieht ihn immer noch nicht richtig an. »Und ich bin froh, dass du mit Evelyn gesprochen hast«, sagt sie nach kurzem Schweigen. »Endlich.«

Er nickt. »Ja, endlich.« Eine Weile ist nur das Knirschen ihrer Schritte auf dem Kies zu hören.

»Ich wollte nicht, dass sie auch noch um ihr Enkelkind betrogen wird.«

»Das war richtig von dir. Du warst in solchen Dingen schon immer besser als ich.«

»Du bist ein verdammter Idiot, William.«

Er rechnet damit, ein Lächeln auf ihrem Gesicht zu sehen, doch er irrt sich. Sie ist wütend. Natürlich ist sie das. Ehefrauen sind nicht wie Mütter. Sie können aufhören zu lieben.

»Wie geht es dir?« Er deutet auf ihren Bauch, und obwohl sie ihm böse ist, spürt er unwillkürlich ein freudiges Flattern in seinem Magen.

Sie zuckt die Achseln. »Ich komme schon klar.«

Vor ihnen tanzen rosafarbene und weiße Konfettischnipsel über einen Grabstein. Von der Kirche weht Gelächter herüber. Sie werden bald zurückgehen müssen. Er möchte Glorias Hand halten, die elegant an ihrer Seite hängt und die, wie er bemerkt, immer noch den Ehering trägt. Seine Mutter und Frank gehen zum Wagen.

Ein Windstoß weht Konfetti über den Kies und auf Glorias cremeweiße Schuhe. Sie schüttelt es von ihrem Fuß. Vor der Kirche steigt Evelyn in den schönen alten Rolls-Royce, während Frank ihr mit strahlendem Lächeln die Tür aufhält. Dann steigt er ebenfalls ein, und der Wagen rollt an der winkenden Menge vorbei.

Aus einem Impuls heraus will William Glorias Hand nehmen, aber sie schüttelt den Kopf. Es wird kühl; am Himmel sind Wolken aufgezogen. Als er Glorias schöne, gerundete Gestalt betrachtet, weiß er mit einem Mal ganz genau, was er als

Nächstes tun muss. Und er wünscht sich so sehr, dass sie dabei ist.

»Gloria?« Er bleibt stehen, und er ist dankbar, dass sie ebenfalls stehen bleibt und ihn zum ersten Mal richtig ansieht.

»Was ist?«

»Ich fahre nach Aberfan. Kommst du mit?«

»Ist das alles, was du mir zu sagen hast?« Ihre Augen lodern, und ihre Hände krallen sich um die Griffe ihrer Tasche. »Ich dachte eigentlich, du würdest vielleicht fragen, wie ich die letzten Wochen überstanden habe, mit der Aussicht, allein ein Kind großzuziehen!«

»Es tut mir leid«, sagt er und blinzelt gegen die brennenden Tränen an.

Gloria steht reglos da und starrt ihn an. »Ich wollte dir sagen, dass ich schwanger bin. Ich wusste nur noch nicht, wie. Dann waren wir bei dieser verfluchten Tauffeier. Und dann … dann bist du einfach abgehauen! Wie konntest du mir das antun, William?«

Der Wind wird stärker. Seine Hände sind kalt, und er würde so gerne Glorias nehmen. »Ich wollte, dass du frei von mir bist.«

Gloria lacht nur schnaubend und schüttelt den Kopf.

»Bitte komm mit mir nach Aberfan.«

»Wann?« Eine Haarsträhne weht quer über ihr Gesicht, aber sie wischt sie nicht weg.

Er zuckt die Achseln und blickt auf die wegfahrenden Autos. »Morgen?«

Ihre grünen Augen verlieren ein wenig an Schärfe und mustern ihn aufmerksam. »Also gut.«

Erleichtert atmet er aus; er hat gar nicht gemerkt, dass er die Luft angehalten hat. »Danke, Gloria.«

»Ich werde dauernd aufs Klo müssen«, sagt sie, ohne zu lächeln.

»Natürlich.«

Sie dreht sich um und geht zurück zur Kirche. »Jetzt lass mich erst mal«, sagt sie über die Schulter. »Ich verkrafte nicht so viel von dir auf einmal.«

»In Ordnung.« Er sieht den vertrauten Schwung ihrer Hüften, ihren zielstrebigen Gang, und ihm ist bewusst, dass er nicht nur Gloria sieht, sondern auch einen Teil von sich, einen Teil von ihnen beiden. »Danke«, ruft er ihr hinterher.

Sie hebt im Gehen die Hand, und er weiß nicht, ob sie seinen Dank annimmt oder abwinkt.

64

Nachdem sie die Sandwiches gegessen hat, die William morgens in Evelyns Küche für sie vorbereitet hat, schläft Gloria den ganzen Weg von Swansea nach Merthyr Tydfil. Als sie aufwacht, sagt sie immer noch nichts, sondern dreht den Kopf zur Seite und sieht aus dem Fenster. Es verunsichert ihn. Von dem Moment an, als William Gloria zum ersten Mal begegnet ist, hat sie gesprochen. Sein ganzes Erwachsenenleben ist begleitet von ihrer Stimme. Normalerweise hätte sie, während sie durch die Dörfer im Tal fahren – Cilfynydd, Troedyrhiw –, lachend versucht, die Namen auszusprechen. Etliche Male will er ein Gespräch anfangen, lässt es dann aber doch, weil er das Gefühl hat, kein Recht dazu zu haben, solange sie nicht gesagt hat, was ihr auf der Seele liegt. Dennoch durchzuckt ihn immer wieder eine unerwartete Freude, wenn er verstohlen ihre veränderte Gestalt betrachtet.

»Du hast bestimmt einiges, was du gerne loswerden möchtest«, sagt er schließlich, als sie durch Pentrebach fahren, drei Kilometer von Aberfan entfernt. »Das verstehe ich, also tu dir keinen Zwang an.«

Gloria blickt weiter aus dem Seitenfenster über das Tal, auf dem das warme Licht der Nachmittagssonne liegt. »Hinterher.«

In Williams Vorstellung kennt Aberfan nur die Dunkelheit. Das Dach der Pantglas School ist für immer zusammengedrückt und ragt schief aus dem Kohlenschlamm heraus wie ein kaputter Schirm, und die Straßen sind für immer schwarz und klebrig.

Es verstört ihn, im hellen Tageslicht dort anzukommen, mit den frisch grünen Bäumen, die sich vom blauen Himmel abheben, und an der neuen Schule am Rand des Dorfes vorbeizufahren, auf deren Hof lauter Kinder spielen.

Dort, wo der Erdrutsch alles niedergewalzt hatte, steht ein Gemeindezentrum, hinter dem er das Auto parkt. Während Gloria die Toilette aufsucht, geht William ein paar Schritte und starrt auf ein leuchtend blaues Klettergerüst und Karussell und Schaukeln mit einem fröhlichen roten Gestell.

Er hört, wie Gloria sich von hinten nähert. Sie stellt sich neben ihn.

»Hier war die Schule«, sagt er. Ein kleiner Hund wartet darauf, dass sein älterer Besitzer ihn einholt, und schnüffelt am Karussell.

Es ist ihm ein Rätsel, wie menschlicher Wille und Vorstellungskraft es geschafft haben, das Aberfan, das er kannte, in das zu verwandeln, was er jetzt vor sich sieht. Und er stellt fest, dass er keinen Spielplatz und kein Gemeindezentrum sehen will. Er ist hergekommen, um heldenhafte Männer zu sehen, die mit geschwärzten Gesichtern und gequältem Blick über den Ort der Verwüstung klettern, die Schaufeln in unablässiger, verzweifelter Bewegung. Er ist hergekommen, um den Kohlenschlamm unter seinen Füßen zu spüren und die Lastwagen hin und her donnern zu hören.

»Ich sehe mir mal den Gedenkgarten an.« Gloria geht am Spielplatz vorbei und durch das Eisentor mit der Aufschrift: *Hier stand die Pantglas Junior School.* William folgt ihr, und sie spazieren auf sauberen, geraden Wegen zwischen den Rechtecken aus gepflegtem Rasen entlang, auf denen kleine Bäume gepflanzt und Blumenbeete angelegt worden sind. »Das ist der Grundriss der Schule.« Gloria deutet auf die Flächen rechts und links von ihnen. Er fragt sich, wie viel sie sonst noch weiß. Wie viel Zeit sie damit verbracht hat, etwas über diesen Ort herauszufinden, der ihn so in seinem Griff hat.

Er nickt, vorübergehend abgelenkt von den Kreisen aus Tagetes in den Beeten zwischen Weg und Rasen. Die ruhige Ordnung dieses Orts ärgert ihn. Auch wenn Gloria meint, sie weiß vieles – sie hat keine Ahnung. Kein Besucher kann auch nur erahnen, was hier los war. Er stellt sich mit dem Rücken zum Berg und sieht hinüber zur Moy Road. Die alten Häuser auf der rechten Seite sehen so normal, so unversehrt aus, die Fenster mit den Einfassungen aus weiß gekalkten Backsteinen wie lückenhafte Zahnreihen. Wer würde wissen, dass er durch diese Fenster geblickt und Haufen schwarzen Drecks gesehen hat, aus dem Äste, Steine, Spielzeuge und Teile eines zerbrochenen Klaviers ragten? Aus einem dieser Haufen, der halb die Treppe hinaufreichte, lugte ein hoher, weißer Absatz wie ein Stück Knochen.

Die Luft riecht nach Gras. Eine Elster landet auf einem kleinen Kirschbaum. Links von ihnen, wo die Straße in einem Bogen hinabführt, stehen zwei Reihen moderner Häuser. Hier waren die ursprünglichen Häuser völlig zerstört. Gehört eines davon Betty? Lebt sie noch? William blickt nach rechts, wo die improvisierte Leichenhalle war.

»Ich möchte zu der Kapelle. Du musst nicht mitkommen.« Mittlerweile wünscht er sich, er wäre allein. Über dieses Aberfan hat er Gloria nichts zu sagen.

»Ich komme mit.« Gloria steckt die Hände in die Taschen.

Sie folgen ein kurzes Stück der Moy Road und biegen dann links in eine kurze, steile Seitenstraße ab, die zur Kapelle führt. William erinnert sich nicht an die Abzugsrinnen, die zwischen den Häusern entlanglaufen, an das Gras, das aus den Rissen im Asphalt wächst, und an die Wäsche, die obendrüber aufgehängt ist. Er erinnert sich an nichts außer an die Kapelle und die Schule – und an den Metallzaun, der an der Straße entlangführt, denn er hat gesehen, wie eine Frau sich daran festhielt, als ihre Knie nachgaben.

Auf halbem Weg bleibt er plötzlich stehen.

»Was ist?«, fragt Gloria.

»Sie ist weg.«

»Was ist weg?«

Er massiert sich die Schläfen, damit das Summen aufhört, und geht bis zum Ende der Straße. Er starrt auf das dunkle Gebäude mit dem modernen Backsteinturm, in den, wie er jetzt erst bemerkt, eine Aussparung in Form eines Kreuzes eingelassen ist.

»Das ist sie nicht!« Er blickt nach rechts und links, um zu sehen, ob er sich in der Stelle geirrt hat.

»Wahrscheinlich haben sie sie abgerissen und neu gebaut«, sagt Gloria leise. »Das wäre doch verständlich.«

Etwas zuckt in Williams Kopfhaut, wie ein Gummiband, das aufgespannt und dann losgelassen wird. »Warum? Wir haben da drin doch nichts *Schlimmes* gemacht!« Er hört selbst, wie schrill seine Stimme klingt. »Sie hätten sie nicht abreißen dürfen!«

Er geht näher auf das nüchterne Gebäude zu und berührt den Metallzaun. Alles wirkt so leer und still ohne die Mütter mit ihren unter dem Kinn geknoteten Kopftüchern und den an der Brust zusammengehaltenen Wintermänteln, ohne die schwarz verschmierten Kohlenarbeiter, erschöpft und dennoch entschlossen, ohne die Heilsarmee mit ihrem Tee und den Kit-Kats, dem Whisky und den Zigaretten.

Es ist alles so *normal*.

Ein Knall hinter ihnen lässt sie beide zusammenzucken. Als

sie sich umdrehen, sehen sie einen alten Ford Cortina, der die enge Straße hinunterrast, das Fenster auf der Fahrerseite heruntergekurbelt.

»Hier haben sie gewartet.« William wendet sich wieder um und streicht mit der Hand über den Zaun. »Die Eltern.«

»Wo du das Hemd des kleinen Jungen hochhalten musstest?«

Er spürt die Wärme und den leichten Druck, als Gloria ihre Hand in seine gleiten lässt.

»Aber es sah ganz anders aus.«

»Das ist doch gut, oder nicht?«, sagt Gloria leise, ohne den Blick von der Kapelle zu wenden. »Du würdest doch nicht wollen, dass es für die Menschen, die weiter hier leben müssen, ewig so bleibt, oder?«

Er runzelt die Stirn. »Aber wenn nichts von alldem hier ist … wenn es nur in meinem Kopf ist …« In seinem Innern fällt etwas. Er klingt verrückt. Er will nicht, dass Gloria ihn für verrückt hält. Fast bellend stößt er den Atem aus. »Da muss ich mich erst dran gewöhnen.«

»Natürlich.« Ihr Griff wird fester. »Aber du schaffst es. Genau wie mit deiner Mum.«

»Wie meinst du das?

Sie blickt immer noch zur Kapelle. »Du hast erkannt, dass Menschen sich verändern. Tatsächlich könnten sie gar nicht so bleiben, wie sie sind, selbst wenn sie es wollten.«

Er blickt auch nach vorne und hält ihre Hand. Er hält ihre Hand. Vielleicht wird doch noch alles gut.

»Ich möchte gerne zu den Gräbern«, sagt er, »aber der Weg ist ganz schön steil. Willst du lieber im Auto warten oder da auf der Bank beim Spielplatz?«

»Nein, ich komme mit.« Jetzt sieht sie ihn an. »Ich muss es nur langsam angehen lassen.«

Sie gehen die kleine Straße wieder hinauf, wenden sich

dann nach links, weg vom Gedenkgarten und Gemeindezentrum, und nehmen dann den Weg, der zu dem Friedhof am Berg führt. Unten befinden sich die alten Gräber, schief und halb eingesunken, grau, grün und weiß von Flechten und Moos. Doch weiter oben ziehen sich zwei lange Reihen leuchtend weißer Halbkreise über den Hang wie riesige Polo-Mints. William würde am liebsten darauf zurennen, aber das würde merkwürdig aussehen, außerdem ist Gloria neben ihm, deshalb bremst er sich und starrt geradeaus.

»Meine Güte, ist das steil!« Die Hände in die Hüften gestemmt, atmet Gloria ein paarmal ein und aus, bevor sie weitergeht.

Schließlich stehen sie auf einem ebenen Weg vor den Gräbern. Gräbern, die, wie William zum ersten Mal bewusst wird, schon seit über sieben Jahren hier sind. Obwohl er so nah ist, dass er sie berühren könnte, hat er das seltsame Gefühl, sich immer weiter zu entfernen. Die Jahre kommen ihm fließend vor, als würden sie durch ihn hindurchrinnen. Die Leere, die er beim Anblick der neuen Kapelle verspürt hat, beginnt sich mit einer Leichtigkeit zu füllen, die ihn atmen lässt.

Unterhalb des Bogens ist jedes Grab unterschiedlich gestaltet: Engelsflügel, Herzen, aufgeschlagene Bibeln, Bibelzitate, Gedichte, Fotografien in vergoldeten Rahmen. Er geht langsam daran entlang und liest alles, was dort steht.

> *Gehörte uns die ganze Welt,*
> *Wir gäben sie, und mehr noch, hin dafür,*
> *Dass unser so geliebtes Kind*
> *Nur wieder lächelnd käme durch die Tür.*

Auf der Mitte der ersten Reihe setzt Gloria sich hinter ihm auf eine Bank und putzt sich die Nase. William will das Grab des Mädchens mit der unversehrten Hand finden, aber ihm fällt ihr Name nicht ein. Da ist ein Foto von einem lächelnden Jungen, das Haar ordentlich gescheitelt, die neuen Schneidezähne noch zu groß für seinen Mund. Die zerstörten Körper dieser Kinder, die er nie lebendig gekannt hat, haben so lange unter der Oberfläche seiner Erinnerungen gelegen, dass sie fast zu einem Teil von ihm geworden sind. Doch es sind nicht die Erinnerungen der Eltern oder der Gemeinde. Es sind seine. Seine und die von Jimmy und Harry und den anderen Einbalsamierern. Diese Erinnerungen sind es, die sie miteinander verbinden und sie vom Rest der Welt trennen.

William blickt über die Schulter, als sich eine Frau in einem blauen Mantel neben Gloria setzt. Dann wendet er sich wieder zu den Gräbern.

»Hallo«, sagt Gloria. »Sitze ich auf Ihrem Platz? Ich kann mich auch woanders hinsetzen.«

»Nein, nein, hier ist genug Platz für drei.« Die Frau lacht leise. Kurzes Schweigen, dann: »Woher kommen Sie?«

»Aus der Nähe von Birmingham, aber wir waren bei einer Hochzeit in Swansea. Sie leben hier?«

»Ja, meine Liebe. Schon mein Leben lang.«

»In dem Fall«, sagt Gloria mutig und voller Wärme, »mein Beileid für den schrecklichen Verlust, den Sie erlitten haben.«

»Das ist sehr nett von Ihnen.«

William geht zum nächsten Grab.

Die Blume, nicht geschenkt, nein, nur geliehen,
Trug Knospen hier, im Himmel wird sie blühen.

»Warum sind Sie hergekommen?«, fragt die Frau freundlich. »Ich hoffe, Sie nehmen mir die Frage nicht übel, es interessiert mich nur, was die Menschen hierherführt.«

Gloria räuspert sich. »Ich versichere Ihnen, es ist keine morbide Neugier. Mein Mann ist Einbalsamierer. Er war hier, um bei dem Unglück zu helfen.« William dreht sich nicht um, aber ihm wird ganz warm, als er hört, wie Gloria ihn als ihren Mann bezeichnet. »Er wollte ihnen seinen Respekt erweisen.«

»Ich erinnere mich daran«, sagt die Frau. »Was für eine *schreckliche* Arbeit. Ein schrecklicher und dennoch großartiger Dienst, den sie uns erwiesen haben. Etwas, worüber niemand von uns nachdenken wollte.« William starrt auf das Foto von dem lächelnden Jungen.

Gloria senkt die Stimme, aber er kann sie immer noch hören. »Er ist zur Beerdigung noch mal hiergewesen, aber das ist jetzt das erste Mal seither.«

»Er war bei der Beerdigung? Dann hat er mir etwas voraus. Ich war nicht bei der Beerdigung meines eigenen Kindes. Stellen Sie sich das mal vor!«

»Ich kann mir nichts von alldem vorstellen«, sagt Gloria.

»Die Schuldgefühle hätten mich aufgefressen, wenn nicht etwas Besonderes passiert wäre. Mein ganz persönliches kleines Wunder, das mir Kraft gegeben hat. Und das tut es immer noch.«

»Und was war das, wenn ich fragen darf?«

William geht ein kleines Stück weiter, bleibt aber in Hörweite. Er betrachtet die Inschriften und lauscht auf den sanften Rhythmus der Stimme dieser Frau.

»Es gibt da drüben einen Weg, den meine kleine Tochter und ich oft hochgegangen sind. Sie ist mit ihrem Roller losgedüst, meine Einkaufstasche am Lenker, in der sie alles Mögliche gesammelt hat: Farnwedel, Wildblumen, Brombeeren – alles, was sie pflücken und da reintun konnte.

Am Tag der Beerdigung habe ich meinem Mann gesagt, er soll für uns beide teilnehmen, und bin dort hinaufgegangen. Ich konnte alle sehen, aber sie mich nicht. Ich habe mich an den riesigen Felsblock gesetzt, auf den sie oft mit ihrer Kreide gemalt hatte. Ich dachte, es wäre vielleicht noch etwas davon zu sehen, aber wir hatten so viel Regen, dass alles weggewaschen war. Von dort oben hatte ich einen Blick wie Gott vom Himmel. Ich sah, wie Leute Blumen auf das große Kreuz legten. Sie kamen aus der ganzen Welt, diese Blumen. Alle sahen so winzig aus. Und ich dachte, wie sollen wir das ertragen? Wie sollen wir diesen Schmerz ertragen? Ich wünschte, wir wären an dem Morgen alle gestorben. Alle zusammen. Das wäre besser gewesen, dachte ich.«

William würde sich verzweifelt gerne umdrehen, aber er kann es nicht.

»Und dann plötzlich dieser Lärm, wie aus dem Nichts, direkt über mir. Es war ein verdammter Hubschrauber, voller Fotografen! Das hätte mir beinahe den Rest gegeben. Es war *mein* Mädchen, das gestorben war, *mein* Herz, das zerbrach. Was hatte der Rest der Welt damit zu tun? Und da erklang hinter mir mit einem Mal diese wunderschöne Stimme, und sie sang ›Myfanwy‹, ein Lied, das uns hier in den Tälern sehr viel bedeutet.«

»Ja«, sagt Gloria leise, »das kenne ich.«

»Ich wagte nicht, mich zu rühren. Wer auch immer das war, er dachte sicher, er wäre allein. Und so lehnte ich mich an den Felsen, sah zu, wie Erde auf das Grab meiner geliebten Tochter geworfen wurde, und ließ diesen Engel meine Stimme sein. Ich ließ ihn dieses wunderschöne, traurige Lied singen, von mir für meine kleine Tochter. Und jetzt singe ich es selbst für sie, wenn ich allein hier bin.«

Nun endlich dreht William sich um. War sie eine von den Müttern gewesen, die vor der Kapelle gewartet hatten? Hatte er sich um ihre Tochter gekümmert, ein Stück von ihrer Kleidung hochgehalten? War ihre Tochter das Mädchen mit der unversehrten Hand gewesen? Und heute sitzt diese Frau neben Gloria, in einem hellen Frühlingsmantel und mit rosarotem Lippenstift. *Menschen sind erstaunlich*, denkt er.

403

»Dann bin ich den Hügel hinuntergegangen«, fährt sie mit einem Blick zu William fort, »und es ging mir nicht besser, aber irgendwie hatte ich nun Hoffnung, dass ich eines Tages in der Lage wäre, es zu ertragen.«

Gloria sieht William an. Sie weint nicht, aber er weiß, dass sie es gerne tun würde.

»William, komm doch mal her.«

Er geht zu den beiden und gibt der Frau die Hand.

»Hallo.« Ihr Händedruck ist fest. »Willkommen zurück.«

»Danke«, sagt er und hält ihrem intensiven Blick stand. »Darf ich Sie etwas fragen?«

»Nur zu.« Sie nickt freundlich.

»Als ich damals hier war, tauchte eine Frau in der Kapelle auf und half uns, die Kinder für die Identifizierung vorzubereiten. Sie hieß Betty. Ihr Haus war zerstört worden. Kennen Sie sie?«

»Natürlich kenne ich Betty«, erwidert die Frau lächelnd. »Hier kennt jeder jeden. Sie wohnt in einem der neuen Häuser. Sie haben sie bestimmt auf dem Weg hierher gesehen. Sehr schick und mit allem modernen Komfort.«

»Meinen Sie, wir könnten bei ihr vorbeischauen?«

Die Frau steht auf und streicht ihren Mantel glatt. »Ich begleite Sie dorthin, einverstanden?«

65

Die Türglocke klingt schrill und blechern. Eine Bewegung, aus dem verschwommenen Fleck wird eine Gestalt, dann geht die Tür auf.

»Sieh mal, Betty!« Die Frau präsentiert sie wie eine Beute, die sie erlegt hat. »Ich habe dir Besuch mitgebracht.«

Betty sieht zuerst Gloria an und bemerkt die Schwangerschaft. »Wer ist das?«, fragt sie lächelnd. Ihr Haar ist grau, sie trägt keinen Herrenpullover über ihrem Blümchenkleid, und sie hat keine Gummistiefel an, sondern Hausschuhe. Ihr Gesicht hat mehr Falten und ist voller. Aber für William sieht sie genauso aus wie damals.

»Betty.« Er geht auf sie zu. »Ich bin William Lavery. Ich war einer von den Einbalsamierern, die geholfen haben.«

Betty schnappt nach Luft und schlägt die Hände vor den Mund. »Grundgütiger! Wie könnte ich Sie je vergessen?« Sie tritt über die Schwelle, schlingt die Arme fest um seine Taille und drückt das Gesicht an seine Brust. Er spürt ihre kleinen Hände an seinem Rücken.

»Und das ist ... ?« Sie lässt ihn los und wendet sich Gloria zu.

»Gloria, meine Frau.«

Sie legt sanft die Hand an Glorias Wange. »Tee?« Ihre Augen sind winzige blaue Seen.

»Dafür könnte ich *sterben*«, erwidert Gloria lächelnd. »Aber erst würde ich gerne mal zur Toilette gehen, wenn ich darf.«

Betty tritt einen Schritt zurück und fasst Gloria an den Händen. »Sie sehen erschöpft aus. Wie wär's, wenn wir Ihnen den Tee ins Gästezimmer bringen, und Sie legen sich ein bisschen hin?«

»Oh, das wäre wunderbar!«

Betty legt ihr die Hand auf den Rücken und deutet ins Haus. »Treppe hoch, links ist das Bad, rechts das Gästezimmer. Bett ist frisch bezogen.«

Gloria umarmt sie. »Ich liebe Sie jetzt schon, Betty.«

Betty lacht, und sie und William sehen ihr nach. Die Stufen knarren leise, als Gloria die Treppe hinaufgeht.

»Kommen Sie mit in die Küche, während ich uns den Tee koche.«

William folgt ihr. »Das ist also Ihr neues Haus?«

»Ganz so neu ist es ja nicht mehr«, erwidert Betty und greift nach Wasserkessel, Bechern und Tee, die alle in Reichweite stehen. »Wie sind Sie denn Mary begegnet?«

William lehnt sich an die Arbeitsfläche der schmalen Küche. »Gloria ist auf dem Friedhof mit ihr ins Gespräch gekommen.« Betty stupst ihn zur Seite, damit sie an den Kühlschrank herankommt. »Sie hat uns erzählt, dass sie am Tag der Beerdigung oben auf dem Berg war und gehört hat, wie jemand ›Myfanwy‹ sang.«

»Ja, die Geschichte kennen wir alle. Ihr Engel.«

William sagt nichts. Betty hält mitten in der Bewegung inne. »Lieber Gott, waren Sie das?«

»Ich war zur Beerdigung noch mal hier, aber ich wollte nicht stören, deshalb bin ich den Weg hinter dem Friedhof hochgegangen, und als dieser elende Hubschrauber auftauchte« – er zuckt die Achseln –, »ist es einfach aus mir rausgekommen.«

Sie schüttelt den Kopf. »Wir waren alle schwer getroffen, aber manche hat es schlimmer erwischt als andere.« Sie rührt den Tee um, dann setzt sie den Deckel auf die Kanne und sieht William an. »Mary war eine davon. Aber sie hat seitdem noch zwei Kinder bekommen, einen Jungen und ein Mädchen. Ganz süß, die beiden. Sie sehen also, Sie haben nicht nur all diesen Eltern geholfen, sich von ihren Kleinen zu verabschieden, Sie haben Mary auch geholfen, mit sich selbst zu leben.« Sie füllt einen Becher mit Tee und reicht ihn William. »Bringen Sie ihr den rauf.«

Als er scheu den Raum betritt, sieht er, obwohl Gloria ihm den Rücken zukehrt, dass sie eingeschlafen ist. Er stellt den Tee auf den Nachttisch aus Korbgeflecht, für den Fall, dass sie beim Aufwachen Durst hat, und geht leise wieder hinaus und nach unten. Betty sitzt im Wohnzimmer, einem quadratischen Raum mit einem Sofa und zwei Sesseln, die um einen gläsernen Beistelltisch gruppiert sind.

»Sie schläft.«

»Gut so. Wann kommt das Baby?«

Da fällt William auf, dass er sie gar nicht gefragt hat. »Ich weiß es nicht.«

»Was?« Sie runzelt verdutzt die Stirn.

»Lange Geschichte.« Er setzt sich Betty gegenüber aufs Sofa. »Bis gestern wusste ich nicht, dass sie schwanger ist. Ich habe sie vor ein paar Wochen verlassen.«

Sie sieht ihn an, als warte sie auf eine alternative Version, die mehr Sinn ergibt. »Wollen Sie damit sagen, das ist seit Wochen das erste Mal, dass Sie sich sehen? Und dann sind Sie *hierher* gekommen?«

Irgendwo im Haus schlägt eilig eine Uhr. Eine Katze kommt hereingelaufen und springt auf Bettys Schoß. Betty legt ihr die Hand auf den Rücken, und sie legt sich hin.

»Ich dachte, wenn ich es schaffe, meinen Frieden mit Aberfan zu machen, könnte ich vielleicht auch Frieden mit mir selbst schließen.« Er deutet mit dem Kopf zur Treppe. »Und mit ihr.«

»Die Schwierigkeiten, die Sie hatten« – sie lehnt sich im Sessel zurück und schlägt die Beine übereinander –, »hängen also mit dem zusammen, was hier passiert ist?«

»Ja.« Ihre Art und ihre Gegenwart tun ihm gut, und er fragt sich, warum er nicht schon eher auf die Idee gekommen ist, herzukommen und mit ihr zu sprechen. »Von dem Moment an, als ich hier weggefahren bin, habe ich nachts Albträume und tagsüber Flashbacks gehabt. Am Tag der Beerdigung habe ich beschlossen, dass ich auf gar keinen Fall Kinder haben will. Allein die Vorstellung war unerträglich. Und das habe ich Gloria auch von Anfang an gesagt. Ich wollte mich damals von ihr trennen, aber das hat sie nicht akzeptiert.« Auf dem Tisch zwischen ihnen stehen die Teekanne, zwei Becher und ein Teller mit einem Papierdeckchen und Keksen darauf, aber alles bleibt unberührt. In ihm baut sich ein immer stärkerer Druck auf, ihr zu erzählen, was er so fest in sich verschlossen hat. Sie sitzt vollkommen ruhig da und sieht ihn an, und das erinnert ihn daran, wie sie ihm in der Sakristei der Kapelle gegenübergestanden und darauf gewartet hat, dass er die Decke von dem Kind zwischen ihnen zog. »Was ich noch nie jemandem erzählt habe …« Er hält inne und schluckt. »Wenn ich auch nur daran denke, ein Kind zu haben, mir ein paar Sekunden lang vorstelle, wie das wohl wäre, sehe ich vor meinem inneren Auge sofort einen zerstörten kleinen Körper auf einem Tisch in der Leichenhalle, und ich muss ihn einbalsamieren. Denn wenn ich ein Kind hätte, und es würde sterben, könnte ich das doch nicht jemand anderen machen lassen, oder?« Ihm kommen die Tränen, und als er es schafft, Betty anzuschauen, sieht er, dass es ihr genauso geht. »Ich habe sie verlassen, weil ich dachte, es wäre das Beste, was ich für sie tun kann. Damit sie mit jemand anderem glücklich sein kann. Aber ich wusste nicht, dass sie schwanger ist. Wenn ich es gewusst hätte, wäre ich niemals fortgegangen.«

Ein lautes Knacken oben an der Treppe lässt sie beide herumfahren. Dann sehen sie sich an. Ein langer Moment der Stille, wie angehaltener Atem, dann Glorias Schritte oben im Flur, Türenklappen, das Rauschen der Klospülung, erneute Schritte, dann wieder Stille.

Als alles ruhig bleibt, steht Betty auf, sodass die Katze zu Boden plumpst und sich verwirrt umsieht. Betty setzt sich zu William aufs Sofa und nimmt seine Hände. »Wir haben hier in Aberfan weiß Gott gelitten, und es war die Hölle. Eine lange, elende Hölle. Aber wir sind immer noch da.« Ihr konzentrierter Blick hält ihn wie eine Umarmung. »Und wir haben nicht nur geweint, sondern auch gelacht, und es gibt neue Kinder, die Schule ist voll, und es gibt Gründe zu leben. Eine Menge Gründe. Was Sie hier getan haben, diese *schreckliche* Arbeit, hat unerträgliche Momente erträglich gemacht. Und nach meiner Erfahrung passiert genau das: Wenn wir Unmögliches durchmachen, wird jemand oder etwas uns dabei helfen, wenn wir es zulassen. Und in unseren dunkelsten Tagen haben Sie uns geholfen, William. Eines Tages werden Sie, was Gott verhindern möge, vielleicht Hilfe brauchen. Und ich bin überzeugt, dass Sie sie bekommen werden.« Sie runzelt ein wenig die Stirn. »Und mir scheint, wenn Mary den Mut gefunden hat, eine solche Qual erneut zu riskieren, dann können Sie das auch.«

William saugt Bettys Worte, ihre Gegenwart, ihren Glauben an das Gute in sich auf. Er hat nicht das Bedürfnis, etwas zu sagen.

»Sie lieben Gloria, nicht wahr?«, fragt sie.

»O ja«, antwortet er, und die Überzeugung, mit der er es sagt, löst etwas in ihm, das er festgehalten hat wie einen angespannten Muskel.

Betty zieht ein Taschentuch aus ihrem Ärmel und lässt es auf seinen Schoß fallen.

»Nun, das sind alles sehr private Dinge, aber da ich offenbar mittendrin stecke, sage ich, was ich darüber denke, und dann halte ich den Mund. Einverstanden?«

»Einverstanden«, erwidert er leise.

»Mir scheint, dass aus all diesem Schmerz, den Sie sich und anderen zugefügt haben, auch etwas sehr Gutes entstehen kann« – sie blickt zur Treppe –, »und zwar für Sie drei. Das Ende dieses Kapitels und der Beginn des nächsten ist, dass sie Vater werden, und Sie wissen sehr viel besser als andere, die nicht solches Leid gesehen haben, wie kostbar dieses Kind ist, sogar schon bevor es geboren ist! Und das ist doch auch ein Geschenk, William, oder nicht?«

Er nickt.

»So.« Betty reibt sich die Hände, und ein leises Rascheln erklingt. »Ich muss jetzt für eine Weile weg und komme erst gegen Abend wieder. Ich besorge Fish and Chips, und wenn Sie mögen, können Sie hier übernachten.«

Sie hebt das Tablett hoch und bringt es in die Küche. »Der Tee ist jetzt sicher kalt, aber nehmen Sie sich einfach alles, was Sie möchten.« Sie kommt zurück ins Wohnzimmer, nimmt ihren Mantel vom Haken und schlüpft hinein, dann winkt sie ihm kurz zu und schließt die Haustür hinter sich.

Er bleibt sitzen, bis das *Klick-Klack* von Bettys schnellen Schritten verklungen ist. Dann zieht er die Schuhe aus, stellt sie neben die Haustür und geht die Treppe hinauf. Er ist sicher, dass Gloria sein Gespräch mit Betty gehört hat, also wartet sie vielleicht auf ihn. Doch es ist so still im Haus, dass sie wohl wieder eingeschlafen ist. Wenn ja, wird er sie nicht wecken. Er wird sich zu ihr legen, neben das lebendige Fleisch und Blut ihres wundersamen Körpers, und wenn sie die Augen öffnet, wird er ihr noch einen Tee kochen und sich zu ihr aufs Bett setzen. Er wird sie um Verzeihung bitten, dafür sorgen, dass sie weiß, wie sehr er sie liebt, und dann wird er sie fragen.

Denn der Gedanke daran, das Staunen darüber jagt durch seine Adern, und er würde am liebsten lachen, tanzen, *singen.*

»Gloria«, wird er sagen, und er wird lächeln, »wann lernen wir es kennen, unser Baby?«

Danksagung

Gute Fee: weibliche Figur in manchen Märchen, die Zauber-
kräfte besitzt und dem Helden oder der Heldin Glück bringt

Ich habe zwei: Die eine ist Susan Armstrong, meine unfassbar tüchtige und unerschütterlich freundliche, ruhige Agentin.
Mich ihr anzuvertrauen hat mein Leben über Nacht verändert.
Die andere ist Louisa Joyner bei Faber, eine Lektorin, wie jeder
Autor sie sich wünscht, brillant, leidenschaftlich und mit her-
vorragendem Gespür. Danke auch an die übrigen Mitglieder
der Teams bei C&W: Matilda Ayris, Kate Burton, Jake Smith-
Bosanquet, Alexander Cochran und Katie Greenstreet, sowie
bei Faber: Hannah Marshall, Libby Marshall, Josephine Sal-
verda und Josh Smith. Sie machen allesamt großartig und mit
Begeisterung ihren Job. Und an Claire Gatzen, mit Sicherheit
die adleräugigste aller Korrektorinnen.

An die Schreiblehrer*innen auf meinem Weg, angefangen
mit Lynne Jung, meiner Englischlehrerin an der John Will-
mott School, die mir gesagt hat, ich könnte Schriftstellerin
werden. Ich war zwölf und habe diesen Moment nie vergessen. An Sally Cline, den verstorbenen W.G. Sebald, Andrew
Motion, Paul Magrs, Michèle Roberts und den Jahrgang 2001
an der University of East Anglia. An diejenigen aus der Welt
der Autoren und Verlage, die freundlich und hilfsbereit waren, obwohl sie es nicht sein mussten: Rachel Calder, Cathe-

rine Clarke, Anna Whitelock, Max Porter, Nadeem Aslam, Miranda Doyle, Jill Dawson und Isobel Abulhoul. An Kate Ahl und Andrew Hewitt, meine einfühlsamen und klugen ersten Leser. An Gillian Stern, begnadete Lektorin und Ermutigerin. An Aki Schilz von The Literary Consultancy, Julia Forster und allen vom Bridport Prize.

In der würdevollen, engagierten Welt des Bestattungswesens geht mein Dank an Billy Doggart, der den außerordentlichen Freiwilligeneinsatz in Aberfan koordiniert hat, und seinen Einbalsamiererkollegen Tom Gaunt; zwei Helden, die mir ganz zu Anfang ihre Geschichten anvertraut haben. An James Skeates, der mir einen Einblick in das Innenleben eines Einbalsamierers gegeben hat, und an Matthew King, der mir gestattet hat, ihm bei der Arbeit zuzusehen. An Adran Hafer für seine schnellen und detaillierten Antworten auf meine vielen Fragen zum Einbalsamieren in den 1960er Jahren (alle eventuellen Fehler gehen auf meine Kappe). An Huw Lewis, Autor von *To Hear the Skylark's Song* und Kind aus Aberfan. An Tom Davis, den Reporter, der als Erster bei dem Unglück war, und Autor des Buchs *The Reporter's Tale*, und den Fotografen Andrew Whittuck.

Danke an Mark Tinkler, Alasdair Roberts und Jonathan Hellyer Jones, einstige Chorknaben, die mir großzügig ihre Geschichten erzählt haben. An Helen Robbins und Millie Cant für ihren Rat bei allem rund um die Musik und an Tim Boniface, dem ich bei der Arbeit mit einem ungewöhnlichen Chor zugesehen habe. An Derek Rice von der Tate für seine hilfreichen Informationen über Londoner Museen in den 1960er Jahren.

An Arun, Chris und Barbara, meine Berater in Swansea. An Adrian für einen entscheidungsfördernden Mailwechsel wegen des Titels. An Willie und David für den traumhaften Schreibort und das leckere Essen – ohne sie wäre das alles nicht

413

möglich gewesen. An Jacki, deren Gästezimmer eine Zeitlang mein Arbeitszimmer war und deren Freundschaft alle Zeiten überdauert. An Miriam für ihre Weisheit.

Danke an Carol und Steve, Julia und Martin für die vielen Gespräche und das Lachen über das Leben und die Mysterien des menschlichen Daseins. An Freunde und unermüdliche Anfeuerer: Mary, Helen und Alasdair, Steph und Ana, Debbie und Michael, Cath, Meg und Martin, Michele und David, Caroline und Pete, Michelle und Graham, Judy und Adrian und Vera. An meine Festivalgefährtinnen Lesley und Kate. An meine engagierte Dienstagmorgen-Schreibgruppe. An Isobel und die Lucy Cavendish Community sowie Cathy und alle anderen vom Cambridge Literary Festival – meine Seelennahrung über viele Jahre hinweg.

An meine Mutter und meine Schwester, an Liam und Ada. Zu guter Letzt an meine wunderbaren Töchter Alice und Ruby – ich freue mich so, dass ihr stolz auf mich seid. Und zu guter Allerletzt an John, meinen besten Freund seit achtunddreißig Jahren, der bis an die Grenze des Lächerlichen daran geglaubt hat, dass dieser Tag kommen würde. Tausend Dank, John.